JULIETTE BENZONI

Juliette Benzoni est née à Paris. Fervente lectrice d'Alexandre Dumas, elle nourrit dès l'enfance une passion pour l'Histoire. Elle commence en 1964 une carrière de romancière avec la série des *Catherine*, traduite en 22 langues, qui la lance sur la voie d'un succès jamais démenti à ce jour. Depuis, elle a écrit une soixantaine de romans, recueillis notamment dans les séries *La Florentine* (1988-1989), *Les Treize Vents* (1992), *Le boiteux de Varsovie* (1994-1996) et *Secret d'État* (1997-1998). Outre la série des *Catherine* et *La Florentine*, *Le Gerfaut* et *Marianne* ont fait l'objet d'une adaptation télévisuelle.

Du Moyen Âge aux années trente, les reconstitutions historiques de Juliette Benzoni s'appuient sur une ample documentation. Vue à travers les yeux de ses héroïnes, l'Histoire, ressuscitée par leurs palpitantes aventures, bat au rythme de la passion. Figurant au palmarès des écrivains les plus lus des Français, Juliette Benzoni a su conquérir 50 millions de lecteurs dans 22 pays du monde.

MARIANNE

✶✶✶✶✶✶

LES LAURIERS DE FLAMMES

DU MÊME AUTEUR
CHEZ POCKET

Marianne

1. UNE ÉTOILE POUR NAPOLÉON
2. MARIANNE ET L'INCONNU DE TOSCANE
3. JASON DES QUATRE MERS (avril 2001)
4. TOI, MARIANNE (avril 2001)
5. LES LAURIERS DE FLAMME - 1ère PARTIE
6. LES LAURIERS DE FLAMME - 2ème PARTIE

Le jeu de l'amour et de la mort

1. UN HOMME POUR LE ROI
2. LE MESSE ROUGE (septembre 2001)

Secret d'État

1. LA CHAMBRE DE LA REINE
2. LE ROI DES HALLES
3. LE PRISONNIER MASQUÉ

Le boiteux de Varsovie

1. L'ÉTOILE BLEUE
2. LA ROSE D'YORK
3. L'OPALE DE SISSI
4. LE RUBIS DE JEANNE LA FOLLE

Les Treize Vents

1. LE VOYAGEUR
2. LE RÉFUGIÉ
3. L'INTRUS
4. L'EXILÉ

Les loups de Lauzargues

1. JEAN DE LA NUIT
2. HORTENSE AU POINT DU JOUR
3. FELICIA AU SOLEIL COUCHANT

(suite en fin de volume)

JULIETTE BENZONI

MARIANNE

✶✶✶✶✶✶

LES LAURIERS
DE FLAMMES

DEUXIÈME PARTIE

JEAN-CLAUDE LATTÈS

© 1974, Opera Mundi, Jean-Claude Lattès.

ISBN : 2-266-10847-6

QUATRIÈME PARTIE

MOSCOU BRÛLE-T-IL ?

CHAPITRE XII

LES RIVES DE LA KODYMA

La grande prairie semblait sans fin sous le soleil d'été, son immense nappe gris argent ondulait au vent léger, en longs frissons qui couraient jusqu'à l'horizon comme sur les eaux calmes d'un lac infini. Elle était semblable à quelque géante chevelure, vivante et soyeuse, abandonnée au sortir d'une fête par une fabuleuse créature. La rouge fleur d'un chardon des steppes s'y piquait de loin en loin avec les panaches plumeux des grands stipes.

La chaleur se faisait plus pesante à mesure que l'on avançait et, vers le milieu du jour, elle devenait parfois suffocante, mais jamais Marianne n'avait été aussi heureuse.

Depuis plus d'une semaine qu'elle naviguait ainsi, avec ses compagnons, sur l'immense « mer des herbes », elle connaissait un bonheur si profond et si aigu à la fois, qu'il en devenait presque douloureux. Mais, sachant bien que ces heures de grâce ne dureraient pas au-delà de la longue course vers le nord et qu'ensuite la guerre viendrait, inévitablement, casser sa joie présente, elle la dévorait avec une ardeur d'affamée, traquant avec un soin maniaque la moindre miette et la ramassant pour la savourer afin d'en rien laisser perdre.

Le jour, on courait la steppe, d'un relais de poste à l'autre. Ceux-ci s'échelonnaient à une distance d'environ quinze verstes [1] ou quatre lieues et, grâce au permis si miraculeusement arrivé dans la poche de Gracchus, on y changeait d'attelage, de cocher aussi sans se faire arracher la peau. A deux kopecks par verste, les cochers s'estimaient fort bien payés et chantaient tout le long du jour.

Le soir venu, en principe à la seconde poste de la journée, on s'arrêtait pour prendre du repos. Les maisons de relais, en effet, tenaient lieu d'auberges, celles-ci étant à peu près inexistantes au milieu de ces grandes étendues. On y trouvait des chambres mais, en dehors des inévitables images saintes accrochées aux murs, elles étaient vides la plupart du temps, d'où la nécessité des matelas emportés par Gracchus. On pouvait aussi, parfois, s'y procurer de la nourriture suivant la générosité ou la richesse du seigneur sur les terres duquel étaient établis les relais.

Ceux-ci étaient, en effet, à la charge de la noblesse locale (polonaise en majorité en ancienne Podolie et en Ukraine) qui y entretenait chevaux et personnel. A fonds perdus les trois quarts du temps, car les voyageurs entièrement payants étaient rares, vu la facilité qu'il y avait à se procurer les fameux passeports.

Sa qualité de noble « anglaise » aurait permis à Marianne de réclamer l'hospitalité de ladite noblesse et de trouver, dans les rares châteaux, un confort et un luxe parfaitement inusités sur le trajet des postes impériales. Mais, outre que les manoirs, centres d'énormes cultures de blé que la terre noire de la steppe, le fameux tchernoziom, faisait pousser avec autant d'abondance que les graminées folles sur les terres incultes, se trouvaient souvent fort distants des relais, elle s'était mise à aimer les pièces nues, dont les murs sentaient bon le bois brut, où l'on jetait les matelas et où elle vivait, dans les bras de Jason, des nuits passionnées, des nuits qui eussent été impossibles

1. La verste correspond à peu près au kilomètre.

10

dans un château où le « serviteur » eût été relégué au quartier des domestiques.

L'un et l'autre avaient trop souffert de leur interminable séparation pour songer, même une seconde, à sauvegarder les apparences ou à jouer, en face de leurs compagnons, une hypocrite comédie. Dès le premier jour, dans la maison de poste du comte Hanski, Jason avait abattu ses cartes. A peine achevé le maigre souper composé d'un canard farci de hachis aigre et de lait caillé, il s'était levé. Sans un mot, il avait tendu la main à Marianne pour la faire lever de table et, sur un « bonsoir ! » sonore adressé à la compagnie, il avait entraîné la jeune femme dans sa chambre.

Là, sans se dire un seul mot, debout l'un en face de l'autre et sans se toucher autrement que par leurs regards rivés ensemble, ils avaient, avec des mouvements identiques, rejeté leurs vêtements. Puis, comme deux mains qui se joignent, ils s'étaient rapprochés. Unis et soudés l'un à l'autre, ils avaient jusqu'au retour de la lumière, oublié qu'il y eût autour d'eux un univers.

Et chaque nuit, depuis ce premier soir, les deux amants se plongeaient avec délices dans leur folie d'amour. Dans la journée, ils se laissaient secouer interminablement par la kibitka sur le grand chemin et, malgré la chaleur, malgré les cahots, ils dormaient la plupart du temps, ce qui avait pour avantage de raccourcir la route et de leur rendre des forces neuves. La tombée du crépuscule avec les parfums d'absinthe qu'elle faisait monter de la steppe ranimait en eux la passion et tous deux ne vivaient plus que pour cet instant miraculeux où, reniant le temps, ils redeviendraient le premier homme et la première femme, nus au cœur de la première nuit du monde... Sur ce corps féminin dont il ne parvenait pas à se rassasier, Jason oubliait son navire détruit, la guerre qui l'attendait, les malentendus et les rancunes de jadis. Dans ses bras, Marianne oubliait l'enfant dont elle ne savait plus rien, son étrange époux, les dangereux secrets qu'elle portait avec elle et ses souffrances passées. Tous deux, enfin, oubliaient que chaque jour, en les enfonçant plus profondément dans un pays visé par l'invasion, les rapprochait du cœur brûlant d'un volcan, et de l'instant, inévitable, de la séparation. Car, lorsque, à travers sa robe, elle percevait le froissement léger de la lettre impériale, Marianne avait le pressentiment qu'elle ne pourrait pas accompagner Jason jusqu'à Saint-Pétersbourg, qu'il lui faudrait, à un certain moment, choisir et laisser leurs chemins se séparer encore... peut-être pour longtemps.

Elle devait rejoindre l'Empereur, lui parler. Elle devait aussi regagner Paris, y attendre le messager du cardinal pour lui remettre le diamant qu'elle portait contre sa gorge, dans un petit sachet de peau attaché à sa chemise. Il ne lui serait pas possible de gagner directement l'Amérique en quittant la capitale tsariste. Plus tard, oui, mais, dans l'immédiat, elle avait encore à faire en Europe. Ne fût-ce qu'essayer, même une seule fois, d'apercevoir le petit Sebastiano...

Au soir du neuvième jour, la piste aboutit à une vallée et disparut dans une rivière. La vallée, peu profonde et bordée de buissons et de petits arbres tordus par le vent de la steppe, se tapissait de cultures où les céréales voisinaient avec les melons et les pastèques. Une belle rivière bleue y coulait entre des berges chevelues de roseaux où dormaient des barques de pêche et une sorte de bac. C'était la Kodyma, un affluent du Bug, et un village était établi sur la rive que les voyageurs atteignirent au coucher du soleil.

Ce n'était pas une grande agglomération. Quelques maisonnettes blanches, à toits de roseaux, chacune d'elles entourée d'un jardin potager et de quelques dépendances, réparties aux environs d'une place carrée et de son église. Celle-ci était blanche, elle aussi, en forme de croix dont les branches égales, terminées chacune par un petit fronton triangulaire, regardaient les quatre points cardinaux, afin que le pope qui la desservait pût célébrer la messe face à l'Orient. Un bulbe doré, surmonté d'une croix grecque, couronnait l'intersection des branches et accrochait la lumière du soleil mourant. Des poules et des canards erraient à leur guise et, sur la rivière, des martins-pêcheurs, roses comme une aurore, étaient au travail.

L'arrêt de la kibitka, devant la maison de poste bâtie au bord du chemin et un peu à l'écart du village, déchaîna une panique chez deux grasses outardes qui s'éloignèrent précipitamment, de leur vol pesant. Le cocher, en retenant ses chevaux, dit quelque chose que Gracchus seul comprit. L'intelligent garçon, en effet, avait bien employé son séjour à Odessa et ne se débrouillait pas trop mal avec la difficile langue russe.

— Il dit que nous sommes à Velikaïa-Stanitza, traduisit-il, et que c'est un village cosaque.

— Cosaque ? s'écria Jolival chez qui ce mot réveilla la passion de l'Histoire toujours latente, comment est-ce possible ? D'après ce que je sais, nous sommes ici sur le territoire des anciens Zaporogues, détruits par la Grande Catherine au siècle dernier.

— Elle ne les a tout de même pas tous exterminés, hasarda Craig... Il doit bien en rester quelques-uns.

Gracchus s'essaya à poser quelques questions auxquelles le cocher répondit par une longue harangue, parfaitement inattendue chez un homme qui paraissait savoir seulement chanter.

— Que dit-il ? demanda Marianne abasourdie par cette éloquence soudaine.

— Je n'ai pas tout compris, tant s'en faut ! Mais je crois qu'en gros il a dit, après beaucoup d'invocations à la « Petite Mère des peuples russes », que certains survivants se sont regroupés dans quelques villages. Ils ne sont plus Zaporogues, mais Cosaques de la mer Noire, voilà tout !

Cependant, le cocher qui venait de sauter de son siège, criait quelque chose en désignant la place de

13

l'église du manche de son fouet. Cette fois, Jolival n'eut pas besoin de traduction.

— Il doit avoir raison, s'écria-t-il. Regardez plutôt...

En effet, à l'appel d'une cloche, des hommes sortaient des petits jardins, tirant après eux des chevaux équipés pour un long trajet, des hommes armés jusqu'aux dents. Ils portaient de longues tuniques de laine noire, tombant sur des pantalons bouffants et serrées à la taille, de hautes toques à longs poils et leurs armes se composaient d'un fusil sans crosse, porté en bandoulière, d'un sabre courbe, d'un poignard passé dans la ceinture avec un pistolet et d'une très longue lance. Leurs chevaux, petits et nerveux, portaient de hautes selles couvertes d'une peau de mouton.

Tous ces hommes avaient la barbe longue et leur aspect était si peu rassurant que Marianne s'inquiéta :

— Que vont-ils faire ? Pourquoi se rassemblent-ils ?

— Ce n'est pas difficile à deviner, répondit tristement Jolival. Rappelez-vous ce qui se passait à Odessa. Les cosaques vivent paisiblement dans leurs villages, s'occupant d'élevage ou de cultures, jusqu'au jour où l'appel de leur ataman court la steppe. Alors, ils rejettent la charrue, prennent les armes et s'en vont rejoindre certain point de ralliement. C'est ce que font ceux-là. Inutile de préciser quel est l'ennemi qu'ils vont combattre...

La jeune femme frissonna. C'était la première fois, depuis le départ d'Odessa, qu'elle se trouvait en face d'un rappel du conflit qui se déroulait, très loin de là, aux marches de Lituanie et dont ils n'avaient eu aucune nouvelle jusqu'à présent. Assombrie par ce qu'elle venait de voir, elle eut envie de rentrer immédiatement dans la maison de poste, mais ses compagnons semblaient fascinés par le spectacle.

Les cosaques se rassemblèrent devant l'église au seuil de laquelle parut un pope revêtu de ses ornements. Les femmes, empaquetées plus que vêtues

14

d'une sorte de chemise de laine serrée à la taille et portée sur une jupe qui dépassait, suivaient, pieds nus, la tête couverte de fichus rouges ou bleus. Les vieilles et les enfants venaient ensuite. Tous formèrent devant l'église une sorte de demi-cercle et parurent attendre quelque chose.

Alors, un dernier guerrier parut. Barbu, vêtu comme ses compagnons, il s'en distinguait pourtant par l'expression de fureur et de brutalité qui s'étalait sur son visage plat et aussi par un autre détail. Au lieu d'un cheval, c'était une femme hurlante et en chemise qu'il traînait par ses longs cheveux noirs dénoués... Derrière eux marchait une femme âgée, aux cheveux gris, au visage impassible, portant sur ses bras un très grand sac de forte toile.

La femme malmenée était jeune et elle était peut-être belle, mais les larmes et les cris qu'elle poussait la défiguraient. De son mieux, elle essayait de se défendre, d'échapper à la poigne impitoyable de l'homme qui la traînait ainsi dans la poussière. Parvenu au pied de l'église, il lâcha la chevelure qu'il tenait à plein poing et envoya brutalement la femme rouler jusqu'au milieu du demi-cercle.

Les hommes émirent un murmure approbateur et les femmes éclatèrent en imprécations qu'un geste du pope fit taire. Alors, celui qui venait d'arriver prit la parole et, d'une voix curieusement calme si l'on s'en référait à son comportement récent, il entama un bref discours que le cocher s'efforça de rendre plus intelligible pour ses passagers.

— Que dit-il ? demanda Jason.

— Ben ! Le moins qu'on puisse dire est que ces gens-là ont des drôles de mœurs, traduisit Gracchus. Si je comprends bien, l'homme qui parle est le mari de la femme à terre. Elle l'a trompé, alors il la rejette avant de partir pour la guerre afin qu'elle ne souille pas son foyer du fruit de ses amours.

— Il pourrait la rejeter moins brutalement, protesta Marianne.

— Et encore, ça n'est rien, reprit Gracchus... Si l'un des autres hommes du village veut la prendre, elle vivra. Sinon, elle sera enfermée dans le sac que la vieille, qui est sa belle-mère, vient d'apporter et on la jettera à la rivière.

— Mais c'est scandaleux ! s'indigna la jeune femme. C'est un crime pur et simple ! Où est l'homme avec qui elle a fauté ?

— Il paraît que c'était un vagabond, un coureur des steppes qui a disparu, un homme de la race de cette femme. C'est une tzigane et elle ne doit pas avoir beaucoup d'amis dans ce village...

En effet, un grand silence s'était fait. Toujours prostrée sur le sol, la femme rejeta d'un geste machinal une longue mèche de cheveux qui retombait sur son visage. Ses yeux noirs, chargés d'angoisse, interrogeaient tous ces regards fixés sur elle, sur son corps à demi dévoilé par la chemise déchirée et dont la peau bistrée montrait des meurtrissures bleuissantes et des écorchures. Le mari avait croisé les bras et lui aussi il regardait, comme s'il défiait ses compagnons de s'emparer de ce qu'il rejetait. Derrière lui, quelques femmes entouraient la belle-mère qui, semblable au génie de la vengeance, préparait déjà le sac...

— Il y en aura peut-être un... souffla Marianne saisie d'horreur, un très jeune, peut-être... ou alors un très vieux pour qui une fille comme elle serait une aubaine ?

Mais ni les vieillards, ni les jeunes garçons non encore admis à porter les armes ne souhaitaient se créer une infinité d'ennuis à cause d'une étrangère coupable. Et la condamnation de la femme était dans tous les regards. Le pope, statue rutilante immobile à l'entrée de son église, parut le comprendre. Il traça dans l'air, à l'aide de la croix qu'il tenait, plusieurs signes de croix et entama une prière. Le mari eut un petit rire dur et se détourna, tandis que les femmes, avec un affreux empressement, s'avançaient. Dans un instant, la condamnée, qui gémissait maintenant comme une louve malade, serait entraînée, liée dans le sac et jetée dans cette rivière si belle qui allait devenir l'instrument de son supplice...

Alors, Gracchus, sans réfléchir davantage, s'élança et, hurlant à pleins poumons « *Stoï ! Stoï !* »[1]... il se rua sur le groupe des vieilles.

— Mon Dieu ! s'écria Marianne épouvantée. Il va se faire écharper. Allez avec lui !...

C'était une prière inutile. Déjà Jason, Craig et Jolival étaient partis, entraînant avec eux le cocher plus mort que vif, qui gigotait grotesquement au bout du poing de l'Américain.

Il y eut un moment lourd de danger. Les femmes, furieuses de se voir arracher leur victime, tombaient déjà sur le Parisien avec griffes et ongles, hurlant comme des hyènes à la curée, et les hommes, devant cette intervention inattendue, allaient s'en mêler à leur tour, quand le pope, brandissant sa croix, se jeta au secours du jeune homme. Son geste immobilisa instantanément les cosaques. Les femmes, à regret, lâchèrent Gracchus autour duquel ses compagnons se groupèrent dans l'attitude de gens qui ne sont nullement décidés à se laisser intimider.

Arbitrées par le pope, les explications commencèrent et se révélèrent laborieuses. Il y eut des cris, des gestes de menace, surtout de la part du mari trompé, qui visiblement entendait assister à la mort de celle qui l'avait trahi. Debout près de la voiture, à l'endroit où elle était restée, Marianne s'interrogeait sur ce qu'il convenait de faire. Si le danger se faisait plus pressant, le mieux serait peut-être de lancer la kibitka au milieu de cette foule excitée pour essayer, en jouant sur l'effet de surprise et sur le poids du véhicule, d'arracher les

1. Arrête ! Arrête !

quatre hommes à un sort tragique... Aucun d'eux n'avait songé aux quelques armes qui se trouvaient à l'intérieur.

Grimpant sur la planche du cocher, elle avait déjà ramassé les rênes et s'apprêtait à faire tourner l'attelage, quand, brusquement, tout se calma. Les femmes, les vieillards et les enfants refluèrent vers les maisons. Les hommes revinrent à leurs chevaux. Seuls restèrent au milieu de la place la femme condamnée que Gracchus avait relevée, les étrangers et le pope. Celui-ci, une dernière fois, leva sa croix, indiquant le chemin qui descendait à la rivière... Gracchus, alors, prit la main de la femme et, suivi des trois autres et du cocher plus mort que vif, revint vers la voiture et la maison de poste.

La généreuse griserie qui avait emporté le jeune homme s'était calmée durant les palabres et ce fut d'un air assez penaud qu'il aborda Marianne.

— Le curé a dit qu'elle était ma femme, maintenant ! Elle s'appelle Shankala... murmura-t-il d'un ton si malheureux que Marianne, apitoyée, lui sourit.

— Pourquoi êtes-vous si triste, Gracchus ? Il n'était pas possible de laisser assassiner cette malheureuse en gardant les bras croisés, dit-elle doucement. Vous avez magnifiquement agi et, pour ma part, je suis fier de vous.

— Moi aussi ! Du point de vue humain tout au moins, approuva Jolival. Mais je me demande ce que nous allons en faire ?

— Je crois que la question ne se pose pas, fit l'Irlandais avec bonne humeur. La femme doit suivre son mari et puisque cette chatte sauvage est désormais Mme Gracchus...

— Oh ! bien sûr, je n'ai pas pris le bonhomme au sérieux, coupa le nouveau marié avec une feinte désinvolture. Je ne suis pas vraiment marié. D'ailleurs, je suis pour la liberté. Les curés, moi, je n'en raffole pas et, si vous voulez tout savoir, j'aimais bien mieux la déesse Raison que le père Bon Dieu. Faut dire que c'était une bien jolie femme...

— Eh bien, Gracchus, s'écria Marianne abasourdie. En voilà une profession de foi ! Je savais depuis longtemps que vous étiez un enfant de la Révolution, mais je me demande ce que penserait le cardinal s'il vous entendait...

Gracchus baissa le nez et se dandina d'un pied sur l'autre :

— Ma langue a été plus vite que ma pensée. Pardonnez-moi, mademoiselle Marianne. Cette histoire m'a complètement tourneboulé... Enfin, je pense que celle-ci pourra toujours faire une femme de chambre. Bien sûr, elle ne vaudra pas Agathe, mais ça sera toujours mieux que rien.

Jason n'avait encore rien dit. Il regardait la rescapée d'un air étrange, un peu comme si elle était un animal inconnu. Finalement, il haussa les épaules :

— Une femme de chambre, cette fille ? Tu rêves, Gracchus. J'ai l'impression qu'il y aura plus à faire pour la civiliser que pour apprivoiser une louve. Et je ne suis pas certain qu'elle nous soit reconnaissante de l'avoir sauvée.

C'était un peu l'avis de Marianne. Toute misérable qu'elle était, avec sa chemise déchirée, ses meurtrissures et la poussière qui la couvrait, la tzigane n'inspirait pas la pitié. Sous leurs épais sourcils, ses yeux noirs brillaient d'un feu sauvage, assez inquiétant. Vue de près, elle était belle, d'ailleurs, en dépit d'un nez assez plat et de pommettes trop hautes. Les yeux, un peu bridés, trahissaient les traces de sang mongol. Le teint était mat, les cheveux presque bleus à force de noirceur, mais la grande bouche, large, rouge et charnue trahissait une sensualité à fleur de peau.

Avec insolence, elle regarda l'un après l'autre ses sauveteurs et, comme Marianne, avec un sourire plein de bonne volonté lui tendait la main, elle fit comme si elle n'avait pas vu le geste et, se détournant prestement, arracha des mains du cocher un ballot enveloppé de rouge, ses vêtements sans doute, que la belle-mère, du seuil de sa porte, avait lancé au bonhomme.

— Eh bien ! fit Craig avec un petit rire. Le voyage va être agréable avec cette créature...

— Bah ! dit Jolival, cela m'étonnerait qu'elle reste longtemps avec nous. A la première occasion, dès qu'elle aura mis assez de distance entre elle et ses amis du village, elle nous faussera compagnie. Vous avez entendu ce qu'a dit Gracchus ? C'est une tzigane, une fille des grands chemins.

— Oh ! qu'elle fasse ce qu'elle veut, soupira Marianne, froissée par l'attitude méprisante de la jeune femme. Gracchus est le seul qui puisse parler avec elle. Qu'il voie ce qu'il peut en faire...

Elle en avait plus qu'assez de cette histoire et, si elle ne regrettait pas encore d'avoir sauvé la tzigane de la noyade, du moins souhaitait-elle l'oublier autant que faire se pourrait. Après tout, Gracchus était adulte et assez grand, donc, pour assumer ses propres responsabilités.

Elle se dirigea vers la porte du relais sur lequel se tenait, son bonnet à la main, l'habituel « maître de poste ». Jason la suivit mais, comme Gracchus prenait le bras de Shankala pour l'entraîner à l'intérieur, elle se tordit comme une couleuvre, lui échappa et, s'élançant vers Jason, elle prit sa main qu'elle porta à ses lèvres avec une ardeur farouche puis la laissa retomber en prononçant quelques mots d'une voix gutturale.

— Que dit-elle ? s'écria Marianne chez qui la nervosité grandissait.

Gracchus était devenu écarlate jusqu'à la racine de ses cheveux carotte et ses yeux bleus lançaient des éclairs.

— Elle dit que... si elle doit avoir un maître, elle veut le choisir. La garce !... J'ai bien envie de rappeler son mari et de la rendre aux vieilles...

— Il est trop tard ! fit Jolival.

20

En effet, après avoir reçu la dernière bénédiction de leur pope, les cosaques commençaient à passer la rivière. Sans souci de se mouiller, ils entraient dans l'eau, à un endroit connu d'eux et qui devait être un gué, car les chevaux, qu'ils guidaient d'une main sûre, n'avaient de l'eau que jusqu'au poitrail. Les premiers remontaient déjà sur l'autre berge. Les autres prirent pied à leur tour et tous, bientôt, reformèrent, de l'autre côté de la rivière, leur escadron en un ordre parfait. Deux par deux, les cavaliers noirs s'éloignèrent dans le crépuscule...

Cette nuit-là, dans la petite chambre aux murs en planches, sous l'icône représentant la Vierge et l'Enfant, tous deux louchant à faire frémir, Marianne ne parvint pas à retrouver le bonheur absolu des autres soirs. Inquiète, nerveuse, elle répondait mal aux caresses de son amant. Son esprit s'attachait à cette femme qui dormait quelque part sous ce toit qui les abritait tous. Et elle avait beau se dire que ce n'était guère plus qu'un animal sauvage, que c'était une créature sans importance qui ne compterait jamais dans son existence, elle n'arrivait pas à s'arracher de l'esprit l'idée que la tzigane représentait un danger, une menace d'autant plus redoutable qu'elle ne parvenait pas à démêler sous quelle forme elle se manifesterait.

Las d'étreindre un corps pratiquement inerte et de baiser des lèvres trop dociles, Jason se releva d'un bond et alla prendre la chandelle qui brûlait devant l'icône pour l'approcher du visage de Marianne. La lumière fit briller ses yeux grands ouverts et dépourvus de toute trace de langueur amoureuse.

— Qu'est-ce que tu as ? chuchota-t-il en passant un doigt caressant sur ses lèvres. On dirait que tu as vu un fantôme. Tu n'as pas envie d'amour, ce soir ?

Sans que la jeune femme bougeât la tête, ses prunelles pleines de tristesse tournèrent vers lui.

— J'ai peur, murmura-t-elle.

— Peur ? Mais de quoi ? Crains-tu que les mégères

21

du village ne viennent mettre le siège sous nos fenêtres pour reprendre Shankala ?

— Non. Je crois bien que c'est elle qui me fait peur !

Jason se mit à rire :

— Quelle idée ! J'admets volontiers qu'elle n'a pas une mine bien rassurante, mais elle ne nous connaît pas et d'après ce que nous avons vu, elle n'a pas tellement eu l'occasion de se louer du genre humain jusqu'à présent. Ces vieilles sorcières l'auraient mise en pièces si elles avaient pu. Et sa beauté devait bien y être pour quelque chose.

Dans la région du cœur, Marianne ressentit un petit pincement fort désagréable. Elle n'aimait pas du tout que Jason parlât de la beauté de cette femme.

— As-tu oublié qu'elle a trompé son mari ? C'est une femme adultère...

Sa voix s'était faite si dure, tout à coup, qu'elle eut l'impression d'avoir crié. Peut-être à cause du silence qui suivit... Un instant, Jason scruta le visage, soudain fermé, de sa maîtresse. Puis il souffla la bougie et l'enlaça étroitement, la collant à lui, comme s'il souhaitait se couler avec elle sous la même peau. Il l'embrassa, longuement, cherchant à réchauffer ses lèvres froides pour les amener au diapason de sa propre passion, mais en vain. Sa bouche glissa contre la joue de la jeune femme, trouva son oreille, qu'il mordilla. Alors...

— ...Toi aussi, mon cœur, tu es une femme adultère, chuchota-t-il. Et cependant, personne ne songe à te jeter à l'eau...

Marianne sursauta comme si un serpent l'avait piquée et chercha à éloigner le corps pressé contre le sien. Mais il la tenait bien et, pour mieux l'immobiliser, il emprisonna ses jambes entre ses cuisses dures, cependant qu'elle s'écriait :

— Tu es fou ! Moi, une épouse adultère ? Ne sais-tu pas que je suis libre ? Que mon époux est mort ?

Elle s'affolait, saisie d'une terreur qu'elle ne contrôlait pas. Devinant qu'elle était tout près de crier, Jason se fit plus tendre encore :

— Chut ! Du calme ! murmura-t-il contre sa bouche. Ne crois-tu pas qu'il est temps de me dire la vérité ? Est-ce que tu ne sais pas encore que je t'aime... et que tu peux tout me confier ?

— Mais... que veux-tu que je te dise ?

— Ce que je dois savoir ! Bien sûr, je ne t'ai peut-être pas donné, jusqu'à présent, de grandes raisons de croire en ma compréhension... J'ai été brutal, injuste, cruel et violent. Mais je l'ai tant regretté, Marianne ! Durant ces jours où, à moitié mort, je me traînais au soleil de Monemvasia, guettant le retour de forces qui ne voulaient pas revenir, je ne pensais qu'à toi, à nous... à tout ce que j'avais si bêtement gâché... Si je t'avais aidée, comprise, nous n'en serions pas là. Ta mission remplie, nous voguerions, à l'heure qu'il est, vers mon pays, au lieu d'errer interminablement à travers une steppe barbare. Alors, assez de stupidités, assez de mensonges et de dissimulations ! Rejetons tout ce qui n'est pas nous-même, comme nous rejetons nos vêtements pour nous aimer... C'est ton âme que je veux voir nue, mon amour... Dis-moi la vérité. Il en est grand temps si nous voulons pouvoir, un jour, construire un vrai bonheur...

— La vérité ?

— Oui... Je vais t'aider. Où est ton enfant, Marianne ?

Son cœur manqua un battement. Elle avait toujours su qu'à un moment ou à un autre Jason en viendrait à lui poser cette question, mais, jusqu'à présent, elle s'était efforcée de repousser toutes les réponses possibles, peut-être par lassitude inconsciente de ces mensonges qu'il lui avait fallu accumuler.

Elle comprenait qu'il avait raison, qu'il fallait en finir une bonne fois avec les malentendus et qu'alors seulement tout deviendrait possible. Mais, inexplicablement, elle reculait encore devant les mots comme une fillette au bord d'un fossé dont la profondeur l'effraie.

— Mon enfant... commença-t-elle lentement, cherchant ses mots, il est...

— Avec son père, n'est-ce pas ?... Ou tout au moins avec celui qui a voulu être son père ? Il est avec Turhan Bey... ou bien me permets-tu de dire le prince Sant'Anna ?

De nouveau, ce fut le silence, mais un silence d'une qualité nouvelle. Un brusque soulagement, une note claire de délivrance tintèrent dans la voix de Marianne quand elle demanda presque timidement :

— Comment as-tu su ? Qui t'a dit ?

— Personne... et tout le monde. Lui surtout, je crois, cet homme qui avait choisi l'esclavage pour s'embarquer sur mon bateau. Il n'avait aucune raison d'endurer ce qu'il a accepté, de ma part et de celle des autres, sinon pour s'occuper de quelqu'un, de quelqu'un qui était toi. Bien sûr, je n'ai pas compris tout de suite. Mais cette trame dense et embrouillée, tissée autour de toi, est devenue soudain extraordinairement claire, certain matin, au palais d'Hümayünâbâd, lorsque j'ai rencontré la fidèle servante des princes Sant'Anna portant avec l'orgueil et la joie du triomphe le dernier de ces princes chez un simple marchand, sans nationalité bien définie et que l'enfant n'aurait pas dû, normalement, intéresser au point qu'il fallût le lui présenter toutes affaires cessantes. Mais toi, Marianne, quand as-tu su la vérité ?

Alors, elle parla. Complétant avec empressement le récit naguère fait par Jolival, elle se raconta, vidant une bonne fois pour toutes son cœur et sa mémoire avec un inexprimable sentiment de libération. Elle dit tout : la nuit chez Rebecca, l'exigence du prince, le séjour au palais Morousi, le pacte passé entre elle et son époux, les dangers courus par la faute de l'ambassadeur anglais, l'hospitalité reçue au palais des bords du Bosphore et, finalement, le brusque départ du prince emportant l'enfant qu'il croyait renié par sa mère au moment précis où celle-ci venait de découvrir la réalité de son cœur. Elle dit, enfin, sa propre crainte de ce que pourraient être ses réactions, à lui, Jason, en découvrant qu'elle avait épousé un Noir...

— Nous avions décidé de nous séparer, ajouta-t-elle ; à quoi bon, dans ce cas, t'apprendre tout cela et risquer de te déplaire encore ?

Il eut un petit rire sans gaieté.

— Me déplaire ? Ainsi, à tes yeux, je ne suis rien de plus qu'une espèce de marchand d'esclaves ? fit-il avec amertume. Et tu ne comprendras jamais, sans doute, que ces Noirs au milieu desquels j'ai passé ma jeunesse, auxquels je dois sans doute les meilleurs moments de mon enfance, je puisse trouver normal d'être leur maître et les aimer tout de même ? Quant à lui...

— Oui, dis-moi : qu'éprouves-tu quand tu y penses ?

Il réfléchit un instant puis elle l'entendit soupirer :

— Je ne sais pas très bien. Une certaine sympathie... du respect pour son courage et pour son abnégation. Mais aussi de la colère... et de la jalousie. Il est trop grand, cet homme ! Trop noble, trop loin des autres, les simples coureurs d'aventures comme moi... trop beau aussi ! Et puis, il est ton époux, malgré tout. Tu portes son nom devant Dieu et devant les hommes. Enfin, il a, auprès de lui, ton enfant, un peu de ta chair... un peu de toi ! Il y a des moments, vois-tu, où je pense que ce grand sacrifié volontaire a de la chance...

Il y eut, tout à coup, dans la voix du marin, une tristesse si lourde, si amère, qu'elle bouleversa Marianne. Instinctivement, elle se blottit plus étroitement contre lui. Jamais, comme à cet instant, elle n'avait senti combien elle était proche de lui et à quel point elle l'aimait. Elle lui appartenait totalement et, malgré tout ce qu'elle avait eu à souffrir par lui, pour rien au monde elle n'aurait voulu qu'il en fût autrement, car la souffrance et les larmes sont le plus puissant ciment de l'amour...

Les lèvres contre les muscles durs de son cou, elle murmura ardemment :

— N'y pense plus, je t'en supplie. Oublie tout cela... Je te l'ai dit, je ne resterai pas la femme du prince. Nous divorcerons. Il est entièrement d'accord et il n'y a plus, entre la liberté et moi, qu'une simple formalité grâce aux nouvelles lois impériales. Ensuite, j'aurai le droit d'être à toi, uniquement et pour toujours. Toute cette partie de ma vie s'effacera comme un mauvais rêve...

— Et l'enfant ? S'effacera-t-il aussi ?

Elle se figea après s'être écartée de lui comme s'il l'avait frappée. Tout de suite, il eut la sensation que, sous la peau douce de la jeune femme, chacun de ses muscles se durcissait. Mais ce ne fut qu'un instant. Avec un soupir, peut-être involontaire, elle revint à lui, l'étreignit de toutes ses forces avec un besoin primitif de s'assurer de leur réalité à tous deux, lui donna un long baiser puis, de nouveau, elle soupira :

— Depuis toujours, je crois bien, je sais que sur la terre aucune joie, aucun bonheur n'est vraiment gratuit et que, tôt ou tard, il faut en payer le prix. C'est le vieux Dobs, le palefrenier de Selton, qui m'a appris ça quand j'étais encore bien petite.

— Un palefrenier philosophe ?

— Philosophe est un grand mot. C'était un curieux bonhomme, plein de sagesse et de bon sens, parlant peu et ne s'exprimant guère qu'en proverbes et en dictons qu'il avait récoltés un peu partout autour du monde car, dans sa jeunesse, il avait été marin, principalement sous l'amiral Cornwallis. Un jour, où je voulais à tout prix monter *Fire Bird*, le plus beau et le plus ombrageux de nos chevaux et où je commençais à piquer une colère parce qu'il m'en empêchait, Dobs a ôté de sa bouche la pipe qui ne le quittait guère et, tout tranquillement, il m'a dit : « Si vous êtes disposée

26

à vous casser une jambe, ou même les deux, à moins que ce ne soit la tête, allez-y, miss Marianne ! C'est votre affaire ! Voyez-vous, j'ai entendu quelque part un proverbe intéressant : Tu peux prendre tout ce que tu veux, dit le Seigneur en montrant à l'homme toutes les joies de la terre, mais ensuite n'oublie pas de payer !... »

— Et... tu as monté *Fire Bird* ?

— Bien sûr que non ! Mais je n'ai jamais oublié les paroles du vieux Dobs dont j'ai, plus d'une fois, éprouvé la vérité. J'en suis venue à penser que l'enfant représente le prix que je dois accepter pour avoir le droit de vivre auprès de toi. Oh, évidemment, je peux bien te l'avouer : depuis sa naissance, je brûle d'envie de prier le prince de me le rendre. C'est au point que j'ai pensé aussi à le lui reprendre sans sa permission, mais ce serait injuste, cruel même, puisque c'est lui qui l'a voulu, bien plus que moi qui le refusais de toutes mes forces. Il est le seul espoir, le seul bonheur d'une vie volontairement sacrifiée...

— Et tu n'en souffriras pas ?

Elle eut un petit rire triste :

— J'en souffre déjà. Mais j'essaierai de penser que je l'ai perdu, qu'il n'a pas vécu. Et puis, ajouta-t-elle avec une brusque fougue où s'enfermait toute la chaleur de son espoir profond, et puis j'en aurai d'autres que tu me donneras. Ils seront miens autant que tiens et je sais que, quand je porterai ton premier fils, mon mal s'apaisera. Aime-moi, maintenant. Nous avons trop parlé, trop pensé. Oublions tout ce qui n'est pas nous deux... Je t'aime... Tu ne sauras jamais comme je t'aime.

— Marianne ! Mon amour ! Ma folle et courageuse chérie !

Mais les paroles moururent sur leurs lèvres unies et il n'y eut plus, dans l'étroite chambre que les soupirs et les tendres plaintes d'une femme comblée...

Le lendemain, quand le préposé de la poste et le

cocher, aidés par Gracchus, Jason et Craig, hissèrent la kibitka sur le bac pour lui faire franchir la Kodyma avec ses voyageurs, chacun put constater que la joue du Parisien montrait une trace de griffure encore fraîche et qu'il semblait d'humeur singulièrement morose.

— Je me demande, chuchota Jolival dans l'oreille de Marianne, si notre Gracchus n'aurait pas, tous comptes faits, pris le « curé » beaucoup plus au sérieux qu'il n'a bien voulu l'admettre.

La jeune femme ne put réprimer un sourire :

— Vous pensez ?...

— Qu'il a essayé de faire valoir ses droits d'époux et qu'il a été mal reçu ? J'en mettrais ma main au feu. On peut le comprendre, d'ailleurs : elle est belle, cette fille.

— Vous trouvez ? fit Marianne du bout des lèvres.

— Mon Dieu, oui ! Pour qui cultive un certain penchant vers la sauvagerie... Mais, évidemment, elle n'a pas l'air spécialement commode...

En effet, revêtue de ses habits normaux qui se composaient d'une jupe ample et d'une chemise rouge aux bariolures barbares, sur lesquelles s'enroulait une sorte de grand châle noir, Shankala paraissait encore plus énigmatique et plus sauvage que la veille avec sa chemise déchirée. Drapée, à la manière d'une toge romaine, dans son lainage funèbre, ses cheveux tombant de chaque côté de sa tête en deux épaisses nattes, elle se tenait à l'écart de tous, à la pointe du bac, un petit ballot noué dans un bout de tissu rouge posé près de ses pieds nus. Elle regardait approcher la rive opposée...

Son refus obstiné d'accorder un dernier regard au village qu'elle quittait, pour toujours sans doute, était presque palpable à force d'intensité. C'était, somme toute, une réaction facile à comprendre, d'autant que tout à l'heure, avant d'embarquer, la femme avait craché sur la terre qu'elle quittait avec une fureur de chat sauvage puis, tendant deux doigts en fourche vers le petit groupe calme des maisons, si blanches dans le soleil levant, elle avait jeté au vent léger du matin quelques paroles rauques, violentes comme des injures et qui, sans doute, proféraient une malédiction, tant elle y avait mis de haine.

Et Marianne pensa qu'elle serait heureuse et soulagée si les prévisions de Jolival se vérifiaient et si leur nouvelle recrue leur faussait compagnie rapidement.

La rivière traversée, Jolival paya le passeur et chacun reprit sa place dans la voiture. Mais, quand Gracchus saisit le bras de Shankala pour la faire monter sur le siège, entre lui et le cocher, la femme, du même geste furieux que la veille, lui arracha son bras et, grimpant lestement sous la bâche, elle s'accroupit à terre aux pieds de Jason en le regardant longuement avec un sourire où chacun put lire la plus claire des invites.

— Est-il vraiment impossible, gronda Marianne d'une voix vibrante de colère, de faire comprendre à cette femme que ce n'est pas à elle de faire la loi ici ?

— Je suis de l'avis de... milady, renchérit Gracchus. Et j'ai bien envie de la flanquer dans la rivière pour en être débarrassé une fois pour toutes. Je commence à comprendre le mari et la belle-mère...

— Du calme ! fit Jason. Il suffit de savoir s'y prendre...

Tranquillement, mais fermement, il se pencha, prit la femme par le bras et, sans paraître s'apercevoir du regard venimeux qu'elle lançait à Marianne, il l'obligea à s'installer sur le siège.

— Voilà ! conclut-il. Maintenant tout est rentré dans l'ordre. Dis au cocher qu'il peut aller, Gracchus...

Avec un cri guttural, l'homme lança ses chevaux et la voiture reprit sa marche vers le nord sur le chemin qu'avaient labouré, la veille, les chevaux des cosaques...

Durant des jours et des semaines, les occupants de la kibitka poursuivirent leur route, de relais de poste en relais de poste, sans dévier de la ligne obligatoire qui, par Ouman, Kiev, Briansk et Moscou, les conduirait à Saint-Pétersbourg.

En réalité, le chemin aurait été infiniment plus court en passant par Smolensk, mais, quand on atteignit Kiev la Vénérable, l'antique cité princière en laquelle la Sainte Russie se plaisait à reconnaître son berceau, les voyageurs trouvèrent la ville dans une grande agitation. Les églises bondées résonnaient du grondement des prières publiques, tandis que devant les iconostases étincelantes brasillaient de véritables buissons de cierges.

C'est que les nouvelles apportées à francs étriers dans la cité sainte, par des courriers épuisés, étaient graves : quelques jours plus tôt, les troupes du général Barclay de Tolly, battues devant Smolensk, avaient abandonné la ville en y mettant le feu. La cité du Borysthène, l'un des hauts lieux de l'empire, à moitié détruite, était aux mains de la Grande Armée de Napoléon, cette immense foule guerrière, forte de quatre cent mille hommes parlant plusieurs langues, car les Wurtembergeois, les Bavarois, les Danois y côtoyaient les Autrichiens de Schwartzenberg, les troupes de la Confédération du Rhin et les Italiens du prince Eugène[1]. Et Kiev, la pieuse, la ville de saint Wladimir, pleurait ses morts, implorant du Ciel le châtiment du barbare qui osait fouler le sol sacré.

La nouvelle avait déclenché, entre Jason et Marianne, un commencement de dispute. La prise de Smolensk par Napoléon remplissait de joie la jeune femme qui, de ce fait, ne voyait plus de raison d'aller vers Moscou.

— Puisque les Français tiennent Smolensk, fit-elle, nous pouvons gagner du temps et nous diriger droit sur Saint-Pétersbourg. Nous trouverons ainsi de l'aide et...

---

1. Elle comportait en outre 200 000 hommes demeurés en réserve.

La réponse de Jason fut aussi sèche que définitive :

— De l'aide ? Pour... Lady Selton ? Cela m'étonnerait ! A moins que tu ne tiennes à te faire reconnaître de Napoléon ? Mais moi, je ne veux à aucun prix avoir affaire à lui. Nous avions décidé de passer par Moscou, nous passerons par Moscou.

— Il y sera peut-être avant nous, à Moscou ! s'écria-t-elle tout de suite sur la défensive. Au train où marche l'armée, c'est plus que probable. Combien y a-t-il de verstes de Smolensk à Moscou ? demanda-t-elle en se tournant vers Gracchus.

— Une centaine ! répondit le jeune homme après une rapide consultation du cocher. Tandis qu'il nous en reste, à nous, environ trois cents pour atteindre cette même ville.

— Tu vois ? conclut Marianne, triomphalement. Il est inutile de te leurrer : à moins de faire un immense détour par la Volga peut-être, nous n'éviterons pas la Grande Armée. Et encore ! Qui nous dit que Napoléon ne prendra pas lui aussi, la route de Saint-Pétersbourg ?

— Cela te ferait plaisir, hein, de le retrouver ? Avoue donc que tu as envie de le revoir, ton empereur bien-aimé ?

— Ce n'est pas mon empereur bien-aimé ! riposta la jeune femme avec quelque sécheresse. Mais c'est tout de même mon empereur... et celui de Jolival et celui de Gracchus ! Que cela te plaise ou non, nous sommes Français et nous n'avons aucune raison d'en avoir honte.

— Vraiment ? Ce n'est pas ce que dit ton podaroshna... milady ! Il faut savoir choisir et te décider. Moi, ce sont les Russes dont j'ai besoin et je n'ai pas l'intention de m'en faire des ennemis en tombant dans les bras de leurs envahisseurs. Désormais, nous ferons double étape ou triple. Je veux arriver à Moscou avant le Corse...

— Tu veux, tu veux ! Qui t'a donné le droit de parler en maître ? Sans nous, tu serais encore prisonnier de tes chers amis les Russes ! Tu oublies aisément qu'ils sont encore plus liés avec l'Angleterre et qu'actuellement ton pays se bat contre les amis de tes amis. Qui te dit, après tout, que ces Krilov, dont tu es tellement sûr, vont se montrer si amicaux avec toi ? Tu en attends de l'aide ? Un navire ? On te fermera peut-être la porte au nez sans vouloir te reconnaître. Que feras-tu alors ?

Il lui jeta un regard courroucé, mécontent qu'elle osât mettre en doute ce dont lui-même était tellement certain.

— Je ne sais pas. Mais ce que tu dis est impossible.

— Mais si cela était ?

— Oh ! tu m'agaces. Nous verrons bien. Il sera toujours possible de trouver un navire. Au besoin...

— En le volant ? Cela devient une manie. Tu devrais pourtant savoir que ce n'est pas toujours possible, même pour un navigateur aussi hardi que toi. Pour une fois, écoute-moi, Jason, et sois raisonnable. Nous n'avons rien à craindre de Napoléon et, au contraire, tout à gagner. Allons droit vers lui... Je te jure qu'il n'entre dans mon propos et dans ce conseil aucune arrière-pensée. En fait, fit-elle avec un petit rire amer, je pensais que nous en avions fini définitivement avec cette vieille histoire, que nous n'en étions plus là...

— Nous en serons là tant que tu seras possédée de ce désir presque inconscient de le rejoindre à tout prix.

Marianne eut un soupir accablé :

— Mais je ne suis possédée par aucun désir, sinon celui de sortir d'ici, avec toi, le plus vite possible ! Simplement, je suis en mesure de rendre à l'Empereur un service, un grand service en échange duquel je n'aurai aucune peine à obtenir de lui le plus vigoureux et le plus rapide des navires de Dantzig. Un navire qui ne sera pas un prêt ou un simple moyen de passage, mais qu'on nous donnera, tu entends...

Elle était lancée. Malgré les coups d'œil avertisseurs de Jolival, inquiet de la voir dévoiler ses batteries, la colère était, chez Marianne, la plus forte. La colère mais aussi le besoin presque charnel de convaincre Jason. Rien ne pouvait l'arrêter. Mais, quand elle s'aperçut de ce qu'elle avait eu la langue trop longue, il était trop tard. L'inévitable question était partie.

— Un service ? fit Jason d'un ton méfiant. Quel genre de service ?

L'intention était blessante et elle fut sur le point de lui lancer à la tête que cela ne le regardait pas. Mais, calmée, elle se contenta de rectifier, froidement :

— « Quel service ? » serait une meilleure question... et surtout une question plus courtoise. Mais je te répondrai tout de même, aussi poliment que je pourrai, qu'étant donné les sentiments que tu manifestes envers notre souverain, il m'est impossible de te révéler la nature exacte de l'information que je porte. Sache seulement que le hasard m'a révélé qu'un grave danger menace non seulement l'Empereur, mais toute l'armée et que...

Elle s'interrompit. Jason s'était mis à rire, mais c'était un rire dans lequel n'entrait pas la plus petite trace de joie.

— « Je te suivrai jusqu'en Sibérie si tu le désires » disais-tu... alors qu'en fait tu n'avais qu'un but : rejoindre Napoléon. Et je t'ai crue !

— Et tu dois me croire encore, car j'étais sincère et je le suis toujours. Mais je n'ai aucune raison, si le destin me donne la possibilité d'avertir les miens de ce qui les menace, de n'en rien faire et de les laisser s'enferrer, peut-être, dans un piège.

Le front barré d'un pli têtu, Jason allait sans doute répliquer vertement, quand Jolival impatienté se lança au secours de son amie.

— Ne soyez pas stupide, Beaufort, s'écria-t-il, et ne recommencez pas à vous conduire d'une façon que vous regretterez ensuite amèrement ! Aucun de nous n'a oublié que vous n'avez pas eu tellement à vous louer du traitement que vous a infligé l'Empereur, mais vous vous obstinez à oublier que Napoléon n'est pas un simple particulier, que ni vous, ni nous-mêmes ne pouvons traiter avec lui de puissance à puissance et d'égal à égal.

— J'aurais été surpris que vous ne donniez pas raison à Marianne, persifla l'Américain.

— Je n'ai aucun motif pour lui donner tort, bien au contraire, et, si vous le permettez, cette dispute me paraît totalement sans objet : vous voulez gagner Saint-Pétersbourg et notre route, que cela vous convienne ou non, nous mènera presque inévitablement à rencontrer la Grande Armée. A ce moment, Marianne n'aura pas le droit, car ce serait trahir, de ne pas délivrer l'information qu'elle détient. D'ailleurs, afin de vous mettre l'esprit au repos, je vous dirai, si cela peut vous satisfaire, qu'elle ne verra pas Napoléon : c'est moi qui irai vers lui quand nous serons assez proches. Je vous quitterai et nous nous retrouverons plus tard. Si vous acceptez de m'attendre, peut-être serai-je assez heureux pour vous rapporter un ordre de réquisition de navire, auquel cas il n'y aura plus de problème. Êtes-vous satisfait ainsi ?

Jason ne répondit pas. Les bras croisés, l'œil sombre, il regardait couler, à ses pieds, l'ample flot du Borysthène[1] qui roulait, majestueux et bleu, vers le sud. Les voyageurs, en descendant de leur véhicule, avaient fait quelques pas le long du fleuve à travers les maisons de bois peint, fraîchement reconstruites de la ville basse, le quartier marchand de Podil, qu'un incendie accidentel avait détruit entièrement, entrepôts et église compris, l'année précédente. Au-dessus d'eux, sur une sorte de falaise dominant le port, étroite bande de terre entre elle et le fleuve, la ville haute, enfermée dans ses murailles médiévales, dressait ses coupoles bleues et or, ses riches couvents, ses palais à l'ancienne mode en bois peint de couleurs violentes.

1. Ancien nom du Dniepr.

Devant l'auberge en rondins, qui servait de relais de poste, le cocher dételait les chevaux.

Le silence de Jason se prolongeant, ce fut Craig O'Flaherty qui, impatienté sans doute, se chargea de la réponse. Assenant sur le dos de son capitaine une bourrade amicale, capable de le jeter dans le fleuve, il offrit à Jolival un sourire aussi jovial qu'approbateur :

— S'il n'est pas satisfait, il sera difficile. Vous parlez comme un livre, vicomte. Et vous avez le génie des solutions agréables pour tout le monde. Maintenant, si vous m'en croyez, nous allons gagner cette cage à poules qui se pare du nom d'auberge et voir s'il est possible d'y trouver quelque chose à manger. Je suis capable de dévorer un cheval.

Jason suivit ses compagnons sans rien dire, mais Marianne eut l'impression qu'il n'était pas convaincu. Elle en eut même la certitude quand, après le repas, le meilleur sans doute qu'ils eussent pris depuis leur départ et qui se composait, après un bortsch aux légumes, d'une longue et épaisse kolbassa[1] et de vareniki[2] bien sucrés et légers, le corsaire, en se levant de table, déclara d'un ton sec qu'il fallait se hâter de se coucher car l'on quitterait la ville à quatre heures du matin. C'était déclarer hautement son intention formelle d'essayer par tous les moyens de gagner la Grande Armée de vitesse et personne ne s'y trompa...

Marianne moins encore que les autres car, ce soir-là, elle attendit en vain son amant sous l'inévitable icône qui représentait, cette fois, le non moins inévitable saint Wladimir. La porte de l'étroite chambrette, où s'attardaient des odeurs de suif et de choux, ne s'ouvrit pas sous la main de Jason.

Lasse de se retourner sur son matelas, comme saint Laurent sur son gril, la jeune femme finit par se lever, mais hésita sur ce qu'elle allait faire. Elle détestait

1. Saucisse tournée plusieurs fois sur elle-même.
2. Petits pâtés au sucre et à la crème aigre.

l'idée de laisser s'installer, entre eux deux, un nouveau malentendu. Cette querelle était stupide, comme beaucoup de querelles d'amoureux où chacun des protagonistes semble surtout soucieux de cultiver plus que l'autre l'égoïsme et la mauvaise foi. Mais, avec le caractère obstiné de Jason, dont l'entêtement pouvait aller jusqu'à l'aveuglement au point de friser la stupidité, cela risquait de durer longtemps. Et cette idée-là non plus Marianne ne pouvait la supporter. Le voyage était déjà bien assez pénible.

Elle tourna un instant dans sa chambre, entre la porte basse et la petite fenêtre, ouverte aussi largement que possible, à cause de la chaleur demeurée accablante malgré la chute du jour. L'envie de rejoindre Jason la dévorait. Après tout, c'était sa proposition de piquer droit sur Smolensk qui avait déchaîné la bagarre et il était peut-être normal que ce fût elle qui fît le premier pas sur le chemin de la réconciliation. Mais il lui fallait, pour cela, faire taire son orgueil qui renâclait devant l'image d'une Marianne s'en allant humblement chercher son amant dans la chambre qu'il devait partager avec Jolival (ce qui, à tout prendre, n'était pas bien grave) ou avec Craig (ce qui était plus gênant) et le tirant de son lit pour l'emmener dans le sien à la manière d'une chatte amoureuse qui s'en va récupérer son matou.

Aux prises avec elle-même, Marianne s'attarda devant la fenêtre où s'encadraient le fleuve et sa rive orientale, plate et basse. Sous la lune, le Borysthène roulait comme un flot de mercure et les roseaux de la berge s'y dessinaient en noir profond comme si quelque délicat pinceau chinois les eût tracés à l'encre de Chine. De grosses barges marchandes y dormaient côte à côte dans l'attente des lents voyages à venir, rêvant peut-être des mers lointaines et fabuleuses qu'elles n'atteindraient jamais, comme Marianne elle-même rêvait de cette Amérique qui, à cette heure, lui semblait s'éloigner de plus en plus dans les brumes de l'impossible.

Elle allait se résoudre à descendre jusqu'à l'eau pour y chercher un peu de fraîcheur et apaiser la fièvre qui la brûlait et elle commençait de s'habiller sans quitter des yeux le fleuve, quand elle vit tout à coup passer celui qui l'occupait si fort.

Les mains nouées au dos, dans l'attitude familière qu'il avait toujours sur le pont de son navire, Jason descendait lentement vers l'eau brillante. Et Marianne, apaisée soudain, sourit, heureuse de constater qu'il ne pouvait, lui non plus, trouver le sommeil. Elle se sentit pleine de tendresse en pensant qu'il livrait, lui aussi, à son orgueil, un combat identique à celui qu'elle soutenait elle-même. Jason avait toujours éprouvé les plus grandes difficultés à se tirer de ce genre de situation. Marianne n'aurait aucune peine, en faisant preuve d'un peu d'humilité, à le ramener.

Elle allait s'élancer hors de sa chambre quand, soudain, elle aperçut Shankala...

Visiblement, la tzigane suivait Jason. Sans faire plus de bruit qu'un chat, sur ses pieds nus, elle bondissait, légère comme un esprit nocturne sur la trace de l'homme qui l'attirait et qui ne se doutait pas de sa présence.

Dans l'ombre de sa chambre, Marianne sentit s'empourprer ses joues sous la poussée d'une brusque colère. Elle en avait plus qu'assez de cette femme. Sa présence, muette cependant, car elle n'avait pas encore échangé avec elle une seule parole, lui pesait comme un cauchemar. Durant les longues étapes, dans la cohabitation forcément étroite de la kibitka, les yeux noirs de la tzigane ne connaissaient que deux points d'intérêt : le ruban blanc du chemin qu'elle fouillait inlassablement, pendant des heures, comme si elle cherchait à y découvrir quelque chose, et Jason vers lequel parfois elle se tournait, un sourire au fond des yeux. L'expression qu'elle avait alors, tout en humectant ses lèvres rouges d'une langue pointue, donnait à Marianne envie de la battre...

Poursuivant sa lente promenade, Jason disparut derrière l'une des piles de troncs d'arbres qui, après une mince bande de grève, s'alignaient au bord de l'eau. A Kiev, en effet, la steppe s'arrêtait définitivement pour faire place à la grande forêt et ses produits s'entassaient au bord de l'eau qui les conduirait vers le sud.

Mais, au lieu de continuer à suivre Jason, Shankala changea de direction. Elle choisit un chemin parallèle qui passait devant les tas de bois et Marianne, qui l'observait avec une attention passionnée, la vit partir en courant vers la falaise dans laquelle butait le port fluvial. La tactique de la tzigane était très claire : elle choisissait de rencontrer Jason.

Incapable de rester là plus longtemps et poussée par une curiosité qu'il ne lui était plus possible de dominer, Marianne quitta l'auberge à son tour et s'élança vers le fleuve. Une jalousie instinctive, primitive la poussait sur la trace de Jason, une jalousie qu'elle eût été bien incapable d'expliquer ou même de justifier, mais elle ne savait qu'une chose : elle voulait voir comment Jason allait se comporter, seul en face de cette femme qui ne cachait pas son désir de le séduire.

Quand elle arriva au bord de l'eau, derrière la première pile, elle ne vit rien. Le fleuve formait une courbe légère au-delà de laquelle il n'était possible de rien apercevoir. Ses pas ne faisaient aucun bruit sur le sable durci et elle se mit à courir. Mais, quand elle atteignit le tournant de la berge, elle étouffa une exclamation sous son poing dans lequel elle mordit et se rejeta dans l'ombre épaisse, entre deux tas de rondins.

Jason était là, à quelques pas d'elle, lui tournant le dos et, debout en face de lui, il y avait Shankala, Shankala qui venait de laisser choir sa robe et qui, entièrement nue, se dressait devant lui, dans la lumière de la lune.

La gorge de Marianne se sécha d'un seul coup. La

diablesse était d'une beauté redoutable. Elle avait l'air, sous cet éclairage lunaire qui argentait sa peau brune, d'une fée des eaux issue de ce fleuve étincelant qu'elle semblait rejoindre et prolonger. Les bras abandonnés le long de son corps mince, les mains ouvertes, la tête légèrement rejetée en arrière et les yeux mi-clos, elle ne bougeait pas, préférant sans doute laisser agir la séduction d'une sensualité si puissante qu'elle en devenait presque palpable. Seule sa respiration un peu haletante, soulevant rythmiquement les globes lourds mais parfaits de ses seins pointus, trahissait le désir qu'elle avait de l'homme qui la regardait. Son attitude était la même exactement que celle de la statue de dona Lucinda, au temple de la villa Sant'Anna, et Marianne, qui crut la revoir, faillit crier.

Jason, lui aussi, paraissait changé en statue. De sa cachette, Marianne ne pouvait voir l'expression de son visage, mais l'immobilité totale qu'il gardait trahissait clairement une sorte de fascination. Vidée de ses forces, des éclairs rouges devant les yeux, Marianne dut s'appuyer aux troncs rugueux, incapable de détourner son regard de ce tableau qui la bouleversait et souhaitant éperdument s'abîmer dans les profondeurs des eaux si Jason succombait à la tentation. Ce silence, cette immobilité, semblaient devoir durer éternellement...

Soudain, Shankala bougea. Elle fit un pas vers Jason, puis un autre... Ses yeux étincelaient et Marianne, torturée, enfonça ses ongles dans ses paumes. Le souffle haletant de cette femme emplissait ses oreilles d'un vent d'orage. Elle approchait de l'homme qui ne se décidait pas à bouger. Un pas... et encore un pas. Elle allait le toucher, coller à lui ce corps dont la marche elle-même avait les ondulations de l'amour... Sa bouche s'entrouvrait sur ses petites dents aiguës de carnassière. Marianne, épouvantée, voulut crier, mais aucun son ne sortit de sa gorge tétanisée par une véritable panique. Dans une seconde, l'amour de sa vie s'écroulerait à ses pieds comme un dieu aux pieds d'argile...

Mais Jason venait de reculer. Son bras s'étendit, toucha la femme à l'épaule et l'arrêta :

— Non ! dit-il seulement.

Puis, avec un haussement d'épaules, il tourna le dos et, à grandes enjambées rapides, s'éloigna en direction de l'auberge, sans voir Marianne qui, dans son recoin obscur, s'accrochait au tas de bois, vidée de ses forces, mais envahie d'un soulagement si brutal qu'elle faillit bien s'évanouir. Un long moment, elle demeura là, le front inondé de sueur, les yeux clos, écoutant décroître le tam-tam enragé que battait son cœur.

Quand elle les rouvrit, la rive était si déserte qu'elle se demanda un instant si elle n'avait pas été le jouet d'un cauchemar mais, en regardant plus attentivement, il lui parut distinguer là-bas, vers l'amorce de la falaise, une silhouette qui s'éloignait en courant. Alors, à son tour, elle revint vers l'auberge. Ses jambes tremblaient et elle eut une peine infinie à remonter le raide escalier de bois qui allait vers les chambres. Arrivée en haut, elle dut même s'arrêter un instant pour reprendre son souffle et se traîna plus qu'elle ne marcha vers sa porte qu'elle poussa.

— D'où viens-tu ? fit la voix nette de Jason.

Il était là, debout dans la grande flaque blanche déversée par la lune. Il lui parut immense et rassurant comme un phare dans la tempête. Jamais elle n'avait eu, à ce point, besoin de lui et, avec un gémissement, elle s'abattit sur sa poitrine, secouée de sanglots convulsifs qui emportaient comme un torrent la grande peur qu'elle venait d'avoir.

Il la laissa pleurer un moment sans rien dire, se contentant de la bercer comme une enfant en caressant doucement ses cheveux défaits. Puis, quand la crise s'apaisa, il lui prit le menton et releva vers lui son visage trempé de larmes.

— ...Idiote ! fit-il seulement. Comme si je pouvais avoir envie d'une autre que toi...

Une heure plus tard, Marianne s'endormit, rompue et bercée par l'agréable pensée qu'après son échec, Shankala abandonnerait la partie et qu'elle s'était enfin décidée à quitter ses compagnons de voyage. Elle l'avait vue s'enfuir vers la falaise... Peut-être sans espoir de retour...

Mais, au petit jour, quand tous se retrouvèrent auprès de la kibitka aux brancards de laquelle un nouveau cocher attelait des chevaux frais, la tzigane, aussi calme et aussi lointaine que si rien ne s'était passé, vint les rejoindre et, sans un mot, reprit sa place auprès de Gracchus, sur le siège. Et Marianne, étouffant un soupir de déception, dut se contenter, pour se consoler, de constater qu'en passant auprès de Jason, Shankala ne lui avait même pas adressé un regard.

C'était une si mince consolation que, le soir venu, quand on atteignit le relais de Darnitsa, au milieu d'une épaisse forêt de pins odorants, la jeune femme ne put s'empêcher de tirer Gracchus à part. Les relations entre le jeune homme et la tzigane ne s'étaient guère améliorées depuis le village au bord de la Kodyma, mais la farouche créature avait tout de même consenti à échanger quelques mots avec son pseudo-mari.

— Jusqu'à quand allons-nous devoir supporter cette Shankala ? lui demanda-t-elle. Pourquoi reste-t-elle avec nous ? Notre société l'ennuie visiblement. Alors, pourquoi s'obstine-t-elle à nous accompagner ?

— Elle ne nous accompagne pas, mademoiselle Marianne. Du moins, pas comme vous l'entendez...

— Ah non ? Et alors, que fait-elle ?

— Elle chasse !

— Elle chasse ? Je ne vois pas bien quel genre de gibier... en dehors de M. Beaufort, bien entendu, fit Marianne, incapable de contenir une pointe de rancune.

Elle s'attendait à ce que le jeune homme abondât

41

dans son sens, mais Gracchus, le front soucieux, hocha la tête :

— Je l'ai cru aussi, mais ce n'est pas ça ! Oh ! bien sûr, si elle avait pu mettre le grappin dessus, elle aurait joint l'utile à l'agréable...

— L'utile ? Je comprends de moins en moins.

— Vous allez comprendre : ce que chasse Shankala, c'est sa vengeance ! Elle ne nous accompagne pas, elle suit l'homme qui l'a répudiée et livrée à la fureur des femmes du village. Elle s'est juré de le tuer et elle espérait, je crois, en séduisant le capitaine Beaufort, l'amener à en faire l'instrument de sa vengeance, le convaincre de tuer son ancien mari.

Marianne haussa les épaules avec impatience :

— C'est de la folie. Comment espère-t-elle retrouver cet homme dans ce pays et dans ce peuple immense ?

— C'est peut-être moins compliqué qu'il n'y paraît. Le cosaque, qui, entre parenthèses, s'appelle Nikita, est parti se battre contre les Français. Nous suivons la même route que lui et ça, elle le sait. N'ayez crainte, à chaque relais elle se renseigne sur le passage de la troupe. En outre, elle sait exactement ce que veut son Nikita.

— Et que veut-il ?

— Gagner le prix ! Devenir célèbre, riche, puissant, noble...

— Gracchus ! coupa Marianne impatientée. Si vous ne vous décidez pas à parler plus clairement, nous allons nous fâcher. Vous me débitez des sornettes.

Le jeune homme se lança alors dans une espèce de conte de fées. Il expliqua comment, peu de temps auparavant, une fabuleuse nouvelle avait parcouru la steppe et la forêt à la vitesse de la poudre enflammée : le comte Platov, l'ataman des cosaques du Don, quasi légendaire et que toutes les sotnias [1] d'autre provenance

1. Escadrons cosaques.

reconnaissaient désormais pour leur chef, avait promis, tout comme dans les contes chevaleresques d'autrefois, la main de sa fille à celui de ces cosaques, quel qu'il fût, qui lui apporterait la tête de Napoléon...

Alors, dans toutes les stanitzas[1], la fièvre s'était mise à monter et les hommes non pourvus d'épouses s'étaient levés, aussi bien pour répondre à l'appel du grand chef que dans l'espoir de remporter le fabuleux trophée. Ils avaient fourbi leurs armes, posé sur l'échine de leurs chevaux les hautes selles de bois garnies de peaux de moutons, chaussé leurs bottes. Quelques-uns même avaient, dans leur folie, éliminé plus ou moins discrètement des épouses devenues soudain encombrantes.

— L'époux de Shankala est de ceux-là, conclut Gracchus. Il prétend être sûr de gagner la fille de l'ataman. Mais d'où il peut bien tirer cette certitude, ne me le demandez pas, Shankala elle-même l'ignore.

— D'une outrecuidance plus insensée encore que celle de ses confrères ! s'écria Marianne indignée. Ces sauvages ne doutent de rien. La tête de l'Empereur ! Je vous demande un peu ! Mais, Gracchus, ajouta-t-elle, changeant soudain de ton, est-ce que cela veut dire que cette femme était innocente quand on a essayé de la noyer ? Personnellement, j'ai peine à le croire...

Visiblement, Gracchus aussi. Repoussant son bonnet en arrière, il se mit à fourrager dans sa tignasse rousse en se dandinant d'un pied sur l'autre puis, touchant sa joue où la trace des ongles de la tzigane se devinait encore légèrement :

— C'est un sujet que nous n'avons pas abordé, fit-il. On ne sait jamais comment ce genre de femelle peut réagir. Elle m'a seulement dit que Nikita, les premiers feux de la passion éteints, avait cessé de s'occuper d'elle et l'avait ravalée au rang de servante pour plaire à sa mère. Au fond, si c'est vrai et si elle l'a trompé,

1. Villages cosaques.

il n'a eu que ce qu'il méritait. Selon moi, ce type n'a pas grand-chose dans le ventre.

— Ah oui ? Eh bien, ce n'est pas une raison pour y aller voir ! Et, si tu veux que nous restions bons amis, Gracchus-Hannibal Pioche, je te conseille d'éviter de te faire le chevalier servant et l'instrument de la vengeance de Shankala. En admettant que tu sortes vivant de l'aventure, je me demande comment ta grand-mère, la blanchisseuse de la route de la Révolte, recevrait une belle-fille de cet acabit ?

— Oh, moi je sais... Elle lui mettrait sous le nez deux doigts en forme de cornes, puis elle irait chercher le curé pour l'asperger d'eau bénite. Après quoi, elle nous mettrait tous les deux à la porte. N'ayez crainte, mademoiselle Marianne, je n'ai pas du tout envie de diminuer encore les quelques chances que nous avons de revoir un jour la rue Montorgueil et votre hôtel de la rue de Lille.

Touchant son bonnet, il allait s'éloigner pour aider le cocher à dételer, quand Marianne, frappée par le ton désabusé de ses dernières paroles, le rappela :

— Gracchus ! Est-ce que tu crois vraiment qu'en essayant de rejoindre l'Empereur, nous allons courir un grand danger ?

— C'est pas tant parce que nous allons essayer de le rejoindre, c'est parce que, quand il se bat, le Petit Tondu, il ne fait pas les choses à moitié et qu'on va, comme qui dirait, se trouver pris entre le marteau et l'enclume. Et les balles perdues ne le sont pas toujours pour tout le monde ! Mais on fera de son mieux, pas vrai ?

Et Gracchus, sifflant plus faux que jamais son chant de guerre favori :

   On va leur percer le flanc...
s'en alla vaquer tranquillement à son métier ordinaire de cocher, laissant Marianne à ses réflexions.

CHAPITRE XIII

LE DUEL

On parvint, le 11 septembre, aux abords de Moscou. Il faisait une belle journée de fin d'été, toute brillante d'un chaud soleil qui se déversait généreusement sur la terre. Mais l'éclat de la lumière et la grâce du paysage vert ne pouvaient rien contre l'atmosphère de tragédie que l'on respirait.

La route traversait le village de Kolomenskoié, pittoresque et gai, avec ses vieilles petites maisons de bois peintes de couleurs vives, sa grande mare où s'ébattait une troupe de canards et ses bouquets d'arbres où les fûts clairs des bouleaux se mêlaient à la minceur odorante des pins et aux sorbiers exubérants sous leurs grappes de fruits vermillon...

Mais, vers l'ouest, le canon tonnait. Et il y avait aussi ce défilé incessant de véhicules de toutes sortes, équipages de maîtres ou chariots de marchands, menés par des automates aux visages figés, aux yeux de bêtes traquées. Dans l'épaisse poussière qu'ils soulevaient, se noyait la fraîcheur des choses et des plantes.

Dans cette foule effarée, la kibitka n'avançait plus qu'à grand-peine, comme un nageur qui s'efforce de remonter le courant puissant d'un grand fleuve. Depuis trois jours, il avait été impossible de relayer, faute de chevaux. Tous ceux que l'on pouvait trouver étaient déjà attelés. Les écuries étaient vides.

Aussi, malgré l'impatience coléreuse de Jason qui voulait marcher jour et nuit jusqu'à ce que l'on eût dépassé Moscou, fallut-il s'arrêter encore chaque soir pour faire reposer les bêtes que, d'ailleurs, les hommes se relayaient pour garder de peur qu'on ne les vole.

On n'avait plus de cocher. Le dernier, peu désireux de dépasser le relais de Toula, s'était enfui sous les coups de ceinturon de Jason, après avoir essayé de s'emparer des chevaux. Cette nuit-là, d'ailleurs, il avait fallu quitter en toute hâte la maison de poste et chercher refuge dans la forêt car l'homme, fort du secours qu'il était allé chercher sur le domaine du prince Volkhonsky [1], était revenu vers ses anciens employeurs avec une troupe armée de bâtons. Les armes à feu, emportées par le prudent Gracchus, étaient parvenues à tenir les furieux en respect le temps nécessaire pour prendre le large. Et le souper de cette fin de journée s'était composé uniquement de myrtilles et d'eau claire...

La foule qui passait était étrange, silencieuse et sans panique. Les coupés et calèches armoriés de la noblesse, construits à Londres ou à Paris, côtoyaient, sans chercher à les dépasser, tout l'assortiment des voitures russes, de la téléga de voyage au droschky citadin, mené par son cocher en robe longue, sa plaque de cuivre sur le dos, en passant par des kibitkas de toutes tailles et même de simples troncs d'arbres sur quatre roues.

Au milieu de tout cela des hommes âgés, des femmes et des enfants cheminaient dans la poussière, un ballot sur le dos sans une plainte, sans un regard. Seuls le bruit des pas et le grincement des roues se faisaient entendre et c'était ce silence qui était encore le plus impressionnant, car il était lourd d'une pesante résignation.

Parfois, un pope apparaissait, entouré d'un ou deux diacres, abritant sous un pan de sa robe noire quelque

1. Grand-père maternel de Tolstoï.

relique précieuse devant laquelle s'agenouillaient pieusement les paysannes et, aux portes des domaines, les karaoulny[1], vieux soldats aux cheveux blancs qui avaient perdu un bras ou une jambe dans les guerres de la Grande Catherine. Et, toujours de loin en loin, le canon, comme une menace ou comme un glas...

Personne ne s'occupait de cette voiture plus que sale qui s'obstinait à remonter le courant de l'exode. Parfois, sans s'arrêter, on lui jetait un regard indifférent, qui se détournait bien vite, chacun ayant visiblement assez de ses propres peines pour se montrer curieux.

Mais, quand on atteignit l'extrémité du village, Jason, qui avait pris les guides à la place de Gracchus, rangea sa voiture près de l'entrée magnifique d'un grand couvent aux harmonieuses coupoles bleues qui s'élevait auprès d'un antique palais de bois et arrêta ses chevaux.

— Aller plus avant est de la folie, déclara-t-il. Nous allons faire demi-tour afin de contourner largement la ville et rejoindre ensuite la route de Saint-Pétersbourg.

Marianne qui somnolait contre l'épaule de Jolival, réagit instantanément :

— Pourquoi devons-nous contourner la ville ? Ce n'est pas facile d'avancer, j'en conviens, mais nous avançons tout de même. Il n'y a aucune raison pour changer notre route au risque de nous perdre.

— Je te dis que c'est de la folie ! répéta Jason. Ne vois-tu pas ce qui se passe, tous ces gens qui fuient ?

— Ce qu'ils fuient ne me fait pas peur. Si l'on entend le canon, c'est que les Français ne sont pas bien loin, à plus forte raison si l'exode de Moscou est commencé.

— Marianne ! fit-il d'un ton las, nous n'allons pas recommencer. Je t'ai dit et redit que je ne voulais pas rejoindre Napoléon. Nous étions convenus, il me semble, que si nous arrivions aux approches de l'armée

1. Gardiens.

d'invasion, Jolival se chargerait de ce mystérieux avertissement que tu veux remettre à « ton » Empereur et nous rejoindrait ensuite sur la route.

— Et tu as cru que j'accepterais cela ? s'écria Marianne, indignée. Tu parles d'envoyer Jolival vers Napoléon comme s'il s'agissait d'aller porter une lettre à la poste voisine. A mon tour je te dis : regarde ce qui nous entoure, vois ce peuple qui fuit. Il doit y en avoir comme cela dans toutes les directions et nous ignorons totalement où se trouve l'armée, ou les armées russes. Se séparer, c'est se perdre : jamais Jolival ne pourra nous rejoindre... et tu le sais.

Inquiet de la tournure violente que prenait la discussion, Arcadius voulut s'interposer, mais Marianne d'un geste impérieux lui imposa silence. Puis, comme Jason, tassé sur son siège, la tête dans les épaules, gardait un silence obstiné, elle saisit son sac et sauta vivement à bas de la voiture.

— Venez, Arcadius ! ordonna-t-elle à son vieil ami. Le capitaine Beaufort préfère se séparer de nous, plutôt que se commettre, si peu que ce soit, avec les soldats d'un homme qu'il déteste. La France ne l'intéresse plus !

— Après ce que j'ai enduré chez elle, je n'ai aucune raison de m'y intéresser encore. C'est mon droit, il me semble, maugréa l'Américain.

— Tout à fait ! Eh bien, va donc rejoindre tes bons amis russes, tes vieux amis anglais... mais quand tout ceci aura pris fin, car il y a une fin à toutes les guerres, il vaudra mieux pour toi oublier définitivement les champagnes de Madame Veuve Clicquot-Ponsardin, de même que les chambertins ou les bordeaux, dont la contrebande te rapportait un si fructueux profit naguère. Et m'oublier, moi aussi, par la même occasion ! Tout ça, c'est la France !...

Et Marianne, tremblante de colère, relevant son petit menton d'un geste plein de défi et de dédain, empoigna son sac et, tournant les talons, se mit en marche dans la poussière. Elle commença de suivre la route qui, à cet endroit, amorçait un tournant légèrement en pente sans plus s'occuper de personne. Après la bagarre de Kiev, elle s'était imaginé que Jason était enfin convaincu et, en le découvrant aussi fermement ancré dans sa rancune obstinée, elle se sentait bouillonnante d'indignation. Ce n'était qu'un hypocrite, un dissimulateur et un ingrat.

— Qu'il aille au Diable ! marmotta-t-elle entre ses dents serrées.

Elle l'entendit, derrière elle, sacrer et jurer dans la meilleure tradition des charretiers dont il avait adopté le rôle. Mais il y eut aussi le grincement de la voiture qui se remettait en marche. Un instant, elle fut affreusement tentée de se retourner pour voir s'il faisait demi-tour, mais c'eût été un aveu de faiblesse, une espèce de démission, et elle s'obligea à ne même pas ralentir son allure. L'instant suivant, il l'avait rattrapée.

Jetant les rênes à Gracchus, il sauta à bas de la voiture et se lança à sa poursuite. L'empoignant par le bras, il l'obligea à s'arrêter et à lui faire face.

— Non seulement nous sommes dans un pétrin dont tu ne parais même pas avoir la moindre idée, s'écria-t-il, mais encore il faut subir tes caprices.

— Mes caprices ? s'insurgea la jeune femme. Qui donc en a sinon toi ? Qui ne veut rien entendre ? Qui refuse d'écouter ce qui n'est pas son égoïsme forcené ? Je refuse, tu entends... je refuse de laisser Arcadius se sacrifier. C'est clair ?

— Personne ne souhaite qu'il se sacrifie. Tu as le génie de tout déformer.

— Ah ! vraiment ? Eh bien, écoute ceci, Jason Beaufort : un soir, au palais d'Hümayünâbâd, tu m'as dit, alors que je te reprochais de vouloir me quitter pour aller te battre chez toi : « Je suis de ce peuple libre et je dois lutter avec lui » ou quelque chose d'approchant... Alors, j'aimerais que tu te souviennes parfois que moi je suis de ce peuple français qui a fait plus que quiconque pour la liberté, à commencer par celle d'autres que je connais bien.

— Ce n'est pas vrai. Tu es à moitié anglaise.

— Et ça a l'air de te faire plaisir ? Ce n'est pas possible : tu délires. A qui donc appartiennent les canons qui, à cette heure précise peut-être, envoient par le fond un ou plusieurs de ces navires qui ressemblent tant à ta *Sorcière*... au moins par le pavillon ?

Il la regarda comme s'il allait la battre. Puis brusquement, il haussa les épaules et se détourna, en essayant de dissimuler un sourire contrit :

— Touché ! grogna-t-il. Ça va ! Tu as gagné, on continue...

D'un seul coup, alors, elle oublia sa colère. Un élan de gamine la jeta au cou de l'Américain sans se soucier un instant de ce que pouvaient penser les fuyards en voyant cette femme, relativement élégante, en train d'embrasser avec ardeur un moujik barbu. Il répondit à son baiser et peut-être eussent-ils un instant oublié l'environnement, si la voix railleuse de Craig O'Flaherty ne les avait atteints :

— Venez voir ! s'écria-t-il. Cela vaut la peine !

Tous étaient descendus de la voiture et s'étaient approchés d'une sorte de balustrade qui terminait une terrasse. Se tenant par la main, Marianne et Jason les rejoignirent. Ils virent alors que Moscou était à leurs pieds.

Le spectacle qui s'offrait à leurs yeux était à la fois grandiose, romantique, avec quelque chose de fascinant. La vue s'étendait sur tout l'ensemble de la grande cité, enfermée dans ses enceintes de murailles rouges, longues de douze lieues. A leurs pieds, la Moskova se tordait comme un serpent enserrant dans ses anneaux des îles qui étaient des palais et des jardins. La plupart des maisons étaient bâties en bois recrépies de plâtre. Il n'y avait que les édifices publics et les vastes résidences de la noblesse qui fussent construits en briques, dont la teinte profonde avait la douceur d'un velours.

On y voyait de nombreux parcs et jardins, dont les masses de verdure se mêlaient harmonieusement aux constructions.

Le soleil éclairait les mille et une coupoles des églises, renvoyant l'éclat de leurs globes dorés ou couleur d'azur et celui des toits de tôle vernie, peints en vert ou en noir. Et, au centre de la ville, dressée sur une éminence dans une ceinture de hauts murs et de tours crénelées, il y avait une énorme citadelle, véritable bouquet de palais et d'églises, affirmant avec orgueil l'antique gloire de la Vieille Russie : le Kremlin. Tout autour, l'Europe et l'Asie se mêlaient, se tressaient comme un tissu fabuleux.

— Comme c'est beau ! souffla Marianne... Je n'ai jamais rien vu de semblable.

— Moi non plus, fit Jolival. Réellement, ajouta-t-il en se tournant vers ses compagnons, cela valait le voyage.

C'était, de toute évidence, l'avis de chacun, même de Shankala qui, pourtant, depuis Kiev, semblait se désintéresser complètement de ses compagnons. Parfois, aux étapes ou quand sur la route la voiture ralentissait, elle s'adressait à un paysan qui passait ou à un valet d'écurie et posait une question, toujours la même. L'homme faisait un geste, répondait trois paroles et la tzigane alors reprenait sa place, sans un mot, pour recommencer à observer la route.

Mais maintenant, accoudée à la balustrade, elle se penchait sur la ville fabuleuse étalée à ses pieds et dardait sur elle des yeux flambants, tandis que ses narines frémissaient comme si, parmi toutes ces odeurs qui montaient vers elle, Shankala cherchait à en démêler une, une seule, car la piste de l'homme qu'elle suivait aboutissait fatalement ici, devant cette ville si belle, sur qui la guerre faisait planer sa menace.

La guerre, d'ailleurs, on la devinait, on la sentait. Le vent charriait une odeur de poudre brûlée, tandis que dans la ville, à l'exception de grandes bouffées de hurlements qui montaient parfois, le silence semblait se faire à chaque, instant plus ample et plus inquiétant. Aucun des bruits familiers ne se faisait entendre, aucun son de cloche, aucun battement de simandre, aucun joyeux vacarme d'atelier au travail, aucune musique dansant sur les toits sans fumée. C'était comme si la voix rauque et lointaine des canons avait fait taire toutes les autres.

Ce fut Jolival qui, le premier, rompit l'espèce de fascination qui les tenait tous. Avec un soupir, il s'écarta de la balustrade.

— Si nous voulons entrer dans la ville avant la nuit, je crois qu'il est temps de nous remettre en marche. Là-bas, nous tâcherons d'apprendre des nouvelles... Toute la classe aisée parle français et jusqu'à présent la colonie française était importante à Moscou.

L'enchantement fit rapidement place à une sorte d'horreur, dès que l'on descendit la colline et que l'on atteignit les portes de la ville, où régnait un désordre incroyable. Le flot des réfugiés s'y heurtait à une masse de femmes et de vieillards qui, agenouillés dans la poussière devant la porte du couvent Danilovski, les mains dévotement jointes, regardaient obstinément la grande croix d'or de la coupole majeure, comme s'ils espéraient une apparition. Le murmure des prières s'y élevait en un bourdonnement ininterrompu.

En même temps, par une route latérale, un important convoi de blessés essayait de franchir les portes encombrées de voitures. La foule faisait de son mieux pour leur laisser le passage et leur montrait presque autant de ferveur qu'à la croix du couvent. Certaines femmes, même, se jetaient à genoux pour baiser les chiffons sanglants entourant une main ou un genoux...

Sales et dépenaillés, ces soldats blessés étaient à la fois terribles et pitoyables, véritable armée de spectres aux yeux creux, brûlant dans des visages recuits par le soleil.

Des quelques magasins demeurés ouverts ou des

maisons avoisinant la porte, des gens sortaient pour leur offrir des fruits, du vin, des victuailles de toute sorte et certains, parmi ceux qui partaient, rebroussaient chemin pour leur laisser leurs voitures ou bien offrir leurs maisons abandonnées à quelques serviteurs. Cela semblait même si naturel que ni Marianne, ni ses compagnons n'eurent l'idée de protester quand deux grands diables en tabliers, qui étaient peut-être des infirmiers, réquisitionnèrent la kibitka.

— Si nous refusons, chuchota Jolival, nous risquons de nous faire écharper. Ce sera bien le diable, si nous ne parvenons pas dans tout ce désordre à retrouver une voiture pour continuer notre voyage ! En tout cas, j'avoue que ce peuple me surprend : il donne, en face du danger, un remarquable exemple d'unité.

— Unité ? grogna Craig, il me semble qu'il y a, cependant, entre ceux qui partent et ceux qui restent une sérieuse différence. Nous n'avons guère rencontré que des équipages élégants ou cossus. Les riches partent, les pauvres restent...

— Oh ! bien sûr ! Seuls ceux qui possèdent des propriétés hors de la ville peuvent s'éloigner. Je crois, d'ailleurs, que ce sont surtout leurs biens qu'ils cherchent à abriter. Les autres ne sauraient où aller. Et puis, l'âme russe est fataliste par essence. Elle croit qu'il n'arrive rien que le Seigneur n'ait voulu.

— Je ne suis pas loin de penser de même, marmotta Jason. Il semble que, depuis quelque temps, le libre arbitre soit d'un exercice singulièrement difficile...

Après une certaine attente et beaucoup d'efforts, on arriva tout de même à franchir la barrière et à s'engager dans une grande rue, tout aussi encombrée, qui allait vers le centre de la ville. Mais, chemin faisant, on traversa de grands boulevards déserts, des rues vides qui ne montraient aucun signe de vie et qui contrastaient avec celle que l'on suivait. Beaucoup de maisons avaient leurs volets clos et offraient des façades aveugles.

Bientôt, on atteignit les rives de la Moskova dans laquelle des hommes en barques étaient occupés à engloutir des tonneaux et des caisses. Les murailles du Kremlin se dressèrent dans le soleil couchant qui les faisait plus rouges encore. Mais déjà, les yeux des nouveaux venus étaient accoutumés à la splendeur quasi asiatique de la Ville Sainte et ils n'accordèrent à la vieille citadelle des tsars qu'un regard rapide. Ce qui se passait au pied était bien autrement intéressant...

Sur les quais de la rivière, sur les ponts qui l'enjambaient et sur l'immense place collée au flanc du Kremlin, il y avait foule encore. Mais cette foule-là était d'une autre qualité que celle des faubourgs. De très jeunes gens en frac, armés de sabres, se mêlaient au convoi des blessés qui semblait arriver de toutes parts, se précipitant vers eux avec des cris d'enthousiasme. Leur élégance, leur jeunesse, leur beauté souvent, contrastaient violemment avec la crasse et la souffrance qu'ils côtoyaient en s'efforçant maladroitement, avec trop d'impétuosité, de soulager.

Pris dans la bousculade qui se formait au passage du pont, Marianne et ses amis se trouvèrent emportés presque malgré eux dans un courant irrésistible, grâce auquel ils franchirent la rivière, sans même s'en apercevoir, pour se retrouver soudain, à peu près libres de leurs mouvements, sur l'immense place où scintillait une énorme, une éblouissante église que ses couleurs vives faisaient ressembler à un gigantesque joyau.

Vers l'est, cette place était bordée de grands et magnifiques palais privés qui interposaient leurs façades élégantes, leurs frontons grecs peints en blanc et la verdure de leurs parcs entre la place et les murailles tartares de Kitay-Gorod, la ville chinoise, centre de l'activité commerciale de Moscou. Et devant l'un de ces palais, une foule hurlante stationnait, visiblement passionnée par un spectacle dans lequel Marianne, horrifiée, n'eut pas de peine à reconnaître une exécution...

Attaché à une échelle placée sur une estrade contre

le mur du palais, les poignets haut liés au-dessus de sa tête, un homme, nu jusqu'à la ceinture, recevait le knout.

Composé de minces lanières de cuir blanc tressées que l'on faisait tremper dans du lait la veille d'une exécution afin de les rendre plus dures, le fouet laissait une trace sanglante chaque fois qu'il retombait sur le dos du patient et lui arrachait une plainte.

Debout sur l'estrade, à quelques pas de l'échelle, une espèce de géant, les bras croisés sur la poitrine, une nagaïka ou fouet de cheval passé dans sa ceinture, surveillait l'exécution. Vêtu d'un habit de coupe militaire, bleu à haut col et épaulettes dorées, cet homme, de solide complexion, montrait un visage dominateur d'un type où le sang turkmène laissait voir sa trace. Mais la physionomie était expressive et animée par des yeux très grands d'une teinte indécise et qui, pour le moment, ne reflétaient qu'une froide cruauté.

La foule se taisait, ne manifestant ni joie ni émotion de quelque ordre que ce soit devant le supplice de l'un des siens. Mais, en se mêlant à elle, Marianne fut frappée par l'expression des visages de ces gens. Tous, sans exception, montraient une haine totale, absolue, pour ainsi dire concentrée. Et cela révolta la jeune femme.

— De quel bois sont donc faits ces gens-là ? gronda-t-elle à mi-voix. L'ennemi est à leurs portes et ils restent là, à regarder massacrer un pauvre diable.

Un brusque coup de coude dans les côtes la fit taire. L'auteur n'en était pas l'un de ses compagnons, mais un homme âgé, d'une physionomie aimable et distinguée, vêtu à l'ancienne mode, mais avec une simplicité qui n'excluait pas l'élégance, au contraire, car, s'il portait ses cheveux longs et noués sur la nuque, aucune trace de poudre ne venait ternir le satin noir du ruban qui les attachait et qui faisait ressortir la jolie nuance argentée des cheveux.

Comme Marianne le considérait avec étonnement, il ébaucha un sourire :

— Soyez plus prudente, Madame, murmura-t-il. Le français est une langue que l'on entend beaucoup ici.

— Je ne parle pas le russe, mais si vous souhaitez que nous nous exprimions en un autre langage, l'anglais, par exemple, ou l'allemand...

Cette fois, le vieux gentilhomme, car il l'était visiblement, sourit franchement, ce qui lui ôta un peu de son charme en découvrant quelques manques regrettables dans sa denture.

— Une langue inusitée éveillerait des curiosités. Ceci pour l'anglais. Quant à l'allemand, c'est une langue que, depuis Pierre III, les Russes détestent cordialement.

— Soit ! fit Marianne, continuons donc en français si toutefois, Monsieur, vous voulez bien consentir à contenter ma curiosité. Qu'a donc fait ce malheureux ?

L'inconnu haussa les épaules :

— Son crime est double : il est français et il a osé s'en réjouir en apprenant l'arrivée des armées de Bonaparte. Jusqu'à présent, il était un homme apprécié, et même respecté, pour ses talents culinaires. Mais cette maladresse l'a perdu !

— Culinaires ?

— Mais oui. Il se nomme Tournais. Il était le chef cuisinier du gouverneur de Moscou, le comte Rostopchine que, d'ailleurs, vous voyez ici, surveillant en personne l'exécution. Malheureusement pour son dos, Tournais a eu la langue trop longue...

Envahie d'une impuissante colère, Marianne serra les poings. Fallait-il rester là, debout dans le soleil couchant, à regarder hacher un homme, un compatriote coupable seulement de fidélité à son Empereur ? Heureusement, elle n'eut pas le temps de se poser longuement la question. Le supplice prenait fin.

Sur un ordre de Rostopchine, on détachait le malheureux cuisinier, inconscient et couvert de sang, pour l'emporter à l'intérieur du palais.

— Que va-t-on faire de lui ? demanda Jolival qui avait rejoint Marianne et suivi le dialogue.

— Le gouverneur a fait proclamer que, dès demain, il serait envoyé à Orenbourg pour y travailler aux mines.

— Mais il n'en a aucunement le droit ! s'insurgea Marianne, oubliant de nouveau la prudence. Cet homme n'est pas russe. C'est odieux de le traiter comme un moujik coupable.

— Aussi est-il davantage traité en espion. Au fond, ce pauvre Tournais, dont je déplore le sort, car c'est un artiste, sert de bouc émissaire. Rostopchine n'est pas fâché, maintenant que la grande bataille est terminée, de montrer au peuple qu'il entend être impitoyable envers tout ce qui, de près ou de loin, touche Bonaparte.

C'était la seconde fois que le vieux gentilhomme employait ce nom et cette répétition renseigna Marianne : il était, de toute évidence, l'un de ces émigrés impénitents qui avaient fait vœu de ne pas revoir la France tant que Napoléon, le fléau de Dieu, y régnerait. Une certaine prudence s'imposait donc. Néanmoins, Marianne était incapable de résister à son besoin d'en apprendre davantage.

— Une grande bataille, dites-vous ?

Le vieillard ouvrit de grands yeux, prit un face-à-main d'or qui pendait à un ruban de velours noir, sous son jabot, l'appliqua au bout de son nez et considéra la jeune femme avec ébahissement :

— Ah ça ! Mais, belle dame, d'où sortez-vous donc, sauf le respect que je vous dois ?

— Du sud de ce pays, Monsieur, et plus précisément d'Odessa où j'ai eu le privilège d'approcher le duc de Richelieu...

Elle ajouta quelques explications assez vagues que d'ailleurs son nouvel ami n'entendit pas. Le nom de

Richelieu avait achevé sa conquête et il était désormais tout acquis à cette jolie femme en laquelle il croyait bien reconnaître l'une de ses pareilles. Dès lors, il fut prolixe et, après que Jolival se fut présenté, laissant dans l'ombre les autres ravalés à leur rang obscur de serviteurs, il se montra proprement intarissable.

Par la voix aimable et distinguée de celui qui leur avait déclaré s'appeler Monsieur de Beauchamp, les voyageurs apprirent ce qui s'était passé cinq jours plus tôt, à trente-cinq lieues de Moscou, sur le plateau de Borodino qui bordait la rive droite de la Kologha, un affluent de la Moskova : l'armée russe, qui jusqu'alors avait paru se dissoudre dans le paysage à mesure qu'avançait la Grande Armée, s'était décidée à faire front et à se battre pour tenter d'interdire l'entrée de la vieille capitale. Pour les redoutes dressées à cheval sur la route, on s'était battu avec acharnement avec un résultat terrifiant[1] si l'on en croyait les bruits apportés par les blessés qui commençaient d'affluer.

— Mais qui a gagné ? demanda Jolival avec une ardeur dont il ne fut pas maître.

Le vieux gentilhomme eut un petit sourire plein de tristesse :

— On nous a dit que c'était les Russes. Le Tsar, en effet, a remplacé Barclay de Tolly par le vieux Koutousov, l'enfant chéri de la victoire, et personne n'imaginait qu'il pût en être autrement. On a même chanté un *Te Deum*, ici près... mais les blessés disent autre chose : ils disent que l'armée les suit, qu'elle est en retraite et que Bonaparte approche de Moscou. Demain... ou après-demain il sera ici. Alors, depuis que l'on sait tout cela, ceux qui en ont la possibilité quittent Moscou. D'où cet affreux désordre qui noie la ville. Rostopchine lui-même partira, il vient de le dire, mais,

---

1. 50 000 Russes et 28 000 Européens devaient rester sur le champ de bataille.

pour le moment, il attend Koutousov dont l'armée doit traverser la ville en se repliant vers Kazan.

Surveillée par l'œil sombre de Jason, Marianne parvint à rester fidèle à son personnage et à demeurer parfaitement calme en face de ces nouvelles qui la comblaient de joie. Jolival, cependant, remerciait le vieillard de son compte rendu avec une politesse exquise qui sentait son gentilhomme d'une lieue et le priait de mettre un comble à son amabilité en leur indiquant une auberge, « s'il en était encore d'ouvertes », qui consentît à les accueillir. Cette demande déchaîna une immédiate protestation de Jason.

— Nous n'avons aucune raison de rester dans cette ville, surtout si Bonaparte arrive ! Partons avant que la nuit ne tombe et nous trouverons bien, sur la route de Saint-Pétersbourg, une auberge où nous arrêter !

M. de Beauchamp braqua sur lui son face-à-main et considéra un instant avec un mélange d'indignation et de stupeur ce moujik barbu, un valet selon toutes apparences, qui se permettait non seulement de parler français, mais encore de prétendre donner son avis. Jugeant sans doute indigne de lui de répondre à cet insolent, le vieux gentilhomme se contenta de hausser les épaules et de lui tourner le dos. Ce fut à Jolival qu'il s'adressa :

— Toutes les rues sont emplies de voitures et de chariots sauf celles qui vont vers l'ouest. Vous n'arriverez jamais à sortir d'ici la nuit, mais, dans Kitay-Gorod, dont vous voyez les murs ici près, vous avez une chance de trouver encore à vous loger, ne fût-ce que chez...

Marianne et ses amis devaient toujours ignorer le nom de l'aubergiste capable de les héberger, car un véritable raz de marée déferla sur la place, se dirigeant à la vitesse d'un boulet de canon vers l'estrade sur laquelle le gouverneur, occupé à donner des ordres à plusieurs serviteurs, se trouvait encore. Plusieurs milliers d'hommes et de femmes, armés de pieux, de haches et de fourches, hurlant comme des loups affamés, se ruèrent sur le palais Rostopchine. L'énorme vague vint se briser sur les murailles en un tourbillon qui emporta le petit groupe stationné autour du vieux gentilhomme.

En une seconde Marianne, persuadée qu'il s'agissait là d'une émeute, se vit arrachée à ses amis, noyée sous une marée de bras tendus, emportée irrésistiblement vers le fleuve. Croyant sa dernière heure venue, elle poussa un cri strident :

— A moi ! Jason !

Il l'entendit. A coups de pied et à coups de poing, il réussit à la rejoindre, l'agrippa au poignet et avec elle essaya de lutter encore contre le courant, aussi brutal que désordonné. Mais c'était impossible. Mieux valait encore se laisser porter si l'on ne voulait pas être renversé, jeté à terre, foulé aux pieds, ce qui eût été une mort certaine.

Sans même savoir comment, les deux jeunes gens refranchirent le pont du Kremlin et se retrouvèrent sur une petite place où quelques maisons et une église, peintes comme un décor de théâtre, se massaient près des hauts murs d'un grand bâtiment étendu le long du fleuve et couvert de tôle verte, qui était l'hôpital des Enfants-Trouvés.

Il y avait beaucoup moins de monde que sur le pont, car le trop-plein s'écoulait par les quais de la Moskova et Marianne, hors d'haleine, à demi étouffée, se laissa tomber sur un montoir à chevaux pour souffler un peu. Elle s'aperçut alors qu'elle était seule avec Jason et Shankala dont l'une des mains, encore accrochée à la ceinture du corsaire, indiquait clairement comment elle avait réussi à les suivre.

— Où sont les autres ? demanda Marianne.

Jason haussa les épaules et désignant la place qui ressemblait au cratère d'un volcan prêt à entrer en éruption :

— Là-dedans !

— Mais il faut essayer de les retrouver...

Malgré sa fatigue, elle s'arrachait déjà de sa pierre, prête à s'élancer de nouveau dans la fournaise. Il la retint à bras-le-corps :

— Tu es folle ! Tu te feras tuer sans obtenir le moindre résultat. Il faut déjà s'estimer heureux d'en être sortis indemnes.

Puis, comme les yeux de la jeune femme s'emplissaient de larmes, il ajouta, plus doucement :

— ...Ni Craig, ni Gracchus ne sont des mauviettes ! Quant à Jolival, il est loin d'être un imbécile. Je serais fort étonné s'ils ne réussissaient pas à s'en sortir.

— Mais qu'allons-nous faire ? Comment les retrouver ?

— Le mieux est de rester aux environs de cette sacrée place et d'attendre. D'une façon ou d'une autre, cette émeute prendra bien fin un jour. Ces gens partiront, quitteront la ville comme les autres ou rentreront chez eux. Il suffira alors de retourner à l'endroit où nous nous sommes séparés. Les autres, pour leur part, auront certainement la même idée. Ce serait folie que se lancer dans une ville inconnue sans savoir où l'on va...

Ces paroles étaient sages et Marianne l'admit volontiers. Même elle eût trouvé quelque plaisir à cet isolement à deux, fût-ce au cœur d'une ville en proie au délire, s'il n'y avait eu cette Shankala, toujours accrochée à Jason et qui la regardait fixement, sans rien dire et sans qu'il fût possible de lire quoi que ce fût dans son regard noir... Elle semblait avoir rejeté toute personnalité pour se couler dans la peau d'une sorte d'animal familier, silencieux mais obstiné, qui se fondait dans l'ombre de son maître...

— Tu as raison, soupira-t-elle. Restons là en attendant d'y voir plus clair, si toutefois cela devient possible un jour. Ce dont je doute...

En effet, si, sur la place Rouge, la foule semblait se calmer et même se clairsemer, l'accès du pont était pratiquement impossible à cause d'un épais convoi de blessés qui, par trois rues différentes, débouchaient en même temps. S'il n'y avait eu que des hommes à pied, le pont les eût canalisés assez facilement, mais ceux qui pouvaient marcher étaient plus rares que ceux que l'on portait sur des brancards de fortune et, en outre, quelques chariots voguaient sur cette troupe misérable d'où s'élevaient sans cesse des gémissements et des cris de douleur arrachés par la bousculade.

Les portes de certaines maisons, encore habitées, s'ouvraient pour recevoir quelques blessés, mais la majeure partie se dirigeait vers l'hôpital militaire et les deux hôpitaux privés qui se trouvaient de l'autre côté de la rivière, non loin du Kremlin.

— Nous n'arriverons jamais à passer, s'impatienta Marianne. Les quais me paraissent noirs de monde...

— D'autant plus que le monde en question, ce sont des soldats... Regarde ! J'aperçois là-bas des cavaliers. Ce sont des cosaques !

Son œil perçant d'homme habitué à scruter les pires bruines de l'océan avait distingué les soldats, alors que Marianne n'apercevait encore qu'une sorte de moutonnement rouge au-dessus des lointains du convoi.

— L'armée russe doit battre en retraite, poursuivit Jason. Elle revient dans la ville, sans doute pour la défendre. Il ne faut pas que nous restions là : nous risquons d'être foulés aux pieds des chevaux.

— Et où veux-tu aller ? Je refuse de m'éloigner d'ici tant que nous n'aurons pas rejoint les autres.

— Sur cette petite place, là, tout près, j'ai remarqué une auberge. Essayons d'y aller. Tu as encore de l'argent sur toi ?

Marianne fit signe que oui. Bien entendu, elle avait perdu son sac de voyage qui lui avait été arraché dans la bousculade, mais elle avait pris l'habitude de garder de l'or et son fameux podaroshana dans la poche intérieure de sa robe. Elle hésitait néanmoins à quitter sa borne. L'accès de l'auberge paraissait difficile. Un homme et deux femmes en tablier, debout devant la porte, aidaient des blessés à laver une plaie trop sale ou bien offraient un coup de vin à ceux qui s'arrêtaient un instant avant de poursuivre leur chemin. L'homme et ses compagnes se dépensaient sans compter, avec une chaleur et une générosité qui forçaient la sympathie. On les sentait prêts à distribuer à ces malheureux tout ce que leur maison renfermait et Marianne se demanda s'ils éprouveraient tellement de joie à recevoir des voyageurs étrangers.

Une pierre qui la manqua de peu et vint briser une vitrine derrière elle la décida. Avec un cri elle s'écarta. Pas assez vite cependant pour éviter un éclat de verre qui lui entama le front à la naissance des cheveux. Avec un cri de colère, Jason la saisit contre lui et tira son mouchoir pour étancher le petit filet de sang qui coulait.

— Tas de sauvages ! fulmina-t-il. N'ont-ils vraiment rien de mieux à faire qu'à démolir leurs vitrines ?

Sans répondre, Marianne qui s'était retournée pour considérer les dégâts lui montra l'enseigne, pimpante et fleurie, sur laquelle s'étalait un superbe gâteau débordant de crème. Elle indiquait qu'au *Puits d'Amour* les frères Lalonde cuisinaient la meilleure pâtisserie de tout Moscou et fournissaient à leurs clients toutes les confiseries françaises, depuis les bêtises de Cambrai, jusqu'aux bergamotes de Nancy, en passant par les calissons d'Aix et les pruneaux d'Agen.

— Ce qui est surprenant, c'est que la maison soit encore debout, remarqua Marianne. Tu as raison : essayons l'auberge. Dans un instant, il ne sera plus possible de l'atteindre...

Ils se remirent en marche, Shankala toujours sur leurs talons, et tentèrent de se frayer un chemin jusqu'à l'entrée. Une bienheureuse éclaircie, dans le flot incessant qui allait vers le pont, leur permit enfin d'arriver auprès des trois personnages dont les tabliers blancs se tachaient maintenant de sang et de traînées de vin.

Marianne s'adressa à l'homme :

— Nous sommes des voyageurs. Nous arrivons du sud et nous venons de loin ! Pouvez-vous nous loger ? demanda-t-elle en français, mais en s'efforçant de retrouver l'accent anglais de jadis.

Pour un aubergiste, l'homme ne devait pas aimer beaucoup les étrangers, car il la regarda avec méfiance :

— D'où venez-vous ? fit-il dans la même langue, mais avec un accent si rude qu'elle en devenait difficilement compréhensible.

— D'Odessa.

— Ça fait un bout de chemin. Et vous êtes quoi ? Italienne ? Française ?

— Mais non ! Anglaise ! s'écria la jeune femme aussi furieuse d'être obligée de mentir que du peu de succès de sa tentative. Je suis Lady Selton. Ceux-ci sont avec moi... à mon service.

L'homme se radoucit, visiblement convaincu, mais bien plus par la hauteur du ton que par le titre annoncé. Une Anglaise avait droit à toute la considération qu'il aurait refusée à la ressortissante d'une autre nation, encore qu'il n'approuvât guère la manie ambulatoire dont semblaient saisies, depuis quelque temps, les femmes de ce pays. Il trouva même un sourire contraint pour apprendre à son interlocutrice que les quelques chambres de sa maison étaient déjà emplies de blessés mais que, si elle voulait bien se contenter d'un coin de la salle, il se ferait une joie de lui servir un souper honorable.

— Demain, ajouta-t-il, j'essaierai de trouver pour milady un logement plus conforme à ses goûts, mais, du moins, sera-t-elle pour cette nuit à l'abri de la température et des soldats qui reviennent occuper Moscou et qui, naturellement, risquent de ne pas être d'un voisinage agréable pour une jeune dame.

— Est-ce qu'ils reviennent pour défendre la ville ?

— Bien entendu, milady ! Qui pourrait imaginer notre petit père le Tsar laissant l'Antéchrist mettre ses vilaines pattes sur notre sainte cité ! Foi d'Ivan Boris-sovitch, de grandes choses vont se passer ici et Votre Grâce pourra constater bientôt de quoi les Russes sont capables quand ils défendent le sol sacré. D'après ce que m'a dit un chasseur, notre Koutousov, le vieux maréchal « En avant », sera ici dans la nuit, ajouta-t-il sur le ton de la confidence heureuse.

— Mais alors, l'émeute, tout à l'heure, sur la place ?

— L'émeute ? Quelle émeute ?

— Celle que j'ai vue de mes yeux ! Au coucher du soleil, j'ai assisté, devant l'hôtel du gouverneur, à une exécution et, tout de suite après, une foule armée et hurlante s'est ruée vers cet hôtel...

Ivan Borissovitch se mit à rire :

— Ce n'était pas une émeute, milady. Simplement la nouvelle était venue, ce matin, que ces maudits Français avaient atteint le couvent de Mojaïsk, à vingt lieues d'ici...

— Encore un lieu saint ? demanda Marianne mi-figue mi-raisin.

Mais le digne homme était aussi imperméable à l'humour anglais qu'à l'ironie française et il se signa dévotement plusieurs fois.

— Extrêmement saint, Votre Excellence ! Nos braves gens voulaient se porter à la rencontre de l'ennemi et se sont massés ce matin, à la barrière de Dorogomilov, pour attendre le gouverneur qui devait prendre leur tête. Mais ils ont attendu en vain toute la journée et sont revenus sur leurs pas pour voir ce qui avait ainsi retenu le comte Rostopchine. D'ailleurs, l'arrivée de l'armée, elle aussi, les a obligés à rebrousser chemin !

Marianne se garda bien de lui faire connaître le fond de sa pensée. De toute évidence, le comte Rostopchine avait bien d'autres chats à fouetter, ne fût-ce que son cuisinier, que d'aller prendre la tête d'une bande insubordonnée pour se lancer avec elle à l'assaut des troupes de Napoléon.

Sans autre commentaire, elle se laissa mener jusqu'à un coin d'une grande salle basse et passablement noire où Ivan Borissovitch entassa, sur les bancs qui garnissaient l'angle de deux fenêtres, tout ce qu'il put trouver de coussins et d'édredons disponibles avant d'annoncer que le souper serait servi dans un petit moment.

Le souper, arrosé d'un vin de Crimée, fut en effet convenable, mais la nuit parut à Marianne la plus longue qu'elle eût jamais vécue car, malgré les coussins, elle ne parvint pas à sommeiller un seul instant. Seule, Shankala, habituée à dormir à même la terre, prit un repos total. Quant à Jason, il réussit, lui aussi, à s'assoupir quelques heures, mais Marianne, assise auprès d'une fenêtre, passa toute sa nuit à regarder ce qui se déroulait au-dehors. Eût-elle été dans un lit, d'ailleurs, qu'elle n'eût certainement pas dormi davantage, tant le vacarme était insupportable car, durant la nuit entière, l'armée russe défila...

C'était, de chaque côté de la rivière, un double fleuve où les uniformes des chasseurs, des grenadiers, des hussards et des troupes de ligne se mêlaient aux robes bleues ou rouges des cosaques et aux bonnets de chèvre des Kalmouks. Tout cela avançait à la lumière des torches. Sans désordre excessif, les escadrons montés se mêlaient aux troupes à pied et aux canons dont le roulement faisait résonner toute la ville.

Dans la lumière fuligineuse des torches qui dansaient un peu partout et jusqu'au sommet des rouges murailles du Kremlin, les faces de ces hommes visiblement harassés paraissaient hagardes et Marianne se demanda s'ils venaient vraiment pour occuper la ville ou s'ils avaient l'intention de la dépasser, car tous continuaient le long de la rivière comme s'ils cherchaient à atteindre les portes est de la cité, celles par lesquelles, justement, l'ennemi ne viendrait pas.

Toute la nuit aussi, Ivan Borissovitch demeura debout, avec sa femme et sa sœur, au seuil de sa maison, offrant inlassablement ses pichets de vin ou ses pots de kvas. Mais, à mesure que le temps coulait, la belle confiance et l'espèce d'enthousiasme qu'il avait manifestées dans la soirée semblaient s'effriter et se dissoudre. De temps en temps, il posait une question à l'un des soldats qu'il abreuvait, en recevait une réponse et chaque fois son visage se faisait plus anxieux, tandis que sa tête paraissait s'enfoncer entre ses épaules.

Quand le ciel devint un peu plus clair, vers quatre heures du matin, il y eut, sur la rivière, une énorme explosion, grâce à laquelle on put croire un instant que le soleil venait de se lever à l'envers et en éclatant. Mais c'était seulement le grand pont, vers la pointe sud-ouest du Kremlin, qui venait de sauter dans une gerbe aveuglante d'étincelles. Alors, Ivan Borissovitch, dont le visage était maintenant gris et les traits tirés, vint secouer Jason qui dormait sur son banc et s'approcha de Marianne :

— Je suis désolé, milady, lui dit-il avec effort, mais il faut que vous partiez !

— Que nous partions ? s'écria Jason oubliant une fois de plus son rôle de valet de bonne maison.

Mais le pauvre aubergiste n'en était plus à ces subtilités. Il hocha la tête d'un air navré et Marianne put voir qu'il y avait des larmes dans ses yeux.

— Oui, il faut partir, fit-il avec effort. Il faut que vous quittiez Moscou sur l'heure milady... Vous êtes anglaise et l'Ogre de Corse arrive. Si vous restez, vous serez en danger. Partez ! Partez tout de suite ! Une jolie femme comme vous, ça ne doit pas tomber dans leurs sales pattes !

— Mais... je croyais que ces soldats venaient occuper Moscou, afin de résister...

— Non... Ils ne font que traverser. Ils fuient... un soldat m'a dit qu'ils allaient vers Riazan...

Brusquement, il eut un sanglot :

— ...Notre armée est vaincue... Vaincue !... Notre ville est perdue... Nous allons tous partir, tous !... Alors, allez-vous-en ! Nous autres, on va faire nos paquets et s'en aller. J'ai un frère à Kalouga, je vais aller chez lui.

— Vous abandonnez votre maison ? dit Jason. Mais tous ces blessés dans vos chambres ?...

— Il faut bien les confier à la grâce de Dieu. Ça ne les aiderait pas beaucoup si je me faisais tuer pour les défendre. J'ai une famille : c'est à elle que je dois penser.

Discuter était bien inutile. Les trois voyageurs quittèrent l'auberge et se retrouvèrent sur le quai qu'ils suivirent un moment au milieu d'un désordre indescriptible. L'armée passait toujours, mais s'y mêlaient maintenant tous ceux des Moscovites qui étaient restés jusqu'à présent et qui désertaient précipitamment. En passant devant l'hôpital des Enfants-Trouvés, ils virent sous le grand porche un groupe d'enfants d'une dizaine d'années, habillés d'une sorte d'uniforme vert, entourant un homme grand et blond, vêtu comme un officier supérieur, mais dont le visage rond et aimable ruisselait de larmes, tandis qu'une impuissante rage crispait ses poings.

L'angoisse de tous ces gens était si visible et si poignante que Marianne ne put s'empêcher de l'éprouver à son tour. La guerre, de quelque côté qu'on la regardât et dans quelque camp que l'on se trouvât, était une chose affreuse, un malheur que les peuples subissaient sans jamais l'avoir véritablement souhaité, même quand ils faisaient montre d'un enthousiasme certain, né de leur amour du sol natal, mais que les premières souffrances éteignaient comme une chandelle.

A la conscience de participer à une tragédie qui, cependant, lui était étrangère, se mêlait l'anxiété qu'elle éprouvait en pensant à ses amis perdus. Si Jason et elle continuaient à se laisser porter par ce fleuve humain, ils se retrouveraient hors de Moscou et perdraient tout espoir de rejoindre jamais Jolival, O'Flaherty et Gracchus. Obsédés par l'idée d'atteindre à tout prix la place Rouge et l'hôtel Rostopchine, ils se glissèrent dans un courant qui se dirigeait vers le premier pont franchissant la Moskova, pour être au moins sur la bonne rive du fleuve.

— Il doit être possible d'arriver à la place en se jetant dans une rue transversale et en faisant un détour. L'important est de quitter cette masse de soldats, dit Jason.

Mais, de l'autre côté du fleuve, le désordre était encore plus intense. Marianne et Beaufort se virent soudain bloqués au coin d'un nouveau pont, ou plutôt d'un angle formé par deux ponts. En effet, à cet endroit, la Moskova recevait un affluent, la Yaouza et les ponts permettaient le franchissement des deux rivières. Sur l'un comme sur l'autre, la bousculade était sans merci. Sur celui de la Yaouza, le premier rayon du soleil permit aux fugitifs de reconnaître le comte Rostopchine. En redingote militaire, avec d'énormes épaulettes dorées, il s'y tenait debout, sa nagaïka à la main, tapant à tour de bras sur tous ceux qui passaient à sa portée, en hurlant comme un possédé, pour les obliger à presser le mouvement. Il s'efforçait de dégager le passage et Marianne comprit bientôt pourquoi en voyant approcher, au milieu des vivats et des exclamations, un groupe de généraux, montés sur de magnifiques chevaux.

En dolmans blancs ou vert foncé, portant d'immenses bicornes sombres d'où fusaient des aigrettes blanches, ou des plumes de coq noires, ils entouraient un vieillard presque obèse, monté sur un petit cheval gris, qu'ils avaient l'air de garder comme une relique, ou comme un prisonnier. C'était un homme au visage aimable, mais au regard triste, humblement vêtu d'une vieille veste militaire noire sans décoration, le cou entouré d'un long foulard, une casquette galonnée enfoncée sur ses cheveux gris. Aux alentours, la foule surexcitée braillait :

— Koutousov ! Koutousov !...

Et Marianne comprit qu'elle voyait le fameux maréchal, l'ancien ennemi du jeune Bonaparte, celui que le tsar Alexandre, qui ne l'aimait pas, n'avait rappelé de son exil provincial que depuis à peine deux semaines et en qui, cependant, toute la Russie voyait l'homme du destin et de la dernière chance.

Toute la Russie ? Peut-être pas, car, lorsque l'état-major approcha du petit pont où se tenait Rostopchine, celui-ci fonça comme un bélier et, avec une hargne féroce, se mit à invectiver le maréchal, malgré les efforts de deux généraux emplumés qui se jetèrent sur lui pour le faire taire. Il fallut l'écarter de force, tandis qu'il hurlait que Koutousov n'était qu'un traître, fuyant comme un lâche, et abandonnant la ville qu'il avait promis de défendre... L'accusé se contenta de hausser ses lourdes épaules, mâchonna un ordre bref et reprit son chemin entouré de sa troupe brillante.

Derrière eux, Jason, à qui sa taille permettait de dominer une partie de la foule, aperçut un espace vide et, saisissant Marianne par le poignet, il l'entraîna :

— Viens ! s'écria-t-il. C'est le moment de passer. Nous allons pouvoir atteindre la rue qui est là, juste en face.

Ils s'élancèrent, traînant toujours la tzigane derrière eux. Mais cet espace était dû à une troupe de cosaques qui s'étaient arrêtés à l'entrée d'un grand couvent. A la porte, un officier avait mis pied à terre pour parler à un vieux pope barbu, noir et funèbre comme un oiseau de nuit.

Malheureusement, en atteignant ce côté du quai, une poussée de la foule, qui arrivait toujours, bouscula les cosaques, et Marianne, brusquement tirée en avant par Jason pour lui éviter d'être jetée sous les sabots des chevaux, vint heurter violemment le pope dont elle écrasa un pied.

Avec un glapissement de colère et de dégoût en s'apercevant que l'agresseur était une femme, celui-ci la repoussa, mais l'officier la saisit violemment par le bras en criant quelque chose qu'elle ne comprit pas, mais en s'efforçant visiblement de la jeter à genoux pour demander pardon. Tandis que deux cosaques maîtrisaient Jason, qui s'élançait à son secours, elle se débattit furieusement contre l'officier et, soudain, ils se trouvèrent presque nez à nez... Cela ne dura qu'un instant, mais ils se reconnurent.

— Tchernytchev !... souffla la jeune femme.

C'était bien lui ! Toujours aussi blond, aussi beau, aussi élégant malgré la poussière et le sang qui maculaient son dolman vert sombre d'où la Légion d'honneur avait disparu et malgré la fatigue qui marquait son visage pâle... Il avait toujours ce même regard de chat cruel, des yeux verts légèrement étirés vers les tempes et ces hautes pommettes qui trahissaient la trace du sang mongol. Oui, en vérité, c'était bien toujours le même homme, le séduisant, l'inquiétant comte Alexandre Tchernytchev, l'espion du Tsar, l'amant de toutes les belles de Paris, encore que dans ce guerrier à l'expression sauvage, il fût bien difficile de reconnaître le séducteur nonchalant qui s'entendait si bien à cueillir les secrets de l'empire français jusque dans les bras de la princesse Borghèse... Mais, au souvenir de ce qu'avait été leur dernière rencontre, Marianne voulut fuir et tenta de s'arracher à l'étreinte de sa main.

Peine perdue ! Elle savait depuis longtemps que ces doigts minces et blancs serrés autour de son bras pouvaient être durs comme de l'acier. D'ailleurs, lui non plus n'hésita pas un instant sur le nom qui allait avec ce visage ardent, ces yeux immenses que l'épouvante dilatait :

— Mais c'est ma princesse ! s'écria-t-il en français. Le plus précieux de tous mes biens. L'émeraude fabuleuse du misérable caravanier de Samarcande. Par Notre-Dame de Kazan, cette apparition inattendue est tout juste ce dont j'avais le plus besoin pour croire encore que Dieu est russe...

Avant même que Marianne eût le loisir de secouer la stupeur où cette désastreuse rencontre l'avait jetée,

Tchernytchev l'avait saisie dans ses bras et s'adjugeait un baiser qui arracha des acclamations frénétiques à ses hommes et, à Jason, un cri de fureur.

— Lâche-la ! hurla-t-il toute prudence balayée. Espèce de sale cosaque ! De quel droit te permets-tu seulement de la toucher ?

Contre toute attente, Tchernytchev lâcha Marianne et vint vers celui que les cosaques maintenaient toujours.

— J'ai le droit, il me semble, de toucher ce qui m'appartient, déclara-t-il avec hauteur. Quant à toi, moujik, qui t'a permis seulement de m'adresser la parole ? La jalousie ? Serais-tu toi aussi son amant ? Alors, voilà qui te fera changer de ton !

Et, levant la cravache qu'il tenait à la main, il en cingla si brutalement le visage de Jason que la trace de la boussine s'inscrivit aussitôt en rouge. D'un effort désespéré, celui-ci tenta d'échapper à l'étreinte de ses gardiens, mais ne réussit qu'à provoquer leur hilarité.

— Lâche ! cracha-t-il. Tu n'es qu'un lâche, comte Tchernytchev ! Tu ne frappes que lorsque tu es certain de l'impunité et tu insultes de même. Tu n'hésites pas à salir une femme sous prétexte qu'elle est ici sans défense.

— Salir ? La princesse Sant'Anna ? En quoi l'ai-je salie en disant la vérité ! Par saint Alexandre, mon patron, que je meure si j'ai menti en affirmant qu'elle m'appartient ! Quant à toi, j'ai grande envie de te faire payer ton insolence sous le knout, seul traitement digne de tes pareils.

— Regarde-moi mieux ! Je ne suis pas un de tes moujiks. Je suis l'homme à qui tu dois un duel. Souviens-toi du soir de *Britannicus* à la Comédie-Française !

Le bras du Russe, prêt à frapper de nouveau, retomba lentement, tandis qu'il s'approchait de Jason qu'il dévisagea un instant avec attention avant d'éclater de rire.

— Mais, c'est pardieu vrai ! L'Américain ! Le capitaine... Lefort, je crois ?

— Je préférerais Beaufort. Maintenant que vous savez qui je suis, j'attends vos explications, sinon vos excuses pour ce que vous avez osé dire...

— Soit ! Je vous offre mes excuses... mais seulement pour avoir écorché votre nom. J'ai toujours éprouvé les plus grandes difficultés avec les noms étrangers, ajouta-t-il avec un grand sourire moqueur. Quant à cette belle dame...

Incapable d'en supporter davantage, Marianne se précipita vers Jason :

— Ne l'écoute pas ! Cet homme n'est qu'un instrument à faire le mal. Un espion... Un misérable qui s'est toujours servi de ses amitiés et de ses amours dans l'intérêt de ses affaires...

— Celles de mon maître, Madame ! Et celles de la Russie !

S'adressant à ceux qui maintenaient toujours le corsaire, il aboya quelque chose et, immédiatement, ils lâchèrent prise. Jason se trouva libre, mais ce fut pour repousser doucement Marianne qui tentait de s'accrocher à lui.

— Laisse ! Je veux entendre ce qu'il a à me dire. Et je te prie de ne pas t'en mêler : ceci est une affaire d'hommes ! Allons, Monsieur... ajouta-t-il en s'avançant vers Tchernytchev, j'attends toujours ! Êtes-vous prêt à reconnaître que vous avez menti ?

Le comte haussa les épaules :

— Si je ne craignais de vous choquer encore et de faire preuve d'un goût déplorable, j'ordonnerais à mes hommes de la mettre nue : vous pourriez constater alors qu'elle porte au flanc une petite cicatrice... la trace de mes armes gravées dans sa chair après une nuit d'amour.

— Une nuit d'amour ? cria Marianne hors d'elle. Vous osez appeler une nuit d'amour le traitement abominable que vous m'avez fait subir ? Il est entré dans ma chambre, Jason, en brisant une fenêtre. Il m'a à demi assommée, liée sur mon lit avec les cordons de mes rideaux et là il m'a violée, tu entends ? Violée comme la première venue dans une ville mise à sac ! Mais comme cela ne lui suffisait pas, il a voulu me laisser une trace indélébile. Alors... il a fait chauffer le chaton de la bague que tu lui vois... cette lourde chevalière armoriée, et il me l'a imprimée, brûlante, dans la chair. Voilà ce qu'il appelle une nuit d'amour.

Poings serrés, Jason avec un cri de colère s'élançait déjà sur Tchernytchev, prêt à cogner, mais le Russe recula vivement et, tirant son sabre, en appuya la pointe sur la poitrine de son agresseur :

— Allons, du calme !... J'ai peut-être été un peu vif, cette nuit-là et je reconnais que le terme « nuit d'amour » était impropre... du moins en ce qui me concerne. Il doit s'appliquer plus exactement à l'homme qui m'a succédé... celui avec lequel je me suis battu, dans votre jardin, ma douce...

Marianne ferma les yeux, malade à la fois de honte et de désespoir. Elle se sentait prise dans un réseau de semi-vérités, plus redoutables que les pires injures. Le visage de Jason était gris maintenant. Même ses yeux, curieusement vidés de toute expression, semblaient avoir perdu leur couleur et avaient pris la teinte de l'acier.

— Tchernytchev ! murmura-t-elle. Vous êtes un misérable !...

— Je ne vois pas en quoi. Vous ne pouvez guère m'accuser de mensonge, ma chère. Car je n'aurais malheureusement pas loin à aller pour appeler ce même homme en témoignage. Il doit être à l'heure présente à une journée à peine d'ici. Il court après Wittgenstein avec le corps du maréchal Victor... Mais, si vous le voulez bien, nous finirons plus tard cette intéressante conversation, car l'arrêt prolongé de ma troupe bouche une partie du quai et gêne ceux qui viennent derrière. Je vais vous faire donner des chevaux et...

— Il n'en est pas question ! coupa Jason avec une inquiétante froideur. Je ne ferai pas un pas en votre compagnie, car je n'ai aucune raison pour cela.

Les yeux du Russe se fermèrent à demi jusqu'à ne plus montrer que de minces fentes vertes. Sans cesser de sourire, il abaissa lentement son épée.

— Croyez-vous ? J'en vois une excellente : vous n'avez pas le choix ! Ou bien vous venez avec moi et nous réglerons nos comptes à la halte de ce soir, ou bien je vous fais fusiller comme espion. Car j'ai peine à croire que ce soit pour m'amener ma plus belle conquête que vous avez fait le voyage jusqu'ici. Quant à Madame, il me suffirait d'un mot jeté dans cette foule... l'annonce de ce qu'elle est au juste, par exemple, pour qu'elle soit mise en pièces dans les cinq minutes. Alors, choisissez... mais choisissez vite.

— Eh dites-le donc, ce mot ! s'écria Marianne. Dites-le et qu'on en finisse, mais aucune force humaine ne me convaincra de vous suivre. Vous êtes l'homme le plus méprisable que je connaisse. Faites-moi tuer ! Je vous hais...

— Tais-toi ! coupa brutalement Jason. Je t'ai déjà dit que ceci était une affaire d'hommes. Quant à vous, sachez que je choisis une troisième solution : nous allons nous battre, ici et sur l'heure. Vous oubliez un peu vite que vous avez disparu de Paris tout juste quelques heures après m'avoir appelé sur le terrain et que j'ai tous les droits de vous traiter de couard.

— Quand le Tsar ordonne, j'obéis. Je suis soldat avant tout. J'ai dû partir et je l'ai regretté, mais, je vous le répète, vous aurez votre duel, ce soir même...

— Non ! J'ai dit tout de suite. Sapristi, comte Tchernytchev, il n'est pas facile de vous mettre l'épée à la main ! Mais peut-être que maintenant...

Et d'un geste rapide, Jason souffleta par deux fois le Russe qui blêmit à son tour.

— Alors ? s'enquit Jason presque aimable. Nous battons-nous ?

Dans son uniforme vert sombre, le comte semblait prêt à se trouver mal. Son teint était cireux, ses narines pincées et il respirait avec difficulté.

— Oui ! fit-il enfin les dents serrées. Le temps de donner quelques ordres pour faire cesser cet encombrement et nous nous battons !

L'instant suivant, la sotnia reprenait son chemin dans un tonnerre de cris de satisfaction. Seuls, une dizaine de cosaques et un jeune « essaoul [1] ! » encore imberbe demeurèrent. Tchernytchev se retourna, sans doute pour saluer le pope avec lequel il conversait quand Marianne l'avait heurté, mais, choqué sans doute par la violence des propos échangés, à moins que ce ne fût par l'étrange comportement de son compatriote avec la femme inconnue, celui-ci s'était retiré dans son couvent dont la porte s'était refermée sans que personne s'en aperçût. Le comte haussa les épaules avec agacement et marmotta quelque chose entre ses dents. Puis, revenant à son adversaire :

— Venez ! ordonna-t-il. La rue que vous voyez là, à quelques pas, mène à une petite place fort tranquille entre le mur de ce monastère et les jardins des deux palais. Nous y serons à merveille pour ce que nous allons faire ! Le prince Aksakov voudra bien prendre soin de Madame, ajouta-t-il en désignant le jeune essaoul qui, perdant pour un instant sa raideur toute militaire, vint offrir son bras à Marianne plus morte que vive.

— S'il vous plaît, Madame, fit-il sans la moindre trace d'accent et en s'inclinant avec une grâce inattendue, qui arracha un éclat de rire à Tchernytchev.

— Vous pouvez dire Altesse Sérénissime ! Cette belle dame y a droit, mon cher Boris, fit-il d'un ton sarcastique.

Puis, désignant Shankala, toujours présente et toujours muette :

1. Capitaine.

— Et celle-là qui a l'air plantée en terre à vos côtés, qu'est-ce que c'est ?

— La femme de chambre de la princesse, fit Jason avant que Marianne eût seulement trouvé le temps de répondre.

— Elle ressemble plus à une zingara qu'à une honnête cameriste, mais vous avez toujours eu des goûts fort étranges, ma chère Marianne. Eh bien, je crois que nous pouvons aller maintenant...

On se mit en marche, les deux adversaires en tête suivis de Marianne qui, au bras du jeune officier, se sentait mourir à chaque pas et cherchait désespérément un moyen d'empêcher ce duel qui ne pouvait déboucher que sur un drame car, si Jason parvenait à sauver sa vie en abattant le Russe, qui pouvait dire ce que les cosaques, dans leur fureur d'avoir perdu leur chef, feraient d'eux ? Pour le moment, ils les enveloppaient de toutes parts et se montraient d'ailleurs fort utiles pour remonter sur quelques mètres le flot redevenu dense de la foule armée.

Mais, en effet, quelques instants plus tard, ils atteignaient une place ombragée, aussi vide et silencieuse que si l'on eût été en pleine nuit. C'était, avec ses volets clos et ses murs aveugles, comme un morceau de planète morte au seuil de laquelle venait se perdre, bizarrement, le vacarme du quai cependant tout proche. Par-dessus les grilles dorées d'un parc, un sycomore géant étendait ses longues branches chargées d'un feuillage dont le vert profond s'argentait de revers duveteux. Le terrain, en dessous, était bien plat.

— L'endroit me paraît bon... fit Jason. J'espère que vous voudrez bien ajouter à vos... bienfaits en me faisant donner une arme ?

Mais déjà l'essaoul détachait son sabre de sa dragonne de soie et le lui lançait. Jason l'attrapa au vol, le tira du fourreau et, après en avoir essayé le fil sur son pouce, fit jouer un instant dans le soleil la lame qui lança des éclairs.

Pendant ce temps, Tchernytchev avait rejeté son manteau et ouvert sa tunique qu'il lança à l'un de ses hommes. Puis, après une toute légère hésitation, il arracha sa chemise de fine batiste. Avec un froid sourire, Jason en fit autant de sa blouse.

A demi nus, les deux hommes semblaient de force sensiblement égale, mais ils avaient vraiment l'air d'appartenir à deux races différentes, tant le torse blanc de l'un avec sa toison rousse contrastait avec le corps de l'autre, tellement tanné par les vents de mer qu'il avait pris la couleur du cuir. Après quoi, sans un regard vers la femme pour laquelle ils allaient se battre, ils allèrent se placer face à face sous le sycomore, là où l'ombre était la plus épaisse et où le soleil ne risquait de gêner personne.

Tchernytchev qui venait lui aussi de vérifier le fil de son sabre salua son adversaire avec un sourire narquois :

— Je regrette de n'avoir pas d'autre arme à vous offrir. Il se peut qu'elle ne vous convienne pas...

Jason lui rendit un sourire de loup affamé :

— Votre sollicitude me touche, mais soyez sans crainte, je m'accommoderai fort bien de cette arme. Les sabres d'abordage sont infiniment plus lourds.

Et, fouettant l'air de sa lame, il salua ironiquement son ennemi qui, avec un regard à la jeune femme accrochée, pâle comme une morte, au bras de son sous-ordre, murmura :

— Vous ne désirez pas dire adieu à la princesse ? Il est peu probable que nous sortions tous deux vivants de cette aventure...

— Non, car j'espère vivre encore. C'est à vous que je veux m'adresser avant que nous n'engagions le fer : si je meurs, me donnez-vous votre parole de lui rendre sa liberté ? Je désire qu'elle soit ramenée à proximité des lignes françaises. Elle pourra y retrouver sans doute la protection de l'homme avec lequel vous vous êtes battu, la nuit du jardin !

Une affreuse douleur tordit le cœur de Marianne. Le ton employé par Jason ne laissait hélas aucun doute sur ce qu'il éprouvait pour elle à cette minute : la jalousie réveillée ramenait avec elle la défiance et le mépris. Elle eut peur, en même temps, que le dégoût ne lui fît chercher la mort.

— Ce n'est pas vrai ! Sur l'honneur de mon père, sur la mémoire de ma mère, je te jure que le général Fournier, car c'est de lui qu'il s'agit, n'est pour moi qu'un ami venu à mon secours à un moment où j'en avais grand besoin. C'est de ma meilleure amie, de Fortunée Hamelin qu'il est l'amant et c'est à ce titre qu'il m'a défendue. Ce soir-là, il venait me remercier d'avoir intercédé pour lui faire rendre son commandement. Que je meure à l'instant si ce n'est pas la vérité tout entière ! Quant à ce démon auquel il a permis de s'enfuir quand les gendarmes sont arrivés, il ne méritait certes pas ce geste chevaleresque, car c'est entre deux gendarmes que Fournier a quitté la maison cette nuit-là ! Osez dire le contraire, Tchernytchev !

— Je ne m'y risquerais pas car, après tout, je n'y étais plus. Mais il se peut que vous ayez raison. C'est... en effet l'arrivée des gendarmes qui m'a déterminé à fuir.

— Ah ! tout de même...

Un immense soulagement vida tout à coup Marianne de ses forces. Elle dut s'asseoir sur le muret où s'en-châssaient les lances de la grille, remerciant Dieu, au fond de son cœur, que le Russe eût hésité, au moment de comparaître peut-être devant sa justice, à se présenter avec la charge d'un mensonge supplémentaire.

Jason lui lança un bref coup d'œil et un demi-sourire qui fit briller ses dents au milieu de la forêt sauvage de sa barbe.

— Nous verrons cela plus tard. En garde, Monsieur !

Tandis que Marianne, retenue par Aksakov, ne voyant plus de ressource que dans le Ciel et entamait une longue et tremblante prière, le combat s'engageait avec une violence qui donnait la mesure exacte de la haine réciproque animant les deux ennemis. Tchernytchev se battait en homme pressé, les lèvres serrées, la fureur peinte sur son visage. Il attaquait sans cesse et la lame courbe de son sabre fendait l'air avec des sifflements rageurs, comme s'il cherchait à faucher quelque invisible prairie céleste.

Jason, pour sa part, se contentait momentanément de parer les coups mais sans rompre d'une ligne. Malgré ses paroles pleines d'assurance, il lui fallait tout de même s'habituer à cette arme étrangère, un peu plus légère peut-être que le sabre d'abordage, mais dépourvue de garde. En outre, il étudiait le jeu de son adversaire. Les pieds rivés au sol, le torse immobile, il ressemblait assez à l'une de ces idoles hindoues aux bras multiples tant le sabre dansait autour de lui.

Néanmoins, comme Tchernytchev l'attaquait avec une fureur renouvelée, il recula d'un pas et trébucha contre une pierre. Marianne eut un cri rauque tandis que le Russe, profitant de l'accident, portait une botte qui eût percé l'Américain d'outre en outre si, revenant vivement à la parade, il n'avait écarté le coup. Le sabre glissa contre son corps en l'éraflant et la peau se rougit de quelques gouttes de sang.

Le péril couru rendit à Jason la colère qui avait paru un instant l'abandonner. A son tour, il se mit à presser son adversaire qui rompit mais pas assez vite pour éviter un coup de pointe dans la chair du bras. Jason avança encore : un second coup, plus rude encore, blessa Tchernytchev à l'épaule. Il gronda sourdement, voulut riposter malgré la douleur mais, une troisième fois, le sabre du corsaire l'atteignit à la poitrine.

Il chancela, tomba sur les genoux, tandis que Jason reculait d'un bond. Dans l'effort qu'il fit pour sourire, sa bouche se crispa :

— J'ai mon compte, je crois... souffla-t-il.

Puis il s'évanouit.

Il y eut un instant de silence et de stupeur. Les cosaques regardaient la grande forme blanche étalée sur la terre comme s'ils refusaient le témoignage de leurs yeux. Mais ce ne fut qu'un instant. Tandis que Marianne, avec un gémissement de bonheur, courait vers Jason qui laissait tomber l'arme dont il venait de se servir si magistralement, Aksakov se précipitait vers son chef.

— Viens ! dit Marianne, haletante. Partons vite. Tu as vaincu loyalement, mais il ne faut pas rester ici...

Le jeune essaoul examinait le blessé, puis relevait la tête pour considérer les deux jeunes gens avec un mélange de fureur et de soulagement.

— Il n'est pas... mort, fit-il. Vous avez de la chance car je vous faisais fusiller sur l'heure.

Occupé à remettre sa blouse, Jason se raidit et se détournant considéra l'officier avec hauteur :

— Est-ce là votre conception de l'honneur et des lois du duel ? J'ai vaincu : donc je suis libre.

— Les lois du duel n'interviennent pas lorsque l'on est en guerre. Je ne vous tuerai pas puisque vous n'avez pas tué, mais je vous emmène : vous êtes mon prisonnier, C'est l'ataman qui décidera de votre sort ! Seule, Madame est libre !

— Mais je ne veux pas, protesta Marianne. Ou vous nous libérez tous les deux ou vous nous emmenez tous les deux. Je refuse de le quitter.

Elle s'accrochait au cou de Jason, mais, déjà, sur un ordre bref du prince, deux soldats l'en détachaient de force tandis que d'autres maîtrisaient Jason et lui liaient les poignets avant de l'attacher à la selle de l'un des chevaux.

Comprenant qu'on allait la laisser là, seule, au milieu de cette ville en folie tandis que l'on emmènerait Jason vers un destin inconnu qui était peut-être la mort, elle éclata en sanglots convulsifs. Elle ne se souvenait même plus de ce qu'elle était venue faire ici, de son désir de joindre l'Empereur des Français, de le mettre en garde, de son besoin de retrouver Arcadius et les autres. Il n'y avait plus devant elle que ce mur impitoyable fait de ces hommes sauvages qui, dans leur presque totalité, ne la comprenaient pas, et qui prétendaient la retrancher définitivement de l'homme qu'elle aimait.

Comme ses gardiens la lâchaient pour remonter à cheval, elle courut vers Aksakov qui prenait des dispositions pour emporter son chef, se jeta à ses pieds :

— Je vous en supplie. Emmenez-moi ! Qu'est-ce que cela peut bien vous faire ? Vous aurez deux prisonniers au lieu d'un et je ne demande qu'à partager le sort de mon ami.

— Peut-être, Madame. Mais avant le combat les conventions n'ont porté que sur vous et vous seule. Mon devoir exige que je vous rende votre liberté mais...

— Que voulez-vous que j'en fasse ? Et vous voilà bien à cheval sur votre devoir, Monsieur, alors qu'en arrêtant le vainqueur du duel, vous faites bon marché de sa règle la plus stricte. Je vous en prie : vous ne pouvez pas savoir ce que cela représente pour moi...

La voix de Jason, curieusement froide et lointaine, lui coupa la parole :

— Tais-toi, Marianne ! Je te défends te t'abaisser pour me sauver. Je te défends de supplier. Si cet officier préfère se déshonorer c'est son affaire : je refuse de faire la moindre tentative pour l'en empêcher... et je te l'interdis.

— Mais comprends donc qu'il veut nous séparer. Que nous allons nous quitter... ici même et que c'est peut-être devant un peloton d'exécution qu'il t'emmène.

Il eut ce petit sourire moqueur qui lui était familier et qui ne tirait qu'un coin de sa bouche. Puis, haussant les épaules :

— Il en sera ce que Dieu voudra. Songe à toi. Tu

sais très bien que tu peux te sauver, que tu ne seras pas longtemps perdue dans cette ville.

— Mais je ne veux pas... je ne veux plus. Je veux rester avec toi, partager ton sort quel qu'il soit.

Elle faisait des efforts désespérés pour le rejoindre, pour s'attacher à lui, quitte à être foulée aux pieds par les chevaux, mais déjà le cercle des cavaliers se refermait autour de lui. Elle eut un cri de bête blessée :

— Jason ! Ne me laisse pas !

Puis, se tournant vers Aksakov qui, à son tour, venait de remonter en selle :

— ...Vous ne pouvez donc pas comprendre que je l'aime ?

A son tour, il haussa les épaules, la salua avec un respect dérisoire :

— Peut-être ! Mais ce qui a été conclu doit être maintenu : Votre... Altesse Sérénissime est libre. Même... de nous suivre s'il lui plaît de risquer d'être piétinée dans la foule et de se perdre sans recours.

Et, sans plus s'occuper d'elle, la petite troupe de cavaliers reformée, autour du blessé, que l'on avait installé aussi confortablement que possible sur son cheval en attendant que l'on trouvât une voiture, et du prisonnier, s'enfonça dans une rue transversale qui devait, sans doute, rejoindre l'armée en retraite un peu plus loin.

Marianne les regarda s'éloigner. Son angoisse était telle que les dernières paroles d'Aksakov avaient mis un certain temps avant de prendre tout leur sens. Ce fut seulement quand la croupe du dernier cheval disparut au coin de la rue qu'elle comprit que rien ne s'opposait, comme l'avait dit l'essaoul, à ce qu'elle suivît, elle aussi, à ses risques et périls. Comme on venait de le lui dire, elle était libre.

La pensée de ses amis qu'elle abandonnait sans doute sans espoir de les revoir jamais traversa son esprit, mais elle la chassa : son destin n'était-il pas lié à celui de Jason ? Elle ne pouvait, ni ne voulait qu'il en fût autrement. Il fallait qu'elle le suivît jusqu'à la dernière minute, même si cette dernière minute devait sonner très prochainement... Après tout ce qu'elle avait déjà fait pour le rejoindre et le garder, agir autrement constituerait la plus stupide des désertions, une manière de se renier elle-même en quelque sorte.

Redressant la tête, elle prit une profonde inspiration et se dirigea, à son tour, dans la même direction que les soldats, traversa la place, voulut s'engager dans la rue. C'est alors qu'elle vit Shankala.

Debout au milieu de l'artère, assez étroite, les bras étendus, la tzigane prétendait lui barrer la route. Durant tout le combat, Marianne l'avait complètement oubliée car cette fille s'entendait comme personne à disparaître dans le moindre morceau d'ombre, à se faire muette, invisible. Mais maintenant, elle se montrait et, au sourire de triomphe, à l'expression haineuse qui convulsaient son visage brun, Marianne devina qu'il allait lui falloir se battre pour avoir le droit de suivre son amant. Elle comprenait trop tard qu'en prétendant poursuivre, contre toute vraisemblance d'ailleurs, l'homme qui l'avait répudiée, cette créature à demi sauvage ne souhaitait en fait que s'attacher le maître qu'elle s'était choisi et l'arracher à celle qui pouvait le considérer comme son bien légitime.

Marianne s'avança hardiment vers la femme qui dans ses vêtements couleur de sang avait l'air d'une de ces croix que l'on trace sur les portes des maisons pestiférées. D'un geste violent, elle lui ordonna de lui laisser le passage :

— Va-t'en ! ordonna-t-elle durement.

Alors, l'autre éclata d'un rire aigu et, avant que Marianne ait pu seulement la toucher pour l'obliger à lui faire place, elle avait tiré de sa ceinture un poignard dont la lame courte un instant brilla dans le soleil.

Elle frappa...

Avec un gémissement, Marianne s'écroula sur le sol battu par les sabots des chevaux. L'arme encore levée,

Shankala voulut se pencher sur elle pour s'assurer sans doute qu'elle avait frappé à mort, mais un véritable tintamarre la fit regarder vers l'autre bout de la place et, renonçant au coup de grâce, elle prit sa course pour rejoindre les cosaques...

CHAPITRE XIV

UNE REINE DE THÉÂTRE

Une douleur aiguë déchira de sa morsure l'épais cocon brumeux qui, pour Marianne, avait remplacé le monde. C'était comme une brûlure insistante et elle essaya de s'en défendre, luttant contre un bourreau invisible qui ne semblait pas décidé à lâcher prise.

— Ce sera moins grave que je ne pensais, fit une voix féminine joyeusement colorée d'accent italien. *Madre mia !*

— Elle a eu de la chance, car j'ai bien cru qu'elle était morte.

— Moi aussi, approuva une autre voix, dépourvue d'accent celle-là. Cependant, la meurtrière n'en était pas sûre. Si vous n'aviez claqué les volets en criant, ma chère Vania, elle frappait une seconde fois. Fort heureusement nous lui avons fait peur.

Ces voix n'ayant rien de céleste, Marianne ouvrit les yeux, mais faillit les refermer aussitôt tant les deux femmes qui se penchaient sur elle à la lumière d'une chandelle étaient étranges. Celle qui tenait la chandelle, jolie femme plus très jeune, rousse au teint blanc et aux yeux dorés, portait vertugadin de velours, fraise empesée et coiffe à trois pointes des princesses de la Renaissance, tandis que l'autre, drapée d'un péplum de pourpre typiquement romain, penchait sur la blessée, dont elle nettoyait la plaie avec une certaine énergie, un visage aux traits fins et réguliers, coiffé d'un haut chignon ceinturé d'un diadème tout aussi romain et de quelques aigrettes couleur de feu qui l'étaient beaucoup moins. Elle s'appliquait si fort à son travail que ses sourcils noirs se fronçaient au-dessus de ses yeux sombres et qu'un bout de langue pointue dépassait ses lèvres rouges et bien dessinées.

Armée d'une bouteille de cognac et d'un tampon de charpie, elle pansait la blessure de Marianne avec un soin qui n'excluait pas une certaine vigueur et qui arracha à sa patiente un gémissement de protestation :

— Vous me faites mal, se plaignit-elle.

Du coup, la dame aux aigrettes s'arrêta, regarda sa compagne, tandis qu'un grand sourire remplaçait son expression soucieuse :

— Elle parle français. Et sans accent, s'écria-t-elle en donnant toute son ampleur à un magnifique contralto. Étrange que nous ne la connaissions pas !

— Je suis française, dit Marianne, et je crois comprendre que vous l'êtes aussi. Mais je répète que vous me faites mal.

L'autre dame se mit à rire, découvrant de petites dents pointues et irrégulières, mais d'une blancheur absolue.

— Vous devriez être contente de pouvoir encore souffrir, remarqua-t-elle. De toute façon, nous n'avons pas le choix. Le poignard de cette fille pouvait être sale. Il valait mieux nettoyer.

— Voilà, c'est fini ! fit gaiement la Romaine. Votre blessure n'est pas très profonde. Je l'ai sondée et j'ai heureusement ici un onguent miraculeux. Je vais vous en faire un pansement et, avec un peu de repos, je pense que tout ira bien.

Tout en parlant, elle exécutait les gestes qu'elle annonçait, enduisait la plaie d'une sorte de pommade épaisse dont l'odeur balsamique était assez agréable et confectionnait un pansement de fortune avec un tampon et une large bande que la princesse de la Renaissance avait tirés des vestiges d'un jupon blanc. Quand ce fut fini, elle reprit la bouteille de cognac, en versa un doigt dans un verre et, après avoir entassé quelques coussins pour relever la tête de Marianne, le lui fit boire sans hésitation.

Redressée, Marianne put voir qu'elle était étendue sur un grand canapé dans une pièce de belles dimensions mais dans laquelle les volets hermétiquement fermés entretenaient une obscurité qui ne permettait pas d'en distinguer les détails. La bougie que tenait la princesse arrachait cependant à l'obscurité des formes étranges d'objets empilés et de meubles défoncés.

Quand elle eut vidé le verre, elle se sentit moins faible et s'efforça de sourire aux deux femmes qui la regardaient avec une certaine anxiété.

— Merci, dit-elle. Je crois que je vous dois une fière chandelle. Mais comment m'avez-vous trouvée ?

La dame romaine en se relevant déploya une taille majestueuse sans lourdeur et se dirigea vers une des fenêtres dans l'envol dramatique de son péplum rouge :

— De cette fenêtre nous avons tout vu, d'un peu loin, bien sûr, car vous étiez à l'autre bout de la place.

— Vous avez tout vu ?

— Tout : les cosaques, ce duel superbe mais auquel nous n'avons pas compris grand-chose... non plus qu'à ce qui s'est passé ensuite. C'était passionnant et tout à fait obscur. Cependant nous eussions évité de nous en mêler s'il n'y avait eu ce drame final, cette femme qui vous a poignardée. Alors nous avons rejeté les volets et poussé des cris, qui ont mis la diablesse en fuite, avant de descendre vous chercher. Voilà... vous savez tout.

— Pas entièrement. Pouvez-vous me dire chez qui je suis ?

La dame à la fraise se mit à rire :

— C'est par là que vous auriez dû commencer. Où suis-je ? Que fais-je ? Quel est ce bruit ? Voilà les questions que se doit de poser une héroïne dramatique lorsqu'elle sort d'un évanouissement. Il est vrai que vous avez quelques excuses et que notre accoutrement doit vous paraître étrange. Alors, je vous renseigne tout de suite : vous êtes ici dans les dépendances du palais Dolgorouki, inhabité la plupart du temps et où le concierge, un ami, a bien voulu nous recueillir. Je pourrais prolonger l'équivoque en vous disant que je suis Marie Stuart et que cette noble dame est Didon, mais je préfère vous dire que je suis Madame Bursay, directrice du Théâtre Français à Moscou. Quant à votre médecin occasionnel, je suppose que vous vous sentirez plus honorée par ses soins quand vous saurez qu'il n'est autre que la célèbre cantatrice Vania di Lorenzo, de la Scala de Milan...

— ...et des Italiens de Paris ! Grande admiratrice et... amie personnelle de notre grand empereur Napoléon, compléta Didon avec un air de tête superbe.

Malgré la douleur de son épaule et le chagrin qui lui était revenu avec la conscience, Marianne ne put s'empêcher de sourire.

— Vous aussi ? fit-elle. J'ai beaucoup entendu vanter votre voix et votre talent, signora. Quant à moi, je suis la princesse Sant'Anna et je...

Elle n'acheva pas. Avec impétuosité, Vania di Lorenzo revenait sur elle et, ôtant la bougie des mains de son amie, la promenait au-dessus du visage de la rescapée.

— Sant'Anna ? s'écria-t-elle. Je savais bien que je vous avais déjà vue quelque part. Vous êtes peut-être la princesse Sant'Anna, mais surtout vous êtes la cantatrice Maria Stella, le rossignol impérial, la femme qui a préféré un mari titré à une carrière exceptionnelle. Je le sais, j'étais au théâtre Feydeau le soir de votre première. Quelle voix ! Quel talent !... et quel crime d'avoir laissé tout ca !

L'effet de cette espèce de mise au point fut magique car, malgré la réprobation sincère de Vania, la glace se trouva rompue entre les trois femmes par la grâce de cette étonnante faculté, propre aux gens du spectacle, de se rejoindre et de se reconnaître en toutes circonstances, même les plus baroques.

Pour Mme Bursay, comme pour la signora di Lorenzo, Marianne ne représentait plus une grande dame, ni même une femme du monde : elle était l'une des leurs, rien de plus... mais rien de moins.

Tout en grignotant du lard fumé et des abricots secs arrosés de bière (le ravitaillement des rescapées du palais Dolgorouki était aussi peu orthodoxe que possible et se récupérait à peu près exclusivement dans les caves de la maison), la prima donna et la tragédienne mirent leur nouvelle amie au courant des événements qui les avaient amenées dans ce palais désert.

La veille, tandis que Mme Bursay et sa troupe répétaient la *Marie Stuart* de Schiller, en costumes, au Grand Théâtre de la Ville et que Vania y essayait celui qu'elle devait porter pour chanter Didon quelques jours après, une véritable émeute avait failli emporter le théâtre. L'arrivée des premiers blessés de Borodino et les nouvelles désastreuses qu'ils rapportaient avaient rendu le peuple de Moscou enragé. Une flambée de haine furieuse s'était levée alors contre les Français, se propageant comme un feu de brousse. On s'était jeté à l'assaut de tout ce qui, dans la ville, appartenait à cette nation exécrée : les boutiques des commerçants avaient été ravagées et pillées, la plupart des appartements mis à sac et il s'était même trouvé quelques émigrés, cependant hostiles à Napoléon, pour en pâtir eux aussi.

— Nous étions les plus connus, soupira Mme Bursay, les plus aimés aussi... jusqu'à ce malheureux jour.

— Malheureux ! s'écria Marianne. Alors que l'Empereur remporte des victoires et va bientôt entrer dans Moscou ?

— Je suis, moi aussi, une fidèle sujette de Sa Majesté, reprit la tragédienne avec un petit sourire, mais si vous aviez vécu ce par quoi nous sommes passés hier. C'était affreux ! Nous avons cru, un instant, que nous allions être brûlés vifs dans le théâtre. Nous avons eu tout juste le temps de nous enfuir par les caves et comme nous étions... mais nous avons dû attendre la nuit avant de quitter nos abris souterrains. Il était impossible de rentrer chez nous. Notre camarade Lekain, qui ne répétait pas, a pu regagner notre hôtel sans se faire remarquer : il a vu toutes nos chambres pillées, nos affaires jetées dans la rue et brûlées. Et il y a plus grave : tandis que nous, les femmes, fuyions les premières, notre régisseur Domergue a été pris par la foule et a failli se faire mettre en pièces. Heureusement, un piquet de police qui accourait pour éviter que le théâtre ne brûlât a pu intervenir et l'a arrêté. Le comte Rostopchine aurait proclamé son intention de l'envoyer en Sibérie !

— Comme son cuisinier, soupira Marianne. C'est décidément une manie. Mais qu'est devenu le reste de votre troupe ?

Vania eut un geste d'ignorance impuissante.

— On n'en sait rien du tout. A l'exception de Louise Fusil et de Mademoiselle Anthony qui sont ici avec nous, installées de l'autre côté de la cour, et du jeune Lekain présentement parti aux nouvelles, nous ne savons pas où sont les autres. Il nous a paru plus prudent de nous séparer : pris isolément nos costumes étaient déjà assez étranges, alors en groupe... Imaginez-vous Marie Stuart, ses fidèles, ses gardes, ses femmes et ses bourreaux déambulant dans les rues de Moscou ? Tout ce que nous pouvons faire c'est souhaiter qu'ils aient pu se tirer d'affaire aussi bien que nous et se trouver un refuge qui permette d'attendre, relativement à l'abri, que l'Empereur entre dans Moscou.

— Vous avez pris un bien grand risque en sortant pour me ramasser, murmura Marianne. Dieu sait ce qui aurait pu vous arriver si vous aviez été surprises ?

— Nous n'avons même pas pensé à cela, s'écria Vania en riant. Ce qui s'est passé sur la place était si passionnant ! Presque un acte de tragédie ! Et nous

nous ennuyions tellement. Aussi n'avons nous-mêmes pas hésité... D'ailleurs, je crois bien qu'il n'y a plus personne dans le quartier.

Naturellement, après avoir reçu les confidences des deux femmes, il fallut que Marianne racontât une partie de son histoire. Elle le fit aussi brièvement que possible, car elle se sentait prise d'une immense lassitude dans laquelle se glissait un début de fièvre due à sa blessure. Elle insista surtout sur l'angoisse que lui inspirait le sort de Jason et sur le regret qu'elle éprouvait de n'avoir pu retrouver ses amis perdus. Et comme, vaincue par l'émotion, elle se mettait à pleurer, Vania vint s'installer sur le bord du canapé et, rejetant en arrière un pan de son péplum, posa sa main fraîche sur le front de sa nouvelle amie.

— Assez parlé comme cela ! Vous avez de la fièvre et il faut vous reposer. Quand le gardien viendra, ce soir, nous essaierons d'obtenir de lui qu'il nous ouvre un appartement plus décent pour que vous ayez au moins un lit. Jusque-là, il faut essayer d'oublier vos amis car vous ne pouvez rien pour eux. Quand l'armée française entrera dans la ville... il est probable que tous ceux qui se cachent reparaîtront...

— S'il y a encore une ville, fit dans les profondeurs de la pièce une voix caverneuse dans la direction de laquelle les deux femmes se tournèrent.

— Ah ! Lekain ! Te voilà enfin, s'écria Mme Bursay. Quelles nouvelles ?

Un jeune homme d'une trentaine d'années, blond et séduisant encore que d'une physionomie un peu molle et d'une grâce un peu efféminée, sortit de l'ombre. Il portait des vêtements de toile assez élégants mais fort poussiéreux et semblait exténué. Son œil bleu se posa tour à tour sur les visages des trois femmes et il grimaça un sourire.

— Plus je vis à l'étranger, plus j'aime ma patrie, déclama-t-il avant d'ajouter de sa voix normale : Les choses vont de mal en pis. Je ne sais si l'Empereur atteindra Moscou assez tôt pour nous sauver. Mes hommages, Madame, ajouta-t-il à l'adresse de Marianne. J'ignore qui vous êtes, mais vous me semblez aussi pâle que belle.

— C'est une camarade que j'ai rencontrée par hasard, affirma Vania. La signorina Maria Stella, du théâtre Feydeau. Mais racontez, mon garçon, racontez ! Qu'est-ce qui nous menace encore ?

— Donnez-moi à boire d'abord. Ma langue me fait l'effet d'une grosse éponge complètement desséchée. Elle tient toute la place.

— Elle en tiendra bien davantage encore quand elle sera imbibée, remarqua Mme Bursay en lui servant un plein pot de bière qu'il avala, les yeux mi-clos, avec une expression de parfaite béatitude. Tout souci d'élégance superflue banni, il fit claquer sa langue, avala une tranche de jambon presque sans mâcher, la fit glisser à l'aide d'une seconde rasade puis, s'étalant de tout son poids dans un fauteuil cassé qui protesta, il poussa un profond et lugubre soupir.

— Même si le corps est destiné à une prochaine destruction, fit-il, c'est toujours une chose bien réconfortante que de le nourrir.

— Eh bien ! marmotta Vania. Vous êtes gai, vous ! Qu'est-ce qui vous fait croire que nous sommes voués à... comment dites-vous : une prochaine destruction ?

— Ce qui se passe en ville. Le bruit court que la cavalerie de Murat talonne l'arrière-garde de Koutousov. Alors, la population fuit !

— La bonne nouvelle ! Elle ne fait que ça depuis trois jours.

— Peut-être mais il y a population et population. Hier, c'étaient les riches, les nobles, les nantis ! Aujourd'hui, c'est tout le monde pour peu que l'on ait quelque chose à sauver. Seuls les indigents, les malades intransportables, les mourants vont demeurer. Et, à cette minute, le désespoir règne parmi tous ces gens parce que, de toutes les églises, comme de tous les couvents, on enlève les Saintes Images qui ne doivent pas tomber aux mains de l'Antéchrist et de sa bande de pirates. Près de l'église Pierre-et-Paul, j'ai vu la foule qui escortait les blessés à l'hôpital Lefort se jeter dans la poussière jusque sous les pieds des popes en tendant des bras suppliants vers les icônes, implorant pour que les images restent là et clamant que les blessés allaient certainement tous mourir, puis s'écarter sans même que les prêtres eussent seulement fait un geste pour l'en prier, tant est forte, chez ces gens, l'habitude de la soumission. Mais il y a plus grave...

— Quoi encore ? ronchonna Mme Bursay. Quelle fichue manie as-tu de toujours ménager tes effets, Lekain ?

— Ce n'est pas eux que je ménage : c'est vous ! Avant de quitter Moscou, ce damné Rostopchine a fait ouvrir toutes les prisons. Toute la vermine qu'elles contenaient, les bandits, les voleurs, les assassins, tout ça est lâché sur la ville et ne se soucie pas de la quitter sans en avoir profité. J'en ai vu une bande qui s'engouffrait dans le Kremlin par la porte du Sauveur... et je te jure bien qu'aucun n'a songé à saluer l'icône et qu'il ne s'est trouvé personne pour les rappeler à l'ordre[1]. Il est probable que la plupart des palais vont recevoir leur visite...

— Et vous êtes là à philosopher ? s'écria Vania indignée. Mais il faut prévenir le concierge, lui dire de barricader les portes, les fenêtres... Je ne sais pas, moi !

Lekain eut un petit rire sec et lugubre.

— Le concierge ? Il est loin s'il court encore... En arrivant je l'ai aperçu qui filait avec une carriole bien remplie. Si nous avons à nous défendre, il faudra nous en charger nous-mêmes. D'ailleurs, je pense que, dans cette resserre, nous n'aurons pas grand-chose à craindre...

1. Jusqu'à la chute du régime tsariste, quiconque s'abstenait de saluer l'image du Christ, au-dessus de la porte, était puni.

Marianne, qui avait suivi le dialogue de ses nouveaux amis sans y prendre part, émit alors son opinion :

— Si j'ai bien compris, cette resserre est près du portail d'entrée. Ces gens essaieront de fracturer les premières portes ou fenêtres qui leur tomberont sous la main. Nous aurions plus de chances de leur échapper en nous installant dans les chambres des domestiques...

Le jeune comédien qui, depuis un instant, semblait prendre un certain plaisir à la contempler lui adressa un sourire qui de toute évidence se voulait séducteur :

— J'ai dit tout à l'heure que vous étiez aussi pâle que belle, Madame, j'ajoute que vous êtes aussi sage que belle et pâle. Les soupentes des domestiques sous les combles me paraissent, en effet, un lieu de repli intéressant... à condition que ces énergumènes n'aient pas l'idée de mettre le feu, auquel cas nous serons immanquablement rôtis ! Et si...

— Avec des si, coupa Vania indignée, on démolit et on rebâtit le monde en quelques minutes. En ce qui me concerne, j'aime mieux être rôtie que violée... ajouta-t-elle en rejetant avec beaucoup de noblesse le pan de son rouge péplum sur son épaule.

— Vous avez de drôles de goûts, fit Lekain avec une grimace comique. Ce que c'est que chanter Didon ! Cela vous donne le goût du fagot. Quoi qu'il en soit, je crois que Madame a raison : il faut déménager. Puisque le concierge est parti, il doit être possible de forcer la porte du palais pour grimper là-haut ! Nous n'aurons peut-être pas de mauvaises visites, car Moscou est grand et il y a beaucoup de palais, mais, de toute façon, nous serons mieux abrités. Et cela nous permettra peut-être de tenir le coup jusqu'à l'arrivée des Français. Il faut aller chercher les autres...

Joignant le geste à la parole, il quitta la resserre pour traverser la cour et frapper à la porte de la petite pièce où s'étaient installées les deux autres actrices, tandis que Vania revenait vers Marianne qui, repoussant ses coussins, essayait de se lever. Elle se pencha vers elle :

— Comment vous sentez-vous ? Croyez-vous pouvoir marcher... monter trois étages ? Nous vous aiderons de notre mieux...

La jeune femme leva sur l'Italienne un pâle sourire :

— Il le faudra bien. Je me sens un peu faible, mais je crois que ça ira. Est-ce que j'ai perdu beaucoup de sang ?

— Un peu, tout de même. Mais vous devez avoir une bonne nature : il s'est arrêté de couler assez vite. Venez, je vais vous soutenir.

Passant un bras sous l'épaule intacte de Marianne, elle la prit par la taille et l'aida à se mettre debout. Il y eut alors un moment pénible pour la blessée qui eut l'impression que les murs se mettaient à tourner et que le reste de son sang refluait vers ses pieds.

— Buvez encore un peu de cognac ! suggéra Mme Bursay qui surveillait ses joues blêmissantes avec inquiétude.

— Mais je vais être ivre...

— Aucune importance ! Une fois là-haut, on vous couchera et vous pourrez dormir. Ce qui importe, c'est d'y arriver.

Docilement, Marianne avala un doigt d'alcool parfumé. Un peu de rose revint à ses joues, mais ce fut à Vania qu'elle offrit un sourire reconnaissant :

— Allons-y ! fit-elle seulement.

Tandis que Mme Bursay se chargeait des coussins et des provisions dont elle fit un baluchon avec le reste du jupon déchiré, Marianne et Vania se dirigèrent vers la porte à petits pas précautionneux. Le bras de la cantatrice florentine était ferme, solide et, soutenue par elle, Marianne parvint à marcher avec plus de facilité qu'elle ne l'eût cru. En outre, elle éprouvait pour sa nouvelle amie un curieux sentiment de confiance instinctive joint à l'impression de la connaître depuis toujours. Cela tenait peut-être à ce parfum de roses qui se dégageait du péplum pourpre et qui, brusquement, lui rappela Fortunée Hamelin.

Dans la cour, on retrouva Lekain. Aidé de deux jeunes femmes dont l'une était habillée comme une soubrette de comédie, et l'autre portait un costume de page, il s'efforçait de mettre en place la lourde barre de fer qui, la nuit, assurait la sécurité du palais. Quand ce fut fini, ils étaient tous trois rouges et hors d'haleine, mais ne s'en jetèrent pas moins, avec toute l'énergie dont ils étaient capables sur la porte d'entrée du palais proprement dit, qui dressait son double vantail de chêne au centre d'une colonnade. A l'aide d'outils trouvés dans la resserre, Lekain en vint à bout sans trop de peine, et, remettant à plus tard les présentations, la petite troupe de réfugiés pénétra dans l'immense et luxueux vestibule du palais. Les voix y résonnaient comme dans une cathédrale.

Impressionnée malgré elle par la majesté des lieux, Mme Bursay émit un petit rire moqueur et chuchota :

— Nous devons faire une étrange figure, avec nos oripeaux au milieu de ces marbres et de ces ors...

— Quelle idée ? s'insurgea Vania. En ce qui me concerne, je me sens parfaitement à ma place ici. Il suffit seulement de savoir prendre les choses par le bon bout.

Et, pour mieux montrer encore le mépris dans lequel elle tenait le génie familier de ces lieux déserts, elle entama de sa plus belle voix l'air de don Alfonso de *Cosi fan Tutte* :

> *Fortunato l'uom che prende*
> *Ogni cosa per buon verso...*

sans pour cela lâcher Marianne qu'elle entreprenait de hisser le long du monumental escalier.

Par jeu, Louise Fusil, celle qui était habillée en page et que ses camarades avaient surnommée Rossignolette, joignit sa voix fraîche à celle de l'Italienne, tandis que les comédiens, emportés tout à coup par ce besoin de folie que les artistes éprouvent parfois dans les moments les plus dramatiques, peut-être pour mieux se rassurer, les accompagnaient en imitant les instruments de l'orchestre. Marianne essaya de se joindre à eux, mais son épaule blessée la faisait cruellement souffrir et elle préféra renoncer.

Ce fut néanmoins dans une atmosphère presque joyeuse que l'on gagna les combles du palais et les chambres des domestiques dont l'aménagement ne pouvait, évidemment, se comparer en rien à celui des étages inférieurs : on n'y trouvait que bois blanc, paillasses et ustensiles grossiers. Mais Marianne n'en éprouva pas moins un grand soulagement à s'étendre sur un lit sans draps qui avait cependant l'avantage d'être propre, ce qui n'était pas toujours le cas des autres.

Vania s'installa avec elle, tandis que les autres s'établissaient dans les chambrettes voisines et que Lekain, redescendant, s'octroyait la permission d'aller visiter tout seul les caves du palais, chose qui avait été impossible tant que le concierge était encore là, et se chargeait de nourrir ses hôtes involontaires.

Il en revint chargé comme un colporteur, pliant sous le poids de deux énormes paniers dont l'un contenait de quoi faire du feu et quelques ustensiles de cuisine, et l'autre des victuailles d'où surgissaient les goulots poudreux et noblement cachetés de cire de quelques flacons vénérables.

— J'ai trouvé des merveilles, clama-t-il triomphalement. Regardez ça !... Du champagne, du caviar, du poisson séché, du sucre... et du café.

Le mot et ce qu'il évoquait réveillèrent Marianne qui, vaincue par la fatigue et la douleur, allait s'endormir.

— Du café ? s'écria-t-elle en se redressant sur un coude. C'est vrai ?

— Si c'est vrai ? Sentez-moi cette suave odeur,

belle dame, fit Lekain en lui mettant sous le nez le petit sac de forte toile qu'il venait d'ouvrir. Et j'ai apporté ce qu'il faut pour le griller et le préparer pour tout le monde. Dans un moment vous en aurez une bonne tasse. Faites-moi confiance et vous verrez que je suis, en quelque sorte, le génie du café.

Elle lui sourit, amusée et reconnaissante :

— Vous êtes surtout un homme merveilleux. J'ignore si la nuit qui vient sera la dernière que je vivrai sur cette terre, mais je vous devrai au moins de l'avoir entamée avec une tasse de café. Il n'y a rien que j'aime davantage...

Elle en but, avec délices car Lekain n'avait pas exagéré ses talents, deux et même trois tasses malgré les mises en garde de Vania qui craignait, avec quelque raison, qu'après cela il ne lui fût plus possible de fermer l'œil. Mais comme Marianne avait déjà subi une nuit blanche dans l'auberge d'Ivan Borissovitch, elle s'endormit tout de même sitôt la troisième tasse vidée.

Un bruit continu et l'intuition d'un danger l'éveillèrent au plus noir de la nuit, avec un sentiment d'angoisse comme cela se produit lorsque l'on ouvre les yeux sur un décor inconnu. Elle ne se rappelait plus du tout où elle était... Mais, contre le rectangle plus clair de la fenêtre, elle distingua la silhouette de Vania di Lorenzo qui se découpait avec son diadème et ses plumes.

— Il se passe quelque chose ? demanda Marianne en assourdissant instinctivement sa voix.

— Nous avons de la visite ! C'était assez prévisible, d'ailleurs, ce palais étant l'un des plus beaux et des plus riches de la ville.

— Quelle heure est-il ?

— Une heure du matin. Peut-être un peu plus...

Moins péniblement qu'elle n'eût pu le craindre, Marianne glissa à bas de son lit et rejoignit la chanteuse, mais ne vit pas grand-chose hormis les reflets des lumières qui dansaient sur les arbres du jardin. Par contre, le bruit enflait de minute en minute : des cris, des rires, des chansons qui traînaient déjà tout leur poids d'ivrognerie, parfois un fracas de verre brisé ou un vacarme plus sourd annonçant l'effondrement d'un meuble.

— Par où sont-ils entrés ? demanda Marianne qui ne pouvait s'en rendre compte, car cette fenêtre donnait sur le jardin et non sur la cour d'entrée.

— En escaladant le toit des écuries, fit derrière elle la voix inquiète de Lekain. Je les ai vus accomplir cette manière d'exploit : ils étaient deux avec des cordes et des grappins. Une fois dans la place, ils ont enlevé la barre...

— Que faisons-nous ? chuchota à son tour Louise Fusil qui venait d'apparaître derrière son camarade. Je me demande si nous avons eu raison de nous réfugier ici. Rien ne dit qu'ils ne monteront pas visiter l'étage des domestiques quand ils auront pillé ceux du bas. Nous aurions peut-être mieux fait de nous cacher dans le parc...

— Dans le parc ? Regardez...

En effet, une nouvelle troupe apparaissait sur la pelouse à l'anglaise qui s'étendait aux pieds d'une terrasse sur laquelle sans doute ouvraient les salons. A la lumière des torches qu'elle portait, les réfugiés distinguèrent des hommes avec de longues barbes et des figures sinistres, affublés de blouses déchirées ou de mauvaises couvertures attachées avec des ficelles : ils étaient armés de fourches, de fusils et de couteaux et marchaient, silencieusement, avec la prudence de chats aux aguets vers le palais qui, dans la nuit, devait briller comme une énorme lanterne.

— Ceux-là ont dû escalader les grilles ou un mur, soupira Lekain. Voilà notre retraite coupée.

— Pas forcément, répondit Vania. Il y a deux escaliers de service, à chacun des bouts de ce couloir. Lekain va se poster à l'un, moi à l'autre et si l'un de nous entend monter, il donnera l'alerte : nous essaierons de filer par l'autre escalier et le parc.

— Entendu ! Espérons seulement que, s'ils montent, ils n'auront pas l'idée de le faire par les deux escaliers à la fois.

— Toujours optimiste à ce que je vois ! marmotta Vania qui, de sa démarche imperturbablement royale, s'en alla majestueusement prendre le poste de garde qu'elle s'était assigné.

Les quatre femmes qui restaient se séparèrent aussi. Mlle Anthony et Mme Bursay passèrent dans l'une des chambres qui donnaient sur la façade, tandis que Marianne et Louise Fusil demeuraient là où elles étaient, cœur battant, l'oreille aux aguets.

Bientôt le vacarme devint proprement infernal. Les hurlements allèrent crescendo rythmant des coups sourds qui se répercutaient dans tout l'édifice pourtant solidement construit mais qui, par instants, tremblait comme si, sous lui, la terre frissonnait.

— On dirait qu'ils démolissent les murs, remarqua Marianne d'une voix blanche.

— C'est peut-être ce qu'ils font, mais je crois surtout qu'ils se battent entre eux, murmura Louise Fusil.

En effet, les cris n'étaient plus seulement de victoire, de joie ou des beuglements d'ivrognes. Des plaintes, des gémissements de douleur s'y mêlaient. De toute évidence, les bandits arrivés par le parc tentaient de convaincre leurs confrères de partager le butin avec eux. Mais, pour ceux qui écoutaient, suspendus en quelque sorte au-dessus de ce pandémonium, la bacchanale meurtrière avait quelque chose d'épouvantable, car ils pouvaient en déduire aisément que la minute où ces brutes, aux prises avec la plus aveugle fureur, les découvriraient serait pour eux la dernière.

Le cœur cognant lourdement dans sa poitrine, les mains glacées, Marianne en oubliait la douleur de son épaule. Elle sortit doucement dans le couloir central, qui prenait jour à chaque extrémité par un œil-de-bœuf éclairant une arrivée d'escalier. Près de chacun d'eux, Vania et Lekain étaient postés, immobiles, l'oreille tendue, épiant les bruits des étages inférieurs.

— Toujours rien ? souffla Marianne.

D'un même mouvement, ils secouèrent la tête sans répondre... Et puis, tout à coup, il y eut un bruit de galopade et le vacarme passa à l'extérieur, comme si, tout à coup, la maison venait d'éclater.

— On dirait qu'ils s'en vont ! dit tout à coup Mlle Anthony en essayant de contenir, par prudence, la joie qui vibrait dans sa voix. Je vois une masse d'hommes qui reflue vers la rue.

— Côté parc, il n'y a personne, constata Mme Fusil en écho. Ils doivent juger inutile d'escalader de nouveau les grilles. Allons voir !

Les deux sentinelles revinrent en courant et l'on se regroupa dans la chambre où Marianne avait dormi. En effet, le palais vomissait, presque spasmodiquement, comme un abcès qui se vide, des groupes hirsutes et dépenaillés, de véritables démons, rouges de s'être roulés dans le vin et sans doute aussi dans le sang. Mais la joie que les comédiens éprouvèrent en voyant s'éloigner les dangereux assaillants fut de courte durée : quelques secondes tout au plus. Elle prit fin avec un cri étranglé de Louise Fusil :

— Le feu ! Ils ont mis le feu !

C'était vrai. Une lumière rouge éclairait le rez-de-chaussée où un ronflement suspect avait remplacé le tumulte de tout à l'heure. D'ailleurs, ceux qui, les derniers, abandonnaient le palais se retournaient pour lancer, avec des injures, les torches qu'ils portaient encore à l'intérieur.

— En retraite ! s'écria Lekain. Descendons tout de suite ! Il faut gagner le parc...

Ils s'élancèrent vers l'escalier qui leur parut le plus éloigné du foyer principal de l'incendie. Vania voulut soutenir Marianne comme elle l'avait fait précédemment, mais la jeune femme refusa :

— Le café et le sommeil m'ont fait du bien. Prêtez-moi seulement votre bras... Nous devons faire vite...

Ils descendirent à tâtons car l'escalier, pris dans l'épaisseur d'un mur, était obscur, se cognant aux parois, affolés par la chaleur qui grandissait d'instant en instant. A la hauteur du premier étage, ils eurent l'impression de pénétrer dans une fournaise tant l'étroite cage était suffocante.

— Les flammes doivent être toutes proches, hoqueta Vania. Une chance... que ce palais soit bâti en pierre. S'il était... en bois... comme beaucoup... nous serions déjà cuits...

— Ce n'est que partie remise, fit Lekain qui jura comme un charretier. L'escalier commence à brûler.

En effet, l'obscurité venait de faire place à une éclatante lumière rouge et en atteignant le dernier tournant, les malheureux virent que les premières marches flambaient tandis qu'une épaisse fumée noire s'élevait en tourbillonnant, presque aussi dangereuse.

— Nous... ne pourrons pas passer, gémit Louise Fusil. Nous allons mourir là...

— Jamais de la vie, vociféra Vania. Serrez vos vêtements autour de vous et foncez ! Nous avons juste une seconde ou deux. Et si vos vêtements s'enflamment, roulez-vous dans l'herbe ou dans le sable en atteignant le jardin. J'y vais ! Qui m'aime me suive !...

Et, sans laisser à Marianne le temps de donner son avis, elle l'entoura d'un bras, resserra autour d'elle, de l'autre, son péplum et s'élança avec sa compagne à travers les flammes.

Marianne ferma les yeux. Elle crut un moment que ses poumons prenaient feu et retint sa respiration. Mais l'élan de Vania était irrésistible. Emportée plus que soutenue par elle, Marianne ne sentit qu'à peine la morsure du brasier bien que sa jupe eût commencé à s'allumer. Le hurlement qu'elle poussa lui fut arraché surtout par son épaule blessée quand sa compagne, après lui avoir fait dégringoler la terrasse, se roula avec elle sur la pelouse afin d'éteindre les flammes qui les avaient atteintes.

Bientôt, elles furent rejointes par les autres qui, ayant commencé à brûler quelque peu eux aussi, se roulèrent dans l'herbe en criant de douleur mais, heureusement, sans blessures sérieuses. En se retrouvant tous, meurtris, haletants et à moitié assommés, ils restèrent un instant assis sur l'herbe, se regardant avec une sorte d'incrédulité parce qu'ils n'arrivaient pas à croire à leur chance.

— Eh bien ! soupira Mme Bursay, nous l'avons échappé belle. Nous sommes tous là et, apparemment, nous sommes entiers.

— Tâchons de le rester, alors, fit Lekain. Et ce sera difficile si nous demeurons. Il faut nous écarter avant que le palais ne s'écroule.

La belle demeure des princes Dolgorouki flambait, en effet, sur toute sa hauteur, dressant un grand rideau de feu dont la chaleur était insoutenable. C'était comme une énorme cascade rugissante et féroce, dont l'aveuglant éclat chassait l'obscurité jusqu'aux extrêmes limites du parc.

— *Madona !* gémit Vania ! Où sont donc les pompes de cette ville ? Si rien ne vient arrêter l'incendie, tout le quartier risque de brûler...

Ce fut comme un signal. Elle avait à peine fini de parler que le ciel crevait. Avec un grondement apocalyptique, des trombes d'eau s'abattirent sur Moscou, noyant instantanément le jardin des Dolgorouki et ses occupants momentanés qui battirent précipitamment en retraite pour fuir les jets de vapeur brûlante jaillissant maintenant de l'incendie. Avant peu le brasier se transformerait, sous la pluie battante, en une espèce de gigantesque chaudière.

Trempés jusqu'aux os, Marianne et les comédiens essayèrent de trouver un abri mais le jardin ne comportait aucun de ces petits édifices de plaisance que l'on y trouve parfois et bientôt, les arbres, gorgés d'eau ne furent plus d'aucune protection.

— Il faut sortir d'ici, s'écria Mlle Anthony. Sinon, nous allons attraper la mort...

— Ce ne serait trop rien, bougonna Vania. Mais je risque d'y laisser ma voix. Je suis une femme du soleil, moi. Et je crains l'humidité comme la peste. Que je prenne froid et je ne pourrai plus chanter !

— J'admire, ricana Lekain, que vous songiez à chanter en ce moment... Mais je suis d'accord quand vous dites qu'il faut quitter immédiatement « ces lieux inhospitaliers ». La question est : par où ?

C'était en effet plus facile à souhaiter qu'à faire. Les murs et les grilles qui cernaient le jardin n'offraient d'autre issue qu'une petite porte basse, armée de ferrures dignes d'un coffre-fort et qu'il était, de toute évidence, impossible d'ouvrir.

— Les bandits, tout à l'heure, sont bien entrés, dit Louise Fusil. Pourquoi ne sortirions-nous pas ?

— Ils sont entrés en franchissant le mur, répliqua Lekain. Évidemment, je veux bien vous faire la courte-échelle pour grimper dessus si vous acceptez ensuite de m'aider à vous rejoindre... Encore que je ne voie pas bien comment...

Pour toute réponse, Vania, qui venait d'arracher enfin son diadème et ses plumes, cassées et alourdies d'eau, qui lui tombaient sur la figure, déroula la longue bande de soie rouge qui constituait son péplum et, sans se soucier d'apparaître en jupon et camisole sans manches, tendit le tissu :

— Une fois là-haut, on vous jettera ça ! C'est plus que solide ! Ensuite, ça nous servira à descendre de l'autre côté...

Ainsi munis, on s'attaqua presque allégrement à l'obstacle. Vania ayant donné l'idée et le moyen passa la première, s'établit solidement à califourchon sur le mur et se pencha pour secourir Marianne que les autres femmes aidèrent à s'établir péniblement sur les épaules de Lekain, d'où la poigne de la cantatrice la hissa par son unique bras valide jusqu'au faîte. Les autres suivirent et, bien entendu, on tira Lekain le dernier.

La descente s'effectua dans le même ordre grâce au péplum de Didon tordu en grosse corde. Mais, une fois parvenue de l'autre côté du mur, Marianne, toutes forces épuisées, se trouva au bord de l'évanouissement. Tandis que les autres atterrissaient avec l'aide de Vania, elle dut s'adosser au mur, le cœur cognant à grands coups et la tête vide, insensible même à la pluie qui faisait toujours rage.

— Ça ne va pas fort, hein ? fit Vania apitoyée par sa mine défaite.

— Pas très. Où allons-nous maintenant ?

— Honnêtement, je n'en sais rien du tout. Des nombreux amis que nous avions, il ne doit rester personne...

— Justement, fit Mme Bursay. Il doit être possible de s'installer dans une autre maison inoccupée. Il y en a tellement !...

— Les maisons inoccupées réservent de désagréables surprises, marmotta Lekain en essayant de relever le col de son habit pour abriter un peu sa tête.

— Pourquoi ne pas essayer de retrouver nos camarades ? proposa Louise Fusil. Depuis que nous sommes séparés, je n'ai cessé de penser à eux et je me suis demandé s'ils n'auraient pas cherché refuge au palais Narychkine. Le prince s'intéressait de près à la petite Lamiral...

— Entre courtiser une danseuse et recueillir toute une troupe, il y a une marge, bougonna Lekain. Mais, après tout, c'est possible : il avait l'air très « mordu » le cher prince... On peut toujours aller voir.

— *Santa Madona !* Réfléchissez un peu, intervint Vania. C'est à l'autre bout de la ville votre palais Narychkine. Et cette malheureuse ne pourra jamais aller jusque-là ! Moi, j'ai une meilleure idée : le curé de Saint-Louis-des-Français...

— L'abbé Surugue ? fit Lekain avec une visible répugnance. Quelle idée !...

— Pourquoi ? C'est un Français et un homme de Dieu. Il nous accueillera. Je le connais. C'est la générosité même.

— Peut-être, mais il n'empêche que c'est un prêtre et que je ne les aime pas. Au surplus, l'église et les comédiens, sans faire aussi mauvais ménage qu'au temps de Molière, n'entretiennent pas de si chaudes relations... Je n'irai pas.

— Moi non plus, dit Mme Bursay... Je ne sais pas si...

— Eh bien, moi, j'y vais ! coupa Vania en glissant son bras sous la taille de Marianne. Allez de votre côté, vous saurez toujours où me retrouver. Au surplus... vous avez raison. Pas de vous défier de l'abbé Surugue, mais de ne pas vouloir l'envahir. Il regorge peut-être déjà de réfugiés.

— Mais je ne voudrais pas être cause de votre séparation, gémit Marianne désolée. Conduisez-moi chez ce prêtre et ensuite rejoignez vos amis. Il serait stupide de couper votre groupe pour une étrangère.

— Vous n'êtes pas une étrangère. Vous êtes une cantatrice, comme moi. En outre, vous êtes une princesse de Toscane et la Toscane, c'est mon pays. Assez causé ! En route ! A bientôt, vous autres ! Dieu vous garde !

— On peut tout de même vous accompagner jusqu'à Saint-Louis, proposa Mme Bursay ; on repartira ensuite. Ce n'est pas loin et l'église nous abritera bien jusqu'à la fin de la pluie.

Les choses ayant été ainsi décidées, on s'achemina par les rues vides jusqu'à la chapelle qui portait le nom pompeux de Saint-Louis-des-Français à l'instar de la paroisse romaine. Elle s'élevait aux abords de Kitay Gorod et s'adossait à une maison de taille moyenne, bâtie en bois comme presque toutes celles de ce quartier, mais un petit jardin limité par un mur de briques s'étendait sur son côté gauche. Au-dessus de la porte élevée de deux marches, une grosse lanterne de verre, à l'abri des plus fortes pluies, éclairait une modeste croix latine en pierre sculptée. C'était le presbytère.

Aidée par Lekain, Vania fit monter les deux marches à Marianne et, soulevant le marteau de cuivre, fit pleuvoir sur le vantail une grêle de coups sonores, tandis que les autres, constatant que la porte de l'église était fermée, choisissaient de s'éloigner.

Un petit homme vêtu de noir, comme un sacristain, une calotte sur ses cheveux gris, vint ouvrir, une chandelle à la main.

— Vous devez être le bedeau, dit Vania dans son français si pittoresquement coloré d'accent italien. Nous voudrions demander à l'abbé Surugue, pour cette dame blessée et pour moi-même...

La vue d'une femme en jupon trempé ne parut pas surprendre outre mesure le bedeau de Saint-Louis. Il ouvrit la porte toute grande :

— Entrez vite, Madame, dit-il seulement. Je vais prévenir Monsieur le curé !

Mais, à cette voix, Marianne, qui, à bout de forces, avait appuyé son visage contre le cou de sa compagne, se redressa et ce fut avec une certaine stupeur qu'elle et le petit homme se regardèrent. Le bedeau de Saint-Louis, c'était Gauthier de Chazay...

CHAPITRE XV

L'INCENDIE

L'échange de regards ne dura qu'un instant. Marianne ouvrait déjà la bouche. Elle allait parler, dire quelque chose, s'exclamer peut-être... Mais très vite l'étrange bedeau se détourna, marmotta qu'il allait prévenir l'abbé Surugue et s'éloigna avec sa bougie, laissant les deux femmes dans l'obscurité quasi totale d'un étroit vestibule fleurant l'encens et la soupe aux choux un peu âgée.

Marianne alors se ressaisit. Son parrain, elle le comprenait, ne désirait pas être reconnu d'elle, peut-être à cause de la présence de Vania... peut-être pour une tout autre raison... Des raisons obscures, il en avait toujours un plein panier à sa disposition, comme il convenait au maître d'un ordre religieux qui, pour être devenu occulte, n'en demeurait sans doute pas moins puissant. Visiblement, il était là incognito. Il se cachait peut-être... mais de qui ? De quoi ?

Malgré l'épuisement, la curiosité de Marianne, toujours en éveil et inapaisable, réclamait ses droits et, bizarrement, lui rendait quelques forces. Dans quel but un cardinal romain, général des Jésuites de surcroît, c'est-à-dire l'homme le plus puissant de l'Église après le pape, et peut-être avant lui depuis que Napoléon en avait fait un prisonnier, s'était-il résolu à se dissimuler sous l'habit modeste d'un sacristain de chapelle ?

Bien sûr, depuis qu'elle le connaissait, Gauthier de Chazay avait toujours traité la toilette et le faste avec un superbe dédain. Un petit habit noir d'une extrême simplicité revêtait l'image que sa filleule gardait de lui. Et la grande simarre pourpre qu'il arborait aux Tuileries le fameux jour du scandale lui avait fait l'effet d'un déguisement insolite. Mais, cette fois, l'habit noir était non seulement modeste mais d'une douteuse propreté.

Dieu me pardonne ! pensa Marianne. Je crois bien que mon parrain n'était ni rasé, ni débarbouillé. Un vrai moujik !

Elle n'eut pas l'occasion de vérifier ses remarques, car ce ne fut pas lui qui revint, mais un prêtre en soutane, d'âge moyen et de visage aimable au-dessus duquel quelques boucles grises s'efforçaient de masquer une calvitie certaine. En apercevant les deux femmes, assises dans leurs vêtements trempés sur le banc de son vestibule, il leva les bras au ciel :

— Mes pauvres enfants ! s'écria-t-il avec une pointe d'accent méridional qui mettait un peu de soleil dans ce couloir lugubre. Vous aussi vous venez chercher refuge ici. Mais c'est que ma maison est pleine. La moitié des Français de Moscou est accourue ici. Où est-ce que je vais bien pouvoir vous mettre ?

— Il ne nous faut pas tellement de place, *padre*, plaida Vania. Un petit coin dans votre église, par exemple...

— Elle est bondée. J'ai dû fermer les portes sur la rue pour empêcher que l'on y entre encore... Une personne de plus et c'est l'étouffement !

— Alors ici ! S'il n'y avait que moi, je m'accommoderais parfaitement de ce banc, mais ma compagne est blessée, épuisée... le moindre matelas...

Le prêtre haussa les épaules avec accablement.

— Je ne vous aurais pas dit tout ça si j'avais seulement un matelas à vous offrir. Mais je viens de donner celui de Guillaume, mon sacristain, à la première vendeuse de Mme Aubert qui attend un bébé. Quant au mien...

— Je comprends : ce n'est plus qu'un souvenir depuis longtemps, dit Marianne en s'efforçant de sourire. Si vous aviez seulement un peu de paille où nous puissions nous étendre, ce serait bien suffisant. Nous sommes comédiennes... Le confort n'est pas toujours notre lot...

— Bien sûr ! De toute façon je ne peux pas vous fermer ma porte par cette nuit terrible... et par ce temps. Venez avec moi...

A sa suite, elles suivirent le couloir. De chaque côté, derrière des portes fermées des bruits divers se faisaient entendre : murmures de prières, chuchotements, ronflements aussi mais qui disaient qu'en effet la demeure du prêtre remplissait largement son rôle d'asile. Tout au bout, l'abbé poussa une porte basse qui ouvrait près de la cuisine.

— Il y a là un réduit où l'on range toutes sortes d'outils. Mais je vais vous trouver un peu de paille et je crois que vous aurez assez de place pour vous étendre toutes les deux. Puis, je vous porterai de quoi vous sécher et quelque chose de chaud.

Un moment plus tard, les deux femmes trouvaient, au milieu des balais, des seaux et des outils de jardinage, un confort relatif grâce à une botte de paille que l'on étendit à terre, une serviette pour s'essuyer, deux nappes dans lesquelles toutes deux s'enveloppèrent après avoir ôté leurs vêtements trempés qu'elles accrochèrent aux manches des râteaux et à un pot fumant de vin chaud à la cannelle qu'elles burent avec délice, à la lueur d'une chandelle, après que leur hôte leur eut souhaité le bonsoir.

Avant de s'étendre, Vania vérifia avec sollicitude le pansement de Marianne. Il était mouillé, mais l'épaisse couche de pommade qu'elle avait étalée sur la blessure l'avait préservée de l'humidité. Un morceau de la serviette fournit un pansement sec, puis la cantatrice tâta le front de sa compagne.

— Vous serez vite guérie, déclara-t-elle avec satisfaction... Après tout ce que vous venez de subir, vous n'avez même pas de fièvre. *Santa Madona !* Vous pouvez vous vanter d'avoir une bonne nature.

— J'ai surtout de la chance, ne fût-ce que celle de vous avoir rencontrée.

— Bah ! « La chance est femme... » chantonna Vania et je peux vous retourner le compliment. Il y a si longtemps que j'avais envie de vous connaître...

Les deux femmes ne tardèrent pas à sombrer dans le sommeil, mais celui de Marianne fut nerveux, agité. Les événements de cette longue et dure journée écoulée, la panique, la rencontre avec Tchernytchev, le duel, l'arrestation de Jason, l'attaque perfide de la tzigane, la blessure et enfin l'incendie du palais, la fuite sous l'averse, tout cela avait frappé sur la jeune femme à coups redoublés. Privé du contrôle du corps endormi, son esprit tournoyait comme un oiseau affolé sans parvenir à trouver le repos. L'angoisse l'assiégeait toujours, cette angoisse contre laquelle s'était dressée, comme un providentiel rempart, une espèce d'ange pittoresque et chaleureux drapé dans un péplum couleur d'enfer et coiffé d'un absurde plumail.

Elle retrouvait, curieusement, le vieux rêve qui si souvent l'avait hantée. La mer... la mer en vagues furieuses élevait un barrage écumeux entre elle et un vaisseau qui, à pleines voiles, s'envolait vers l'horizon. Malgré la fureur des flots, Marianne essayait désespérément de le rejoindre. Elle luttait, elle luttait de toutes ses forces, de toute sa volonté jusqu'à ce qu'au moment où elle allait s'engloutir une main énorme vînt couvrir l'océan et s'abattît sur elle pour l'arracher à l'abîme. Mais, cette nuit, la mer était rouge et la main n'apparut pas. Ce qui vint, ce fut quelque chose d'imprécis qui heurta la dormeuse en la secouant légèrement... et Marianne, s'éveillant brusquement, vit que son parrain était penché sur elle et la secouait doucement.

— Viens ! chuchota-t-il... allons dans le couloir ! Il faut que je te parle...

Elle jeta un coup d'œil à sa compagne, mais Vania, roulée en boule dans la nappe de l'abbé Surugue, dormait comme une bienheureuse et n'eut garde de s'éveiller quand sa compagne froissa la paille en se levant.

Le couloir était obscur. Seul un quinquet allumé près de la porte de la rue en éclairait, à peine, les profondeurs. Assez tout de même pour que l'on pût se rendre compte qu'il était parfaitement désert. Néanmoins, Marianne et le cardinal demeurèrent dans le renfoncement de la porte.

— Pardonne-moi de t'avoir éveillée, fit ce dernier. Tu es blessée à ce que je vois ?...

— Ce n'est pas grave : un coup que j'ai reçu... dans la foule, mentit la jeune femme qui n'avait ni le désir, ni le courage de se lancer dans de longues explications.

— Tant mieux ! Car demain matin il faut que tu quittes cette maison... et Moscou par la même occasion, surtout Moscou. Je n'arrive pas à comprendre ce que tu es venue y faire. Je te croyais en mer, faisant route vers la France.

Sa voix était sèche, haletante. Son haleine, un peu aigre, sentait la fièvre et, dans le ton qu'il employait, aucune tendresse ne se devinait mais, surtout, un mécontentement agacé.

— Je pourrais vous retourner votre question, riposta Marianne. Que fait, déguisé en bedeau, le cardinal de San Lorenzo dans Moscou à l'heure où l'empereur en approche !

Dans l'ombre, elle vit un éclair de colère briller dans les yeux du prélat.

— Cela ne te regarde pas ! Et nous n'avons pas de temps pour des explications. Pars, te dis-je ! Fuis cette ville car elle est condamnée.

— Par qui ? Et à quoi ? Croyez-vous Napoléon assez fou pour la détruire ? Ce n'est pas son genre ! Il hait la destruction et le pillage. S'il prend Moscou, Moscou n'a rien à craindre.

— Ne me pose pas de questions, Marianne. Fais ce que je t'ordonne. Il y va de ton salut... de ta vie... Qui est cette femme qui t'accompagne ?

— Vania di Lorenzo, une cantatrice célèbre. Et une femme de cœur.

— Je connais la cantatrice, pas son cœur. N'importe : je préfère que tu ne sois pas seule et elle doit connaître la ville... Demain matin... ou tout à l'heure, car le jour ne tardera plus guère, vous partirez d'ici. Dis-lui de te montrer la route que suivent les déportés quand ils s'en vont vers la Sibérie. A Kouskovo, vous trouverez le château du comte Chérémétiev. Ce n'est pas loin : une lieue et demie à peu près. Le comte est un ami. Dis-lui que tu es ma filleule. Il te recevra largement et tu attendras que je vienne te rejoindre.

— Dois-je aussi lui dire que je suis la princesse Sant'Anna, l'amie de l'Empereur ? Je doute à ce moment-là de la chaleur de son accueil, fit Marianne avec ironie.

Puis, plus durement :

— ...Non, mon parrain ! Je n'irai pas à Kouskovo où je n'ai rien à faire. Pardonnez-moi de vous désobéir, pour la première fois de ma vie et délibérément, mais je veux rester à Moscou.

Dans l'ombre, elle sentit soudain sur la sienne la main froide et sèche du cardinal.

— Quelle obstination ! gronda-t-il. Pourquoi veux-tu rester ? Pour le voir, n'est-ce pas ? Avoue donc que tu attends Bonaparte !

— Je n'ai aucune raison de ne pas l'avouer, comme vous dites ! Oui, j'espère rencontrer l'Empereur, car je veux lui parler...

— De quoi ?

Marianne comprit qu'elle était sur une pente glissante. Un instant de plus et, oubliant que Gauthier de Chazay était l'un des pires ennemis du César corse, elle allait laisser deviner une partie de ce qu'elle voulait lui apprendre. Elle se reprit juste à temps et, après une toute légère hésitation :

— De mes amis perdus. Je suis arrivée ici avec Jolival, avec Jason Beaufort et son second, un marin irlandais. Je les ai tous perdus : Jolival et O'Flaherty hier, dans la bousculade de la place Rouge... et Jason a été emmené en captivité par les Russes après avoir blessé en duel le comte Tchernytchev.

Elle crut alors que le cardinal allait éclater :

— Fou, triple fou ! Un duel ! Dans une ville emportée par la panique et avec l'un des favoris du Tsar ! Et à quel propos, ce duel ?

— A cause de moi, s'écria Marianne exaspérée et sans plus songer à étouffer sa voix. Il serait temps que vous cessiez de considérer mes amis comme des forbans et les vôtres comme des saints. Ce n'est pas chez le comte Chérémétiev que je risque de retrouver Jolival et Craig O'Flaherty. Ni même mon pauvre Jason. Dieu sait ce que ces cosaques en auront fait ! Vit-il seulement encore ?

La fêlure de sa voix fut sensible au cardinal et l'adoucit brusquement.

— Si son adversaire n'est pas mort, certainement ! Mais s'il l'est... De toute façon, Chérémétiev pourrait t'être utile pour le retrouver. Il a beaucoup d'influence et ses amis dans l'armée sont innombrables. Je t'en supplie, va chez lui.

Mais, après un court combat intérieur, elle secoua la tête :

— Pas tant que je n'aurai pas retrouvé Jolival. Ensuite, oui, j'irai peut-être chez lui. Je ne peux pas faire autrement. En revanche... vous, qui me semblez si puissant, si bien introduit, je vous supplie d'essayer de savoir ce qu'il est advenu de Jason. A ce prix... oui, j'irai vous rejoindre à Kouskovo.

Elle se garda bien d'ajouter que Jolival lui était indispensable pour accomplir auprès de Napoléon la mission dont elle s'était volontairement chargée et dont l'accomplissement conditionnait son départ pour les Amériques. Ce fut au tour du cardinal d'hésiter. Finalement, il haussa les épaules :

— Dis-moi où et comment s'est passé ce duel stupide. Où penses-tu que les cosaques aient emmené ton Américain ?

— Je ne sais pas... Ils ont dit que l'ataman déciderait de son sort. Quant au duel...

Elle le décrivit en quelques mots, mentionna le nom du prince Aksakov et attendit que son parrain parlât. Après un bref silence il murmura :

— Je crois savoir où se trouve l'ataman Platov. J'essayerai de m'informer. Mais, toi, fais ce que je te dis ! Essaie de retrouver tes amis si tu y tiens, mais arrange-toi pour avoir quitté Moscou avant demain soir ! Il y va de ta vie.

— Mais enfin pourquoi ?

— Je ne peux pas te le dire. Je n'en ai pas le droit. Mais je te supplie de m'écouter : il faut que tu sois demain soir, 15 septembre, à Kouskovo. Je t'y verrai.

Et sans rien ajouter, Gauthier de Chazay tourna les talons et s'éloigna. Sa petite silhouette noire parut se fondre dans les ombres du couloir... Marianne regagna son réduit où Vania continuait de dormir à poings fermés. Elle se recoucha près d'elle et, un peu soulagée d'avoir confié le soin de rechercher Jason à quelqu'un d'assez puissant pour le retrouver, elle s'efforça d'oublier ce danger mystérieux qui la menaçait. D'ailleurs, elle avait près de trente-six heures devant elle. Et ce fut d'un sommeil sans rêves, cette fois, qu'elle s'endormit...

Un appel de trompettes la réveilla et, en ouvrant les yeux, elle vit, à la lueur de la chandelle, car le jour ne pénétrait pas dans le réduit, Vania occupée à s'introduire, non sans peine, dans une robe noire un peu juste pour elle, mais qui serait mieux adaptée aux événements et surtout moins voyante que son accoutrement de reine antique. La chose n'allait pas sans difficultés : coincée par la ceinture qu'elle avait oublié de dénouer, la cantatrice jurait superbement dans plusieurs langues à la fois.

Marianne se hâta de la délivrer en défaisant le nœud et en tirant sur la robe.

— Merci ! soupira Vania qui émergeait, rouge et décoiffée, du tissu où elle devait commencer à étouffer. Je dois cette élégante toilette à la munificence de notre hôte qui me l'a apportée tout à l'heure. Ce doit être un cadeau d'une dame charitable... mais pas au point d'offrir une robe neuve, ajouta-t-elle en faisant la grimace. Je n'aime pas du tout son parfum... ni l'odeur qu'il essaie de masquer.

Le sommeil et l'onguent de Vania avaient fait merveille. L'épaule de Marianne était engourdie mais lui faisait moins mal et elle était certaine de n'avoir pas de fièvre.

— Qu'elle heure est-il ? demanda-t-elle.

— Ma foi, je n'en sais rien. Ma montre est restée au théâtre et dans ce cagibi il est difficile de savoir l'heure, d'autant plus que j'ai oublié de la demander à l'abbé.

Celui-ci reparut au même instant, porteur d'un plateau sur lequel fumaient des tasses de thé noir, de la crème aigre et des tranches de pain noir.

— Il est midi, dit-il, et, malheureusement, c'est tout ce que je peux vous offrir. Pardonnez-moi !

— Vous êtes tout pardonné, *padre*. La plus belle fille du monde ne peut donner que ce qu'elle a, fit étourdiment Vania.

Mais l'abbé ne parut pas choqué de la comparaison et sans s'étendre davantage, la cantatrice se hâta de changer de sujet en demandant ce que c'était que ces bruits de trompettes que l'on entendait depuis un moment.

— Que voulez-vous que ce soit ? soupira l'abbé en haussant les épaules. C'est l'armée de Bonaparte qui entre dans Moscou...

Ce « Bonaparte » renseigna Marianne mieux qu'un long discours. Encore un qui ne portait pas l'Empereur dans son cœur ! D'ailleurs, pour que l'éternel conspirateur qu'était Gauthier de Chazay fût stationné chez lui... Elle lui sourit cependant avec reconnaissance :

— Nous n'allons pas vous encombrer plus longtemps, monsieur le Curé, fit-elle. Si les Français arrivent, nous n'avons plus rien à craindre...

Elles se hâtèrent d'avaler leur déjeuner, remercièrent l'abbé de son hospitalité et quittèrent le presbytère sans qu'il eût fait, d'ailleurs, de grands efforts pour les retenir. Sans trop définir pourquoi, Marianne avait hâte maintenant de s'éloigner de cette maison en laquelle, malgré tout, elle ne pouvait s'empêcher de voir un repaire de conjurés.

Elle constata en sortant qu'elle ne rencontrait personne et en conclut qu'aucun des réfugiés qui s'y trouvaient n'avait envie de voir arriver ses compatriotes. Vania eut d'ailleurs la même impression :

— L'abbé Surugue est un bien brave homme, fit-elle, mais je me demande s'il ne se mêle pas de politique et j'aurais bien voulu voir la tête des gens qui étaient chez lui. Celle de son bedeau, en tout cas, ne me revient pas du tout...

Marianne ne put s'empêcher de rire.

— Moi non plus, dit-elle sincère. J'avoue n'avoir encore jamais vu de bedeau comme celui-là.

Quand elles sortirent dans la rue, un beau soleil avait remplacé la tempête de la nuit dont témoignaient encore de larges flaques d'eau, des branches cassées et des pots de fleurs brisés en mille morceaux, mais aux alentours de l'église, il n'y avait pas une âme.

— Allons vers la place Rouge, proposa Vania. C'est le cœur de Moscou et c'est vers elle que les troupes convergeront. J'imagine que l'Empereur voudra loger au Kremlin.

Par des rues tout aussi vides, à l'exception d'une rare silhouette apparaissant ici ou là au seuil d'une porte ou derrière une fenêtre, les deux femmes rejoignirent le quai de la Moskova et le suivirent jusqu'à la place du Gouvernement. Elles virent alors qu'il n'y avait plus que deux ponts. Huit autres avaient dû sauter dans la nuit et leurs décombres s'empilaient dans le lit de la rivière.

C'était étrange cette ville abandonnée, privée de toute activité, à peu près morte. Aucun bruit sinon, de temps en temps, une sonnerie de trompettes qui se rapprochait et, lointain, le double roulement des canons et des tambours. L'impression que cela laissait était pénible, oppressante et les deux amies, heureuses de se retrouver à l'air libre avec, en outre, pour Marianne, la faculté de marcher sans trop de gêne, cessèrent bientôt d'échanger leurs sentiments et cheminèrent en silence.

La place Rouge, immense, s'offrit à leurs regards sans autres occupants que deux traînards de l'armée russe agenouillés auprès de l'étonnante floraison rouge, bleue et or de saint Basile le Bienheureux, et quelques bœufs de boucherie qui erraient au hasard, n'osant encore croire sans doute à une liberté parfaitement inattendue.

Mais, derrière les créneaux du Kremlin, des figures inquiétantes apparaissaient qui rappelèrent à Marianne celles de la nuit précédente.

— Je n'aperçois pas encore beaucoup de Français, chuchota-t-elle. Où sont-ils donc ? On les entend, mais on ne les voit pas !

— Que si ! s'écria la chanteuse qui s'était approchée de la rivière. Regardez ! Ils passent à gué...

En effet, vers la pointe ouest du Kremlin, un régiment de cavalerie franchissait tranquillement la Moskova, peu profonde à cet endroit, car les chevaux n'avaient de l'eau que jusqu'au poitrail.

Marianne se pencha sur un morceau de parapet et ouvrit de grands yeux :

— Des Français ? Vous êtes sûre ? Moi je ne les reconnais pas !

Vania se mit à rire joyeusement :

— Des Français pas encore ! La Grande Armée, oui ! Seigneur ! ne me dites pas que vous n'êtes pas fichue de reconnaître les soldats de l'Empereur ? Moi, je connais tous les uniformes, toutes les unités. L'armée ! Les soldats... c'est ma passion. Je n'ai jamais rien vu de si beau que ces hommes-là.

Cet enthousiasme amusait Marianne qui pensait à part elle que, décidément, Vania et la chère Fortunée devaient avoir en commun d'autres goûts que celui de l'essence de roses, ne fût-ce que celui des militaires.

— Regardez ! s'écria la cantatrice, les premiers ! Ce sont les hussards polonais, le 10e hussards, celui du colonel Uminski ! Ensuite, je vois les Uhlans prussiens du major de Werther, puis... Je crois que ce sont les chasseurs de Wurtemberg qui précèdent plusieurs régiments de hussards français ! Oui, ce sont eux ! Je reconnais leurs plumets. Ah ! que c'est donc merveilleux de les revoir ! Je sais bien que leur arrivée nous a tous mis dans une situation impossible mais, vrai-Dieu ! ça en valait la peine et je ne regrette rien...

Fascinée, entraînée par l'ardeur communicative de sa compagne, Marianne regardait elle aussi les troupes montées qui, en bon ordre, traversaient la rivière. Penchée à côté d'elle, les mains crispées à la pierre du parapet, Vania, les yeux grands ouverts, les narines dilatées, trépignait presque. Tout à coup, elle eut un cri, tendit le bras.

— Oh ! regardez ! Regardez, là... ce cavalier qui remonte la colonne et passe la Moskova au galop...

— Cet homme, en vert avec des plumes blanches presque aussi hautes que lui ?

— Oui ! Oh ! je le reconnaîtrais entre des milliers.

C'est le roi de Naples ! C'est Murat... le plus beau cavalier de l'Empire !

L'enthousiasme de la cantatrice atteignait au délire et Marianne se permit un sourire discret. Elle connaissait depuis longtemps le goût certain que le beau-frère de Napoléon portait aux habits fastueux, voire fantastiques. Mais là, vraiment, il donnait son maximum. Il n'y avait que lui pour oser l'extravagant et superbe costume qu'il portait : polonaise de velours vert aux énormes brandebourgs d'or ceinturée d'une écharpe lamée et toque de même couleur surmontée d'un panache d'autruche blanc qui mesurait bien trois pieds. Et le plus étonnant encore était qu'il trouvait moyen de ne pas être ridicule là-dessous...

Vania semblait tout à coup si heureuse que Marianne l'enveloppa d'un regard mi-envieux mi-amusé.

— Vous semblez professer une grande estime pour le roi de Naples ? dit-elle en souriant.

La cantatrice se détourna, regarda sa compagne au fond des yeux puis, avec un orgueil qui n'était pas sans grandeur, elle dit simplement :

— C'est mon amant ! Je me jetterais au feu pour lui.

— Ce serait grand dommage. Aucun homme, si brillant soit-il, ne mérite qu'une femme telle que vous se détruise pour lui ! Restez en vie et, si vous êtes aimée, savourez votre bonheur.

— Oh ! Je crois qu'il m'aime ! Mais il y a tant de femmes qui tournent autour de lui...

— A commencer par son épouse ! Vous n'avez pas peur de la redoutable Caroline ?

— Pourquoi en aurais-je peur ? Elle n'est pas mal mais si son frère n'était pas empereur elle n'aurait jamais été reine et c'est tout juste si on ferait attention à elle. Elle ne sait même pas chanter. Et puis, comme épouse fidèle, il y a mieux.

C'était là, de toute évidence, une tare redhibitoire pour la prima donna dont la logique ne manquait pas de solidité. Marianne préféra abandonner Caroline Murat à un sort dont, d'ailleurs, elle se souciait assez peu, n'ayant jamais porté la plus jeune des sœurs de Napoléon dans son cœur. Elle la connaissait depuis trop longtemps pour une tortueuse chipie.

Aussi fut-ce d'un regard indulgent qu'elle assista à la rencontre de Vania et de son royal amant. Quand le cheval blanc du Roi déboucha sur la place, l'Italienne d'un élan se jeta presque sous ses sabots, au risque d'être renversée. Sans la présence d'esprit de Murat qui, se penchant brusquement avec un hurlement de joie, la saisit par la taille pour la hisser jusqu'à lui, l'imprudente eût été foulée aux pieds. Après quoi, sans souci de ceux qui pouvaient les entourer, le Roi et la cantatrice s'embrassèrent passionnément, échangèrent quelques mots, s'embrassèrent de nouveau. Puis, aussi simplement qu'il l'avait attirée à lui, Murat laissa sa maîtresse glisser à terre :

— A demain ! cria-t-il. Vous irez au Kremlin, vous demanderez le général Durosnel. Il vous fera savoir où j'ai mon cantonnement...

Il allait s'éloigner mais Marianne se jeta en avant :

— Sire, cria-t-elle, Votre Majesté peut-elle me dire si l'Empereur la suit ?

Murat maîtrisa son cheval, regarda Marianne avec quelque étonnement, puis éclata de rire.

— Comment ? Vous êtes là, vous aussi ? Morbleu, belle dame, j'espère que l'Empereur appréciera comme il convient cette agréable surprise...

— Mais vais-je le voir, Sire ? Est-ce qu'il vous suit ?... Il faut que je lui parle.

— J'espère, pour son moral, que vous ne ferez pas que lui parler. Il est au mont des Oiseaux à cette heure, mais je ne pense pas qu'il entre ce soir dans Moscou. Je dois, avant sa venue, visiter la ville et poursuivre l'armée de Koutousov ! Le vieux renard a-t-il beaucoup d'avance ?

— Il est passé hier matin, mais son armée a continué de défiler toute la nuit en direction de Riazan. Il y a même encore des traînards !

— Parfait ! En avant, Messieurs ! Il nous faut les rattraper ! Quant à vous, Madame, n'essayez pas d'atteindre l'Empereur aujourd'hui. Demain, il sera au Kremlin où l'on va, dès ce soir, préparer ses quartiers. Patientez un peu. Il n'en sera que plus heureux de vous voir.

Et, arrachant d'une main son absurde et magnifique toque, Murat salua largement puis, enlevant son cheval avec une adresse consommée, partit au galop le long de la Moskova suivi de quelques escadrons... et du regard de Vania qui brillait comme une double étoile.

— Demain ! soupira-t-elle. Comme c'est long ! Qu'allons-nous faire jusque-là ? Vous n'avez pas envie, j'imagine, de retourner à Saint-Louis-des-Français ?

— En aucune façon ! Je voudrais essayer de retrouver mes amis ! Est-ce que cela vous ennuierait que nous allions vers le palais du gouverneur ? C'est là que nous nous sommes perdus, voici bientôt deux jours.

En se dirigeant lentement, appuyées au bras l'une de l'autre, vers le palais Rostopchine, les deux femmes purent voir les troupes de Napoléon prendre peu à peu possession de la place Rouge. Sans perdre un instant, l'artillerie, les batteries à pied s'y installèrent, formèrent le parc en carré. Des coups de feu ayant été tirés depuis les chemins de ronde du Kremlin, des canons furent mis en batterie devant la gigantesque porte du Sauveur, tandis qu'un groupe d'officiers, encadré d'un peloton de lanciers polonais criant des ordres en russe, s'employait à se la faire ouvrir.

— Ils n'auront pas beaucoup de mal, observa Vania. Il n'y a là-dedans que de la racaille. Elle ne va pas risquer un siège en règle... qu'ils seraient, d'ailleurs, bien incapables de soutenir.

Se désintéressant momentanément de la question, elle entraîna sa compagne vers le palais du gouverneur devant lequel s'attroupaient quelques rares personnes venues là pour regarder l'arrivée des envahisseurs. Une femme élégante, suivie de quelques jeunes filles beaucoup plus simplement vêtues, s'en détacha et se mit à courir en direction d'un groupe de cavaliers dont les panaches dénonçaient des officiers supérieurs et qui mettaient pied à terre devant les portes de Saint-Basile.

— Venez, Mesdemoiselles ! criait-elle, n'ayez pas peur, ce sont les nôtres ! Nous verrons bien s'ils ne sauront pas me faire rendre mon pauvre époux que ces sauvages ont emmené avec eux.

— J'ai l'impression que les Russes ont emmené plus d'otages qu'on ne pensait, remarqua Vania. Cette dame est Mme Aubert, la célèbre couturière française. Elle ne cachait pas assez, ces temps derniers, la joie que lui causaient les nouvelles de la guerre... Rostopchine a dû se venger en faisant arrêter son mari.

Mais Marianne n'écoutait plus. Parmi les gens qui stationnaient devant le palais, elle venait de reconnaître Craig O'Flaherty. Tête basse, les mains derrière le dos et la mine mélancolique, l'Irlandais arpentait lentement le pavé, comme quelqu'un qui attend quelque chose, mais qui n'y croit plus beaucoup.

Avec un cri de joie, Marianne se jeta littéralement à son cou, oubliant sa blessure qui se rappela aussitôt à son souvenir en lui infligeant une brusque douleur. Et le cri de joie s'acheva en un gémissement auquel, d'ailleurs, O'Flaherty ne fit aucune attention.

— Enfin vous voilà ! s'écria-t-il en l'enlevant à bout de bras comme une simple poupée. Par saint Patrick ! Je commençais à croire que je ne vous reverrais jamais... Où est Beaufort ?

Rapidement, Marianne raconta ses aventures depuis qu'ils s'étaient perdus, présenta Vania dont l'allure parut impressionner beaucoup le marin puis, sans respirer, ajouta :

— Maintenant, vous en savez aussi long que moi. J'espère avoir bientôt des nouvelles de Jason. Mais vous, savez-vous au moins où sont Gracchus et Jolival ?

— Gracchus bat la ville à votre recherche. Quant à Jolival, il est là-dedans, fit-il en désignant de son pouce retourné le palais Rostopchine. A la sortie de la bousculade de l'autre jour, il a été reconnu pour un Français par quelques-uns de ces petits jeunes gens en frac qui s'essayaient au maniement du sabre. Ils l'ont poursuivi pour lui faire un mauvais parti et, en courant, il est tombé si malencontreusement qu'il s'est cassé une jambe...

— Est-ce que ?... Mon Dieu ! j'espère qu'ils ne l'ont pas tué ?

— Non. J'ai pu en désarmer un, lui voler sa lardoire et dégager notre ami. Évidemment, il n'était pas très frais, mais notre chance a été de trouver un médecin, un Français, lui aussi, qui se cachait d'autant plus qu'il était le propre médecin du gouverneur et qu'il ne savait pas quel sort lui réservait son patron. Il a vu tomber Jolival, mais grâce à Dieu, son serment d'Hippocrate a été plus fort que sa peur. Il est venu à notre secours, m'a aidé à transporter le blessé dans l'écurie du palais où il se cachait. Les chevaux en étaient déjà partis... Puis, quand Rostopchine et sa bande ont vidé les lieux, quelques heures après, nous sommes allés tranquillement nous installer chez lui. A l'heure qu'il est, ajouta-t-il en riant, le cher vicomte se prélasse dans le propre lit du gouverneur. Mais venez, votre présence sera encore le meilleur remède qu'on puisse lui appliquer...

Assis dans un immense fauteuil à oreilles au milieu d'une infinité de coussins, sa jambe blessée immobilisée sur un tabouret par un gros oreiller, Arcadius était installé dans l'embrasure d'une fenêtre et régnait comme un empereur sur une chambre immense et fastueuse. L'or y éclatait un peu partout, mais la décoration, composée exclusivement de tableaux de batailles ou de trophées d'armes et jointe à l'absence totale de tapis, faisait de cette pièce un endroit à peu près aussi intime et confortable qu'une salle du trône.

Visiblement, le vicomte s'y morfondait. Son accueil s'en ressentit : il eut pour Marianne des cris de joie, pour Vania des grâces dignes d'une infante. Par ses soins oraux et par ceux, beaucoup plus efficaces du docteur Davrigny, demeuré seul maître du palais, les deux femmes furent aussitôt pourvues d'une belle chambre qui avait été celle de la comtesse Rostopchine et qui, comme il se devait, était voisine.

Puis, tandis que Vania s'éclipsait en compagnie de Davrigny, autant par discrétion que par désir d'informations nouvelles, en annonçant qu'elle allait se mettre en quête de ses camarades comédiens, Marianne et Jolival demeurèrent seuls avec Craig.

Autour du fauteuil du vicomte, on tint conseil. L'heure n'était plus aux secrets. Aussi bien l'Irlandais avait suffisamment fourni de preuves de son amitié et de sa fidélité pour qu'il pût être mis au courant de tout ce qui concernait ses amis.

Marianne raconta donc en détail l'aventure tragique vécue par Jason et par elle-même, puis sa nuit chez l'abbé Surugue et l'étrange rencontre qu'elle y avait faite.

— Je n'arrive pas à comprendre quel est ce danger qui nous menace et qui a incité le cardinal à me faire promettre de quitter Moscou avant demain soir, soupira-t-elle en conclusion. Il me semble au contraire que, puisque l'Empereur arrive, nous ne devrions plus rien avoir à craindre...

Mais Jolival visiblement ne partageait pas cette belle confiance. Au contraire, à mesure que Marianne parlait, les plis de son front se creusaient plus profondément.

— Le cardinal est l'un des hommes les mieux renseignés que je connaisse, fit-il sombrement. Et pour cause ! S'il vous dit de fuir, c'est qu'il le faut. Le docteur Davrigny a bien entendu certains bruits étranges, auxquels, à vrai dire, il n'a pas attaché grande importance, sachant le goût des Russes pour le drame et la tragédie. Mais ce que vous venez de m'apprendre leur donne un poids étrange...

— Quels sont ces bruits ?

— Dans l'emportement de leur patriotisme blessé, les principaux personnages de cette ville, et naturellement le gouverneur, auraient formé le projet de sacrifier Moscou au salut de l'Empire.

— Sacrifier ?

— Oui, au sens biblique du terme. Moscou serait destiné à devenir le bûcher sur lequel l'armée de Napoléon serait offerte en holocauste à l'orgueil blessé du Tsar. On dit que, depuis plusieurs semaines, on aurait établi à Vorontsovo, dans la propriété du prince Repnine, située à six verstes d'ici, une espèce d'arsenal où se fabriqueraient des pétards, des fusées, que sais-je encore, pour en composer un énorme ballon dans le genre de ceux de ces messieurs de Montgolfier, mais que l'on ferait éclater sur la ville.

— Quelle folie ! s'écria Marianne en haussant les épaules. Il y a seulement quelques jours, les Russes croyaient avoir gagné à Borodino et hier encore, alors même qu'ils se savaient battus, ils croyaient dur comme fer que Koutouzov se retrancherait dans la ville pour s'y défendre.

— Je sais ! Voilà pourquoi Davrigny ne croyait pas à ces bruits... ni moi non plus. Cependant, il nous faut prendre au sérieux l'avertissement du cardinal. Le mieux serait que vous partiez dès ce soir, ma chère enfant...

— Il n'en est pas question. Votre jambe change bien des choses. Vous ne pouvez bouger, je resterai donc avec vous et, si danger il y a... eh bien, nous l'affronterons ensemble. En outre, vous oubliez l'Empereur. Si j'ai bien compris, il fera demain son entrée dans cette ville, et il faut à tout prix que je le voie, que je lui parle...

— Ne pouvez-vous confier cette sacrée lettre à O'Flaherty ? Il saura la remettre aussi bien que moi...

— Bien sûr, coupa l'Irlandais. Je suis tout à votre service...

Mais Marianne ne voulut rien entendre.

— Merci, Craig, mais je dois refuser. Vous n'approcheriez même pas le valet de chambre de Napoléon. Moi, j'irai jusqu'à lui et si vraiment une menace grave pèse sur cette ville pour demain soir, il faut que je l'en avertisse. Ce piège-là est infiniment plus grave que celui dont je voulais l'entretenir car, si vraiment les Russes veulent brûler Moscou, il se peut qu'il n'y ait pas de retour du tout pour l'Empereur et ses troupes !

Jolival n'était pas homme à s'avouer vaincu facilement quand il s'agissait de la sécurité de Marianne. Il s'apprêtait à défendre vigoureusement son point de vue quand O'Flaherty mit fin à la discussion en faisant remarquer qu'il s'en fallait de vingt-quatre heures avant que le danger ne se déclarât, si danger il y avait, et que, dans ce laps de temps, Marianne avait largement le temps de voir l'Empereur puis de s'embarquer avec ses amis pour le château du comte Chérémétiev.

— Je trouverai bien une carriole pour vous y installer, vicomte, affirma-t-il avec son optimisme habituel. Et s'il n'y a plus de chevaux dans Moscou, eh bien nous vous traînerons, Gracchus et moi ! Maintenant, essayons de passer une soirée à peu près tranquille en écoutant l'agréable musique que font les trompettes de cavalerie du roi de Naples. Ensuite, une bonne nuit nous fera tout le bien du monde...

Ils eurent à peine le temps de se ranger à cet avis plein de sagesse que le bruit d'une troupe en marche, des ordres lancés d'une voix forte et le vacarme des armes reposées vinrent couvrir « l'agréable musique » des trompettes de cavalerie.

— Qu'est-ce qui nous arrive là ? fit impatiemment Jolival en se penchant autant qu'il le pouvait depuis son fauteuil pour essayer de voir en bas.

— Rien ou presque, dit Craig. Un régiment tout entier ! Des grenadiers, je crois : j'aperçois une forêt de bonnets d'ourson. La Grande Armée s'apprête à nous occuper militairement.

Un instant plus tard, un grand gaillard blond aux yeux bleus, portant avec une certaine élégance un uniforme visiblement brossé de frais, son bonnet logé sous son bras, pénétrait chez Jolival, salua militairement et, apercevant une femme, lui offrit un sourire radieux qui fit briller des dents solides sous une belle moustache un peu rousse.

— Adrien Jean-Baptiste-François Bourgogne, annonça-t-il d'une voix claironnante, né-natif de Condé-sur-Escaut, sergent grenadier, vélite de la Garde ! Bien le bonsoir la compagnie...

— La Garde ! s'écria Marianne. Est-ce que cela veut dire que l'Empereur est entré dans Moscou ?

— Non, Madame ! Ça veut dire seulement que nous autres on est arrivés et qu'on s'en va, de ce pas, prendre possession du quartier qui est autour du vieux château fort. L'Empereur, il est encore en dehors des remparts. Je l'ai entendu dire comme ça qu'il attendait une délégation de boyards...

— De boyards ? fit Jolival en riant. Nous ne sommes plus au Moyen Age ! Ça n'existe plus, les boyards ! Quant à une délégation quelconque, je crois que Sa Majesté peut attendre longtemps. Cette ville est vide comme ma poche...

— On a vu ça, approuva le sergent Bourgogne en haussant philosophiquement les épaules. Tout ce qu'on a trouvé, c'est des espèces de traîne-savates avec des figures patibulaires, qui ont essayé de nous tirer dessus. Faut-il que ces sacrés Russes aient eu peur de nous ! Pourtant, on ne leur en veut pas. On est plein de bonnes intentions. D'ailleurs, les ordres sont sévères...

— Et à part ça, demanda Jolival, qu'est-ce qui vous amène ici, sergent ? Vous venez prendre logement ?

— Si ça ne vous dérange pas, oui. Paraît que c'est ici le palais du gouverneur.

— Oui, mais ce n'est pas moi. Nous sommes simplement des réfugiés français et...

— Je m'en doute. Eh bien, Messieurs, Madame, on n'a pas du tout l'intention de vous déranger. On va cantonner au rez-de-chaussée, dans la cour et sous le porche et on essaiera de ne pas trop vous empêcher de dormir. Je vous souhaite la bonne nuit. Passez-la tout entière sur vos deux oreilles, on veille sur vous et vous n'avez plus rien à craindre de la racaille qui traîne encore dans cette ville !

Mais la nuit fut beaucoup moins paisible que ne l'avait souhaité le digne sergent-grenadier. Outre le fait que Vania ne reparut pas, ce qui ne laissa pas d'inquiéter Marianne, plusieurs explosions se firent entendre, toutes très proches.

Par Gracchus, qui reparut au petit jour après avoir patrouillé une partie de la nuit avec les hommes du sergent qui lui avait inspiré une immédiate sympathie, on apprit qu'une maison avait sauté dans le quartier de la Yaouza, qu'une partie du Bazar de Kitay Gorod avait pris feu et qu'auprès du Pont de Pierre, l'un des rares encore debout, un grand magasin d'eaux-de-vie, appartenant à la Couronne, venait de flamber jusqu'aux fondations sans que l'on pût rien pour arrêter le feu car, ajouta le jeune homme, « il n'y a plus une seule pompe à incendie en état dans toute la ville. Il n'en reste que deux, parfaitement hors d'usage ».

Ce dernier détail aggrava singulièrement les craintes des occupants du palais Rostopchine. La disparition des pompes soulignait sinistrement les bruits rapportés par le docteur Davrigny (qui n'avait pas reparu lui non plus) et les avertissements du cardinal.

— Je n'aime pas ça, dit Jolival. Il faut qu'avant la nuit nous ayons quitté Moscou. Mettez-vous en quête d'une carriole, mon cher Craig ! Et vous, Marianne, essayez de voir l'Empereur dès qu'il apparaîtra.

— D'après le sergent, ce sera de bonne heure, coupa Gracchus. Six ou sept heures, peut-être...

— Tant mieux, vous en aurez plus vite fini, ma chère enfant, et Napoléon pourra prendre toutes les dispositions qu'il jugera utiles. Ensuite, revenez aussi vite que vous pourrez. Gracchus vous accompagnera car, au milieu de cette foule de soldats, on ne sait ce qu'il peut arriver à une jeune et jolie femme sans défenseur.

A six heures, Marianne, flanquée de Gracchus, traversait la cour du palais, saluée avec un respect jovial par le sergent qui, en petite tenue, surveillait les marmites de soupe cuisant sur les feux de bivouac. D'un geste plein d'orgueil, il lui montra dans un coin quatre hommes de mauvaise mine, solidement ligotés et couchés à terre :

— On a fait du bon travail cette nuit, M'dame ! On a réussi à mettre la main sur ces quatre « pèlerins » qui mettaient le feu à la maison qui est là derrière ! Y avait des dames qu'on a pu sauver. Malheureusement, on a perdu un homme.

— Qu'est-ce que vous allez en faire ? demanda Gracchus.

— Les passer par les armes, bien sûr ! Quand on pense que ce sont des bonshommes de la police, à ce qu'on nous a dit. Si c'est pas malheureux...

— Sergent, coupa Marianne, vous feriez bien de vous assurer qu'il n'y en a pas d'autres du même genre encore en liberté. Le bruit court que le gouverneur a laissé des ordres pour brûler Moscou...

— On sait ça ! Il y a même eu un commencement d'exécution, mais on y a mis bon ordre. Marchez, belle dame, notre Père-la-Victoire sait ce qu'il fait...

— Au fait, avez-vous de ses nouvelles ? Est-il arrivé ?

— L'Empereur ? Pas encore ! Mais ça ne devrait plus tarder. Écoutez. J'entends la musique qui joue *La Victoire est à nous*... L'est plus loin !

Ramassant ses jupes, Marianne se précipita hors du

palais. La place du « gouvernement » lui offrit un spectacle assez inattendu : on aurait dit que les troupes installées là s'apprêtaient pour un bal travesti, car elles s'occupaient surtout à essayer des costumes parfaitement exotiques. On voyait des hommes couverts de fourrures qui ressemblaient à des ours, d'autres vêtus en Kalmouks, en Chinois, en Tartares, en Turcs, en Persans, voire en seigneurs du temps de la Grande Catherine. C'était, au milieu d'un amoncellement de nourritures de toutes sortes, telles que saucisses, jambons, futailles que l'on mettait en perce, poissons, farines et sucreries, une énorme mascarade, un carnaval étrange, grâce auquel les soldats cherchaient, comme des enfants, à se dédommager des semaines de souffrance et de misère endurées tout au long d'une interminable route. Cela ressemblait un peu au marché de Samarcande après le passage de Gengis Khan...

Mais brusquement, tout cessa. Des roulements de tambours, des ordres hurlés à plein gosier parvinrent à dominer le tumulte. Lentement, alors, les hommes se dépouillèrent de leurs hardes, reprirent une contenance plus militaire, rangèrent de manière à dissimuler les victuailles qui encombraient la place. Un moment encore, on entendit la marche que jouait la fanfare de la Garde puis, de nouveau, ce fut le silence de mort qui vingt-quatre heures plus tôt avait habité Moscou. Quelques claquements d'armes, quelques commandements, puis brusquement une immense ovation : l'Empereur venait d'apparaître...

Malgré elle, Marianne retint son souffle, se haussa sur la pointe des pieds pour mieux le voir. Il allait lentement, au pas de « l'Émir », l'un de ses chevaux favoris, la mine pensive, vêtu de l'uniforme des chasseurs qu'il affectionnait, la main glissée dans l'ouverture de son gilet. Il ne regardait rien que la grosse forteresse rouge où, dans un instant, il entrerait et que le soleil levant faisait plus rouge encore. Parfois aussi, il jetait un bref regard vers le Bazar d'où s'élevait encore une fumée noire.

— On dirait qu'il a grossi, chuchota Gracchus. Et il a rudement mauvaise mine !

C'était vrai. Le teint de Napoléon était d'un jaune bilieux et incontestablement sa silhouette s'était épaissie. Autour de lui caracolaient Berthier, Caulaincourt, Duroc, le mameluk Ali, d'autres encore que Marianne distingua mal. Il fit un geste pour saluer les hommes qui l'acclamaient frénétiquement puis, suivie d'un escadron du 1er Chasseurs, toute la cavalcade disparut par la porte du Sauveur près de laquelle, instantanément, les chasseurs prirent la garde.

— Vous croyez qu'ils vont nous laisser entrer, Mademoiselle Marianne ? émit Gracchus inquiet. On n'a pas trop bonne mine avec nos vêtements sales et en mauvais état...

— Il n'y a aucune raison qu'on ne nous laisse pas entrer. J'ai aperçu le Grand Maréchal. C'est lui que je vais faire demander. Allons, marchons !

Et, sans hésiter, elle se dirigea à son tour vers la haute tour où s'inscrivait la porte du Sauveur. Mais, comme l'avait prévu Gracchus, les sentinelles refusèrent de la laisser entrer bien qu'elle eût décliné clairement ses nom et qualités.

— Il n'y a pas encore d'ordres, lui déclara un jeune lieutenant qui n'avait eu sans doute qu'à peine le temps de mettre pied à terre. Attendez un moment !

— Mais je ne vous demande rien d'autre qu'aller prévenir le Grand-Maréchal Duroc. C'est l'un de mes amis...

— C'est possible ! Mais laissez-lui au moins le temps d'arriver et à nous celui de prendre les consignes...

Marianne patienta un moment puis, comme l'officier paraissait l'avoir complètement oubliée, elle revint à la charge. Sans plus de succès que la première fois. La discussion menaçait de s'éterniser quand, bienheureusement, une silhouette chamarrée apparut sous la gigantesque voûte.

Marianne en reconnut aussitôt le propriétaire :

— Voilà le capitaine de Trobriant, ordonna-t-elle, allez me le chercher !

— Vous retardez, Madame : c'est le commandant qu'il faut dire. Il est passé chef d'escadron et je ne vois pas... Eh là ! Revenez !...

En effet, lasse de palabrer, Marianne venait de se glisser sous le bras qu'il étendait pour lui livrer le passage et courait vers l'officier supérieur. Il y avait longtemps, en effet, qu'elle connaissait Trobriant. Cela datait de ce fameux soir à Malmaison où Jason et elle avaient pu prévenir Napoléon de l'attentat préparé par le chevalier de Bruslart. Depuis, le bel officier de chasseurs avait assez souvent pénétré dans le salon de l'hôtel d'Asselnat et il ne lui fallut qu'une seconde pour reconnaître la femme pâle et modestement vêtue qui se précipitait vers lui.

— Vous ? Mais que faites-vous ici ? Sur mon honneur, Madame, j'ignorais que vous fussiez en Russie et je crois que l'Empereur lui-même...

— C'est lui que je viens voir, Trobriant. Je vous en supplie, faites-moi entrer. Vous me connaissez : je ne suis ni folle, ni une illuminée, mais il est indispensable que je parle à Sa Majesté immédiatement. J'ai à lui dire des choses de la plus haute importance. Il y va du salut de tous...

Il la regarda un instant au fond des yeux. Ce qu'il y lut dut le convaincre car, sans poser d'autre question, il glissa son bras sous celui de la jeune femme.

— Venez ! dit-il.

Puis, se tournant vers son subalterne :

— Laisse passer le garçon qui accompagne la princesse Sant'Anna, Breguet, c'est son cocher !

— Je ne pouvais pas deviner, marmotta l'autre. Un cocher sans voiture et sans chevaux, c'est difficile à distinguer... presque autant qu'une princesse en robe de femme de chambre...

— On ne t'en demande pas tant ! J'espère que je vais réussir à m'y retrouver dans ce tas de palais, ajouta-t-il en souriant à la jeune femme. Peut-être vous y connaissez-vous mieux que moi ?

— Pas du tout ! Je viens d'arriver, moi aussi.

En compagnie de l'officier, elle traversa cours et jardins qui séparaient des églises, des palais, se dirigeant vers le plus grand d'entre eux, étonnant assemblage de style gothique et « moderne », mais dont la majeure partie avait été construite par la tsarine Elisabeth. Partout des soldats s'installaient et déjà les serviteurs de l'Empereur prenaient possession de leur nouveau domaine.

— L'Empereur est-il content ? demanda Marianne tandis que l'on gravissait un large escalier de pierre.

— Vous voulez savoir s'il est de bonne humeur ? fit l'officier en riant. Je crois, oui... Tout à l'heure, quand il a franchi l'enceinte, je l'ai entendu s'écrier : « Je suis donc enfin dans Moscou, dans l'antique palais des Tsars, dans le Kremlin ! » C'est heureux qu'il l'ait pris comme cela, parce que lorsque nous avons vu la ville à ce point déserte, en arrivant, nous avons craint une trop forte déception. Mais non... l'Empereur pense que les gens ont peur, se cachent, mais qu'ils reparaîtront quand ils verront à quel point il est bien disposé envers eux...

Marianne hocha la tête tristement :

— Ils ne reparaîtront pas, mon ami. Cette ville est un énorme piège...

Elle n'en dit pas davantage. On venait d'arriver dans une vaste galerie au milieu de laquelle le comte de Ségur, Maître des cérémonies, et le marquis de Bausset, Préfet du Palais, qui étaient arrivés la veille pour préparer les logements, s'affairaient à distribuer leurs quartiers à tous ceux qui encombraient l'immense pièce.

Tout ce monde était tellement occupé qu'on ne prêta aucune attention aux nouveaux arrivants et Trobriant, avisant la silhouette impassible du mameluk Ali, qui se tenait debout, bras croisés, devant une grande porte ouvragée, se dirigea vers elle.

— L'Empereur est là ? demanda-t-il.

Ali fit signe que oui, puis indiqua que Napoléon était dans sa chambre en compagnie de son valet de chambre.

— Constant ? s'écria Marianne. C'est lui qu'il me faut. Pour l'amour du ciel, allez le chercher ! Dites-lui que la princesse Sant'Anna est là, qu'elle désire rencontrer Sa Majesté Impériale sur l'heure.

Un instant plus tard, le valet flamand surgissait de la porte et, pleurant presque, tombait littéralement dans les bras de Marianne pour laquelle depuis longtemps il avait un faible.

— Mademoi... Princesse ! Votre Altesse Sérénissime ! Quelle joie inattendue ! Mais par quel hasard ?...

— Plus tard, mon cher Constant, plus tard ! Je veux voir l'Empereur. Est-ce possible ?

— Mais bien sûr. Nous n'avons pas eu le temps encore d'établir le protocole. Et il va être si content. Venez ! Venez vite !

Quelques portes, une enfilade de salons, une nouvelle porte et Marianne, annoncée comme une victoire par la voix triomphante de Constant, se vit catapultée dans une grande chambre encombrée de bagages où, près d'un lit, dont le baldaquin s'ornait d'un aigle bicéphale et d'une couronne impériale, Napoléon, aidé de Duroc, était en train d'accrocher au mur un portrait représentant un enfant blond.

Elle plongea dans sa révérence, tandis que les deux hommes se retournaient.

Il y eut un silence, si plein de surprise que la jeune femme, presque agenouillée, n'osa même pas relever la tête. Puis la voix de Napoléon lui parvint :

— Comment ? C'est vous ?

— Oui, Sire, c'est moi ! Pardonnez-moi d'avoir pour ainsi dire forcé votre porte, mais j'ai fait un long chemin pour venir jusqu'à vous.

Nouveau silence, mais, cette fois, elle osa relever la tête, le regarder et, tout de suite, elle sentit la déception l'envahir, en même temps qu'une vague inquiétude. Après ce que lui avait dit Murat, après l'accueil chaleureux de Trobriant, celui enthousiaste de Constant, elle s'était attendue à de la joie, à une véritable bienvenue. Or, il n'était apparemment question de rien de tout cela. D'un seul coup l'Empereur avait pris sa figure des mauvais jours. Sourcils froncés, il la regardait d'un air sombre, tout en nouant, machinalement, ses mains derrière son dos. Et comme il ne faisait pas mine de l'autoriser à se relever, elle murmura :

— J'ai eu l'honneur de dire à Votre Majesté que je viens de faire un long chemin ! Je suis lasse, Sire...

— Vous êtes... Ah oui ! Eh bien, relevez-vous. Va-t'en Duroc ! Laisse-nous et veille à ce que l'on ne me dérange pas.

Le sourire que lui adressa en passant auprès d'elle le Grand-Maréchal du Palais réconforta un peu Marianne qui se relevait avec quelque peine, l'usage des révérences lui étant peu familier depuis quelque temps.

Cependant Napoléon, reprenant tout naturellement, dans ce palais étranger, ses habitudes de Saint-Cloud ou des Tuileries, commençait à arpenter le dallage couvert d'épais tapis, jetant de temps en temps un coup d'œil sur les fenêtres ouvertes le long de la Moskova et d'où l'on découvrait tout le sud de la ville. Ce fut seulement quand le claquement discret de la serrure lui apprit qu'il était seul avec Marianne qu'il arrêta un instant sa promenade et considéra la jeune femme.

— Vous êtes étrangement attifée pour une dame du Palais, remarqua-t-il sèchement. Ma parole, votre robe a des trous. Elle est sale. Et si vos cheveux ne sont pas trop en désordre, vous n'en êtes pas moins presque laide. Que voulez-vous ?

Suffoquée par la brutalité de cette sortie, Marianne sentit un flot de sang monter à son visage.

— Ma robe est comme moi, Sire ! Elle a traversé les trois quarts de la Russie depuis Odessa pour venir jusqu'à vous ! Et si elle a des trous, du moins a-t-elle su conserver ceci.

De sa poche intérieure, elle sortit la lettre et la note du Tsar qu'à travers tant de tribulations elle avait réussi à conserver en assez bon état, ainsi d'ailleurs que le diamant toujours cousu à sa chemise.

— Qu'est cela ? bougonna Napoléon.

— Une lettre du prince royal de Suède à son bon ami le Tsar, fit-elle en articulant bien les syllabes pour qu'il ne feignît pas de ne pas comprendre, une lettre dans laquelle, Votre Majesté le verra, cet ex-général républicain donne d'étranges conseils. Vous trouverez également, Sire, une note de même provenance qui indique les desiderata de ce haut seigneur ! Et le prix qu'il entend les payer...

Il arracha la lettre plus qu'il ne la prit et, après un rapide coup d'œil sur la jeune femme, se mit à la parcourir. A mesure qu'il lisait, Marianne pouvait voir ses narines se pincer et une petite veine qu'il avait à la tempe se gonfler. Connaissant ses colères, elle crut qu'il allait éclater en imprécations, mais il n'en fut rien. Comme on se débarrasse d'un chiffon sale, il jeta note et lettre sur le lit.

— Où avez-vous pris ça ? demanda-t-il seulement.

— Sur le bureau du duc de Richelieu, Sire... après l'avoir convenablement drogué... et avant d'incendier quelques navires dans le port d'Odessa !

Cette fois, il la regarda avec stupeur, un sourcil relevé jusqu'au milieu du front.

— Drogué ? balbutia-t-il... Incendié ?

Puis, brusquement, il éclata de rire et tendant la main vers la jeune femme :

— ...Venez vous asseoir sur ce canapé, princesse, et racontez-moi ça ! En vérité, vous êtes bien la femme la plus ahurissante que j'aie rencontrée. On vous envoie accomplir une mission que vous ratez superbement, mais vous en accomplissez une autre, dont personne ne vous a chargée et, celle-là, vous la réussissez d'incroyable façon...

Il s'installait déjà auprès d'elle quand un timide grattement à la porte le fit sursauter.

— J'ai dit que je ne voulais pas être dérangé ! hurla-t-il.

La tête de Constant se glissa précautionneusement dans l'embrasure de la porte :

— C'est le général Durosnel, Sire ! Il insiste pour être reçu ! Il dit que c'est de la dernière importance...

— Lui aussi ! Décidément tout est important ce matin. Qu'il entre !...

L'officier parut, salua et sans quitter un impeccable garde-à-vous :

— Sire, pardon ! Mais Votre Majesté doit savoir immédiatement que mes gendarmes sont insuffisants pour assurer l'ordre dans une ville de cette dimension. Il y a eu des incendies cette nuit. On trouve, un peu partout, des gens avec des figures atroces et des armes, on tire sur mes hommes...

— Et alors, que proposez-vous ?

— De nommer un gouverneur immédiatement, Sire. La Gendarmerie d'Élite ne suffit pas. Si Votre Majesté le permet, j'oserai lui conseiller d'investir du titre et des pouvoirs qui y sont afférents Monsieur le duc de Trévise...

— Le maréchal Mortier ?

— Oui, Sire. La Jeune Garde qu'il commande a déjà pris position au Kremlin et dans les artères environnantes. Il serait urgent de lui confier le commandement supérieur de Moscou...

Napoléon réfléchit un instant puis :

— C'est entendu ! Envoyez-moi Berthier ! Je lui

donnerai des ordres en conséquence. Vous pouvez disposer... Revenons à vous, ma chère, ajouta-t-il en se tournant de nouveau vers Marianne : racontez-moi un peu votre roman, cela me reposera.

— Sire, s'écria la jeune femme en esquissant un geste de prière, je supplie Votre Majesté de remettre à tout à l'heure ce récit, car j'ai encore quelque chose de plus grave à lui apprendre.

— De plus grave ? Quoi donc, Seigneur ?

— Vous êtes en danger dans cette ville, Sire... En très grand danger. Si vous voulez m'en croire, vous ne resterez pas une heure de plus dans ce palais... ni dans Moscou ! Parce que demain, peut-être, il ne restera rien de Moscou... ni de votre Grande Armée...

Il se leva si brusquement que le canapé bascula et faillit s'écrouler, entraînant Marianne dans sa chute.

— Qu'est-ce que cette histoire, encore ? Ma parole, vous devenez folle !

— Je le voudrais bien, Sire. Malheureusement, j'ai peur de n'avoir que trop raison...

Alors, comme il ne répliquait pas, elle se hâta de lui dire tout ce qu'elle avait appris au palais Rostopchine : l'arsenal de Vorontsovo, le ballon, les prisons vidées de leurs dangereux pensionnaires, la ville abandonnée.

— ...Ils ne reviendront pas, Sire ! Déjà, la nuit dernière, des incendies ont éclaté. Cela recommencera ce soir, tout à l'heure peut-être, et comme il n'y a plus une seule pompe dans Moscou, vous courez un danger mortel. Sire, je vous en supplie, écoutez-moi... Allez-vous-en !... Allez-vous-en avant qu'il ne soit trop tard ! Je sais que ceux qui veulent vivre doivent, avant ce soir, avoir quitté la ville.

— Vous savez, dites-vous ? D'où savez-vous cela ?

Elle ne répondit pas tout de suite et quand elle s'y décida ce fut lentement, en choisissant ses mots, afin de ne pas risquer de compromettre son parrain.

— Avant-hier... J'ai dû demander asile à un prêtre catholique. Il y avait des réfugiés... des émigrés, j'imagine, car j'ai entendu l'un d'eux presser ses compagnons de quitter Moscou avant ce soir, à n'importe quel prix...

— Les noms de ces gens-là ?

— Sire... Je ne sais pas. Il n'y a que trois jours que je suis ici. Je n'y connais personne...

Il garda le silence un moment, réfléchissant visiblement puis, avec un haussement d'épaules, il revint vers elle, se rassit.

— N'attachez pas d'importance à ces propos. Ils viennent très certainement, comme vous l'avez pensé avec justesse, d'émigrés, de gens qui me haïssent et qui ont toujours pris leurs désirs pour des réalités. Les Russes ne sont pas si fous que de brûler leur ville sainte à cause de moi. D'ailleurs, dès ce soir, j'écrirai au Tsar pour lui offrir la paix ! Malgré tout, pour vous rassurer, je vais donner des ordres afin que l'on passe Moscou au peigne fin. Mais je suis bien tranquille... Brûler cette belle ville serait plus qu'un crime... une faute, comme dirait votre bon ami Talleyrand ! Maintenant, racontez-moi votre histoire, j'y tiens...

— Cela peut être long.

— Aucune importance ! J'ai droit à un peu de temps. Constant !... Du café ! Beaucoup de café et des gâteaux si tu en trouves...

En s'efforçant d'être aussi claire et aussi brève que possible, Marianne raconta l'incroyable odyssée qu'elle avait vécue depuis Florence sans en rien cacher, même ce qui était le plus apte à faire souffrir sa pudeur. Dans celui qui l'écoutait avec une extrême attention, elle avait cessé de voir l'Empereur et même son ancien amant. Il n'était plus qu'un homme qu'elle avait aimé de tout son cœur et auquel, malgré ses défauts, ses fureurs et les avanies dont il était prodigue, elle avait gardé une affection profonde, un respect admiratif et une véritable confiance. Elle le savait brutal, parfois impitoyable, mais elle savait aussi que dans ce petit homme génial, dont les épaules portaient le poids d'un empire, battait le cœur d'un vrai gentilhomme, en dépit de tout ce qu'en pouvaient dire les émigrés irréductibles.

Aussi, fut-ce sans la moindre hésitation qu'elle lui révéla le secret du prince Sant'Anna et la raison pour laquelle ce grand seigneur avait voulu pour son fils le sang d'un empereur ; mais, si elle n'hésita pas, du moins éprouva-t-elle en parlant un instant de crainte à la pensée de ce que Napoléon allait dire. Ce fut bien vite dissipé...

Comme, après un bref silence, elle allait reprendre son récit, elle sentit se poser sur son bras la main de l'Empereur :

— Je t'ai reproché jadis de t'être mariée sans mon consentement, Marianne, fit-il en revenant instinctivement au tutoiement de jadis et avec cette douceur rare, mais profonde, qui n'appartenait qu'à lui. Aujourd'hui je t'en demande pardon. Jamais je n'aurais su t'offrir un époux de cette qualité !

— Quoi ? Votre Majesté n'est pas choquée ? Dois-je comprendre qu'elle considère...

— Que tu as épousé un homme exceptionnel, un être rare. Cela, j'espère que tu le comprends ?...

— Bien sûr ! C'est l'évidence même. Pourtant...

A ce mot, il se dressa, posa un genou sur le canapé, lui prit le menton pour l'obliger à le regarder dans les yeux.

— Pourtant quoi ? fit-il avec dans la voix la résonance métallique qui, en général, ne présageait rien de bon, est-ce que, par hasard, tu vas encore me parler de ton Américain ? Prends garde, Marianne ! Je t'ai toujours considérée, toi aussi, comme une femme hors du commun. Je n'aimerais pas avoir à changer d'opinion...

— Sire, s'écria-t-elle alarmée, je vous en prie ! Je... je ne vous ai pas encore tout raconté...

Il la lâcha, s'éloigna de quelques pas.

— Dis, alors ! Je t'écoute...

Quelque chose venait de changer dans l'atmosphère qui, un moment, était redevenue celle d'autrefois. Napoléon avait repris sa promenade à travers la pièce, mais il marchait lentement, la tête penchée sur la poitrine, écoutant et réfléchissant tout à la fois. Et quand, enfin, Marianne se tut, il se tourna lentement vers elle, la regardant longuement de ses yeux gris-bleu d'où, à nouveau, la colère avait disparu.

— Que comptes-tu faire maintenant ? demanda-t-il gravement.

Elle hésita un instant car, ayant bien entendu volontairement omis de mentionner la présence à Moscou du cardinal de Chazay, il lui était impossible d'avouer son intention de rejoindre les terres du comte Chérémétiev. D'ailleurs, en dehors de cela, Napoléon eût pu, avec quelque raison, prendre pour une désertion cette façon de passer chez l'ennemi.

Baissant la tête pour échapper à ce regard qui la transperçait, elle murmura :

— Je pense... quitter Moscou ce soir. Mon ami Jolival est réfugié dans le palais Rostopchine. Il a une jambe cassée et, en cas de sinistre, il lui serait difficile de fuir.

— Où irez-vous ?

— Je... Je ne sais pas !

— Tu mens !

— Sire ! protesta-t-elle cabrée et furieuse de se sentir rougir encore.

— Ne proteste pas ! Je te dis que tu mens et tu le sais très bien. Ce que tu veux, n'est-ce pas, c'est te lancer sur la trace des cosaques. C'est retrouver contre vent et marée ce Beaufort dont tu es entichée au point d'en devenir idiote. Est-ce que tu ne te rends pas compte de ce qu'il te mène à ta perte ?

— Ce n'est pas vrai ! Je l'aime...

— Belle raison ! Moi aussi, j'aimais Joséphine et pourtant je l'ai chassée parce que je voulais une descendance. Je t'aimais, toi... Oui, tu peux sourire, je t'ai aimée vraiment et je t'aime peut-être encore. Pourtant j'en ai épousé une autre parce que cette autre était fille d'empereur et que la fondation d'une dynastie l'exigeait...

— Ce n'est pas la même chose.

— Pourquoi ? Parce que tu t'imagines avoir inventé l'amour ? Parce que tu penses être la femme d'une seule passion ? Allons, Marianne... Pas à moi ! N'aimais-tu pas, quand tu l'as épousé, l'homme que j'ai fait guillotiner à Vincennes ?

— Il s'est chargé lui-même de tuer cet amour. Et ce n'était qu'un emballement d'enfant...

— Allons donc ! Si, au lieu d'un misérable, il avait été l'homme que tu imaginais, tu l'aurais adoré ta vie tout entière sans jamais chercher ailleurs. Et pourtant, tu avais déjà vu le sieur Beaufort... Et moi ?

— Vous ?

— Oui, moi ! M'as-tu aimé, oui ou non ? ou bien était-ce une comédie que tu me jouais à Trianon ? Aux Tuileries ?

Elle le regarda avec terreur, sentant qu'en face de cette impitoyable logique, elle perdait pied.

— J'espère, murmura-t-elle, que vous ne croyez pas cela. Oui, je vous ai aimé... au point de devenir folle de jalousie au jour de votre mariage.

— Et si je t'avais épousée, tu aurais été la plus fidèle des impératrices. Pourtant, tu connaissais Jason Beaufort ! Dis-moi, Marianne, saurais-tu préciser à quel moment tu t'es aperçue que tu l'aimais ?

— Je ne sais pas. C'est assez vague... Les choses ne se font pas d'un seul coup. Il me semble pourtant que j'en ai eu vraiment conscience... au bal de l'Ambassade d'Autriche !...

L'Empereur hocha la tête :

— Quand tu l'as vu auprès d'une autre. Quand tu as su qu'il était marié, donc perdu pour toi. C'est bien ce que je pensais...

— Que voulez-vous dire ?

Brièvement, il lui sourit, de ce sourire qui lui rendait ses vingt ans et, avec beaucoup de tendresse, il passa son bras autour des épaules de Marianne pour l'attirer contre lui.

— Tu es comme les enfants, Marianne. Ils désirent toujours ce qu'ils ne possèdent pas et plus la difficulté de l'obtenir s'accroît et plus ils s'y attachent. Pour une chose sans valeur, mais hors de leur portée, ils dédaignent les plus beaux jouets, les plus grands trésors. Et pour atteindre le reflet d'une étoile qui brille dans l'eau noire d'un puits profond, ils peuvent aller jusqu'à mourir. Tu leur ressembles... Tu es prête à abandonner la terre pour un reflet dans l'eau... pour quelque chose que tu n'auras jamais et qui te détruira.

Elle protesta, mais avec un peu moins de véhémence que tout à l'heure.

— Lui aussi... il m'aime.

— Tu le dis plus bas... parce que tu n'en es pas vraiment certaine, et tu as raison. Ce qu'il aime surtout c'est l'image de lui-même qu'il voit dans tes yeux. Oh ! certes, il peut t'aimer à sa manière. Tu es bien assez belle pour cela. Mais avoue qu'il te l'a bien mal prouvé... Crois-moi, Marianne, abandonne cette idée. Renonce à cet amour néfaste... Tu dois cesser de vivre une vie qui n'est pas la tienne. De vivre à travers un autre, pour un autre...

— Je ne peux pas ! Je ne peux pas !

Il ne répondit pas, s'écarta d'elle tandis que des larmes jaillissaient des yeux de la jeune femme. Vivement, il alla vers l'un des murs, y prit le portrait qu'il accrochait si soigneusement tout à l'heure et le lui mit dans les mains.

— Regarde ! Voici mon fils. Ce portrait, peint par Gérard, Bausset me l'a apporté de Paris la veille de la Moskova. Je n'ai pas de plus précieux trésor. Vois comme il est beau...

— Très beau, Sire !

Avec un désespoir incompréhensible, elle considérait, à travers ses larmes, l'image d'un magnifique bébé blond au regard déjà grave, malgré les mousselines et la guirlande de roses qui l'habillaient à peine. La voix de l'Empereur se fit plus basse, confidentielle, mais plus pressante :

— Toi aussi tu as un fils. Et tu m'as dit qu'il était superbe. Tu prétends ne pouvoir cesser d'aimer Beaufort, mais ton fils, Marianne, est-ce si facile de ne plus l'aimer ? Tu sais bien que non ! Si tu t'obstines à ta folle recherche d'un bonheur impossible, à la poursuite d'un homme en puissance d'épouse — ne l'oublie pas, car elle existe toujours la senora Beaufort, même si vous imaginez pouvoir l'oublier ! — si, donc, tu t'obstines, un jour viendra où le désir de retrouver ton enfant sera intolérable, même... et surtout si tu en as d'autres, parce qu'il sera celui qui ne t'aura pas aimée.

Incapable d'en supporter davantage, elle laissa tomber le portrait et s'abattit de tout son long sur le canapé, secouée de sanglots convulsifs qui la faisaient trembler de tout son corps. Elle entendit à peine la voix de l'Empereur qui murmurait :

— Pleure ! Tu en as besoin... Reste ici, je vais revenir !

Elle pleura ainsi un temps dont elle n'eut pas conscience et sans d'ailleurs savoir vraiment pourquoi. Au prix de sa vie, elle aurait été incapable de dire à qui s'appliquait ce désespoir qui lui faisait si mal : à l'homme qu'elle s'obstinait à adorer ou à l'enfant que l'on venait de lui rappeler si brusquement...

Elle sentit enfin qu'on la redressait, qu'une main soigneuse passait sur son visage un linge imbibé d'eau de Cologne qui la fit éternuer.

Ouvrant les yeux, elle reconnut Constant qui se penchait sur elle avec tant de sollicitude que, malgré son chagrin, elle lui sourit.

— Il y a longtemps... que vous n'avez pas eu à me prodiguer vos bons soins, mon cher Constant.

— En effet, Madame la Princesse. Je l'ai souvent

146

regretté. Vous sentez-vous mieux ? J'ai fait encore un peu de café...

Elle en accepta une tasse brûlante qu'elle avala presque d'un trait, sensible seulement au réconfort presque immédiat qu'elle en éprouva. Voyant que la chambre était vide à l'exception du fidèle valet, elle demanda :

— Où est l'Empereur ?

— Dans la pièce voisine où l'on installe son cabinet. Il paraît que de nouveaux incendies se sont déclarés le long d'une rivière qu'ils appellent la Yaouza, tout près d'un palais... Balachov où le roi de Naples a établi son état-major.

Aussitôt, elle fut debout, courut aux fenêtres mais celles-ci ne donnaient pas dans la bonne direction. Elle ne vit rien qu'une légère fumée du côté de l'est.

— Je lui ai dit que cela allait recommencer, fit-elle nerveusement. Ce nouvel incendie va peut-être le décider à évacuer...

— Cela m'étonnerait beaucoup, remarqua Constant. Évacuer ? Sa Majesté ne connaît pas ce mot-là. Pas plus que le mot retraite. Elle ne sait même pas ce que cela veut dire. Et cela quel que soit le danger... Tenez, Madame, regardez ce maroquin, ajouta-t-il en montrant à la jeune femme un gros portefeuille vert qu'il venait de tirer d'un coffre de voyage, voyez-vous cette couronne de lauriers qui y est gravée en or ?

Elle fit signe que oui. Alors, suivant d'un doigt presque tendre le dessin imprimé dans le cuir, Constant soupira :

— Cette couronne reproduit celle qu'à Notre-Dame, le jour du Sacre, il s'est lui-même posée sur la tête. Remarquez le dessin des feuilles... Elles sont pointues comme les flèches de nos anciens archers et, comme elles, se dirigent toujours vers l'avant sans jamais reculer...

— Mais elles peuvent être détruites... Que deviendront-ils au milieu des flammes, vos lauriers, mon pauvre Constant ?

— Une auréole, Madame la Princesse, plus éclatante encore si elle est celle du malheur. Des lauriers de flammes en quelque sorte...

Le pas rapide de l'Empereur qui revenait lui coupa la parole et, s'inclinant profondément, il se retira au fond de la chambre, tandis que Napoléon reparaissait. Cette fois, il était sombre et ses sourcils froncés formaient une barre au-dessus de ses yeux qui avaient pris la teinte de l'acier...

Pensant qu'elle était de trop, Marianne esquissa une révérence.

— Avec la permission de Votre Majesté...

Il la regarda d'un air hostile :

— Rengainez votre révérence, Princesse. Il n'est pas question que vous partiez. J'entends que vous demeuriez ici. Je vous rappelle que vous avez été récemment blessée. Il n'est donc pas dans mes intentions de vous laisser courir je ne sais quelles routes impossibles, livrée à toutes les aventures de la guerre.

— Mais, Sire... cela ne se peut pas !

— Pourquoi ? A cause de vos... prévisions ? Vous avez peur ?

Elle eut un léger haussement d'épaules où entrait beaucoup plus de lassitude que d'irrévérence.

— Votre Majesté sait bien que non ! Mais j'ai laissé, dans la galerie, mon jeune cocher et, au palais Rostopchine, de vieux amis qui m'attendent et qui peut-être s'inquiètent...

— Ils ont tort ! Vous n'êtes pas en danger avec moi que je sache ! Quant au palais Rostopchine, les grenadiers du duc de Trévise y cantonnent : vos amis ne sont donc pas abandonnés ! N'importe ! Je ne veux pas vous savoir inquiète ou risquer de vous voir tenter quelque rocambolesque évasion. Qui vous a conduit jusqu'ici ?

— Le commandant de Trobriant !

— Encore un vieil ami ! constata l'Empereur avec un sourire narquois. Vous en regorgez, décidément. Eh bien, je vais le faire chercher pour qu'il se charge d'aller récupérer votre Jolival et cet... Irlandais, je crois, dont vous m'avez parlé. On les amènera ici. Grâce à Dieu, il y a dans ce palais de quoi loger un peuple... Constant va s'occuper de vous et, ce soir, nous souperons ensemble. Ce n'est pas une invitation, Madame, ajouta-t-il en voyant que Marianne esquissait un geste annonçant une plaidoirie, c'est un ordre...

Il ne restait plus qu'à obéir. Sur une profonde révérence, la jeune femme suivit le valet de l'Empereur qui, avec la sûreté d'un homme habitué depuis longtemps à se reconnaître rapidement dans les palais les plus vastes, la conduisit à travers deux couloirs et un petit escalier jusqu'à une chambre assez agréable, dont les fenêtres ouvraient approximativement au-dessus de celles de l'Empereur, mais plutôt poussiéreuse.

— Nous verrons demain à trouver des femmes de service, fit-il avec un sourire encourageant. Pour ce soir, Madame la Princesse voudra bien se montrer indulgente...

Demeurée seule, Marianne s'efforça de retrouver un peu de calme et de secouer cette douleur qui lui serrait le cœur si péniblement. Elle se sentait perdue, abandonnée, malgré la sollicitude indéniable que lui avait montrée Napoléon à un moment où, cependant, il avait bien autre chose à faire que se pencher sur le drame intime d'une femme. Qu'avait-il dit, tout à l'heure ? Qu'il l'aimait peut-être encore ? Non, ce n'était pas possible ! Il avait dit cela uniquement pour la consoler. Celle qu'il aimait c'était sa petite Autrichienne blonde... et, d'ailleurs, cela avait si peu d'importance maintenant. Mais, ce qui était plus grave, plus troublant aussi, c'était cette affirmation insensée, péremptoire qu'il avait osée. Avec quelle impitoyable logique ne lui avait-il pas démontré qu'elle n'était pas la femme d'un seul amour, qu'elle pouvait être sensible, peut-être, au charme d'autres hommes que celui de Jason. Comment ne comprenait-il pas que c'était faux, qu'elle n'aimait, qu'elle n'avait jamais aimé que lui, même quand, après Corfou...

Elle serra ses mains l'une contre l'autre tandis qu'un frisson courait le long de son dos. Corfou ! Pourquoi ce nom s'était-il tout à coup présenté à elle ? Était-ce parce que son esprit, inconsciemment, cherchait à donner raison à l'Empereur ? Corfou... la grotte... et ce pêcheur, cet homme mystérieux qu'elle n'avait même pas vu et dans les bras duquel cependant elle avait connu l'ivresse totale, une griserie telle qu'aucun autre homme que cet inconnu n'avait su lui en procurer... même Jason. Cette nuit-là, elle s'était conduite comme une fille. Et pourtant, pas une seule fois elle ne l'avait regretté. Au contraire... Le souvenir de cet amant sans visage qu'elle avait surnommé intérieurement Zeus gardait intact son charme troublant...

— Je dois être folle ! s'écria-t-elle avec rage en se prenant la tête à deux mains comme pour en arracher ces pensées qui lui semblaient sacrilèges.

Mais c'était impossible. Tout ce que Napoléon lui avait dit tournoyait dans sa tête, y creusait des sillons douloureux, posait tant de questions qu'elle s'avouait impuissante à y répondre mais qui, cependant, se résumaient en une seule : se pouvait-il qu'elle se connût si mal elle-même ?...

Et Marianne, confrontée au plus difficile problème qu'elle eût jamais rencontré, s'y abîma, perdant toute conscience du temps. Des heures passèrent sans doute car le soleil allait vers son déclin lorsque l'on gratta à la porte et que Constant reparut. Trouvant Marianne assise, toute droite, sur une petite chaise basse au dossier raide, il s'exclama :

— Oh ! Madame la Princesse ne s'est pas reposée un instant, j'imagine. Elle paraît si lasse...

Elle s'efforça de lui sourire, n'y parvint pas et, passant sur son front une main qui lui parut glacée :

— C'est vrai. Je suis lasse. Quelle heure peut-il être ?

— Plus de six heures, Madame. Et l'Empereur réclame Votre Altesse Sérénissime...

— Mon Dieu !... Mais je n'ai même pas songé à faire un peu de toilette...

— Cela n'a pas d'importance. Sa Majesté a quelque chose à montrer à Madame la Princesse... quelque chose de grave.

Son cœur manqua un battement.

— De grave ? Mes amis...

— Sont arrivés... en bon état, soyez sans crainte. Venez vite !

Il la conduisit cette fois dans une sorte de vestibule où elle découvrit une scène étrange : plusieurs hommes étaient là, groupés autour d'un brancard sur lequel un corps enveloppé d'un chiffon rouge était étendu. L'Empereur était debout auprès de ce brancard, en compagnie d'un homme d'apparence distinguée que Marianne ne connaissait pas. Un peu plus loin, il y avait Jolival, emballé dans une robe de chambre beaucoup trop grande pour lui et à demi étendu sur une banquette. Gracchus, très pâle, se tenait à ses côtés.

En les apercevant, elle eut un mouvement de joie :

— Dieu merci, vous voilà ! commença-t-elle.

Mais d'un geste Napoléon l'appela auprès de lui.

— On me dit que vous connaissez cette femme ! Que c'est celle qui a tenté de vous tuer... Est-ce vrai ?

Les yeux de Marianne s'agrandirent. Le corps enveloppé de rouge, c'était Shankala... mais dans un tel état que la jeune femme ne put se défendre d'un mouvement de pitié. Blafarde, un filet de sang coulant au coin de sa bouche, la tzigane respirait avec d'énormes difficultés.

— Elle a la poitrine écrasée, fit l'Empereur. Avant une heure elle sera morte et c'est aussi bien pour elle : cela lui évitera la corde. Voulez-vous entendre ce qu'elle avait à dire ?

Frappée de stupeur, Marianne considéra tour à tour

le visage sévère de Napoléon et celui, cireux, de la mourante.

— Bien sûr... Mais comment est-elle venue jusqu'ici ?...

Dans son coin, Gracchus, timidement, osa prendre la parole.

— C'est Monsieur Craig qui l'a trouvée en revenant avec une carriole, sur le quai de la Yaouza, quand ça a commencé à brûler ! Elle vivait encore et il l'a emmenée dans l'espoir d'apprendre quelque chose sur M. Beaufort. Il arrivait juste avec elle quand le commandant est venu avec moi pour chercher ces messieurs et M. le Vicomte a demandé qu'on la conduise près de vous... parce que... parce que ça lui a paru important !

Marianne crut comprendre et eut un cri qu'elle étouffa sous son poing.

— Jason ! Mon Dieu ! Ils l'ont tué...

— Malheureusement non ! gronda Napoléon. Il vit. Cessez donc de vous tourmenter pour cet homme ! Écoutez plutôt ce que l'on a à vous dire. Voici le baron d'Ideville, mon interprète. Il a réussi à faire parler cette femme et à comprendre ce que ce brave garçon n'avait pas bien saisi. Allez-y, baron !...

— Non, Sire, je vous en prie, implora Jolival. Laissez-moi le lui dire moi-même. Ce sera moins pénible. Pour le baron, nous ne sommes que des inconnus. Ce qui ne veut pas dire que je ne lui sois pas reconnaissant de son aide.

Le baron d'Ideville s'inclina en faisant signe qu'il comprenait, puis s'éloigna de quelques pas en compagnie de Napoléon qui le prit par le bras.

Marianne se tourna vers son vieil ami :

— Alors, Jolival ? Qu'avez-vous de si terrible à m'apprendre ?

— Oh ! peu de chose en vérité, fit-il avec un haussement d'épaules, et ce n'est pas vraiment terrible... sauf, hélas, pour vous !

— Expliquez-vous ! De quoi s'agit-il ? On m'a dit que Jason n'a pas été fusillé ?

— Non. Il est en parfait état de santé et à l'heure actuelle il doit se diriger tranquillement sur Saint-Pétersbourg. Au cantonnement de Koutousov, aux abords de Moscou, où les cosaques l'ont emmené, on l'a conduit devant un officier d'état-major... un certain colonel Krilov...

— Krilov ? Mais c'est le nom des amis qu'il voulait rejoindre ?

— C'est certainement l'un des leurs. Shankala n'a pas pu donner beaucoup d'informations là-dessus, mais elle a retenu le nom et elle a vu Jason sortir bras dessus, bras dessous avec un officier russe. Tous deux semblaient s'entendre à merveille. Alors, pensant qu'il n'y avait plus de danger, la tzigane a rejoint Jason. Il l'a d'abord chassée, puis, se ravisant, il l'a rappelée et l'a interrogée par le truchement de ce Krilov. Il a demandé où vous étiez, pourquoi vous n'étiez pas avec elle...

— Qu'a-t-elle répondu ?

— Qu'elle ne savait pas. Qu'elle vous avait perdue de vue, que vous aviez disparu tout à coup au tournant d'une rue...

— Et il l'a crue ? s'écria Marianne abasourdie.

— Apparemment ! Il n'a pas cherché plus loin. Il a haussé les épaules puis il s'est éloigné avec son nouvel ami après avoir fait dire à Shankala qu'il l'avait assez vue ou quelque chose d'approchant. Mais elle est tenace. Elle est restée dans le camp. Ce n'était pas difficile : il y avait d'autres femmes avec les troupes. Personne n'a fait attention à elle et elle a pu se renseigner, parce que tout de même l'histoire faisait du bruit dans le camp : un Américain habillé en moujik tombé pour ainsi dire du ciel... Elle a appris ainsi que le colonel Krilov avait obtenu la permission de le conduire lui-même à Saint-Pétersbourg pour le confier à sa famille et elle a espéré pouvoir les suivre. Mais Koutouzov, en reprenant sa route, s'est débarrassé de toutes ces femmes et les a renvoyées sur l'intérieur de la ville. Shankala s'est trouvée prise dans la masse et elle a dû revenir, bon gré, mal gré. Voilà l'histoire en gros...

— Mais enfin, c'est impossible, s'écria Marianne incapable d'en croire ses oreilles. Jason va essayer de me retrouver... Il n'est certainement pas encore parti...

— Avant de quitter le camp, Shankala l'a vu monter à cheval... Il est loin à cette heure.

— Ce n'est pas vrai. Ce n'est pas possible. Cette femme ment...

Un gémissement, parti du brancard, la fit se retourner. Elle vit que les yeux de la tzigane étaient entrouverts et elle crut apercevoir un faible sourire sur ses lèvres décolorées.

— Je vous dis qu'elle ment ! s'écria-t-elle.

— On ne ment pas quand la mort est là, fit Jolival gravement tandis que Gracchus, vivement, se penchait sur la femme qui essayait visiblement de parler.

On entendit un murmure qui s'acheva en une plainte rauque. La main jaune, que Gracchus avait saisie, se détendit tout à coup. Le visage se figea.

— Elle est morte... chuchota le jeune homme.

— Qu'a-t-elle dit ? As-tu compris quelque chose ?

Il fit oui de la tête, puis, détournant les yeux :

— Elle a dit : « Pardonnez-moi, mademoiselle Marianne ! » Elle a dit « Folle !... Aussi folle que moi !... »

Un moment plus tard, Marianne, qui la tête vide et le cœur lourd se préparait à assister au souper, se laissait entraîner par l'Empereur jusqu'à la terrasse du palais. Duroc était venu annoncer que le feu reprenait dans certains quartiers de la ville et Napoléon, jetant la serviette qu'il s'apprêtait à déplier, s'était levé de table et dirigé vers les escaliers avec ceux qui assistaient à son souper. Ce qu'il découvrit lui arracha un juron.

Des tourbillons de fumée noire, répandant une affreuse odeur de soufre et de bitume, se levaient sous le vent. Vers l'est, des flammes jaillissaient d'une longue rue tandis que sur le bord de la Moskova un grand entrepôt commençait à brûler.

— Ce sont les réserves de blé, dit quelqu'un, et cela recommence du côté du Bazar. Si je ne me trompe, c'est le quartier des magasins d'huile et de suif... Heureusement, il n'y a pas de vent, sinon je me demande si nous pourrions maîtriser ces feux.

— Quelle stupidité ! grommela l'Empereur. Je vois là tout un régiment qui se précipite avec des seaux et des tonneaux. Il n'y a peut-être plus de pompes, mais il y a encore de l'eau dans la rivière...

Il rugit quelques ordres puis s'approcha de Marianne qui, serrant ses bras sur sa poitrine, s'était éloignée de quelques pas et regardait, sans le voir, l'inquiétant spectacle.

— ...Je commence à croire que vous pourriez bien avoir raison... du moins en partie. Ces imbéciles essaient de nous couper les vivres...

Elle tourna vers lui un regard vide et hocha la tête.

— Ils ne se contenteront pas de cela, Sire, soyez-en certain. Mais, en ce qui me concerne, cela n'a guère d'importance... C'est à vous qu'il faut songer...

— Sotte que tu es ! murmura-t-il entre ses dents. Crois-tu donc que je te permettrais de périr ? Tu es un bon petit soldat, Marianne, même quand tu dis des bêtises et j'aime mes soldats comme mes enfants. Ou bien nous périrons ici, ensemble, tous les deux... ou bien nous nous en tirerons ensemble. Mais la mort n'est pas encore pour tout de suite.

Puis, comme elle le regardait avec un sourire plus triste que des larmes, il ajouta, plus bas encore :

— ... Crois-moi. Ta vie n'est pas finie. Elle s'ouvre au contraire devant toi. Une belle et longue vie. Je sais bien que tu souffres. Je sais bien que tu t'imagines que je radote, mais le jour viendra où tu sauras que j'avais raison. Oublie une bonne fois ce Beaufort... Il ne te mérite pas. Pense à ton enfant qui s'éveille à la vie sans toi. Il te réserve de telles joies... Et pense aussi... à cet autre dont tu portes le nom. Celui-là est digne de toi... et il a pour toi tant d'amour...

— Seriez-vous devin, Sire ? Qui a pu vous dire pareille chose ?

— Personne... sinon la connaissance que j'ai des hommes. Tout ce qu'il a fait, il n'a pu le faire que par amour... N'essaie plus de pêcher l'étoile au fond du puits. Il y a des roses près de toi. Ne les laisse pas faner. Promets-le-moi...

Il s'écartait d'elle, mais sans cesser de la tenir sous son regard. Il fit quelques pas pour rejoindre les autres, après un bref regard jeté sur la ville. Les flammes d'ailleurs semblaient décroître et la fumée se dissipait. Ce n'était encore qu'une alerte.

L'Empereur s'arrêta, se retourna :

— ...Allons ! insista-t-il, j'attends !

Marianne, lentement, s'abîma dans une profonde révérence :

— J'essayerai, Sire... Vous avez ma parole.

CINQUIÈME PARTIE

LE VENT D'HIVER

CHAPITRE XVI

CASSANDRE

Le lit, dont les couvertures sentaient légèrement le moisi, était dur comme une planche. Marianne s'y retourna longuement sans parvenir à trouver le sommeil. Elle était bien fatiguée pourtant et, lorsque l'Empereur s'était retiré, tôt dans la soirée et sitôt expédié un repas aussi frugal que peu conventionnel, le plaisir qu'elle avait éprouvé à regagner sa chambre avait été profond. Elle s'y était jetée comme dans un refuge après s'être assurée que Jolival était convenablement installé dans la chambre voisine. La fin de cette journée, fertile en émotions, avait été trop pénible pour que la jeune femme n'éprouvât pas un certain soulagement à échapper au protocole de cour, cependant bien réduit, que le comte de Ségur avait hâtivement instauré au Kremlin.

Ne souhaitant rien de mieux que dormir et remettre au lendemain l'examen de problèmes que la lassitude déformait en les amplifiant, Marianne s'était couchée aussitôt, pensant qu'après une grande nuit, son esprit serait plus clair et ses réactions plus alertes. Mais la ronde impitoyable des pensées et l'inconfort de son lit ne lui avaient pas permis de trouver le repos et le bienfaisant oubli que procure le sommeil.

Sa pensée, refusant la trêve, vagabondait sur la route de Saint-Pétersbourg à la suite de celui qui, sans même se soucier de ce qu'il avait pu advenir de sa maîtresse, venait de l'abandonner avec tant de désinvolture, tant d'égoïsme aussi. Et pourtant elle ne parvenait pas à lui en vouloir réellement, si grand et si aveugle était son amour pour lui. Elle connaissait trop l'obstination que Jason apportait dans ses haines comme dans ses désirs pour ne pas lui chercher, déjà, des excuses, ne fût-ce que cette rancune tenace envers Napoléon et ce désir passionné qu'il avait de rejoindre son pays en guerre... Deux sentiments parfaitement compréhensibles à tout prendre, et tellement masculins !

Aussi, Marianne ne se dissimulait-elle pas que, sans cette promesse que lui avait arrachée Napoléon, et qu'inconsciemment elle regrettait déjà, elle aurait tout fait pour s'échapper de ce palais où elle se sentait quelque peu prisonnière. Avec quelle joie eût-elle suivi l'exemple de Craig O'Flaherty ! L'Irlandais, en effet, n'était pas resté avec Jolival et Gracchus au palais. Renseigné sur le sort de Jason par les quelques paroles que Gracchus avait pu arracher à Shankala, il avait pris sans hésiter sa décision.

— Puisque vous êtes désormais en sûreté avec les vôtres, déclara-t-il à Jolival, je vous demande la permission de reprendre ma route, celle de la mer, donc celle de Saint-Pétersbourg. J'étouffe sur les chemins interminables de ce pays trop grand. Il me faut l'air du large ! Là-bas, je retrouverai Beaufort sans peine, simplement en cherchant la maison de ses amis Krilov. Et même si je dois faire toute la route à pied tandis qu'il voyage à cheval, j'arriverai à le rejoindre car il ne pourra certainement pas quitter le port avant quelques jours...

Jolival, toujours compréhensif, lui avait rendu sa liberté et Craig donc était parti après avoir prié le vicomte de faire, à Marianne, ses adieux et salué l'Empereur qui, généreusement, lui avait fait don d'un cheval, ce qui, dans les circonstances présentes, constituait un présent royal...

Son départ représentait pour Marianne une dangereuse tentation. C'était chose bien fragile qu'une parole surtout quand tous les démons de la mauvaise foi se mêlent de la contester. En vérité, Marianne n'avait rien juré à Napoléon. Elle avait seulement promis « d'essayer »... mais d'essayer quoi ? De renoncer définitivement à ce rêve de bonheur qu'elle traînait après elle depuis des années ?...

Bien sûr, si l'on regardait les choses en face, Napoléon avait raison. Marianne reconnaissait qu'il s'était montré plein de bonté, de clairvoyance. Elle admettait qu'à sa place elle aurait peut-être tenu le même langage ! Bien plus, elle osait s'avouer qu'en contrepartie l'attitude de Jason manquait d'élégance. Mais tandis que son esprit s'efforçait de raisonner sainement, son cœur, en pleine révolte, luttait de toutes ses forces, réclamant le droit de battre au rythme qu'il avait choisi et de suivre aveuglément le vol égoïste d'un oiseau de mer nommé Jason Beaufort...

Pourtant, les cris obstinés de ce cœur semblaient maintenant se dédoubler comme si, tout au fond de l'âme de Marianne, une autre voix, encore timide, cherchait à se faire entendre. Cette voix, elle avait gémi tout à l'heure en face du portrait d'un petit garçon blond... Brusquement, comme en surimpression sur le visage de l'enfant-roi, la jeune femme avait revu un petit visage brun, elle avait senti de nouveau, contre son sein, le poids léger d'une tête soyeuse et autour de son doigt la douceur impérieuse de la main minuscule qui, un instant, s'était refermée dessus... Sebastiano !... Pour la première fois depuis la nuit affreuse où il avait disparu, Marianne osait prononcer son nom... Où était-il à cette heure où sa mère se cherchait ardemment elle-même ? Vers quel lieu caché le sombre prince Corrado l'avait-il emporté ?...

Se secouant furieusement comme si elle voulait écarter un essaim de guêpes, la jeune femme choisit de s'invectiver elle-même.

— Cesse donc de faire du roman, ma fille ! s'écria-t-elle à haute voix. Qui donc essaies-tu de tromper ? Ton fils, à l'heure qu'il est, n'est caché nulle part. Il dort, comme un petit prince de légende, dans le palais de Toscane au cœur du grand jardin gardé par les paons couleur de neige. Il y est bien. Il y est à l'abri de tout. Il règne sur un univers merveilleux où bientôt il va courir, jouer...

Sa voix s'étrangla, se noya dans un brusque déluge de larmes et Marianne se mit à sangloter désespérément dans l'oreiller poussiéreux. Jusqu'à présent, emportée par le flot des événements et par les émotions de l'interminable voyage balancé entre la fatigue des jours et la passion vorace des nuits, elle n'avait pas permis au souvenir de son fils de s'insinuer en elle. Mais, d'un seul coup, la grave mise en garde de l'Empereur avait arraché les barrières misérables, si péniblement édifiées pour la mettre, brutalement, en face de tout ce que signifiait son renoncement volontaire. C'était vrai que l'enfant allait s'éveiller à la vie sans elle, qu'il apprendrait à rire, à parler loin d'elle et que, dans son vocabulaire de bébé, le mot « maman » ne signifierait rien. Bientôt, il chercherait l'équilibre sur ses petites jambes mais la main tendre à laquelle il s'accrocherait, ce serait celle de dona Lavinia... ou celle de l'homme qui, sans rien lui avoir donné de sa chair, s'était engagé cependant à lui donner tout son amour et même à l'aimer pour deux.

La douleur grandissait maintenant, repoussant la tentation de fuir, et Marianne désemparée ne savait plus bien quel regret la torturait davantage à cet instant : celui de l'amant qui fuyait loin d'elle ou celui de l'enfant qui ne l'aimerait jamais.

Elle allait peut-être se laisser emporter par une de ces vagues de désespoir qu'elle connaissait si bien et qui, parfois, l'avaient tenue éveillée des nuits entières quand l'impression qu'il se passait quelque chose d'insolite l'arracha à son chagrin. Elle ouvrit les yeux, releva la tête et considéra un instant d'un œil vague l'espèce d'aurore qui envahissait sa chambre...

Sautant à bas de son lit, elle courut à la fenêtre et poussa une exclamation de stupeur : cette lumière insolite qui éclairait comme en plein jour, c'était Moscou qui brûlait ! Deux énormes incendies, sans commune mesure avec ce que l'on avait pu voir jusqu'à présent, avaient éclaté, au midi et à l'ouest et, poussés par le vent, se propageaient à toute vitesse, dévorant les maisons de bois comme fétus de paille.

Brusquement les adjurations de son parrain lui revinrent en mémoire ! Comment avait-elle pu les oublier ! Vivement, Marianne s'habilla, se chaussa et s'élança au-dehors. Le silence et l'obscurité du palais la suffoquèrent. Dans la galerie, à peine éclairée par une lanterne, tout était tranquille, silencieux à l'exception d'un ronflement vigoureux et rythmé qui, derrière la porte voisine, dénonçait le bon sommeil de Jolival. La ville brûlait et personne n'avait l'air de s'en apercevoir.

Décidée à donner l'alerte, Marianne se jeta dans l'escalier puis dans la grande galerie où des sentinelles montaient la garde. Elle courut vers la porte de l'appartement impérial et elle allait l'atteindre quand apparut brusquement Caulaincourt qui de toute évidence s'apprêtait lui aussi à entrer chez l'Empereur.

— Dieu merci, Monsieur le Duc, vous voici ! Je commençais à désespérer de trouver quelqu'un d'éveillé dans ce palais... La ville brûle et...

— Je sais, Princesse, j'ai vu ! Mon valet de chambre m'a éveillé voici cinq minutes.

— Il faut prévenir l'Empereur !

— Rien ne presse ! L'incendie a l'air sérieux mais il ne menace pas le Kremlin. J'ai envoyé mon valet prévenir le Grand-Maréchal. Nous verrons avec lui ce qu'il convient de faire.

Le calme du Grand-Ecuyer était réconfortant. Marianne l'avait approché ce soir pour la première fois puisqu'à l'époque où elle gravitait autour de l'Empe-

163

reur, Caulaincourt était ambassadeur en Russie et y était resté jusqu'en 1811. Mais elle s'était senti une sympathie spontanée pour cet aristocrate de vieille souche, intelligent et courtois dont le beau visage méditatif et les manières parfaites tranchaient un peu sur l'entourage habituel de l'Empereur. En outre, elle plaignait le chagrin que lui causait la mort de son frère, tué à Borodino, tout en admirant l'élégant courage qu'il montrait en n'en laissant rien paraître.

Avec un soupir résigné, elle se laissa tomber sur une banquette recouverte de velours de Gênes et leva sur son interlocuteur un regard si chargé d'angoisse qu'il ne put s'empêcher de lui sourire.

— Vous êtes bien pâle, Madame, et je sais que vous êtes mal remise d'une blessure récente. Vous devriez retourner au lit.

Elle fit signe que non. L'énorme barrière de feu qu'elle avait contemplée un instant était encore devant ses yeux et une angoisse folle lui serrait la gorge.

— Je ne peux pas. Mais je vous en supplie, prévenez l'Empereur ! La ville va brûler tout entière. Je le sais, j'en suis sûre... On me l'a dit.

— Qui a bien pu vous dire une chose pareille, ma chère Marianne ? fit derrière elle la voix ensommeillée de Duroc, visiblement tiré sans ménagements de son premier sommeil.

— Un prêtre... que j'ai rencontré avant hier à Saint-Louis-des-Français où j'avais cherché refuge. Il m'a adjuré... comme tous ceux qui étaient là, de fuir, de quitter cette ville ! Elle est condamnée ! Rostopchine a fait ouvrir toutes les prisons, la canaille est lâchée et elle a été payée, abreuvée pour incendier Moscou !

— Mais enfin c'est insensé ! explosa Caulaincourt. Je connais bien les Russes...

— Vous connaissez les diplomates, Monsieur le Duc, vous connaissez vos pareils, vous ne connaissez pas le peuple russe. Depuis des jours et des jours, il fuit, il abandonne la ville, sa ville sainte. Et le gouverneur a juré que Moscou ne resterait pas entre vos mains, quelques moyens qu'il doive employer pour cela.

Par-dessus la tête de la jeune femme, les deux dignitaires se regardèrent.

— Pourquoi ne l'avez-vous pas dit plus tôt ? interrompit enfin le Grand-Maréchal.

Elle haussa les épaules.

— J'ai essayé de le dire. J'ai essayé de prévenir l'Empereur mais il ne m'a pas écoutée. Vous savez comment il est. Mais maintenant il faut le sauver. Je vous jure qu'il est en danger. Réveillez-le ! Réveillez-le si vous ne voulez pas que je m'en charge !

Elle se levait. Elle allait s'élancer vers la porte close mais Caulaincourt la saisit par le bras.

— Je vous en prie, Princesse, calmez-vous. La situation n'est pas encore si tragique... et l'Empereur est éreinté. Voilà trois nuits qu'il ne dort pas et les journées ont été dures. Laissons-le reposer encore un peu et vous, tâchez d'en faire autant ! Écoutez, voici ce que nous allons faire ! Vous, Duroc, envoyez aux renseignements auprès du gouverneur et faites mettre la Garde sous les armes. Moi, je vais demander un cheval et je vais aller sur place me rendre compte, faire porter les secours que l'on pourra réunir. De toute façon, il faut prendre des mesures sans plus tarder ! Toutes les troupes disponibles attaqueront l'incendie !

— Faites. Mais ne me demandez pas d'aller me coucher, je ne pourrai pas. Je suis incapable de dormir.

— Alors entrez ici, fit Duroc en ouvrant la porte de l'antichambre impériale. Je vais vous confier à Constant pendant que je donnerai des ordres et je reviens vous retrouver.

— Ce n'est pas raisonnable, fit Caulaincourt, Madame...

— Je connais Madame, coupa Duroc. C'est une vieille amie et je peux vous certifier, mon cher duc, qu'à part celle de l'Empereur, je ne connais pas de tête plus dure que la sienne. Allez à vos affaires, je vais aux miennes.

Dans l'antichambre, ils trouvèrent le mameluk Ali et deux ou trois de ses camarades qui discutaient âprement avec Constant. Le valet de chambre impérial faisait de son mieux pour les calmer et, de toute évidence, leur préoccupation était identique à celle de Marianne : réveiller l'Empereur.

Duroc, en quelques mots, les envoya se recoucher et leur assura qu'on les ferait prévenir en cas de besoin.

— Nous ne réveillerons pas encore Sa Majesté. Elle a trop besoin de sommeil, ajouta-t-il d'une voix sévère. Et vous faites un vacarme à réveiller un sourd.

Constant se permit un sourire, haussant les épaules avec philosophie :

— Monsieur le Grand-Maréchal sait bien que, dans l'armée aussi bien que dans le palais, ils sont tous comme ça. Dès qu'il se passe quelque chose, ils sont perdus si l'Empereur lui-même n'est pas là pour leur dire que tout va bien.

— Il aurait quelque peine à leur dire ça cette nuit, bougonna Marianne. Et, si j'étais vous, mon cher Constant, je préparerais déjà le déménagement de Sa Majesté. On ne sait jamais. Et les choses peuvent aller plus vite que vous ne l'imaginez. Quelle heure est-il ?

— Bientôt onze heures, Madame la Princesse ! Si je peux me permettre, Votre Altesse Sérénissime devrait s'installer au salon en attendant le retour de Monsieur le Grand-Maréchal. C'est une pièce un peu humide mais il y a du feu, des sièges assez confortables et je pourrais apporter une bonne tasse de café...

Elle lui sourit, émerveillée de le trouver toujours aussi paisible, aussi efficace et aussi tiré à quatre épingles que s'il avait passé une heure à sa toilette. C'était vraiment le modèle des serviteurs.

— Le feu n'est pas ce que je souhaite le plus contempler cette nuit, mon bon Constant, mais le café sera le bienvenu.

Le salon en question était une pièce immense, partagée en deux parties par une corniche étayée de deux colonnes épaisses. Entre les murs et chacune des colonnes il y avait un trépied de bronze. Les murs, les colonnes, tout cela était abondamment pourvu de dorures mais ces dorures étaient un peu noircies et ternies par le temps. De grandes bergères et des canapés s'y éparpillaient et, naturellement, dans un coin, il y avait une grande icône rouge et or représentant une madone émaciée aux yeux énormes. Des tapis immenses mais poussiéreux formaient une sorte d'archipel sur le dallage de marbre noir.

Marianne s'attarda peu à contempler le mobilier. En attendant le café promis, elle alla coller son front à l'une des vitres pour contempler le panorama menacé de la vieille capitale russe. Le vent soufflait à la fois du nord et de l'ouest avec violence et poussait les flammes vers le centre, rabattant sur les maisons encore intactes des tourbillons d'étincelles rougeoyantes d'où naissaient, bien vite, d'autres flammes. Le démon du feu était sur Moscou et personne ne pouvait dire si l'on parviendrait à lui faire lâcher prise.

Le café arriva avec Duroc. Les deux anciens amis le prirent en silence, comme un rite, chacun d'eux enfermé dans ses pensées et s'efforçant de dissimuler son inquiétude. Le sentiment de la Princesse et celui du Grand-Maréchal étaient, sans qu'ils s'en doutassent, identiques : cette ville qu'à des degrés divers ils avaient tant espérée leur faisait maintenant l'effet d'une mâchoire en train de se refermer sournoisement sur leurs fragiles formes humaines...

Vers minuit et demi, un autre incendie éclata, dans un quartier encore plongé dans l'obscurité, puis un autre.

— Le feu s'étend ! remarqua Duroc d'une voix curieusement enrouée.

— Le cercle se referme. Je vous en supplie, mon ami, éveillez l'Empereur quand il en est temps encore.

J'ai peur, j'ai très peur... Ces gens sont décidés à ne pas laisser pierre sur pierre de Moscou.

Il haussa les épaules avec colère.

— Mais non ! C'est impossible ! On ne brûle pas une ville entière, surtout de cette étendue. Vous vous affolez parce que quelques faubourgs flambent mais nos soldats sont à l'œuvre et ils auront tôt fait d'intercepter les incendiaires... si incendiaires il y a !

— Vous en doutez encore ? Aveugle que vous êtes tous ! Voilà des heures que j'essaie de vous faire entendre que vous êtes en danger de mort et vous êtes à deux doigts de me prendre pour une folle. J'ai l'impression d'être Cassandre s'efforçant de faire entendre raison aux Troyens...

Devant le regard incertain de Duroc, elle préféra ne pas développer davantage ses comparaisons antiques. Visiblement le Grand-Maréchal se trouvait présentement à cent lieues de Troie et Cassandre était bien la dernière personne dont il souhaitait discuter les mérites. Le retour de Caulaincourt changea d'ailleurs le cours de la conversation.

Le duc de Vicence portait de visibles traces de suie. Son uniforme était criblé de petits trous causés par les flammèches et, sous ses sourcils froncés, son regard était très sombre.

— Les choses vont mal, admit-il. La reconnaissance que je viens d'effectuer autour du Kremlin m'a convaincu que nous sommes en train de vivre un drame inattendu. L'incendie gagne partout. De nouveaux foyers ont éclaté, au nord, et le vent gagne en puissance d'instant en instant. Mais il y a plus grave...

— Plus grave, ronchonna Duroc. Je vois mal ce que cela peut être !

— Les pompes ! Nous n'en avons presque pas trouvé ! Encore celles que nous avons dénichées sont-elles hors d'usage...

— Et cela ne vous a pas convaincu de la véracité de mes informations ? s'exclama Marianne, outrée.

Mais que vous faut-il donc ? Je vous dis, je vous répète que tout ceci a été concerté, voulu, réglé dans les moindres détails, que les Russes incendient eux-mêmes Moscou sur l'ordre de leur gouverneur. Et cependant vous refusez toujours de m'entendre ! Fuyez, que diable ! Réveillez l'Empereur et...

— Et filez ? coupa Caulaincourt. Non, Madame ! Nous ne sommes pas venus jusqu'ici au prix de si grandes peines et de si grands sacrifices pour décamper comme des lapins pour quelques baraques incendiées ! Ce n'est pas la première fois que l'on brûle les maisons sur nos pas...

— Mais c'est sans doute la première fois qu'on en brûle sur votre dos. Pardonnez-moi, cependant, d'avoir ravivé une blessure encore fraîche ! Je ne songe qu'au salut de l'Empereur et de son armée, Monsieur le Duc !

— Je le sais, Madame, et croyez que je ne vous en garde pas rancune.

Réprimant un haussement d'épaules qui aurait traduit trop clairement son agacement, Marianne s'éloigna de quelques pas. Elle était découragée d'avoir constaté une fois de plus combien il est difficile d'empêcher les hommes de courir tête baissée vers leur destin. Cependant Duroc demandait d'autres informations.

— Comment se présentent les choses, en ville ? questionna-t-il.

— Les troupes sont sous les armes. Quant aux habitants, ils ont, pour des incendiaires, un étrange comportement : ils abandonnent leurs maisons en pleurant et vont s'entasser dans les églises. Elles débordent !

— Et ici ?

— Hormis l'Empereur, tout le monde est réveillé. La galerie est pleine de gens affolés. L'inquiétude est générale et, si vous voulez m'en croire, la panique menace. Il serait peut-être temps, quelque regret que j'en aie, de réveiller Sa Majesté.

— Ah ! Tout de même ! ne put s'empêcher de remarquer Marianne.

Caulaincourt se tourna vers elle et dit sévèrement :

— La situation l'exige, Madame. Mais ce n'est pas pour fuir que nous allons chercher l'Empereur. C'est pour que, selon sa coutume, il rassure par sa présence tous ceux qui, dans ce palais, sont bien près de se laisser emporter par l'affolement... vous la première, Princesse.

— Quoi que vous en pensiez, je ne me laisse nullement gagner par la panique, Monsieur le Duc ! Mais je crois que, lorsqu'une catastrophe se prépare, il vaut mieux en avertir le maître. Quelle heure est-il ?

— Bientôt quatre heures ! Allez-y, Duroc !

Tandis que le Grand-Maréchal se dirigeait vers la chambre impériale dont Constant, déjà, lui ouvrait la porte, Marianne, peu désireuse de rester avec Caulaincourt qui, visiblement, ne débordait pas de sympathie pour elle, décida de se mettre en quête de Jolival et de Gracchus. Avec tout ce tintamarre, ils ne pouvaient pas dormir encore. Leur sommeil n'avait rien d'impérial et, à cette heure, ils étaient peut-être fort en peine d'elle. Aussi se disposa-t-elle à remonter à l'étage supérieur.

Mais elle n'eut pas loin à aller. A peine fut-elle entrée dans la galerie où s'entassaient pêle-mêle officiers, soldats et serviteurs de la maison impériale, qu'elle aperçut Jolival assis sur une banquette aux pieds de Gracchus qui, grimpé sur la même banquette, se haussait encore sur la pointe des pieds cherchant visiblement quelqu'un dans cette foule. L'apparition de Marianne leur arracha, à l'un comme à l'autre, une exclamation de soulagement.

— Sacrebleu ! gronda Jolival traduisant en mauvaise humeur l'angoisse qu'il venait d'éprouver. Où diantre étiez-vous passée ? Nous nous demandions si vous n'étiez pas quelque part dans cette mer de feu en train de chercher...

— ...A m'enfuir d'ici ? A gagner la route de Saint-Pétersbourg ? Et cela, bien sûr, en vous abandonnant ici ? Vous me connaissez bien mal, mon ami, dit la jeune femme avec reproche.

— Vous seriez bien excusable et d'autant plus que vous saviez que Gracchus était avec moi ! Vous pouviez choisir la liberté et la fuite vers la mer.

Elle eut un petit sourire triste et, passant un bras autour du cou de son vieil ami, elle eut un geste impulsif et l'embrassa sur les deux joues.

— Allons, Jolival ! Vous savez bien qu'à cette heure vous êtes, avec Gracchus, tout ce qui me reste. Qu'irais-je faire sur la route de Saint-Pétersbourg ? On n'y souhaite guère ma présence, allez ! A cet instant, Jason ne songe qu'à une chose : le bateau qui va bientôt l'emporter vers sa chère Amérique, vers la guerre, vers... tout ce qui nous sépare. Et vous voudriez que je coure après lui ?

— N'en avez-vous pas un seul instant éprouvé la tentation ?

Elle n'hésita pas un instant.

— Honnêtement, si ! Mais j'ai réfléchi. Si Jason souhaitait ma présence autant que je souhaite la sienne, il serait, à cette minute, dans Moscou même cherchant à me retrouver, criant mon nom à tous les échos.

— Qui vous dit que ce n'est pas le cas ?

— Ne vous faites pas l'avocat du diable, mon ami. Vous savez aussi bien que moi que cela n'est pas. Jason s'éloigne de nous, soyez-en certain. Après tout, c'est le paiement normal de ma folie. Qu'avais-je besoin de l'arracher à sa prison d'Odessa et de le suivre jusqu'ici ? L'eussé-je laissé avec Richelieu qu'il fût demeuré tranquille durant tout le temps de sa maudite guerre anglaise en admettant qu'il n'eût pas réussi à s'enfuir. Mais j'ai ouvert moi-même les portes de la cage et, pareil aux oiseaux sauvages, il s'enfuit à tire-d'aile, me laissant là. Je ne l'ai pas volé.

— Marianne, Marianne, vous êtes amère, dit doucement le vicomte. Je n'ai pas une grande tendresse pour lui mais vous le faites peut-être plus noir qu'il n'est.

— Non, Jolival ! J'aurais dû comprendre depuis longtemps. Il est ce qu'il est... et moi je n'ai que ce que je mérite. On n'est pas bête à ce point...

De furieux éclats de voix dans lesquels Marianne n'eut aucune peine à reconnaître le timbre métallique de Napoléon vinrent interrompre son autocritique désabusée. L'instant suivant, la porte de l'appartement impérial fut emportée plus qu'elle ne s'ouvrit et Napoléon lui-même surgit sur le seuil, vêtu de sa robe de chambre, les cheveux en désordre et le madras qu'il venait d'arracher de sa tête à la main.

Aussitôt, ce fut le silence. Le vacarme des conversations s'arrêta tandis que l'Empereur faisait peser sur l'assemblée son regard fulgurant.

— Que faites-vous tous ici à piailler comme des vieilles femmes bavardes ? Pourquoi ne m'a-t-on pas prévenu ? Et pourquoi n'êtes-vous pas tous à vos postes ? Les incendies s'allument un peu partout à cause du désordre de mes troupes et de l'abandon où les habitants de cette ville laissent leurs maisons...

— Sire ! protesta un géant blond de type nordique dont le beau visage s'encadrait d'épais favoris dorés, les hommes sont victimes de cet incendie comme nousmêmes. Ce sont les Moscovites eux-mêmes...

— Allons donc ! On me dit que la ville est livrée au pillage. Les soldats brisent les portes, enfoncent les caves. On s'empare du thé, du café, des pelleteries, du vin et de l'alcool. Et moi je ne veux pas de cela ! Vous êtes gouverneur de Moscou, Monsieur le Maréchal ! Faites cesser ce désordre !

Ainsi tancé, le maréchal Mortier ébaucha un geste de protestation qui s'acheva en symbole d'impuissance puis, tournant les talons, se dirigea vers l'escalier et disparut suivi de deux officiers de son état-major, cependant que Napoléon glapissait :

— Les Moscovites ! Les Moscovites ! Ils ont bon dos. Je ne puis croire que ces gens brûlent leurs maisons pour nous empêcher d'y coucher une nuit...

Courageusement, Marianne s'avança jusqu'à lui.

— Et pourtant, Sire, cela est. Je vous supplie de me croire ! Vos soldats ne sont pas cause de ce drame ! Rostopchine seul...

La fureur du regard impérial s'abattit sur elle.

— Vous êtes encore là, Madame ? A cette heure, une honnête femme est dans son lit. Retournez-y !

— Pourquoi faire ? Pour y attendre patiemment que le feu prenne à mes couvertures et que je flambe en proclamant les louanges de l'Empereur qui a toujours raison ? Grand merci, Sire ! Si vous ne voulez pas m'entendre, je préfère encore m'en aller.

— Et où irez-vous, s'il vous plaît ?

— N'importe où mais hors d'ici ! Je n'ai aucune envie d'attendre qu'il ne soit plus possible de sortir de ce maudit palais ! Ni de participer à l'autodafé gigantesque que Rostopchine entend offrir aux mânes des soldats russes écrasés à la Moskowa ! Libre à vous d'en faire les frais, Sire, mais moi je suis jeune et j'ai encore envie de vivre... Aussi, avec votre permission...

Elle esquissait une révérence. Mais le rappel de sa récente victoire avait calmé l'Empereur. Brusquement, il se pencha, saisit le bout de l'oreille de la jeune femme et le tira avec une vigueur qui lui arracha un gémissement. Puis, souriant :

— Allons ! Calmez-vous, Princesse ! Vous ne me ferez pas croire que vous avez peur. Pas vous ! Quant à nous fausser compagnie, cela vous est formellement interdit ! S'il faut en venir à quitter cet endroit, nous partirons ensemble mais apprenez que, pour le moment, il n'en est pas question. Tout ce que je vous permets, c'est d'aller prendre un peu de repos et vous rafraîchir. Nous déjeunerons ensemble à huit heures !

Mais il était écrit que Marianne ne regagnerait pas sa chambre de sitôt. Alors que la foule inquiète qui avait envahi la galerie se dissolvait lentement, un groupe de soldats menés par le général Durosnel arrivait au pas de charge, traînant des hommes vêtus d'une sorte d'uniforme vert et quelques moujiks hirsutes qui avaient tout l'air de prisonniers. L'interprète impérial, Lelorgne d'Ideville, accourait derrière eux. L'Empereur qui s'apprêtait à rentrer chez lui se retourna, mécontent.

— Que me veut-on encore ? Qui sont ces gens ?

Durosnel le renseigna.

— On les appelle des boutechniks, Sire. Ce sont des gardes de police qui sont chargés ordinairement de la surveillance des coins de rues. Ils ont été pris la torche à la main alors qu'ils commençaient à incendier un magasin de vins et spiritueux. Ces mendiants étaient avec eux et les aidaient.

Napoléon eut un haut-le-corps et son regard assombri s'en alla, machinalement, chercher celui de Marianne.

— Vous êtes sûr de cela ?

— Absolument, Sire ! D'ailleurs, outre ces soldats qui les ont arrêtés, il y a des témoins : quelques commerçants polonais du voisinage qui nous suivent et viennent à vous.

Il y eut un silence. Devant le groupe effaré des prisonniers, Napoléon se mit à aller et venir, lentement, les mains croisées derrière le dos, jetant de temps à autre un regard à ces hommes qui, instinctivement, retenaient leur souffle. Soudain, il s'arrêta.

— Qu'ont-ils à dire pour leur défense ?

Le baron d'Ideville s'avança.

— Ils prétendent tous que l'ordre d'incendier toute la ville leur a été donné par le gouverneur Rostopchine avant...

— C'est faux ! cria l'Empereur. Cela ne peut pas être vrai parce que ce serait insensé. Ces gens mentent. Ils veulent seulement se décharger de la responsabilité d'un crime en espérant que cela leur vaudra une mesure de clémence.

— Il faudrait, pour cela, qu'ils se fussent donné le mot, Sire, car, tenez, en voici d'autres que l'on vous amène et je gagerais que nous allons entendre la même chanson.

En effet, un nouveau groupe apparaissait conduit par le sergent Bourgogne, cette connaissance déjà ancienne de Marianne. Mais, cette fois, un vieux Juif en lévite brûlée par endroits les escortait. Ce fut lui qui, avec beaucoup de courbettes et de soupirs, expliqua comment sans l'arrivée providentielle du sergent et de ses hommes, il aurait brûlé avec tout le contenu d'une épicerie.

— C'est impossible ! répétait Napoléon, c'est impossible...

Néanmoins, sa voix perdait de son assurance. C'était comme si en se répétant il cherchait avant tout à se persuader lui-même.

— Sire, intervint doucement Marianne, ces gens préfèrent anéantir Moscou plutôt que vous en laisser la jouissance. C'est un sentiment peut-être primitif mais qui, au fond, rejoint l'amour ! Vous-même, s'il s'agissait de Paris...

— De Paris ? Brûler Paris si l'ennemi parvenait à l'atteindre ? Pour le coup, Madame, vous êtes folle ! Je ne suis pas de ceux qui s'ensevelissent sous les ruines. Sentiment primitif, dites-vous ? Il se peut que ces gens soient des Scythes mais on n'a pas le droit de sacrifier l'œuvre de centaines de générations à l'orgueil d'un seul. D'ailleurs...

Mais Marianne ne l'écoutait pas. Pétrifiée, elle regardait deux hommes qui discutaient à l'entrée de la galerie. L'un était le maître des cérémonies de la cour, le comte de Ségur. L'autre était un petit prêtre en soutane noire qu'elle reconnaissait sans peine mais non sans inquiétude. Que venait faire ici, chez l'homme qu'il avait toujours combattu, le cardinal de Chazay ? Qu'avait-il à dire ? Pourquoi cherchait-il à aborder l'Empereur car son arrivée au Kremlin, à cette heure, ne pouvait avoir d'autre but...

Elle n'eut pas le temps de chercher une réponse.

Déjà Ségur et son compagnon rejoignaient le groupe au centre duquel Napoléon distribuait de nouveaux ordres, précisant qu'il voulait des patrouilles dans tous les quartiers que l'incendie n'avait pas encore atteints, des fouilles minutieuses dans les maisons afin de retrouver d'autres hommes semblables à ceux qui se tenaient devant lui inertes, pareils à un troupeau stupide.

— Que faisons-nous de ceux-ci ? demanda Durosnel.

La sentence tomba, impitoyable.

— Nous n'avons que faire de prisonniers ! Pendez-les ou passez-les par les armes, au choix ! de toute façon, ce sont des criminels.

— Sire, ce ne sont que des instruments...

— Un espion aussi est un instrument et cependant il n'a à attendre ni pitié ni merci. Je ne vous défends pas de trouver Rostopchine... et de le pendre avec eux ! Allez !

La troupe en s'écartant livra passage au Grand-Maître des Cérémonies et à son compagnon. Le premier s'avança vers l'Empereur.

— Sire, fit-il, voici l'abbé Gauthier, un prêtre français qui désire vivement entretenir Votre Majesté des problèmes qui agitent Moscou en ce moment. Il prétend détenir des renseignements de source sûre.

Sans qu'elle pût savoir pourquoi, le cœur de Marianne manqua un battement et elle eut l'impression d'une main de fer soudain serrée autour de sa gorge. Tandis que Ségur parlait, son regard avait croisé celui de son parrain, un regard d'une si impérieuse dureté qu'elle en eut froid dans le dos. Jamais elle ne lui avait connu cette froideur glaciale, cette autorité qui lui interdisait sans un mot de se mêler en rien de ce qui allait suivre. Ce ne fut d'ailleurs qu'un instant. Déjà le prêtre s'inclinait avec la feinte gaucherie d'un homme peu habitué à approcher lès grands de ce monde.

Napoléon cependant l'examinait.

— Vous êtes Français, Monsieur l'abbé ? Un émigré sans doute ?...

— Non pas, Sire ! Un modeste prêtre mais mes connaissances en latin m'ont fait choisir, voici déjà plusieurs années, par le comte Rostopchine afin d'enseigner à ses enfants cette noble langue... et aussi le français.

— Une langue au moins aussi noble, Monsieur l'abbé. Ainsi donc vous serviez chez cet homme que l'on me dit être un incendiaire... ce que je me refuse de croire !

— Il le faut cependant, Sire ! Je puis certifier à... Votre Majesté que les ordres du gouverneur ont bien été tels qu'on les lui a décrits : la ville doit brûler jusqu'aux fondations... ce palais y compris !

— C'est insensé ! C'est de la folie pure.

— Non Sire... C'est russe. Il n'y a qu'un seul moyen pour Votre Majesté de sauver cette vieille et auguste cité.

— Lequel ?

— Partir ! L'évacuer dès maintenant. Il en est temps encore. Repartez vers la France, renoncez à vous établir ici et l'incendie s'arrêtera.

— D'où vous vient cette certitude ?

— J'ai pu entendre les ordres du comte. Il a laissé quelques hommes de confiance qui savent où se trouvent les pompes. Dans une heure, tout peut être terminé... si Votre Majesté annonce son départ immédiat.

Haletante, serrant ses mains l'une contre l'autre, Marianne suivait ce dialogue, pour elle totalement obscur, cherchant à comprendre pourquoi son parrain semblait chercher à sauver l'armée impériale sous couleur de sauver Moscou. En même temps sa mémoire lui restituait curieusement une phrase prononcée à Odessa par le duc de Richelieu à propos du cardinal : « Il va à Moscou où l'attend une grande tâche si d'aventure ce misérable Corse arrivait jusque-là !... »

Le Corse était là. Et en face de lui, un homme dont il ignorait la puissance cachée, un homme investi « d'une grande tâche » un homme qui avait juré sa perte... Et maintenant, la voix douce et calme du cardinal faisait peur à Marianne, bien plus peur encore que celle, brève et incisive, de l'Empereur qui, cependant, reprenait, avec une nuance menaçante :

— Annoncer mon départ immédiat ? Mais à qui donc ?

— A la nuit, Sire ! Quelques ordres lancés du haut des murs de ce palais suffiraient car ils seraient entendus...

Il y eut un silence, si lourd tout à coup que Marianne crut que les battements de son cœur allaient pouvoir le troubler.

— Vous me semblez, Monsieur l'Abbé, singulièrement informé pour un prêtre modeste ! Vous êtes français, vous êtes entouré de Français ici. Nous sommes vainqueurs et vous devriez être fier ! Or vous venez de parler de fuir, honteusement.

— Il n'y a pas de honte à fuir les éléments, même pour un conquérant, Sire ! Je suis français, certes, mais je suis aussi un homme de Dieu et je songe à tous ceux de vos hommes qui vont périr si vous vous obstinez à lutter contre Dieu.

— Allez-vous me dire maintenant que Dieu est russe ?

— Dieu est de tous les peuples. Vous avez vaincu les armées de celui-ci mais il reste le peuple lui-même, qui vous repousse avec ce qu'il peut, quitte à s'ensevelir avec vous. Croyez-moi, partez !

Le dernier mot claqua comme un coup de fouet, si impérieux que Marianne en frémit. Il fallait que Gauthier de Chazay fût devenu insensé pour oser s'adresser sur ce ton à l'Empereur des Français et elle ne parvenait pas à saisir le but de cette démarche insensée. Croyait-il réellement que Napoléon allait abandonner Moscou simplement parce qu'il l'en adjurait ? Il suffisait de regarder son visage blême, ses narines qui se pinçaient et cette crispation de sa mâchoire pour deviner que les choses tournaient mal.

Et, en effet, soudain Napoléon, haussant les épaules, s'écria véhémentement :

— Je respecte votre robe, Monsieur, mais vous êtes fou ! Retirez-vous de ma vue avant que ma patience ne soit complètement épuisée.

— Non. Je ne partirai pas. Pas avant de vous avoir fait entendre ce qu'une fois dans votre vie, au moins, vous devez entendre avant que votre orgueil ne vous pousse à l'abîme et tous ceux qui vous suivent avec vous. Jadis, vous avez ramassé la France, sanglante, souillée par les excès de la Révolution, rongée par la lèpre des trafiquants et des profiteurs du Directoire, vous l'avez remise debout, balayée, nettoyée et vous avez grandi avec elle. Oui, moi qui n'ai jamais été des vôtres je dis ici que vous avez été grand.

— Ne le suis-je plus ? fit l'Empereur avec hauteur.

— Vous avez cessé de l'être le jour où cessant de la servir vous vous êtes servi d'elle. Au prix d'un crime, vous vous êtes fait empereur et, depuis, pour asseoir votre puissance sacrilège vous lui arrachez, chaque année, les meilleurs de ses enfants pour les envoyer périr sur tous les champs de bataille d'Europe.

— C'est à l'Europe, Monsieur, qu'il faut vous adresser. C'est elle qui, jamais, n'a pu supporter que la France redevienne la France, plus grande et plus puissante qu'elle ne l'avait jamais été.

— Elle l'eût supporté si justement la France était restée la France mais vous l'avez gonflée, gavée d'une foule de royaumes et d'annexions dont elle n'avait aucun besoin. Mais il fallait n'est-ce pas qu'il y eût des trônes pour vos frères, des fortunes pour tous les vôtres... Et pour asseoir ces royautés de carton vous avez ruiné, détruit, chassé les plus vieilles races d'Europe.

— Vous avez dit le mot : de vieilles races ! Mortes, épuisées, finies ! En quoi ma couronne vous gêne-t-elle ? Vous êtes sans doute de ceux qui auraient voulu pour moi la gloire stupide d'un Monk... vous vouliez revoir sur le trône vos Bourbons exténués !

— Non !...

Ce fut un cri et il plongea Marianne dans une véritable stupeur. Que se passait-il ? Gauthier de Chazay, agent secret du comte de Provence, qui se faisait appeler Louis XVIII, reniait-il son maître ? Elle n'eut pas le temps de chercher.

— Non, reprit le cardinal. J'avoue l'avoir longtemps souhaité... Je ne le souhaite plus pour des raisons qui me sont personnelles. J'aurais pu, même, en venir à vous accepter. Mais vous avez cessé d'être bénéfique pour votre pays. Vous ne pensez qu'à vos conquêtes et si l'on vous laisse faire vous dépeuplerez la France pour l'orgueil de rejoindre Alexandre le Grand, pour atteindre les Indes et ramasser la couronne d'Akbar ! Non ! Assez ! Allez-vous-en ! Partez quand il en est temps encore ! Ne lassez pas Dieu !

— Laissez Dieu où il est ! Je vous ai trop écouté ! Vous n'êtes qu'un vieux fou. Sortez à l'instant si vous ne voulez pas que je vous fasse arrêter.

— Faites-moi arrêter si vous le désirez mais vous n'arrêterez pas la colère de Dieu ! Regardez ! vous tous qui êtes ici !

Si grande était la passion qui habitait ce corps frêle que tous, machinalement, tournèrent la tête vers les fenêtres dans la direction indiquée par ce bras tragiquement tendu.

— Regardez ! C'est le feu du Ciel qui s'abat sur vous. Si vous ne quittiez pas cette ville avant ce soir, il n'en restera pas pierre sur pierre et vous serez tous ensevelis sous ses décombres ! Je vous le dis, en vérité...

— Assez !

Pâle de colère, les poings serrés, Napoléon marcha vers son adversaire.

— Votre impudence n'a d'égale que votre folie. Qui vous envoie ? Qu'êtes-vous venu chercher ici ?

— Personne ne m'envoie... sinon Dieu ! Et j'ai parlé pour votre bien...

— Allons donc ! A qui ferez-vous croire cela ? Vous étiez chez Rostopchine, n'est-ce pas ? Vous en savez infiniment plus long que vous ne voulez le dire. Et vous avez cru, vous et ceux qui vous payent, qu'il suffirait de venir corner à mes oreilles vos malédictions pour que je m'enfuie comme une vieille femme crédule, et vous laisse tous libres de vous rire de moi ? Je ne suis pas une vieille femme, l'abbé. Et les terreurs que vous soulevez chez les âmes simples, dans les profondeurs noires de vos confessionnaux, ne m'atteignent pas. Je ne partirai pas. J'ai conquis Moscou, je le garde !...

— Alors vous perdrez votre empire ! Et votre fils, ce fils que vous avez obtenu, au prix d'un sacrilège, d'une malheureuse princesse qui se croit votre épouse et n'est que votre concubine, ne régnera jamais ! Et c'est tant mieux car, s'il régnait un jour, ce serait sur un désert.

— Duroc !

L'assistance abasourdie, vaguement terrifiée, s'écarta machinalement pour laisser passer le Grand-Maréchal du palais.

— Sire ?

— Arrêtez cet homme ! Qu'on l'enferme ! C'est un espion à la solde des Russes ! Qu'on l'enferme et qu'on attende mes ordres ! Mais il sera mort avant que je n'aie quitté ce palais !

— Non !

Le cri angoissé de Marianne se perdit dans le tumulte. Déjà un piquet de soldats approchait, enveloppait le cardinal dont en un instant les mains furent liées derrière le dos. On l'entraîna tandis qu'il criait encore :

— Tu es au bord de l'abîme, Napoléon Bonaparte ! Fuis avant qu'il ne s'ouvre sous tes pas et ne t'engloutisse avec tous les tiens !...

Jurant effroyablement, Napoléon hors de lui s'élança

dans son appartement, entouré de quelques-uns de ses familiers qui commentaient avec indignation ce qui venait de se passer. Marianne se jeta à leur suite, rejoignit l'Empereur au moment où il franchissait la porte de sa chambre, et se glissa sur ses talons avant que le battant n'eût claqué derrière lui.

— Sire ! s'écria-t-elle. Il faut que je vous parle !...

Il se retourna tout d'une pièce au moment où il allait s'engouffrer dans son cabinet de toilette et, devant le regard noir dont il l'enveloppa, la jeune femme ne put s'empêcher de frémir.

— On m'a déjà beaucoup parlé, ce matin, Madame ! Beaucoup trop même ! Et je croyais vous avoir dit d'aller vous reposer. Allez-y et laissez-moi tranquille.

Elle plia légèrement les genoux comme si elle allait tomber à ses pieds, joignit les mains dans un geste instinctif.

— Sire !... Je vous en supplie... Je vous en conjure, faites ce que vous a dit ce prêtre ! Allez-vous-en !

— Ah ! non ! Pas vous !... Mais va-t-on enfin me laisser en paix ! Je veux être seul, vous entendez ? Être seul !...

Et, saisissant le premier objet qui se trouvait sous sa main, en l'occurrence un vase de Chine, il le lança à la volée à travers la pièce. Le malheur voulut que Marianne se relevât à cet instant précis. Le vase l'atteignit à la tempe et, avec un gémissement, elle s'abattit sur le tapis...

L'odeur piquante des sels anglais et une violente migraine furent, pour Marianne, les premiers symptômes du retour à la conscience. S'y ajouta aussitôt la voix, feutrée de respectueux soulagement, de l'indispensable Constant :

— Ah ! Nous revenons à nous !... Puis-je demander à Votre Altesse Sérénissime comment elle se sent ?

— Aussi mal que possible... et surtout pas sereine, mon pauvre Constant ! Même un tout petit peu.

Puis, se rappelant brusquement ce qui venait de se passer entre Napoléon et elle :

— L'Empereur ? Comment imaginer qu'il ait pu... Est-ce qu'il a voulu me tuer ?

— Certainement pas, Madame la Princesse ! Mais vous avez été fort imprudente ! Quand Sa Majesté atteint à un certain degré d'exaspération, il n'est pas prudent d'essayer de l'approcher, moins encore de le raisonner... et après la scène de tout à l'heure...

— Je sais, Constant, je sais... mais tout cela est si grave, si urgent ! Dans les propos apparemment insensés de ce... prêtre, il y avait du vrai ! Et vous le savez aussi bien que moi.

— Le service privé de Sa Majesté exclut toute pensée personnelle, Madame... fit Constant mi-figue mi-raisin. J'ajouterai cependant qu'en voyant Madame la Princesse s'abattre à ses pieds, l'Empereur a montré quelque inquiétude... et quelque regret. Il m'a aussitôt appelé et ordonné de prodiguer des soins attentifs... à sa victime.

— Il n'a sûrement pas employé ce mot-là ! Il a dû dire : cette imbécile, cette insolente, cette misérable ou quelque chose comme ça !

— « Cette pauvre folle ! » si Madame veut bien me pardonner... corrigea le valet avec l'ombre d'un sourire. Dans un sens cette brutalité a soulagé l'Empereur. Sa colère est un peu tombée.

— Vous m'en voyez ravie. J'aurai au moins servi à quelque chose ! Et... l'homme de tout à l'heure... l'espion, savez-vous ce que l'on en a fait ?

— Le Grand-Maréchal vient de venir rendre compte. On l'a enfermé dans l'une des tours de l'enceinte, faute de mieux. C'est celle que l'on appelle la tour du Secret. D'ailleurs, on peut la voir de ces fenêtres.

En dépit des élancements douloureux de sa tête, Marianne, poussée par une irrésistible impulsion, quitta le lit de repos qui l'avait recueillie et s'avança vers les fenêtres malgré les protestations de Constant qui l'adjurait de se ménager un peu.

De cet étage, on dominait l'enceinte rouge du Kremlin. La tour du Secret, la Taïnitskié Bachnia, la plus ancienne puisqu'elle remontait au XVe siècle, apparaissait aussi comme la plus proche, menaçante dans son amoncellement de briques noircies par le temps qui lui donnaient la silhouette trapue d'un valet de bourreau dressé, bras tendus entre le palais et la rivière qu'elle interdisait. Mais, de la tour, le regard de Marianne passa naturellement à la ville et elle eut une exclamation effrayée. L'incendie progressait vite.

Au-delà du trop mince ruban de la Moskova, c'était comme une mer de feu emportée par le flux irrésistible d'une grande marée et qui, d'instant en instant, gagnait du terrain. Sur les rives de la rivière, des régiments entiers étaient au travail, formant de longues chaînes qui du fleuve aux flammes s'étiraient, charriant des seaux d'eau dérisoires comme des dés à coudre. Ils ressemblaient à ces gens de Lilliput transportant leurs minuscules tonneaux pour essayer d'étancher la soif du géant Gulliver... D'autres, debout sur les toits encore intacts, en dépit du vent qui soufflait en tempête s'efforçaient, à l'aide de balais et de toiles mouillées, de rejeter les brandons enflammés qui s'abattaient sans cesse cependant que d'épais rouleaux de fumée noire charriée par l'ouragan les avalaient l'un après l'autre et engloutissaient lentement le paysage.

— Est-ce bien sage, murmura enfin Marianne d'une voix blanche, d'emprisonner un homme alors que nous sommes si menacés ? Combien de temps allons-nous résister à ce cataclysme ?

Constant haussa les épaules.

— Ce misérable n'aura guère le temps de s'habituer à sa prison, s'écria-t-il d'un ton de colère tout à fait inhabituel chez ce grand Flamand placide. Les ordres de l'Empereur sont formels : ce soir une cour de justice sera constituée sous la présidence du duc de Trévise, gouverneur de Moscou. Elle jugera et, avant la nuit, l'homme aura payé son inimaginable forfait...

— Inimaginable ? Pourquoi donc ?

— Mais parce qu'il est français et de petite race. Cette diatribe insensée jetée ainsi à la tête de l'Empereur s'expliquerait de la part d'un Russe, d'un ennemi vaincu comme cela s'est déjà produit, ou encore de l'un de ces émigrés irréductibles pour lesquels Sa Majesté représente à la fois Cromwell et l'Antéchrist. Mais une sorte de curé de campagne ! Non, ces insultes, cette malédiction en forme de prophétie qui vous voue au malheur à un moment si dramatique doivent être sans pardon. D'ailleurs l'homme ne vivra peut-être même pas jusque-là ce soir.

Le cœur de Marianne s'arrêta un instant.

— Pourquoi ? Ce n'est pas dans les habitudes de l'Empereur de faire exécuter un homme, même coupable sans jugement...

— Certainement pas ! Mais les événements peuvent nous obliger à régler plus vite cette affaire. Les murs de cette vieille forteresse sont solides et nous sommes sur une colline mais le cercle de feu se rapproche dangereusement. Dans un instant, Sa Majesté va sortir pour inspecter notre dispositif de défense contre le feu et se rendre compte par elle-même de l'imminence du péril. Si, d'aventure, nous devions évacuer le palais, le sort de l'homme se réglerait bien entendu avant notre départ. Vous avez entendu l'Empereur : il mourra avant que nous ne quittions ce palais.

Marianne sentit l'affolement la gagner. Tout à l'heure, quand Constant lui avait précisé le lieu de l'emprisonnement de « l'abbé Gauthier », elle avait éprouvé une sorte de soulagement car elle avait craint qu'il n'eût été abattu sur-le-champ par l'entourage de Napoléon. Mais ce soulagement disparaissait car les choses semblaient se mouvoir avec une effrayante rapidité. Quelques heures ! Quelques heures seulement... ou même quelques minutes — qui pouvait savoir ? —

avant que la sentence ne tombât, inexorable comme le couperet de la guillotine. Et il n'y aurait plus de Gauthier de Chazay... plus jamais !... Cette idée-là, Marianne ne l'endurait pas plus qu'un fer rouge sur sa peau. Elle l'aimait. Il était son parrain, presque son père, et leurs deux vies se mêlaient intimement, reliées l'un à l'autre par les invisibles liens de la tendresse respective. Si l'une d'elles se tranchait, quelque chose mourrait aussi dans l'autre.

A la réflexion, Marianne n'arrivait toujours pas à comprendre ce qui l'avait conduit, lui, homme sage et prudent, lui, prince de l'Église investi de pouvoirs insoupçonnés mais si vastes qu'ils équivalaient à une couronne, à cette sortie de fanatique exalté. Malgré la haine qu'il avait vouée à Napoléon, cela ne lui ressemblait pas. Les armes secrètes de la diplomatie étaient beaucoup plus conformes à son tempérament que l'apostrophe grandiloquente... d'autant plus qu'elle ne menait à rien. Mais comment, maintenant, arracher à la mort cet homme bon qui toujours s'était trouvé là à point nommé pour la tirer d'un danger ou d'une situation difficile ?

Un pas rapide qui fit gémir le plancher d'un salon voisin et vint troubler la méditation de Marianne annonça l'arrivée de Napoléon. L'instant suivant, il était là, s'arrêtait une seconde au seuil puis, apercevant la jeune femme debout dans l'embrasure d'une fenêtre, s'avançait vivement vers elle. Sans même lui laisser le temps d'esquisser une révérence, il la prit aux épaules et, l'embrassant avec une tendresse inattendue :

— Pardonne-moi, petite Marianne ! Je ne voulais pas te faire de mal ! Ce n'était pas toi que je souhaitais atteindre... c'était... Je ne sais pas : le destin peut-être ou la stupidité humaine ! Mais ce misérable fou m'avait mis hors de moi. Je crois que j'aurais pu étrangler quiconque se serait approché de ma personne... Tu ne souffres pas trop ?

Elle fit signe que non, mentant héroïquement et même s'efforçant de sourire.

— Si ce bobo, fit-elle en touchant l'endroit douloureux où le vase l'avait atteinte, a pu contribuer à donner quelque apaisement aux nerfs de Votre Majesté, j'en suis même très heureuse. Je ne suis... que sa servante.

— Ne sois donc pas si solennelle ! Si tu veux dire que tu m'aimes bien, dis-le tout bêtement au lieu d'employer les grâces ampoulées du langage de cour ! Tu ferais mieux de me dire ce que tu penses ; je suis une brute. Il y a longtemps que nous le savons tous les deux. Maintenant, dis-moi ce que je peux faire pour que tu me pardonnes tout à fait ! Tu peux demander ce que tu veux, même la permission de... faire encore des folies ! Veux-tu des chevaux ? Une escorte pour t'accompagner à Pétersbourg ? Veux-tu un bateau ? Tu peux partir à l'instant pour Dantzig, avec de l'or, et y attendre le passage de ton corsaire qui ne manquera pas d'y relâcher...

— Votre Majesté... a donc changé d'avis ? Elle pense maintenant que j'ai une chance de trouver le bonheur auprès de Jason Beaufort ?

— Certainement pas ! Mon opinion n'a pas varié. Mais il y a en moi la crainte de t'avoir trop demandé... et peut-être aussi celle de t'exposer à un danger trop grand. Je n'ignore pas que nous courons un risque. Mais moi et mes soldats nous sommes des hommes faits pour le risque. Pas toi ! Tu n'as déjà couru que trop de dangers pour venir jusqu'à moi. Je n'ai pas le droit de t'en demander davantage...

Comme cela se produit souvent dans les circonstances plus dramatiques, une idée saugrenue traversa soudain l'esprit de Marianne. Est-ce qu'en lui proposant la liberté, Napoléon n'aurait pas aussi l'idée de se débarrasser d'elle ? Il ne semblait pas aimer Cassandre plus que ses maréchaux... mais au fond peu importait le mobile qui le faisait agir. Ce qu'il proposait était si inattendu, si merveilleux ! Une sorte d'éblouissement passa devant ses yeux... Elle comprit, à cet instant précis, qu'elle tenait entre ses mains les clefs de sa vie, de sa liberté. Un mot et, dans quelques minutes, les portes du Kremlin s'ouvriraient devant elle. Une voiture bien protégée l'emporterait, avec Gracchus et Jolival, comme aux beaux jours, vers le port où le fil rompu se renouerait et où, tournant définitivement le dos à l'Europe, elle pourrait s'envoler vers une vie nouvelle où il n'y aurait plus que l'amour... Mais ce mot-là, elle ne pouvait pas, elle n'avait pas le droit de le prononcer car il équivaudrait à une seconde condamnation à mort de son parrain...

La petite flamme s'éteignit en elle. Lentement, elle glissa des mains de l'Empereur, se laissant tomber à ses pieds puis, baissant la tête, elle murmura :

— Pardonnez-moi, Sire ! La seule chose que je veuille obtenir de vous... c'est la vie de l'abbé Gauthier !

— Quoi ?

Il s'était reculé vivement, comme si un projectile l'avait frappé. Et maintenant il la regardait, agenouillée devant lui dans sa modeste robe brune, avec son visage douloureux, ses grands yeux verts ruisselants de larmes et ses mains tremblantes qui se croisaient dans un geste de prière.

— Tu es folle ! souffla-t-il. La vie de cet espion... de ce misérable prêtre fanatique ? Alors qu'il nous a voués, moi et les miens, à la malédiction de son Dieu de vengeance ?

— Je sais, Sire... et cependant je ne veux rien d'autre que cette vie.

Il revint vers elle, la saisit aux épaules l'obligeant à se relever. Les traits de son visage étaient durcis et ses yeux clairs avaient maintenant la teinte exacte de l'acier.

— Allons, relève-toi ! Explique-toi ! Pour quelle

raison veux-tu cette vie ? Que t'importe cet abbé Gauthier... Allons, parle ! Je veux savoir !...

— C'est mon parrain, Sire !

— Comment ?... Que dis-tu ?...

— Je dis que l'abbé Gauthier est en réalité le cardinal de San Lorenzo, Gauthier de Chazay... mon parrain, l'homme qui toujours m'a servi de père. Et je supplie Votre Majesté de me pardonner d'intercéder pour un homme qui, malgré ses paroles imprudentes, m'est demeuré profondément cher.

Il y eut un silence, si profond que l'un et l'autre des protagonistes de cette pénible scène purent percevoir leurs respirations. Lentement, les mains de Napoléon étaient retombées le long de son corps. Puis, s'éloignant de Marianne, il en avait glissé une dans son gilet, l'autre derrière son dos et s'était mis à marcher de long en large, tête baissée dans cette attitude qui lui était familière quand il réfléchissait profondément.

Il marcha ainsi pendant un moment et Marianne, la gorge serrée, respecta sa méditation. Brusquement, l'Empereur interrompit sa promenade, fit face à la jeune femme.

— Pourquoi ? Pourquoi a-t-il fait ça ?

— Je n'en sais rien, Sire. Je vous en donne ma parole. Depuis ce drame, je tourne et je retourne cette question dans ma tête sans parvenir à lui donner une réponse acceptable. C'est un homme calme, posé, une grande intelligence et un fidèle serviteur de Dieu. Seul un coup de folie peut-être.

— Je n'y crois pas. Il y a autre chose. Cet homme n'a pas l'air d'un fou. Je crois, moi, que tu le connais mal, que ton affection t'aveugle ! Il me hait tout simplement, je l'ai vu dans ses yeux.

— C'est vrai, Sire, il vous hait ! Mais peut-être en vous donnant cet avis... insolent sans doute, cherchait-il simplement à protéger votre vie !

— Allons donc ! Ne faisait-il pas partie de ces cardinaux rebelles que j'ai fait chasser après qu'ils eurent refusé d'assister à mon mariage ? San Lorenzo... cela me dit quelque chose. En outre, à cause de vous, j'ai un peu trop souvent entendu parler de lui. C'est ce touche-à-tout, n'est-ce pas, qui vous a mariée ?

Le retour au vouvoiement ramena l'angoisse dans le cœur de Marianne. La distance, lentement, inexorablement, se réinstallait entre elle et l'Empereur, elle en qui, peut-être, il ne verrait plus bientôt sa récente victime mais simplement la filleule d'un factieux.

— Tout ce que dit Votre Majesté est vrai, fit-elle avec effort, cependant je la supplie encore de faire grâce ! Ne m'a-t-elle pas promis de m'accorder...

— Pas cela ! Comment pouvais-je imaginer ?... Folle ! Toutes les femmes sont folles... Libérer ce conspirateur dangereux ! Et quoi encore ? Pourquoi donc ne pas lui donner des armes et la clef de ma chambre ?

— Sire, Votre Majesté s'égare. Je ne demande pas sa liberté. C'est seulement sa vie que je veux, rien d'autre. Pour le reste, Votre Majesté est libre de l'enfermer sa vie durant dans telle prison qui lui conviendra.

— Comme c'est commode, en vérité ! Nous sommes à mille lieues de Paris, cernés par les flammes. Je n'ai d'autre ressource que la mort. Et puis... je ne peux pas faire grâce ! Personne ne comprendrait ! Encore, s'il s'agissait d'un Russe, la chose serait peut-être possible. Mais un Français ! Non, mille fois non ! C'est impossible ! Et puis... il a osé parler de mon fils ; cela, je ne lui pardonnerai jamais ! Vouer cet enfant au malheur ! Misérable !

— Sire ! implora-t-elle.

— J'ai dit non ! N'insistez pas... Et finissons-en ! Demandez autre chose !...

Navrée, elle comprit qu'elle perdait du terrain, qu'il avait hâte d'en finir maintenant. Déjà le mameluk Ali venait d'apparaître pour annoncer que le cheval de l'Empereur était sellé. Derrière lui apparaissait Duroc, des nouvelles sombres plein son sac : le feu prenait aux cuisines du palais, des brandons commençaient à tomber sur l'Arsenal... le vent redoublait de violence...

Napoléon tourna vers Marianne un regard déjà courroucé.

— Eh bien, Madame, j'attends...

Brisée, elle s'effondra plutôt qu'elle ne plongea dans sa révérence.

— Accordez-moi de m'entretenir un moment avec lui... de l'embrasser une dernière fois, Sire ! Je ne demande rien de plus.

— C'est bien...

Vivement, il alla jusqu'à un petit secrétaire ouvert dans un coin, griffonna quelques mots sur un papier, signa si nerveusement que la plume cracha et grinça puis tendant le tout à la jeune femme :

— Vous aurez une demi-heure, Madame ! Pas une minute de plus car il se peut que nous ayons à en finir plus tôt que je ne croyais ! Nous nous retrouverons tout à l'heure.

Et il sortit rapidement pour rejoindre l'escorte qui l'attendait dans l'antichambre. Marianne demeura seule dans cette chambre impériale qui, maintenant que son hôte en était sorti, prenait l'aspect banal et affligeant d'une chambre d'hôtel vide.

Un moment, comme Napoléon tout à l'heure, elle tourna en rond, réfléchissant, le papier qu'il lui avait donné bien serré entre ses doigts. Puis, prenant son parti, elle sortit à son tour pour se mettre à la recherche de Gracchus et de Jolival : elle avait des instructions à leur donner...

CHAPITRE XVII

MONSIEUR « DE » BEYLE

Hors du palais l'atmosphère était étouffante. Des tourbillons de fumée âcre emplissaient les cours et les esplanades. Autant pour se protéger de cette fumée suffocante et des flammèches que le vent emportait que dans un but plus secret, Marianne prit soin de s'envelopper, malgré la chaleur, de sa grande mante, d'en rabattre la capuche jusque sur ses sourcils et de tenir contre son visage un grand mouchoir abondamment mouillé et inondé d'eau de Cologne empruntée à la toilette de l'Empereur. Ainsi équipée, elle se hâta vers l'enceinte du Kremlin, descendant la pente herbeuse qui, de l'esplanade supportant le palais, coulait jusqu'à l'enceinte bâtie au niveau de l'eau.

Vue de près, la Tour du Secret perdait un peu de son aspect impressionnant. A moitié moins haute que ses sœurs, grâce à l'Impératrice Catherine II qui avait jadis ordonné sa démolition, ainsi d'ailleurs que celle des autres tours, elle était cependant demeurée debout quand les travaux furent interrompus parce que jugés trop onéreux. Néanmoins, il en restait encore suffisamment pour constituer une prison des plus valables.

Deux grenadiers, retranchés dans un recoin sombre au bas de l'escalier, en gardaient la porte. La vue de la signature impériale au bas de l'ordre manuscrit leur inspira un salut plein de considération puis l'un des deux hommes s'institua le guide de la jeune femme qu'il conduisit à l'étage, devant une porte à l'arc surbaissé et que défendaient des verrous dignes d'une entrée de ville. Puis, sans rien perdre de son attitude respectueuse, il tira de sa poche avec fierté un énorme oignon d'or qui ne devait pas y être depuis bien longtemps et annonça gravement :

— Dans une demi-heure, j'aurai l'honneur de venir chercher Madame. Les ordres de Sa Majesté sont précis.

Marianne fit signe qu'elle avait compris. Depuis qu'elle était entrée dans la tour, elle s'était attachée à ne pas faire entendre le son de sa voix, se contentant de tendre, sans rien dire, le papier aux factionnaires, en priant le Bon Dieu pour qu'ils sussent lire. Mais la chance, pour le moment, était avec elle.

La prison, une ancienne casemate percée d'une meurtrière, était obscure mais elle en vit tout de suite l'occupant. Assis sur une grosse pierre auprès de l'étroite fente de lumière, il s'efforçait de regarder au-dehors en dépit des volutes légères de fumée qui pénétraient par cet orifice. Son visage était pâle mais une énorme ecchymose marquait sa tempe, là où, sans doute, on l'avait frappé après son geste criminel. L'entrée de Marianne lui fit à peine tourner la tête.

Un instant, ils se regardèrent, lui avec une sorte d'indifférence ennuyée, elle avec un chagrin qu'elle ne parvenait pas à maîtriser et qui lui serrait la gorge. Puis, le cardinal eut un soupir et demanda :

— Pourquoi es-tu venue ? Si tu m'apportes ma grâce... car je me doute que tu l'as implorée, sache que je n'en veux pas. Tu as dû la payer un prix excessif !

— Je ne vous apporte pas votre grâce. L'Empereur a repoussé ma prière... et nous n'en sommes plus depuis longtemps à des rapports du genre de ceux auxquels vous faites allusion.

Le prisonnier eut un petit rire sans gaieté et haussa les épaules sans répondre.

— Cependant, reprit Marianne, je l'ai demandée cette grâce ! Dieu sait que j'ai prié ! Mais il paraît que personne ne comprendrait une mesure d'indulgence dans un cas aussi grave et dans de telles circonstances !...

— Il a raison. La dernière faute qu'il puisse commettre serait de se laisser aller à la faiblesse. D'ailleurs, encore une fois, j'aime mieux la mort que sa clémence.

Lentement, Marianne s'avança vers le prisonnier. Elle éprouvait une émotion poignante à le voir de près, à constater combien il semblait las, tout à coup... et tellement plus vieux que l'autre soir, dans le couloir de Saint-Louis-des-Français. Brusquement, elle se laissa tomber à genoux, saisit ses mains froides et y appuya ses lèvres.

— Parrain ! implora-t-elle. Mon parrain chéri !... Pourquoi avez-vous fait cela ? Pourquoi être venu lui jeter tout cela au visage ? C'est une impulsion...

— Stupide, n'est-ce pas ? Tu n'oses pas employer ce mot...

— Il vous va si mal ! Qu'espériez-vous, en apostrophant Napoléon ? Obliger son armée à quitter Moscou, la Russie ?...

— En effet ! Je le voulais, je le voulais de toutes mes forces ! Tu ne peux pas savoir combien j'ai souhaité qu'il s'en aille d'ici, qu'il retourne chez lui quand il en était encore temps et sans semer davantage le malheur...

— Il ne le peut pas ! Le voudrait-il qu'il n'est pas seul. Il y a les autres... tous les autres que chaque conquête enrichit. Tous ces hommes pour qui Moscou représentait une sorte de Golconde... Les maréchaux !...

— Ceux-là ? Mais ils ne demandent qu'à repartir ! La plupart d'entre eux ne rêve que de rentrer chacun chez soi. Cette guerre, ils n'y croyaient pas vraiment... ils ne la « sentaient » pas et surtout, ils n'en avaient aucun besoin. Tous, ils ont des titres pompeux, des biens immenses, des fortunes dont ils désirent jouir. C'est assez humain ! Quant au roi de Naples, ce centaure empanaché, vaniteux comme un paon et à peu près aussi intelligent, à l'heure qu'il est, il fait la roue devant les cosaques de Platov, ceux de l'arrière-garde russe qu'il a rejointe. C'est tout juste si l'on ne fraternise pas ! Les cosaques lui jurent que l'armée russe est à bout de souffle, que les désertions se multiplient, ils lui jurent aussi qu'ils n'ont jamais vu un homme aussi admirable que lui, et il les croit, l'imbécile !

— C'est impossible !

— Ne viens pas me dire que tu le connais et que tu ne crois pas ça possible ! Il est si charmé de leurs propos qu'il dépouille tous les officiers de son état-major de leurs montres et de leurs bijoux pour leur en faire des présents... car pour ce qui est de ses biens propres, il a déjà tout distribué ! Oui, si j'avais pu convaincre Napoléon, l'armée repartait demain...

— Peut-être ! Mais pourquoi avoir agi vous-même ? Il ne manque pas, j'imagine, d'hommes éloquents tout prêts à courir le risque... parmi les millions qui vous sont soumis.

Il tressaillit et la regarda avec une surprise mêlée de curiosité.

— Que veux-tu dire ?

— Que je sais qui vous êtes, quelle puissance vous représentez au monde ! Vous êtes celui que l'on appelle le Pape Noir !

Vivement, il lui serra les mains pour la faire taire tout en jetant autour de lui un regard effrayé.

— Tais-toi ! Il y a des mots qu'il ne faut jamais prononcer. Comment as-tu su ?

— C'est Jolival. Il a compris, à Odessa, quand vous avez montré au duc de Richelieu certain anneau.

A nouveau, le cardinal haussa les épaules avec un petit sourire triste.

— J'aurais dû me méfier des yeux aigus de ton ami.

C'est un homme de valeur et qui sait bien des choses. Je suis heureux de te laisser entre ses mains.

Une colère mêlée d'impatience s'empara de Marianne.

— Laissez Jolival où il est. Ce n'est pas de lui qu'il s'agit. Ce que je veux savoir c'est pourquoi vous vous êtes tout à coup mué en prophète et en justicier ! Il faut que vous n'ayez jamais eu la moindre idée du caractère de Napoléon. Agir comme vous l'avez fait, c'était immanquablement vous condamner à mort car il ne pouvait réagir autrement qu'il l'a fait : il vous a pris pour un ennemi et pour un espion.

— Et qui te dit que je ne suis pas l'un et l'autre ? Un ennemi, je l'ai toujours été et si je n'aime pas le mot espion j'avoue bien volontiers que toute ma vie s'est passée à servir secrètement, dans l'ombre.

— Voilà pourquoi je ne comprends pas que vous avez tout à coup choisi la lumière, l'éclat, le fracas.

Il réfléchit un instant puis, haussant légèrement les épaules :

— J'avoue m'être trompé sur la psychologie du Corse ! Je comptais sur son caractère latin, méditerranéen même. Il est superstitieux, je le sais ! Je ne pouvais trouver décor plus tragique, ni moment plus propice qu'au milieu de cet incendie pour tenter de l'impressionner... et de le ramener à la raison.

— Cet incendie, vous l'avez voulu plus ou moins... puisque vous étiez au courant.

— C'est vrai. J'étais au courant et j'ai eu peur, en te voyant ici. C'est pourquoi j'ai voulu te sauver. Et puis, quand j'ai vu tous ces hommes... cette immense armée au milieu de laquelle j'ai reconnu quelques-uns des nôtres...

— Vous voulez dire... ceux de l'ancienne noblesse ?

— Oui... les Ségur, les Montesquiou... un Mortemart même je te l'avoue, mon cœur a saigné. C'est eux aussi que j'ai voulu sauver, eux qui se sont attachés à la fortune de cet insensé génial... mais néfaste ! Je ne te cache pas qu'en venant ici, je voulais le détruire, à

196

tout prix, lui et les siens. J'ai même pensé, Dieu me pardonne, à le faire assassiner...

— Oh ! non ! Pas vous ! Pas ça...

— Pourquoi donc ? Ceux dont j'ai la charge n'ont pas toujours, au cours de l'Histoire, reculé devant ce péché quand ils jugeaient que le bien de l'Église l'exigeait. Il y a eu... Henri IV et d'autres. Mais je t'en donne ma parole, j'avais changé d'avis. Et c'est sincèrement, très sincèrement que je l'ai prié de repartir, de rentrer en France, de cesser ces guerres interminables, de régner enfin en paix.

Abasourdie, Marianne ouvrit des yeux immenses, regardant le prélat comme s'il devenait fou.

— Régner en paix, Napoléon ? Allons donc, parrain ! Vous n'êtes pas sincère ! Comment pourriez-vous lui souhaiter de régner en paix alors que, depuis toujours, vous servez Louis XVIII ?

Gauthier de Chazay eut un petit sourire sans gaieté, ferma les yeux un instant puis, les rouvrant, plongea dans ceux de sa filleule un regard où, pour la première fois, elle lut un morne désespoir.

— Je ne sers plus que Dieu, Marianne ! Et Dieu hait la guerre ! J'ai joué, vois-tu, quitte ou double : ou bien je réussissais... ou bien je laissais là une vie dont je ne veux plus.

Le cri de douleur de Marianne se mêla de stupeur.

— Vous ne parlez pas sérieusement ? Vous, prince de l'Église, vous... chargé d'honneurs et de puissance... vous voulez mourir ?

— Peut-être ! Vois-tu, Marianne, à ce poste insigne où je suis arrivé, j'ai appris beaucoup de choses et, surtout, je suis devenu dépositaire des secrets de l'Ordre. Le plus terrible, je ne l'ai appris que récemment et ce fut pour moi un déchirement, le pire de tout ce que j'ai pu connaître jusqu'à présent. Le vrai roi de France n'est pas celui que j'ai servi si longtemps, en aveugle comme tu le dis. C'est un autre, bien caché et qui doit à cet homme, son proche parent cependant, un sort douloureux, injuste... criminel !

D'un seul coup, Marianne eut la sensation qu'il n'était plus là, qu'il lui échappait, repris par une sorte de hantise qui, cruellement, pesait sur son esprit ainsi que sur son cœur. Et ce fut autant pour le ramener à la réalité que pour essayer de comprendre le sens de ses mystérieuses paroles qu'elle murmura :

— Vous voulez dire... que Louis XVIII, en admettant qu'il parvienne au trône, ne serait qu'un usurpateur, pire encore que Napoléon ? Mais alors, cela signifierait que le fils de Louis XVI et de Marie-Antoinette, ce malheureux petit Louis XVII que l'on a dit mort de misère au Temple ?...

Vivement, le cardinal se leva et, posant sa main sur la bouche de la jeune femme :

— Tais-toi ! ordonna-t-il sévèrement. Il y a des secrets qui tuent et tu n'as aucun droit à être chargée de celui-là. Si je t'en ai dit quelques mots c'est parce que tu es la fille de mon cœur et qu'à ce titre tu as le droit d'essayer de me comprendre. Sache seulement ceci : ce que j'ai découvert dans les papiers secrets de mon prédécesseur, mort à la peine voici peu de temps..., m'a fait toucher du doigt l'erreur de toute ma vie. Je me suis fait, inconsciemment, le complice du crime... et c'est cela que je ne peux plus supporter ! Sans la foi... sans cet habit je me serais peut-être donné la mort ! Alors j'ai pensé à sacrifier ma vie en rendant au monde un service exemplaire ! Faire reculer Napoléon, l'arracher à ses erreurs mortelles, je pouvais partir en paix... heureux même car au moins ses guerres perpétuelles ne saigneraient plus à blanc un pays que j'aime autant que Dieu lui-même... et que j'ai si mal servi. Je vais mourir tout de même... bien que j'aie échoué.

Vivement, Marianne se leva.

— Oui, fit-elle, et ce sera bientôt si vous n'acceptez pas ce que je viens vous offrir.

— Et c'est ?

— La liberté !... non, ajouta-t-elle en le voyant esquisser un geste de protestation, je n'ai pas dit la grâce ! Ce soir un tribunal se réunit et avant la tombée du jour vous serez mort... à moins que vous ne m'obéissiez.

— Pourquoi faire ? J'ai échoué, te dis-je !

— Justement ! Laissez-moi vous dire qu'il est idiot de mourir pour rien. Dieu, qui n'a pas permis que l'on vous comprenne, ne veut pas pour autant votre mort puisqu'il a voulu que je me trouve là.

Quelque chose s'amollit dans le visage tendu du prisonnier. Pour la première fois, il lui sourit et, dans ce sourire elle retrouva la gaieté et la malice qu'il y mettait autrefois.

— Et comment espères-tu m'éviter les fusils du peloton ? M'apportes-tu des ailes ?

— Non. Vous partirez d'ici sur vos pieds... et salué par les soldats.

Rapidement, elle exposa son plan qui était des plus simples : le cardinal endossait sa mante, baissait le capuchon le plus possible en courbant la tête, comme quelqu'un qui a une grosse peine. En outre, le fameux mouchoir qu'elle avait si bien étalé en arrivant jouerait de nouveau son rôle. Et dans un instant, quand le factionnaire viendrait lui dire que la demi-heure était écoulée... Le cardinal l'interrompit avec indignation.

— Tu veux rester ici à ma place ? Et tu as cru que j'accepterais ça ?

— Pourquoi pas ? Je ne risque pas le peloton d'exécution, moi. Bien sûr, mes bonnes relations avec l'Empereur s'en trouveront singulièrement changées... mais maintenant cela a bien peu d'importance. Nous sommes loin de Paris... et entre Français il faut un peu se serrer les coudes.

— C'est insensé ! Cela ne peut pas marcher.

— Pourquoi donc ? Nous avons à peu près la même taille quand je n'ai pas de talons, vous êtes mince, comme moi, et, sous la mante, avec le peu de lumière qui règne dans cette prison, nul ne verra de différence entre votre soutane noire et ma robe sombre ! Je vous en supplie, parrain, faites ce que je vous dis ! Changeons de vêtements et partez ! Vous avez tant à faire encore...

— A faire ? Je t'ai dit...

— Vous avez à essayer de réparer une immense injustice, si je vous ai bien compris. Vous avez à servir le malheur. Et il n'y a que vous qui le puissiez. C'est à cela que servent les secrets d'État ! Ils font vivre... quand ils ne tuent pas ! Partez ! Dans une seconde on va venir... et je vous jure que je ne risque rien ! D'ailleurs vous le savez bien... Croyez-moi... faites ce que je vous dis ! Sinon... eh bien, sinon je reste avec vous et je me déclare hautement votre complice.

— Personne ne te croira ! fit-il en riant. Tu oublies que tu l'as sauvé...

— Oh ! cessez donc d'ergoter ! Il s'agit de votre vie et vous savez bien qu'il n'en est pas au monde qui me soit plus chère.

Elle ôtait déjà sa mante et, d'un geste vif, la jetait sur les épaules de son parrain qui s'y engloutit en un instant mais, comme elle allait rabattre le capuchon, il l'arrêta, la saisit dans ses bras et l'embrassa avec une immense tendresse. A l'humidité de ses joues, elle comprit qu'il pleurait.

— Dieu te bénisse, mon enfant ! Tu auras sauvé, en un seul jour, et ma vie et mon âme ! Prends bien soin de toi... Nous nous reverrons plus tard car je saurai bien te retrouver... même en Amérique !

Elle l'aida à dissimuler son visage sous le capuchon rabattu, lui donna le mouchoir et lui montra comment le tenir devant son visage. D'ailleurs, la fumée envahissait lentement la prison et une protection devenait presque indispensable.

— Surtout, contrefaites bien votre voix si l'on vous parle. Ils n'ont pas entendu la mienne. Et feignez une grande douleur, cela impressionne ! Oh !... ajouta-t-elle, se souvenant tout à coup du dépôt précieux qu'elle portait toujours sur sa gorge dans un petit sachet de peau, voulez-vous que je vous rende dès maintenant le diamant ?...

— Non. Garde-le !... Et suis bien mes instructions ! C'est à celui dont je t'ai parlé qu'il doit revenir. Dans quatre mois, un homme viendra rue de Lille te le demander. Tu n'as pas oublié ?

Elle fit signe que non puis, doucement, le poussa vers la porte derrière laquelle on entendait les gros souliers ferrés du soldat qui montait l'escalier.

— Prenez bien garde ! chuchota-t-elle encore avant de courir se jeter sur le tas de paille qui avait été disposé, en guise de lit, dans le recoin le plus obscur de la prison. Elle s'y ensevelit de son mieux, cachant sa tête, moitié sous ses bras repliés, moitié sous la paille comme quelqu'un qui est plongé dans le désespoir puis, le cœur cognant d'anxiété, elle attendit...

Les verrous claquèrent. La porte grinça. Puis il y eut la voix rude du grenadier :

— C'est l'heure, Madame... Je regrette...

Un sanglot poussé d'une voix fluette qui fit grand honneur au talent de comédien du cardinal lui répondit. Puis la porte fut refermée, les pas s'éloignèrent. Mais Marianne n'osa pas encore bouger. Tout son être était tendu, aux écoutes tandis qu'elle comptait d'interminables secondes rythmées par les battements lourds de son cœur. A chaque instant, elle s'attendait à une exclamation de colère, à un bruit de lutte, à des cris d'appel à la garde... Mentalement, elle suivit la progression du prisonnier et de son guide... L'escalier, le premier palier... une seconde volée... le corps de garde... la porte de la tour !

Elle respira mieux quand elle entendit résonner en bas le lourd battant ferré. Gauthier de Chazay était dehors maintenant mais il devait encore gagner l'une des trois portes du Kremlin sans être reconnu. Heureusement, dans les cours il devait faire encore plus sombre que tout à l'heure, si l'on en croyait l'obscurité grandissante de la prison. Celle-ci était, par chance, vaste et très haute de plafond, sinon l'asphyxie par la fumée eût été à craindre.

Se levant enfin, Marianne fit quelques pas dans le cachot. Une bouffée âcre lui sauta au visage et la fit tousser. Alors elle arracha un volant de son jupon, alla le tremper à la traditionnelle cruche d'eau disposée dans un coin et l'appliqua sur son visage brûlant. Son cœur avait cogné si fort qu'elle avait l'impression d'avoir de la fièvre mais elle s'efforça de penser calmement.

Qu'allait-il se passer, tout à l'heure, quand on viendrait chercher le prisonnier ? On ne lui ferait aucun mal sans doute parce qu'elle était une femme mais elle serait immédiatement traduite devant l'Empereur... et malgré son courage, la pensée de ce qui l'attendait lui arracha une petite grimace et un frisson. Très certainement, elle allait passer un fort mauvais quart d'heure ! Mais la vie d'un homme, surtout celle de Gauthier de Chazay, valait bien quelques désagréments, même si cela se traduisait par la prison... Heureusement, Jolival n'avait pas fait trop d'histoires quand elle lui avait fait part de sa décision. Il avait même accepté d'agir comme elle le lui avait demandé.

— Il vaut mieux vous mettre à l'abri de la colère de l'Empereur ! avait-elle dit. Gracchus peut s'arranger pour vous faire quitter le Kremlin. Vous pourriez regagner par exemple le palais Rostopchine... à moins que les progrès de l'incendie ne vous obligent à quitter Moscou. En ce cas... donnons-nous rendez-vous à la première maison de poste sur la route de Paris.

Tranquille donc de ce côté, elle n'avait pas accordé plus d'attention aux reniflements mécontents de Gracchus, se contentant de remarquer que « ceux qui refusaient d'obéir à ses ordres n'avaient rien à faire à son service... » Tout étant mis en ordre avec ses compagnons, elle avait pu se consacrer tout entière à ce plan d'évasion qui semblait maintenant en bonne voie de réussite...

Le plus dur allait être l'attente... tout ce temps qui s'écoulerait avant que l'on ne découvrît l'évasion... Il devait être environ midi et, si l'Empereur ne se décidait pas à évacuer le Kremlin, six ou sept heures pouvaient s'étirer jusqu'au moment où l'on pénétrerait dans le cachot. Six ou sept heures ! Six ou sept éternités !...

Une boule se noua dans la gorge de Marianne prise d'une angoisse de petite fille mise au cabinet noir. Elle avait hâte..., tellement hâte que tout cela fût terminé ! Mais, d'autre part, elle savait bien que, plus longtemps durerait son supplice et plus les chances du cardinal augmenteraient. Il fallait être patiente et, si possible, calme.

Se souvenant tout à coup de ce qu'elle n'avait rien pris depuis la veille, elle alla chercher, dans une petite niche creusée dans la muraille, le morceau de pain et la cruche d'eau qu'on y avait déposés. Mais ce fut beaucoup plus par raison que par appétit qu'elle rongea, en se forçant, un peu de ce pain noir, dur comme de la pierre. Elle savait qu'il lui fallait entretenir ses forces, pourtant elle n'avait absolument pas faim. En revanche, la fumée qui s'infiltrait dans la pièce lui piquait la gorge et elle avala d'un coup la moitié de la cruche.

La chaleur devenait pénible et, quand la jeune femme s'approcha de la meurtrière qui tenait lieu de fenêtre, elle constata avec horreur qu'on n'apercevait plus que des torrents de flammes. Tout le sud de la ville devait être en feu, maintenant. Peut-être même le Kremlin était-il entièrement investi. Même l'eau de la rivière, à force de le refléter, ne se distinguait plus du feu.

Tout en grignotant son pain, elle s'était mise à marcher lentement dans la prison, à la fois pour tromper son impatience et pour calmer ses nerfs. Mais, soudain, elle s'immobilisa, écoutant de toutes ses forces tandis que le rythme de son cœur s'accélérait. On venait... Des hommes montaient l'escalier avec ce bruit caractéristique des soldats en armes. Marianne en conclut que l'heure du jugement était avancée, que l'on venait chercher le prisonnier. L'Empereur, sans doute, avait décidé d'abandonner le Kremlin.

Fébrilement, elle essaya de supputer le chemin parcouru par le prisonnier. Il devait avoir réussi à franchir l'enceinte fortifiée. Mais elle s'était sentie si anxieuse que son évaluation du temps pouvait ne pas être exacte, tout au plus approximative Avait-il eu vraiment le temps de se mettre à l'abri ?

Quand les verrous jouèrent dans leurs gâches, Marianne se raidit, serrant ses mains l'une contre l'autre à faire craquer ses jointures, en ce geste qui lui était familier lorsqu'elle essayait de maîtriser ses émotions. Elle entendit entrer. Puis une voix juvénile s'éleva, froide mais distinguée :

— Les juges vous attendent, Monsieur ! Veuillez me suivre...

Durant les instants de réflexion que son incarcération momentanée lui avait laissés, Marianne n'avait pas réussi à se tracer une ligne de conduite pour le moment où la substitution serait découverte. Elle se fiait entièrement à son instinct mais, décidée à gagner le plus de temps possible, elle s'était tenue, en entendant approcher, dans l'angle le plus obscur de la prison et le dos tourné à la porte.

Quand on l'interpella, elle se retourna enfin, vit, encadrant la porte, deux grenadiers et un jeune capitaine qu'elle ne connaissait pas. Il était blond, mince, raide comme un piquet et un peu attendrissant à force de dignité. Visiblement, il était immensément fier de la mission qu'on lui avait confiée. C'était l'heure de gloire de sa vie... Il allait être cruellement déçu.

La jeune femme avança de quelques pas, vint dans la lumière qui venait par l'escalier. Une triple exclamation de stupeur salua son apparition... mais, déjà, Marianne avait pris sa décision. Ramassant les plis de sa robe, elle fonça dans l'espace laissé libre entre les deux soldats, se jeta dans l'escalier qu'elle dégringola à la vitesse d'une avalanche avant même que les trois hommes ne fussent revenus de leur surprise. Elle était devant le corps de garde quand elle entendit enfin le jeune capitaine crier.

— Mille tonnerres ! Mais courez donc, bande de jean-foutre ! Rattrapez-moi ça !...

Il était déjà trop tard. Heureusement pour Marianne, la porte de la tour avait été laissée ouverte. Elle était déjà dehors que les sentinelles n'étaient pas encore sur sa trace. Avec une exclamation de triomphe, elle plongea dans la fumée comme dans un brouillard protecteur, filant droit devant elle sans s'inquiéter des obstacles, talonnée par cette vieille hâte des évadés : mettre le plus de chemin possible entre eux et leurs poursuivants. Mais la pente qui remontait vers l'esplanade était assez rude et, derrière elle, la fugitive pouvait entendre des cris, des appels qui lui parurent terriblement proches...

Elle ne connaissait pas le Kremlin et ses issues. En outre, ce qu'elle pouvait voir de l'esplanade à travers la fumée lui parut débordant de monde. Il fallait qu'elle trouve moyen de se dissimuler d'une manière ou d'une autre si elle ne voulait pas être prise entre deux feux.

Ne sachant où aller, elle aperçut soudain, presque en haut de la pente herbeuse, tout près du contrefort d'angle du palais, un arbre touffu. C'était un vieil arbre plusieurs fois centenaire dont les branches penchaient avec lassitude vers le sol. Il était trapu, vénérable mais la masse de son feuillage semblait impénétrable. Sous les rafales de la tempête, elle bruissait dans le vent comme une colonie de corneilles.

Emportée par la bourrasque qui, maintenant, soufflait du sud, Marianne se retrouva soudain en haut de la pente et contre le tronc même de l'arbre qu'elle mesura d'un coup d'œil. L'escalader ne devait pas être difficile en temps normal. Mais est-ce que son épaule blessée lui permettrait cet exercice qu'elle accomplissait si facilement jadis ?

Il est bien connu que le goût de la liberté donne des ailes aux impotents et, tous comptes faits, Marianne n'avait aucune envie d'affronter la colère de Napoléon. Ce qu'elle voulait de toutes ses forces maintenant, c'était rejoindre ses amis et quitter cette maudite ville aussi vite qu'elle le pourrait. Grimaçant de douleur mais talonnée par ce besoin irrésistible d'évasion, elle réussit à mener à bien son entreprise. Au bout d'un moment qui lui parut interminable mais qui ne dépassa pas quelques secondes, elle se retrouva installée à califourchon sur une grosse branche et complètement dissimulée aux regards. Il était temps. Elle n'y était pas depuis une demi-minute qu'elle vit passer son jeune capitaine juste sous ses pieds. Il courait comme un lièvre en criant « A la garde » de toute la force de ses poumons et sans prêter la moindre attention aux brandons enflammés que le vent abattait autour de lui.

Le répit qu'éprouva la fuyarde fut bref. Sa situation avait perdu de son urgence mais non de sa gravité car l'incendie de la ville avait pris, depuis l'entrée de Marianne dans la tour, des proportions terrifiantes. Charriée par le vent d'équinoxe, une pluie de feu s'abattait sur le Kremlin, en minces flammèches ou en gros brandons qui faisaient résonner les toits de tôle des palais et les bulbes de cuivre des églises comme autant d'enclumes sous le marteau d'invisibles forgerons. Cela formait avec les cris qui s'élevaient de partout une symphonie terrifiante et fantastique. La ville entière hurlait vers le ciel embrasé dans une atmosphère infernale où l'on croyait respirer du feu.

Le dôme vert que l'arbre formait au-dessus de la tête de Marianne la protégeait relativement de cette pluie incandescente. Mais combien de temps s'écoulerait avant que cet abri lui-même ne prît feu ?

En écartant un peu les branches, la réfugiée put apercevoir l'esplanade qui s'étendait entre le palais et l'Arsenal. Elle grouillait de soldats qui s'efforçaient, au risque de leur vie, de mettre à l'abri, sans d'ailleurs y parvenir car le moindre refuge devenait précaire, des barils de poudre et des paquets d'étoupe. D'autres s'étaient hissés sur le toit du palais et, armés de seaux et de balais, en écartaient les météores incendiaires à mesure qu'ils s'y abattaient ou bien tentaient avec l'eau de rafraîchir les tôles brûlantes. La grande forteresse russe, avec ses églises somptueuses et ses magnifiques bâtiments menacés, ressemblait à une île cernée par un océan de feu, à un plateau dansant sur un volcan en éruption, car, derrière tout ce que Marianne pouvait apercevoir de l'enceinte, d'immenses flammes bondissaient au-dessus des murailles rouges, menaçant directement les écuries impériales où éclataient les hennissements affolés des chevaux que, d'ailleurs, une armée de palefreniers faisait sortir en s'efforçant d'éviter la panique.

— Doux Jésus ! murmura Marianne, tirez-moi de là !...

Soudain, elle aperçut l'Empereur. A pied, tête nue, les courtes mèches noires de son front et les pans de sa redingote grise voltigeant dans le vent, il s'avançait rapidement vers l'Arsenal menacé, suivi de Berthier, de Gourgaud et du prince Eugène, malgré les efforts d'un officier supérieur, le général de Lariboisière qui tentait désespérément de lui barrer le passage et de l'empêcher de poursuivre un chemin manifestement dangereux. Mais d'une main impatiente, Napoléon l'écarta et poursuivit sa route. Alors le groupe de canonniers occupés à déplacer les caisses de munitions se jeta au-devant de lui, s'agenouillant presque pour l'empêcher d'avancer. Au même moment, surgit des écuries l'absurde plumet blanc de Murat qui vogua jusqu'à l'empereur sur le flot houleux des soldats. De son perchoir, Marianne entendit quelqu'un crier :

— Sire ! Je vous en supplie !

— Non ! Montez sur cette terrasse avec le prince de Neuchâtel et venez me rendre compte, hurla Napoléon au maréchal Bessières. Je ne partirai que si cela devient réellement indispensable. Que chacun fasse son devoir et nous pourrons demeurer ici, relativement en sûreté.

Une sorte de coup de canon suivi d'un étrange cliquetis de verre brisé lui coupa la parole. C'étaient les fenêtres de l'une des façades du palais qui venaient d'éclater. Alors Napoléon s'élança à son tour vers cette terrasse qu'il avait indiquée l'instant précédent afin de se rendre compte par lui-même de l'imminence du danger tandis que le vent apportait à Marianne l'écho du chapelet de jurons lâchés par le roi de Naples.

Elle dut d'ailleurs au même moment laisser retomber ses rameaux et se rejeter en arrière pour éviter un morceau de poutre enflammée qui lui arrivait droit dessus et s'abattit dans l'arbre.

— Je ne peux pas rester là plus longtemps ! marmotta-t-elle entre ses dents. Il faut que je trouve le moyen d'en sortir !...

La porte du Sauveur, la seule qu'elle eût dans son champ de vision, était impraticable, encombrée qu'elle était par les canons que l'on y engouffrait venant de la place du Gouvernement. Mais, en se tournant de tous les côtés, elle aperçut soudain, au pied d'une grosse tour d'angle qui dressait son toit pointu derrière une petite église, une poterne par laquelle passait une longue chaîne de soldats et de seaux d'eau reliant la Moskova aux toits du Kremlin. C'étaient des hommes du Génie. Ils n'avaient rien de commun avec ceux auxquels elle avait eu affaire tout à l'heure dans la tour. Quant aux officiers qui surveillaient cette chaîne, aucun d'eux ne lui était connu... et puis elle n'avait pas le choix.

Elle se laissa glisser à terre, mais à peine eut-elle touché le sol qu'une bourrasque de vent la saisit, la roula et lui fit dévaler le talus jusqu'à l'enceinte, malmenant de nouveau son épaule blessée au point de lui arracher des larmes. Un instant, quand enfin elle s'arrêta, elle demeura étendue dans l'herbe, étourdie, la tête sonnante, sa migraine de tout à l'heure cruellement réveillée avec l'impression d'être habitée par un bourdon de cathédrale. Mais, tout à coup, elle se retrouva, comme par miracle, sur ses pieds, nez à nez avec la plus étrange femme qu'elle eût jamais rencontrée, une matrone vermillonnée portant fièrement sur un mouchoir rouge noué en marmotte un bonnet de grenadier dont les poils montraient tant de traces de feu qu'il ressemblait à un champ de blé après le passage de moissonneurs négligents.

Au tonnelet que la femme portait en bandoulière, Marianne reconnut une vivandière. Celle-ci pouvait avoir une quarantaine d'années et, si elle était bizarrement accoutrée d'une jupe de toile peinte, d'une veste de drap gris, d'une ceinture de cuir et de guêtres roussies en plus de son curieux couvre-chef, du moins cet accoutrement était-il propre. Après avoir relevé Marianne, elle se mit à l'épousseter, secouant sa robe et lui donnant de grandes tapes dans le dos pour la débarrasser des brindilles qui s'attachaient à l'étoffe.

— Voilà ! fit-elle avec satisfaction quand elle jugea son ouvrage terminé. Te voilà présentable, ma belle ! Mais tu as pris un drôle de gadin... sans compter ce gnon-là, qui doit pas dater de cinq minutes parce qu'il est d'un bien joli bleu ! fit-elle en désignant l'ecchymose que Marianne devait à son contact brutal avec le vase chinois, instrument de la colère impériale. Et oùsque tu allais comme ça pour être si pressée ?...

Rejetant en arrière les mèches échappées de son chignon et qui dansaient dans sa figure, Marianne haussa les épaules et désigna le ciel embrasé.

— Par un temps pareil on est plutôt pressé ! fit-elle. Je voudrais bien sortir d'ici. J'ai déjà reçu une espèce de branche d'arbre sur la tête et je ne me sens pas très bien !

La femme ouvrit des yeux ronds.

— Ah, parce que tu t'imagines que de l'aut' côté de c'te muraille c'est mieux ? Ma pauvre fille ! T'as donc pas encore compris qu'les Ruskos y font un feu d' joie avec c'te foutue ville ? Apparemment qu'elle devait plus leur plaire ! Mais c'est vrai qu' t'as pas bonne mine. A part ton bleu, t'as même plus de couleur du tout ! Attends un peu, j' vas t' donner un coup de riquiqui ! Tu verras, c'est du fameux ! Ça réveillerait un mort !

Et généreusement elle décrocha une timbale de sa ceinture, la remplit à moitié à son tonneau et porta le tout aux lèvres de sa protégée qui ne se sentit pas le courage de refuser, d'autant plus qu'elle éprouvait l'impérieux besoin d'un remontant. Elle but une gorgée... et crut qu'elle avait avalé l'incendie. Toussant, crachant, à moitié étouffée, elle dut encore avoir recours aux bons offices de la cantinière qui, magnanime, lui appliqua dans le dos des bourrades à assommer un bœuf, tout en riant.

— Tu parles d'une petite nature ! T'es une demoiselle, toi, ça se voit ! T'as pas l'habitude...

— C'est... évidemment un peu fort ! Mais... ça remonte comme vous dites ! Merci beaucoup, Madame !

L'autre rit de plus belle, en se tenant les côtes.

— Ben vrai ! C'est bien la première fois qu'on m'appelle Madame ! J'suis pas Madame, ma colombe ! J'suis la mère Tambouille, la vivandière de ceux-là ! fit-elle en désignant de son pouce retourné les soldats de la chaîne. J'allais leur porter la goutte pour les encourager à la manœuvre quand t'es venue choir dans mes guibolles. Mais, au fait, tu m'as toujours pas dit pourquoi tu tenais tellement à r'tourner dans c'te fournaise ?

Marianne n'hésita même pas. Le « riquiqui » semblait avoir singulièrement aiguisé ses facultés intellectuelles.

— Je suis la nièce de l'abbé Surugue, le curé de Saint-Louis-des-Français, débita-t-elle tout d'une traite. On m'avait dit que mon oncle était venu au Kremlin pour voir l'Empereur, alors je m'étais mise à sa recherche, mais je ne l'ai pas trouvé. Alors je voudrais bien rentrer chez nous...

— Une nièce de curé, je vous demande un peu ! Y a qu'à moi que ça arrive de rencontrer des sauterelles comme ça ! Mais, pauvre gourde, tu sais-t-y seulement si t'as encore un chez toi ?

— Peut-être pas... mais il faut tout de même que j'aille le voir. Mon oncle est vieux... il a de mauvaises jambes. Il faut que je le retrouve sans ça il va s'affoler.

La mère Tambouille poussa un soupir qui concurrençait victorieusement la tempête.

— T'es pas qu'un peu têtue, toi, hein ? Tu ressembles à Lisette, ma bourrique ! Après tout, ça t'regarde si tu veux t' prendre pour Jeanne d'Arc. C'est ta peau, pas vrai ? Mais tu f'rais bien mieux d'patienter un peu et d' rester avec nous parce qu'à rien t' cacher, le Petit Tondu il va plus s'éterniser ici.

— J'ai pourtant entendu dire qu'il ne voulait rien savoir pour partir.

— Des clous ! J'en sais plus long qu' toi ! C'est c' gros malin d' Berthier qui l'a décidé en y disant que si y « s'ostinait » à rester ici, y risquait d'être coupé d' tout l' reste d'Armée qu'est restée dehors. En v'nant ici j'ai entendu un emplumé qui disait ça à un larbin en ajoutant qu'y faudrait préparer « Taurus », un des canassons de l'Empereur. Alors, attends un peu, on s'en ira ensemble...

Toutes ces palabres angoissaient Marianne. Elle mourait de peur que l'un de ceux qui s'étaient lancés à sa poursuite ne revînt sur ses pas et ne la trouvât en train de bavarder amicalement avec une vivandière. Car, maintenant qu'elle pouvait considérer comme une réussite l'évasion du cardinal, elle craignait comme le feu de s'en expliquer avec Napoléon. Ses colères, parfois incontrôlables, elle ne les connaissait que trop et il considérerait le fait d'avoir sauvé un homme qui voulait sa mort comme une offense personnelle devant laquelle tout ce qui était leur passé pourrait s'effacer. Marianne risquait bel et bien d'être traitée en complice, donc en criminelle d'État.

Mais, comme elle restait fermement accrochée à ses positions, refusant bien entendu de demeurer plus longtemps, la mère Tambouille capitula.

— Ça va ! soupira-t-elle. Allons-y puisque tu y tiens ! J'vais t'accompagner jusqu'à la porte.

Côte à côte, elles gagnèrent la poterne où les hommes continuaient à se passer inlassablement des seaux d'eau et où la vivandière fut accueillie par une bordée de joyeux jurons et de grosses plaisanteries concernant l'adjointe qu'elle semblait s'être choisie. Le physique de Marianne, surtout, excitait la verve de ces messieurs et les commentaires gaulois, assaisonnés d'invites fort claires, allèrent leur train. Tellement même que la mère Tambouille se fâcha.

— Vos gueules, les gars ! beugla-t-elle. Où c'est qu' vous vous croyez ? C'est pas une Marie-couche-toi-là, cette petite, c't' une nièce de curé ! Alors, si vous respectez pas son cotillon, respectez au moins c'lui d' son tonton ! Et poussez-vous un peu qu'elle puisse sortir !

— Sortir ? C'est pas un service à lui rendre, remarqua un sapeur superbement barbu et roux comme une carotte qui décochait de telles œillades à la jeune femme qu'il avait l'air d'avoir un tic. Dehors, ça flambe de partout ! Elle va rôtir et ça s'rait bougrement dommage, surtout à cause d'un curé.

— J'y ai déjà dit tout ça. Allez, ouste ! écartez-vous un brin qu'elle puisse franchir c'te poterne... et tâchez moyen d' pas la peloter au passage. C'est pas si large.

— Comment qu'on ferait ? grogna un jeune gars qui transpirait comme une gargoulette, faudrait lâcher les seaux.

212

En effet, on plaisantait mais on ne perdait pas de temps. Tout en parlant, les hommes continuaient à se passer les charges d'eau, non sans en répandre pas mal sur leurs pieds, tandis que leur cantinière leur versait, jusque dans le gosier, de généreuses rations de son fameux riquiqui. Cependant, comme personne ne faisait toujours mine de livrer le passage, l'officier qui surveillait le travail et qui, jusqu'à présent, ne s'était pas mêlé au débat, s'avança et prit la main de Marianne.

— Venez, Mademoiselle, et excusez-les : ils n'ont aucune envie de vous voir partir. D'ailleurs, ils ont raison : ce n'est pas prudent !

— Grand merci, Monsieur l'Officier !... mais il faut absolument que je rejoigne mon oncle. Il doit être bien en peine de moi, en ce moment.

Guidée par la main attentive du soldat, Marianne franchit le passage qu'un éboulis de terre, transformé en cloaque par le trop-plein des seaux, rendait difficile. Puis, une fois de l'autre côté, elle remercia, réprimant un soupir de soulagement à se trouver enfin hors des murs de la citadelle, encore que la vue sans obstacle de la ville incendiée n'eût rien de réconfortant : ce n'était, autour du Kremlin, qu'un mur de feu.

— Par là, ça flambe pas encore, lui cria la mère Tambouille qui l'avait suivie tout en distribuant des rations d'alcool. Si c'est ton quartier, t'as une chance.

En effet, du côté de Saint-Louis-des-Français, la ville était encore debout et l'incendie n'y était pas généralisé : seul le Bazar brûlait mais avec moins d'ardeur qu'ailleurs.

— Justement, c'est lui ! fit Marianne heureuse de constater qu'il y avait encore une issue possible. Encore merci, Madame Tambouille !

Le rire de la vivandière la poursuivit tandis qu'elle prenait sa course le long de la rivière. Elle entendit encore son amie d'un instant lui crier, les mains en porte-voix :

— Ah ! Si tu le retrouves pas, ton tonton, reviens ! J'aurais l'emploi d'une belle fille comme toi... et les gars aussi !

L'instant suivant, Marianne plongeait dans l'énorme agitation qui bouleversait la grande place du Gouvernement. Les troupes qui s'y étaient cantonnées la veille cherchaient à abriter leurs canons et surtout leurs munitions tandis qu'une partie d'entre elles occupait les palais et les édifices d'alentour pour tenter de les protéger. Il y avait aussi des attelages, hétéroclites pour la plupart, mêlant chariots de commerce aux voitures de maître mais tout cela débordant des fruits du pillage car, sous couleur de sauver le plus possible des richesses de la ville, les soldats s'en donnaient à cœur joie.

Bousculée de toutes parts, risquant parfois l'écrasement sous les roues d'une voiture, Marianne parvint tout de même à gagner le palais Rostopchine. Ce fut pour tomber littéralement, dès le seuil, dans les bras du sergent Bourgogne qui en interdisait l'entrée.

Elle eut un coup au cœur en le reconnaissant. Tout à l'heure, quand Gauthier de Chazay avait attaqué l'Empereur, il était dans la galerie avec un groupe de Boutechniks prisonniers. Il avait dû assister à la scène... mais, presque aussitôt, elle se rassura : il avait vu ce qui s'était passé, certes, mais puisqu'il était revenu dans ce palais, il ne devait pas être au courant de la suite.

— Où est-ce que vous allez, ma petite dame ? lui demanda-t-il avec sa bonhomie habituelle.

— Je voudrais entrer. Souvenez-vous, j'habitais cette maison quand vous êtes arrivés l'autre soir, avec un monsieur blessé à la jambe... mon oncle.

Il lui sourit sans arrière-pensée.

— Je vous remets bien ! Et même je crois bien vous avoir vue au palais, ce matin... mais c'est pas possible d'entrer dans cette maison. Si elle ne brûle pas, elle est en danger et on l'a réquisitionnée par ordre de Sa Majesté. Et puis tous les civils doivent quitter la ville.

— Mais j'ai rendez-vous avec mon oncle ! Il doit être déjà ici ! Vous ne l'avez pas vu ?

— Le monsieur qui s'est cassé la jambe ? Non. J'ai vu personne !

— Pourtant, il a dû venir. Il est peut-être entré sans que vous vous en rendiez compte ?

— C'est pas possible ma petite dame ! Voilà tantôt quatre heures que je monte la garde ici avec mes hommes. Si quelqu'un était venu, je l'aurais vu, aussi sûr que je m'appelle Adrien-Jean-Baptiste-François Bourgogne, né-natif de Condé-sur-Escaut ! Si votre oncle était au Kremlin, il a dû y rester ! Tant que l'Empereur y est...

Mais Marianne, avec un pâle sourire de remerciement, s'écartait déjà, se dirigeant vers l'église Saint-Basile-le-Bienheureux pour essayer de réfléchir un moment et de faire le point de sa situation. Où pouvaient bien être Gracchus et Jolival ? Si le sergent ne les avait pas vus, c'est incontestablement parce qu'ils n'étaient pas venus.

-- C'est du La Palice ! marmotta Marianne. Mais qu'est-ce qui a bien pu les retenir ? Et où est-ce que je vais les retrouver maintenant ?

Elle s'écarta juste à temps pour éviter une tapissière débordante de meubles et de rouleaux de tissus qui, trop lourdement chargée sans doute pour la force de ses freins, lui arrivait dessus sans crier gare, dévalant la pente qui menait à l'église. Machinalement, elle s'aplatit contre la plate-forme ronde en maçonnerie qui était l'échafaud permanent de la justice moscovite, puis, le danger passé, grimpa vers l'église, pensant y trouver un instant de répit et de tranquillité même si elle débordait de réfugiés en prières. Jamais autant qu'à cette minute où elle se sentait perdue, seule au milieu d'une ville inconnue et hostile, elle n'avait senti, à ce point, le besoin du secours divin.

Or, ce qu'elle entendit, en escaladant l'un des escaliers d'accès, ce ne fut pas le bourdonnement des invocations mais des jurons de palefreniers et des hennissements de chevaux : Saint-Basile-le-Bienheureux était transformé en écurie !

Elle éprouva, de cette découverte, un choc si violent qu'elle tourna les talons et repartit en courant, comme si elle avait un instant côtoyé la peste. L'indignation et la colère envahissaient son cœur, chassant l'inquiétude et le souci d'elle-même. On n'avait pas le droit de faire de telles choses ! Même si, pour la catholique qu'elle était, les orthodoxes ne l'étaient guère, ils n'en adoraient pas moins le même Dieu et avec des différences, somme toute, assez minimes ! De plus, sans être vraiment agissante, sans être pratiquée assidûment, sa foi n'en était pas moins profonde et ce qu'elle venait de constater la blessait au plus sensible. Ainsi, non content d'avoir donné la chasse aux cardinaux, emprisonné le Pape, bafoué par son divorce et son remariage les lois de l'Église, Napoléon permettait à ses soldats de profaner la maison du Seigneur. Pour la première fois, l'idée que sa cause pouvait être vouée au désastre effleura Marianne. Les paroles violentes du cardinal de Chazay, tout à l'heure, prenaient une curieuse résonance en attendant peut-être d'atteindre à la prophétie.

Elle hésita un instant sur ce qu'elle allait faire. Où aller sous ce ciel embrasé et au milieu de ce pandémonium ? La pensée de son parrain, les mensonges qu'elle avait tout à l'heure débités à la mère Tambouille se rejoignirent. Pourquoi ne pas en faire une vérité ? Le cardinal avait dû regagner Saint-Louis-des-Français, ou encore ce château de Kouskovo où il lui avait naguère donné rendez-vous, chez le comte Chérémétiev... C'était cela la solution, bien sûr, ce ne pouvait être que cela puisque Jolival et Gracchus demeuraient introuvables. Peut-être n'avaient-ils pas pu quitter le Kremlin ? Avec sa jambe hors de service, le vicomte ne se déplaçait pas facilement et, s'il n'avait pu rejoindre le palais Rostopchine, à plus forte raison le relais sur la route de France que l'énorme incendie barrait sans faille possible.

Sa décision une fois prise, Marianne, à la manière des paysannes qui veulent protéger leur coiffe quand il pleut, retroussa sa robe pour en rabattre un pan sur sa tête afin de la mettre à l'abri des flammèches que le vent charriait toujours, puis elle se mit en devoir de traverser la place pour rejoindre le quartier de la Loubianka où s'élevait l'église française.

Mais, malgré tous ses efforts, il lui fut impossible de s'insinuer dans la masse compacte des voitures et des soldats qui cherchaient à gagner les rares portes encore épargnées par l'incendie. Elle entendit quelqu'un crier en français qu'il n'y avait plus que la route de Tver qui fût libre mais, pour elle, cela ne signifiait rien. Elle ne voulait pas aller avec ces gens-là, elle voulait rejoindre son parrain.

Tout à coup, elle poussa un cri de joie. Brutalement écartée par une troupe de soldats qui sortaient d'une ruelle, la foule venait de s'entrouvrir et, l'espace d'un éclair, elle venait d'apercevoir une silhouette qui lui fit battre le cœur plus vite, celle d'un homme à cheveux gris enveloppé d'une grande mante sombre comme celle que, tout à l'heure, elle avait jetée sur les épaules du cardinal. Il était là, il était devant elle...

Du coup, au lieu de lutter contre le flot, elle se laissa porter par lui. D'ailleurs, essayer de le fendre eût été se vouer à une mort certaine, sous les roues des voitures ou sous les sabots des chevaux affolés que les cochers avaient tant de mal à maintenir. Elle tendit tous ses efforts dans le but de rejoindre l'homme à la grande mante noire.

Soudain, la rue, si étroite l'instant auparavant, parut éclater. On traversait un large boulevard bordé de grandes et belles demeures. L'homme, à cet instant, quitta le cortège et se jeta dans ce boulevard bien que, dans ses profondeurs il fût lui aussi barré par le feu. Aussitôt Marianne s'élança sur ses traces, appelant de toutes ses forces mais sans parvenir à se faire entendre dans les rugissements de l'incendie et les hurlements du vent. Elle se mit à courir sans prendre garde à ce qui l'entourait et sans même remarquer que toutes ces élégantes maisons étaient pour le moment livrées au pillage d'une soldatesque ivre. Devant elle le cardinal, car c'était bien lui ainsi qu'elle put s'en rendre compte quand la mante soulevée par le vent révéla une soutane noire, courait comme un homme poursuivi et si vite que Marianne avait le plus grand mal à le suivre.

Elle se rapprochait néanmoins quand, tout à coup, il disparut... A la place où elle l'avait vu, l'instant auparavant, il n'y avait plus qu'une haute grille dorée derrière laquelle apparaissaient quelques arbres étiques. Affolée, elle se jeta contre cette grille. Elle résonna sous son poids mais résista comme si jamais de sa vie elle ne s'était ouverte. Avisant une sonnette, Marianne s'y pendit et s'agita autant qu'elle put... mais personne ne répondit et rien ne vint. Le fugitif s'était dissous comme si une trappe s'était soudain ouverte sous ses pieds pour l'engloutir dans la terre.

Désemparée, Marianne se laissa tomber sur une borne de pierre placée près de la grille et regarda autour d'elle. Partout, des cris, des hurlements, le vacarme des bouteilles brisées et des chants d'ivrognes... La ville brûlait, les flammes se rapprochaient d'instant en instant et cependant il se trouvait des hommes pour vider les caves et s'enivrer au lieu de fuir.

De deux ou trois rues adjacentes, des groupes de femmes, d'enfants à peine vêtus accouraient, débouchant sur ce boulevard encore libre, pleurant et poussant des cris de frayeur. Marianne remarqua alors une grande femme vêtue à peu près comme la vivandière de tout à l'heure avec cette différence qu'au lieu d'un bonnet à poil, elle portait un bonnet de police à long gland de soie rouge. Le manège de cette femme était si odieux qu'il parvint à arracher la jeune femme à sa prostration. Armée d'un sabre de cavalerie, cette mégère barrait la route aux fugitifs qui cherchaient à sortir de l'une des rues et ne les laissait passer qu'après les avoir dûment fouillés et débarrassés de tout ce qu'ils pouvaient porter. Déjà à ses pieds s'entassaient des bijoux, des sacoches. Épouvantés par le feu qui les talonnait, ces pauvres gens se laissaient dépouiller sans un mot.

Un groupe apparut soudain, composé d'un vieillard appuyé sur une canne, d'une jeune fille, de deux enfants et de deux hommes qui portaient, sur un brancard, une femme visiblement très malade. Avant qu'aucun d'eux ait pu faire un geste, la virago s'était ruée sur le brancard et commençait à fouiller la malade avec une brutalité si révoltante que Marianne s'élança, incapable d'en supporter davantage.

Emportée par une rage où entrait de la haine et du dégoût, elle se rua sur la femme, la saisit par les cheveux gris qui pendaient sous son bonnet de police, la tira en arrière si brutalement qu'elle la fit choir puis, se jetant sur elle, se mit à la bourrer de coups. Jamais encore elle n'avait éprouvé ce besoin de mordre, de déchirer, de tuer. Elle avait honte, affreusement honte que ces gens fussent ses compatriotes et il fallait que, d'une manière ou d'une autre, elle le leur fît sentir.

Mais la femme beuglait comme un cochon égorgé et bientôt trois ou quatre soldats, plus qu'à moitié ivres, accoururent à sa rescousse.

— Tiens bon, la mère ! clama l'un d'eux, on arrive !...

Marianne se vit perdue. Le groupe auquel elle avait si imprudemment porté secours s'était hâté de fuir dès que la femme avait été à terre. Elle était seule maintenant, en face de quatre hommes furieux qui l'arrachaient à sa victime. Celle-ci d'ailleurs se relevait, crachant ses dents avec des injures, du sang coulant de son nez. Titubant à moitié, elle se ruait vers le sabre qui lui avait échappé.

— Merci... les gars ! hoquetait-elle. T'nez bon !
J'vas lui faire sauter un œil pour lui apprendre...

L'arme tremblant au bout de son bras, elle s'élançait
déjà quand soudain elle s'abattit aux pieds de Marianne
abasourdie. La longue lanière d'un fouet l'avait saisie
aux jambes et l'avait fauchée comme une mauvaise
herbe. En même temps une voix moqueuse et enrhu-
mée déclarait :

— Ça va... les gars ! Disparaissez et un peu vite si
vous ne voulez pas tâter de mon fouet ou du peloton
d'exécution... et emmenez cette ordure avec vous !

Ils ne se le firent pas dire deux fois, et en un instant
Marianne se retrouva libre, en face de l'homme qui
venait de la sauver et qui sautait, tout justement, d'une
sorte de calèche qui pour le moment ressemblait
davantage à une voiture de déménagement.

— Vous n'avez rien ? demanda-t-il tandis que la
jeune femme, machinalement, secouait sa robe et rejetait en arrière ses longs cheveux défaits.

— Non... Je ne crois pas ! Merci, monsieur ! Sans
vous...

— Je vous en prie ! C'est trop naturel ! Il est déjà
assez pénible d'être chassé successivement de tous ses
refuges par ces sacrées flammes et de constater, en
outre, que l'on appartient soi-même à un peuple de
sauvages ! Mais...

Il s'arrêta tout à coup, considéra Marianne avec plus
d'attention puis, soudain, s'écria :

— Mais je vous connais !... Pardieu, Madame, il
était écrit que cette nuit serait la plus fantastique de
mon existence ! Comment imaginer que, dans Moscou
en flammes, j'aurais la bonne fortune de rencontrer
l'une des plus jolies femmes de Paris ?

— Vous me connaissez ? fit Marianne déjà inquiète
en songeant que ce genre de rencontre était tout le contraire de ce qu'elle désirait après ce qui s'était passé
au Kremlin. Vous m'étonnez monsieur...

— De Beyle, pour vous servir, Madame la Prin-

220

cesse ! Auditeur de première classe au Conseil d'État, actuellement attaché aux services du comte Mathieu Dumas, Intendant impérial des Armées. Mon nom ne vous dit rien bien sûr car je n'ai pas la joie d'être connu de vous et encore moins celle de vous avoir approchée. Mais je vous ai vue, un soir, à la Comédie-Française. On y donnait *Britannicus* et vous êtes apparue, dans votre loge, en compagnie de ce grand misérable de Tchernytchev. Vous étiez vêtue, casquée de rouge... vous ressembliez à l'une de ces flammes... en infiniment plus doux ! Mais ne restons pas ici : l'incendie gagne encore ! Puis-je vous offrir... Je ne dirai pas une place, mais une fissure dans cette carriole ?

— C'est que... Je ne sais où aller. Je désirais me rendre à Saint-Louis-des-Français...

— Vous n'y arriverez jamais ! J'ajoute qu'aucun de nous ne sait où il va. Ce qui importe, c'est de quitter cette ville par les rares trous qu'elle nous laisse encore.

Tout en parlant, M. de Beyle aidait Marianne à se hisser sur le tas de bagages qui comportait d'ailleurs quelques bouteilles, un tonnelet de vin et une quantité prodigieuse de livres, magnifiquement reliés pour la plupart. Il y avait aussi, étalé sur tout cela, un passager, gros homme verdâtre qui semblait à deux doigts de rendre l'âme.

Il tourna vers l'arrivante un regard absolument inexpressif. Quand il fut certain que la nouvelle venue allait prendre place sur la voiture, le gros homme poussa un affreux soupir, lâcha son ventre qu'il comprimait à deux mains et se mit en devoir de traîner son corps pesant contre l'une des parois du véhicule pour permettre à la jeune femme de s'installer. Ce faisant, il s'essaya à un sourire qui rata lamentablement.

— Monsieur de Bonnaire de Giff, auditeur de deuxième classe, présenta Beyle. Il souffre d'une cruelle dysenterie, ajouta-t-il d'un ton trop sardonique pour qu'il fût possible d'y déceler la moindre trace de pitié ou de sympathie.

Visiblement, il trouvait son passager aussi agaçant que répugnant. Marianne, pour sa part, esquissa un sourire, murmura quelques mots de sympathie dont le malade la remercia d'une espèce de gémissement.

M. de Beyle vint à son tour s'installer auprès de Marianne et donna ordre au cocher de reprendre sa route le long du boulevard afin de rejoindre la file des voitures. Or, en regardant son compagnon, un vague souvenir remonta à l'esprit de Marianne depuis les profondeurs de sa mémoire. Elle se souvenait, en effet, d'avoir un soir remarqué ce jeune visage, sans vraie beauté et même un peu vulgaire mais puissant, ce grand front encore prolongé par un début de calvitie, ces yeux sombres vifs et scrutateurs, cette bouche dont le pli hésitait entre le sarcasme et l'ironie... Il avait parlé, tout à l'heure, de cette mémorable représentation de *Britannicus* et, de fait, elle se souvenait maintenant de l'y avoir vu. Fortunée Hamelin qui connaissait la terre entière avait mentionné sa présence avec quelque dédain quand elle avait énuméré les occupants de la loge du comte Daru.

— Peu de chose ! Un provincial qui a des prétentions littéraires, je crois ! Un petit cousin doublé d'un amoureux de la comtesse. Un certain... Henri Beyle ! Oui, c'est cela, Henri Beyle ! Il aime un peu trop les femmes...

Tout cela ne rassurait guère Marianne. Sa mauvaise étoile ne semblait pas décidée à la lâcher. Elle cherchait Jolival, son parrain, Gracchus... et elle tombait sur un auditeur du Conseil d'État attaché à l'Intendant général. Et cet homme-là la connaissait ! Elle avait une forte chance de se retrouver avant peu en face de Napoléon mais était-il possible de rencontrer à cette heure dans Moscou quelqu'un qui ne fût pas plus ou moins à son service ? Et puis, vraiment elle ne savait plus du tout où aller. La seule destination possible à cette heure c'était le salut, hors des flammes.

Aussi à son aise, d'ailleurs, que s'il eût été dans un

222

salon, son étrange compagnon lui raconta comment pour chercher refuge il avait dû interrompre un fort agréable dîner au palais Apraxine menacé par les flammes.

— Nous avons déjà essayé deux ou trois ports de salut, fit l'auditeur qui, malgré son rhume, paraissait s'amuser énormément. Mais toujours ces sacrées flammes nous rattrapaient. C'est ainsi que nous avons visité tour à tour le palais Soltykoff, un fort beau club pourvu d'une cave éblouissante et d'une bibliothèque où j'ai trouvé un exemplaire fort rare des *Facéties* de Voltaire. Voyez plutôt, ajouta-t-il en tirant de sa poche un petit exemplaire enveloppé d'une précieuse reliure qu'il se mit à caresser avec amour. Puis, tout à coup, il le fourra dans sa poche de nouveau, s'accouda au tonneau et murmura : « Malheureusement, je crains bien qu'il ne nous reste plus d'autre issue que la pleine campagne... si nous y arrivons ! Regardez, je crois bien que les voitures n'avancent plus. »

En effet, quand la calèche voulut prendre place dans l'interminable cortège, elle se vit refoulée par un groupe de cavaliers et de voitures qui, débouchant d'une rue, fonçait littéralement dans la mêlée.

— Les fourriers du roi de Naples ! marmotta Beyle. Il ne nous manquait plus que ça ! Où donc le grand Murat prétend-il aller ? Arrêtez-vous, François, ordonna-t-il à son cocher. Je vais voir.

A nouveau, il sauta à bas du véhicule, courut vers la mêlée. Marianne le vit interpeller violemment trois hommes en livrées somptueuses, dorées sur toutes les coutures et qui, de toute évidence, écartaient tout le monde pour faire place aux fourgons de leur maître. Quand il revint, il était vert de rage.

— Eh bien, belle dame, grogna-t-il, je crains bien que nous ne devions rôtir ici tout vivants pour permettre à Murat de sauver sa garde-robe. Regardez, devant nous, l'incendie gagne et nous contourne. Bientôt, la route de Tver elle-même sera menacée... Il est vrai que l'Empereur lui-même va passer d'ici peu.

Marianne avala péniblement sa salive.

— L'Empereur ? Vous êtes certain ?

Il la regarda avec de grands yeux surpris.

— Eh oui, l'Empereur ! Pensiez-vous donc qu'il allait se laisser périr dans le Kremlin en feu ? Cela n'a pas été sans peine, je dois l'avouer, d'après ce que l'on vient de me dire, mais Sa Majesté a quitté enfin ce damné palais par une poterne du bord de l'eau. Elle a décidé de se réfugier dans un château hors de la ville... Petrovski... ou quelque chose comme ça ! Nous allons donc attendre que l'Empereur soit passé puis nous lui emboîterons le pas pour le rejoindre... Mais où allez-vous ?

Marianne, en effet, enjambant le tonnelet venait de se laisser glisser à terre.

— Grand merci de votre obligeance et du secours que vous m'avez porté, Monsieur l'Auditeur, mais c'est là que je descends.

— Ici ? Mais vous êtes à une bonne distance de Saint-Louis-des-Français. Et ne m'avez-vous pas dit que vous ne saviez où aller ? Princesse, je vous en conjure, ajouta-t-il en devenant soudain très grave, ne commettez pas de folie. Cette ville est perdue, nous le sommes aussi et peut-être ne verrons-nous pas la fin du jour ! Ne me laissez pas avec le remords de vous avoir abandonnée en plein danger. Je ne sais ce qui a pu vous faire changer d'avis mais vous êtes une amie personnelle de l'Empereur et je ne voudrais pas...

Elle planta ses yeux verts bien droit dans ceux de son interlocuteur.

— Détrompez-vous, monsieur de Beyle. Je ne suis plus une amie de l'Empereur. Je ne peux vous dire ce qui s'est passé mais vous risqueriez de compromettre votre position en me secourant davantage. Rejoignez Sa Majesté, c'est votre droit et c'est même votre devoir... Mais laissez-moi aller mon chemin !

Elle tournait déjà les talons pour s'éloigner mais il la retint fermement par le bras.

— Madame, dit-il, entre les raisons d'une femme et celles de la politique, je n'ai jamais hésité, pas plus qu'entre le service d'une femme et celle de l'Empire. Je n'ai pas eu, jusqu'ici, la faveur d'être de vos amis. Permettez-moi de m'attacher à cette occasion inouïe que le destin m'offre aujourd'hui. Si vous ne voulez pas voir l'Empereur, vous ne le verrez pas...

— Cela ne suffit pas, Monsieur, fit-elle avec un demi-sourire. Je ne veux pas non plus que l'Empereur me voie...

— Je ferai en sorte qu'il en soit ainsi mais, je vous en conjure, Princesse, ne repoussez pas le bras que je vous offre... ne me refusez pas la joie d'être, ne fût-ce qu'un moment, votre protecteur.

Un instant, leurs regards se croisèrent et Marianne, tout à coup, eut l'impression profonde qu'elle pouvait faire entière confiance à cet inconnu. Il y avait en lui quelque chose de solide, de dur comme les montagnes de son Dauphiné natal. Spontanément, elle lui tendit la main, autant pour sceller avec lui une sorte de pacte que pour qu'il l'aidât à remonter sur le tas de bagages.

— Entendu ! fit-elle, je me fie à vous. Soyons amis...

— Merveilleux ! Alors, il faut fêter cela. La meilleure façon de passer le temps quand on n'a rien à faire, c'est encore de boire. Et nous avons là quelques respectables bouteilles... Eh là, mon cher Bonnaire, ne buvez pas tout, s'écria-t-il constatant que son passager était occupé à vider, d'un air affreusement mélancolique, un flacon dont la poussière proclamait l'âge.

— Oh ! ce n'est pas par plaisir... hoqueta l'interpellé en lâchant un instant sa bouteille. Mais le bon vin est encore ce que l'on a trouvé de mieux pour combattre la dysenterie...

— Tudieu ! s'indigna Beyle. Si vous confondez le Vosne-Romanée et le laudanum, nous irons sur le pré.

Passez-moi une bouteille et tâchez de trouver un gobelet.

Mais Marianne, après avoir accepté un verre de vin, laissa son nouvel ami finir la bouteille. D'ailleurs, il n'était pas le seul à boire. Tout autour d'elle, la jeune femme abasourdie ne voyait que des gens occupés à vider des flacons, certains même tout en courant. Beyle, pour sa part, s'interrompit un instant pour couvrir d'injures un groupe de trois ou quatre valets qui, sur des jambes aussi flageolantes que possible, rejoignaient la voiture et prétendaient y monter. Le fouet entra encore une fois en danse avec d'autant plus de vigueur que lesdits valets étaient les propres serviteurs du jeune auditeur.

On aperçut, tout à coup, le cortège de l'Empereur qui passait comme un éclair. Un instant, son chapeau noir surgit de la fumée et flotta dans la demi-obscurité avant de s'engouffrer, flottant sur une vague de plumets blancs, dans une rue dont les maisons éclataient l'une après l'autre.

— À notre tour ! déclara Beyle. Il est temps de partir.

Mais, comme son cocher semblait avoir, lui aussi, occupé le temps en buvant, il saisit les chevaux par la bride et jurant comme un Templier, se mit en devoir de guider l'attelage dans la rue de Tver. Le vent avait encore tourné et soufflait maintenant du sud-ouest mais avec une violence toujours aussi sauvage. Bientôt, la troupe des fugitifs, assourdie par l'ouragan, aveuglée par les cendres qui volaient et collaient à la peau ou sur les vêtements, n'avança plus qu'avec peine. La chaleur, d'instant en instant plus forte, excitait les chevaux que l'on avait beaucoup de peine à maintenir au pas. Des maisons s'effondraient en grondant. D'autres, déjà brûlées, fumaient encore, laissant paraître quelques débris charbonneux.

Comme on passait près d'un grand hôtel en construction, Marianne poussa un cri d'horreur. Pendus aux futures fenêtres de cette maison qui ne serait jamais achevée car elle commençait à brûler, une dizaine d'hommes, en chemise et les pieds nus, attendaient là le Jugement dernier. On les avait fusillés avant de les accrocher en grappes sanglantes. Des pancartes portant « Incendiaires de Moscou » battaient au vent sur leurs corps criblés de balles.

— C'est horrible ! hoqueta-t-elle tout près d'éclater en sanglots. Horrible ! Est-ce que nous sommes tous devenus fous ?

— Peut-être, murmura Beyle. Lequel est le plus fou de celui qui est venu chercher la mort jusqu'ici ou de celui qui pour effacer sa défaite se plonge dans un bain de sang ? De toute façon, nous le sommes tous. Tenez ! Regardez autour de vous ! C'est le carnaval des fous.

Une furie semblait s'emparer de cette file de voitures toutes chargées de butin et forcées, par l'encombrement, à s'arrêter à chaque pas. On entendait hurler tous les conducteurs qui, craignant d'être brûlés, poussaient d'affreuses clameurs en fouettant leurs chevaux. Tout autour, on ne voyait que des soldats en armes qui tout en avançant enfonçaient les portes des maisons intactes tant était grande leur crainte de laisser quelque chose derrière eux, s'y engouffraient et ressortaient chargés de butin. Les uns étaient drapés dans des étoffes tissées d'or, d'autres, malgré l'infernale chaleur, croulaient sous des peaux de renard, de zibeline. Certains portaient même des habits de femmes, s'enveloppaient dans des cachemires précieux qu'ils roulaient autour de leur corps comme des ceintures. Quiconque tombait était perdu car dix mains avides se tendaient aussitôt vers lui non pour l'aider à se relever mais pour le dépouiller de ce qu'il portait. Partout, on ne voyait, dans le rougeoiement de l'incendie, que des visages déformés par la peur, la cruauté ou la concupiscence. L'Empereur était passé, il avait abandonné Moscou, plus rien ne retenait ces centaines d'hommes pour qui tout au long d'un interminable voyage la grande ville russe avait représenté une sorte de terre promise, une corne d'abondance dont ils espéraient tirer la fortune.

Pour ne plus voir, Marianne enfouit sa tête entre ses bras. Elle ne savait plus ce qui l'emportait en elle, de la peur ou de la honte, mais elle savait bien qu'en ce moment, elle était en enfer.

Quand on franchit enfin les murailles de Moscou, il faisait nuit noire et une grosse lune ronde, blafarde, montait à l'horizon. La longue file enchevêtrée s'éparpilla aussitôt comme le contenu d'une bouteille de champagne dont le bouchon vient de sauter. Une route et plusieurs chemins s'ouvraient à travers la campagne.

Beyle, qui semblait exténué, arrêta son attelage sur une petite éminence et s'épongea le front de son bras.

— Nous voilà dehors, Madame... murmura-t-il. Nous pouvons, je crois, remercier la Providence qui nous a permis d'échapper à ce gouffre mortel !

— Qu'allons-nous faire, maintenant ? soupira Marianne en essuyant ses yeux qui, brûlés par la fumée, pleuraient.

— Trouver un coin pour essayer de dormir. Nous sommes encore trop près. Avec cette chaleur de four, nous ne pourrions pas reposer.

Une quinte de toux lui coupa la parole. Il la fit passer à l'aide d'une généreuse rasade de cognac. Mais Marianne ne fit aucun commentaire : bien qu'elle dormît pratiquement debout, elle était fascinée par le spectacle malgré la fatigue accumulée depuis trois jours et qui maintenant l'accablait.

La ville ressemblait au cratère d'un volcan en éruption. C'était un creuset de titan où bouillonnait, en fusion, toute la richesse du monde et d'où jaillissaient des gerbes de flammes, des bouquets d'étincelles, des éclairs d'explosions. C'était comme un monstrueux feu d'artifice pour dieu fou, rugissant au cœur de la nuit. C'était le triomphe d'un démon dont l'haleine infernale brûlait même à distance et dont les longs bras rouges, lancés par-dessus les murailles, essayaient encore, comme les tentacules d'une gigantesque pieuvre, de ressaisir ceux qui lui avaient échappé.

— Ne pouvons-nous cependant rester ici ? pria Marianne. Je n'en puis plus...

C'était plus que vrai. Son corps privé de sommeil depuis trop longtemps ne lui obéissait plus que par un immense effort de volonté.

— ...Il fait très chaud ici mais avons-nous vraiment besoin de suivre tous ces gens ? ajouta-t-elle en désignant la colonne des fuyards qui s'enfonçait toujours plus profondément dans la nuit. Où prétendent-ils aller ainsi ?

Beyle eut un petit rire sarcastique, déjà épaissi par un début d'ivresse, puis haussa dédaigneusement les épaules.

— Là où ils vont tous inexorablement depuis tant d'années... là où allaient les stupides moutons du vieux Panurge : à la recherche du berger ! On leur a dit que l'Empereur se rendait à Petrov-quelque-chose, alors ils vont à Petrov-quelque-chose sans même se demander si là-bas ils trouveront un abri ou de quoi manger. La plupart resteront dehors, en plein vent, sous la pluie s'il le faut, figés en face du refuge de leur dieu, comme des lamas tibétains en face de Bouddha... Mais vous avez raison : inutile de les suivre ! Je vois là, un peu plus loin, un petit bois auprès d'une mare. Nous allons nous y installer. D'ailleurs, je crois bien que j'aperçois le fameux château...

En effet, au bout de la route devenue soudain large et belle, des lumières brillaient, surgies de la nuit ; éclairant une grande bâtisse en briques, d'architecture bizarre oscillant entre le Louis XIV et le Louis XV français avec des réminiscences grecques. Quelques belles demeures se montraient aux alentours et la foule des échappés de Moscou s'y engouffrait tandis qu'aux alentours de Petrovskoie s'instaurait un semblant de service d'ordre destiné à ménager autant que possible le repos de l'Empereur s'il lui arrivait d'en prendre.

Beyle, pour sa part, conduisit son attelage, comme il l'avait annoncé, sur le bord d'une petite mare dans laquelle se mirait un petit bois épais, de sapins et de bouleaux. Ce petit bois fut accueilli avec un grand soulagement par le malheureux Bonnaire qui s'y précipita tête la première dès que la calèche se fut arrêtée.

Avec l'aide de ceux de ses domestiques qui tenaient encore debout, Beyle organisa une sorte de bivouac, débarrassant la voiture de tout ce qui l'encombrait afin qu'il fût possible de s'y étendre et relevant la capote pour que l'on pût se protéger des bestioles nichées dans les arbres et de la fraîcheur de la nuit.

Assise au bord de la mare, les pieds dans les roseaux et les bras autour de ses genoux, Marianne ne se mêlait en rien à cette activité. La fatigue l'accablait au point que chaque fibre de son corps lui faisait mal mais ses nerfs ne parvenaient pas à se détendre. Dans sa tête, ses pensées tournaient comme une machine emballée. Sans but, sans logique et sans qu'il fût possible d'en mettre deux bout à bout. Elle regardait à ses pieds cette flaque d'eau éclairée par les reflets de l'incendie et elle pensait qu'il serait bon peut-être de s'y baigner, de trouver un peu de fraîcheur après tant de chaleur... Elle tendit une main, se pencha, prit un peu d'eau et en aspergea son front brûlant, puis son visage et son cou. L'eau n'était pas vraiment fraîche. C'était comme si la terre, brûlée en profondeur, communiquait à cette petite mare la chaleur de l'incendie mais cela lui fit tout de même un peu de bien.

Derrière elle, elle entendit rire son nouveau compagnon.

— Il paraît que Wittgenstein et son armée sont à quelques lieues d'ici, barrant la route de Saint-Pétersbourg ! S'ils savaient que l'Empereur est à portée de leur main, pratiquement sans défense, ils pourraient bien ne pas résister à la tentation.

Bonnaire, sorti de son bois, répondit quelque chose qu'elle ne comprit pas et que l'auditeur de deuxième classe salua d'une série d'éternuements avant d'ajouter :

— J'espère, pour notre sauvegarde à tous, qu'on ne s'éternisera pas ici. Je n'ai aucune envie de me retrouver prisonnier de guerre.

Mais, de tout cela, Marianne n'avait retenu qu'un détail : cette route si large, si belle qu'elle en devenait une invite, c'était donc celle de Saint-Pétersbourg, la route à laquelle depuis son entrée au Kremlin (était-ce vraiment hier... ou bien y avait-il plusieurs mois ?) elle n'avait cessé de renoncer... mais sans cesser d'y penser ? Était-ce donc un signe du destin que cette halte au bord d'un chemin si tentateur ? Et l'incendie qui l'avait chassée de Moscou ne pouvait-il être assimilé à la volonté de Dieu ? Il est si facile de croire à un décret de la Providence quand on meurt d'envie de faire quelque chose...

— Je crains bien de ne pouvoir vous offrir un festin, fit près d'elle la voix amicale de Beyle. Nos richesses alimentaires ne vont pas plus loin que du poisson cru, trouvé Dieu sait où par mon cocher, des figues et du vin.

— Du poisson cru ? Pourquoi ne pas le faire cuire ?

Il se mit à rire avec un rien trop de gaieté pour que ce ne fût pas un peu forcé.

— Je ne sais pas si vous partagez mon sentiment mais j'ai eu mon compte de feu pour aujourd'hui. La seule idée d'en allumer un nouveau me donne la nausée... sans compter que nous pourrions facilement incendier ce petit bois plein d'aiguilles de sapin sèches comme sarment. J'aime encore mieux tâter du poisson cru. D'ailleurs, il paraît que les Japonais ne le consomment pas autrement.

Mais, malgré ces paroles encourageantes, Marianne se contenta de quelques figues et d'un peu de vin. Il n'était pas fameux. Les bouteilles n'avaient pas résisté au voyage et l'on s'attaquait maintenant au tonnelet. Ce qu'il contenait était un vin blanc trop jeune, si âpre que la langue semblait se rétrécir à son contact tandis que le palais devenait râpeux. Néanmoins, Beyle, Bonnaire et les serviteurs en consommèrent une bonne partie et quand l'auditeur au Conseil d'État déclara qu'il était l'heure de dormir, tout ce monde, superbement ivre, était d'une folle gaieté.

Néanmoins, en homme qui sait son monde, et qui sait boire, Beyle n'en garda pas moins suffisamment de lucidité pour guider Marianne jusqu'à la voiture, l'installer sur la banquette du fond de la calèche. Mais elle refusa de se coucher tout de suite.

— Je suis lasse, lui dit-elle, mais je suis encore plus énervée. Je vais rester sous les arbres un instant. Reposez-vous, ne vous occupez pas de moi. Je m'étendrai plus tard...

Il n'insista pas, lui souhaita une bonne nuit et tandis que le pauvre Bonnaire qui semblait maintenant vidé de toute substance s'installait sur la banquette avant, il s'établit lui-même sur le siège du cocher, se roula en boule dans son manteau et s'endormit presque aussitôt. Ses serviteurs, repus de vin, ronflaient déjà à faire crouler le ciel, répandus un peu partout autour de la mare.

D'un seul coup, Marianne se retrouva seule, au milieu de ce concert de respirations bruyantes, de ces hommes étendus qui, sous la lune, ressemblaient à des cadavres abandonnés sur un champ de bataille. Là-bas, au fond de la nuit, Petrovskoïe brillait maintenant de toutes ses fenêtres éclairées.

La fraîcheur tombait des arbres et Marianne, machinalement, prit sur la banquette la couverture de cheval que Beyle avait posée à son intention. Mais, en la jetant sur son dos, elle fit un faux mouvement qui réveilla la douleur de son épaule. Son front aussi la brûlait... Un frisson la parcourut et elle serra plus fort autour d'elle le tissu rêche et lourd qui sentait l'écurie.

Cette route-là, tout près, la fascinait, l'attirait comme un aimant ; ses pieds étaient douloureux, ses jambes lui faisaient mal et tout son corps tremblait, de fatigue et d'une fièvre qui lentement l'envahissait. Mais elle marcha vers cette route, l'atteignit, se mit à la suivre doucement, pas après pas... comme en rêve.

Il y avait, derrière elle, cette ville qui brûlait mais au fond, cette ville lui était indifférente. Simplement, elle opposait une barrière flamboyante entre Marianne et la route qui menait vers Paris. Tandis qu'en face, là-devant, le chemin était libre qui menait à Pétersbourg...

— Jason... murmura-t-elle tandis que des larmes jaillissaient de ses yeux. Jason ! Attends-moi !... Attends-moi !...

Elle avait crié le dernier mot et, malgré sa faiblesse, s'était mise à courir droit devant elle, emportée par une force inconnue contre laquelle elle était sans défense. Il fallait aller au bout de cette route, au bout de la nuit... vers la mer bleue, le soleil, le vent frais chargé de sel et d'iode.

Quelque chose la heurta et la fit tomber sur les genoux, quelque chose qui aussitôt s'agrippa à elle, quelque chose qui pleurait à gros sanglots en appelant :

— Maman !... Maman !... Où es-tu, Maman !...

En écartant d'elle ce quelque chose, elle vit que c'était un petit garçon brun, avec de grosses boucles sombres retombant sur son front, une petite figure ronde. Il la regardait avec de grands yeux désolés et cherchait à se blottir contre elle.

Il y eut dans sa tête comme un éclair, dans son cœur comme un déchirement. Son esprit, tout à coup, échappa à la réalité, balaya tout cet aujourd'hui affreux pour voguer à la rencontre d'un besoin enfoui, d'un appel profond. Elle prit l'enfant inconnu dans ses bras, le serra contre elle.

— Mon petit ! Mon tout petit... n'aie pas peur ! Je suis là... Nous allons rentrer tous les deux à la maison. Il ne faut pas aller à Pétersbourg...

Et, portant dans ses bras l'enfant inconnu qui s'accrochait à son cou, Marianne, brûlante de fièvre, revint d'un pas de somnambule vers la voiture pour y attendre le jour.

— Nous allons rentrer, répétait-elle. Nous allons bientôt rentrer chez nous...

CHAPITRE XVIII

« IL FAUT SECOUER LA VIE... »

Le lendemain, tandis que Moscou continuait de brûler comme une mine de charbon sinistrée et que Napoléon, derrière les murs rouges de Petrovskoie, rongeait son frein en contemplant le brasier, Marianne, au bord de la mare, était la proie d'une forte fièvre et plongeait dans le délire au grand affolement de ses compagnons d'infortune.

L'enfant qu'elle avait recueilli dormait paisiblement contre sa poitrine et cette adjonction inattendue ne fit qu'ajouter au désarroi des deux auditeurs au Conseil d'État. Ils n'allaient d'ailleurs pas tellement bien eux-mêmes. La dysenterie de Bonnaire, après une période de lourd sommeil dû à l'ivresse, se réveillait, toujours aussi virulente. Quant à Beyle, plus enrhumé que jamais, il souffrait maintenant d'une crise de foie.

— C'est cette saleté de vin blanc que nous avons bu hier, en quantité regrettable il faut bien l'avouer, se borna-t-il à diagnostiquer avant de se mettre en devoir d'améliorer leur situation présente. Il était, en effet, sous des dehors volontairement nonchalants, un homme d'une grande énergie et qui savait prendre des décisions quand il le fallait.

Il en administra incontinent la preuve en réveillant, à grands coups de pied et à grand renfort de pots d'eau tirés de la mare, ses serviteurs qui durent, bon gré, mal gré, se résigner à faire surface. Pendant ce temps, Bonnaire faisait manger quelques figues au petit garçon qui, réveillé lui aussi, s'était mis à pleurer. Seule Marianne, que Beyle s'était hâté d'envelopper dans la couverture de cheval en constatant son état, gémissait doucement, hors d'état de prendre la moindre part au débat.

— Nous sommes en présence de deux affaires importantes, décréta Beyle. Essayer de découvrir la mère de cet enfant qui n'est peut-être pas très loin et trouver un abri, quel qu'il soit mais comportant un lit pour cette malheureuse jeune femme.

— Un médecin ne serait pas de trop non plus, remarqua Bonnaire. Nous en aurions besoin tous les trois...

— Mon cher, il faut faire avec ce que l'on a. Trouver un médecin et des médicaments dans la situation où nous sommes est à peu près aussi aisé que découvrir des coquelicots en plein hiver dans un champ de neige. Mais, bon sang, s'écria-t-il explosant tout à coup et allongeant aux roues de sa calèche quelques coups de pied parfaitement dérisoires encore que très soulageants, qu'est-ce que je suis venu faire dans ce foutu pays ! Si le Diable m'apparaissait et me proposait tout à coup de me transporter en Italie, à Milan ou au bord de ces merveilleux lacs, le tout en échange de mon âme, non seulement j'accepterais avec enthousiasme mais encore j'aurais l'impression d'avoir volé ce malheureux ! François, ajouta-t-il hurlant de toute sa voix, François ! Prenez-moi cet enfant dans vos bras et allez jusqu'au château pour voir si quelqu'un ne le réclame pas ! Voyez aussi s'il n'y aurait pas un lit disponible quelque part.

Confiant Marianne à la garde de Bonnaire, il s'en alla lui-même en tournée d'exploration, hissé sur un des chevaux dételés de la calèche. Mais ce fut François qui revint le premier, seul. Il avait réussi sans trop de peine à retrouver la mère de l'enfant, épouse d'un confiseur français, qui avait toute la nuit recherché sans succès son petit garçon perdu dans l'énorme bousculade de la veille. Mais il n'y avait pas un seul lit de libre à trois lieues à la ronde. Tout ce qu'il rapportait, c'étaient quelques provisions dues à la générosité de la confiseuse : gâteaux secs, fruits secs aussi, fromage et jambon fumé.

En attendant Beyle qui tardait à revenir, Bonnaire et le cocher François firent de leur mieux pour soigner Marianne. François trouva une fontaine et apporta de l'eau tandis que l'auditeur de seconde classe s'efforçait de faire absorber à la jeune femme un peu de nourriture sans d'ailleurs y parvenir. Secouée de longs frissons, elle claquait des dents et marmottait des bouts de phrases incohérents, reflets des phantasmes angoissés qui hantaient son esprit et plongeaient le pauvre Bonnaire dans de véritables transes. Comme il y était question de l'Empereur, pêle-mêle avec une conspiration, le château de Kouskovo, un cardinal, un prince masqué, un certain Jason, le duc de Richelieu, le roi de Suède et la guerre d'Amérique, le pauvre homme en vint à se demander si Beyle n'avait pas recueilli par hasard une redoutable espionne. Aussi accueillit-il le retour de son supérieur avec un profond soulagement.

— Vous n'imaginez pas comme j'avais hâte de vous revoir. Alors, où en sommes-nous ?

Le jeune homme haussa les épaules avec un soupir éloquent puis, se tournant vers son cocher :

— Avez-vous trouvé quelque chose, François ?

— Rien du tout, Monsieur, en dehors de la mère de l'enfant. Dans les propriétés qui entourent le château, tout est plein et les conditions sont telles qu'une malade n'y trouverait aucun repos. Ici, au moins, c'est à peu près calme.

— Vous êtes fou, mon ami ! protesta Bonnaire. Cette dame est brûlante ! Je suis persuadé que la fièvre a encore augmenté. Il est impossible de rester ici... mais quant à savoir où aller !

— Oh ! c'est simple, fit Beyle tranquillement. Nous allons rentrer à Moscou.

Un concert de protestations ayant accueilli ce propos, apparemment insensé, il s'expliqua. Certes, la ville était aux deux tiers détruite mais le feu ne gagnait plus. Au contraire, il avait plutôt tendance à rétrograder. Les troupes laissées par Napoléon avaient accompli des miracles dans leur lutte contre l'incendie et, ainsi, Beyle avait pu atteindre sans trop de difficultés, au milieu des décombres encore fumants, le quartier français. A Saint-Louis, il avait trouvé l'abbé Surugue aussi calme que d'habitude, disant sa messe au bénéfice d'une véritable foule qu'il exhortait au calme et bénissait à tour de bras.

— L'enclos qui est derrière l'église est plein de réfugiés, ajouta-t-il, mais la plus grande partie du quartier est intacte. Les soldats du génie ont même réussi à sauver le pont des Maréchaux et d'ailleurs le vent, qui a tourné une fois encore, détourne maintenant les flammes de cet endroit. Enfin, si nous rentrons dans la ville, il sera possible d'avoir quelques soins médicaux. Le Grand Hôpital est encore debout et j'y suis tombé sur cet extraordinaire baron Larrey qui, avec ses adjoints, n'a pas quitté Moscou depuis le début de l'incendie. Il est vrai qu'il a fort à faire.

— Beaucoup de brûlés ?

— Moins que de blessés par fracture. Vous n'imaginez pas le nombre de gens qui se sont jetés par les fenêtres dans leur terreur du feu. Essayez de charger cette voiture sans trop déranger la malade, vous autres, ordonna-t-il à ses serviteurs, et repartons !

Ce fut vite fait. On abandonna une partie de ce que l'on avait emporté sur l'affirmation de Beyle qu'il restait, dans la ville, de quoi nourrir toute l'armée pendant pas mal de temps. Bonnaire objecta encore qu'il fallait tout de même savoir où l'on pourrait se loger mais Beyle ayant répliqué d'un ton péremptoire que l'abbé Surugue avait dû y pourvoir, il se le tint pour dit et se mit en marche d'assez bon gré en commençant à caresser l'idée d'un lit à l'hôpital.

Grâce au curé de Saint-Louis qui pouvait indiquer à coup sûr les maisons dont les occupants avaient fui bien avant le commencement de l'incendie, on trouva à se loger dans une maison, assez petite mais relativement confortable, proche de l'ancienne prison de la Loubianka. Elle était la propriété d'un maître à danser italien qui, attaché à la maison du prince Galitzine, avait suivi son maître dans sa retraite et, comme cette maison était d'aspect modeste, elle avait réussi jusqu'alors à échapper au pillage.

Il y avait pourtant déjà une occupante. En pénétrant dans la maison, Beyle buta sur le corps d'une femme entre deux âges qui, drapée dans une robe de cour en satin bleu paon, un turban doré sur la tête, était couchée à même les dalles du vestibule dans une flaque de vin et ronflait comme un poêle emballé. Ivre de toute évidence, mais l'auditeur vit en cette créature une qualité intéressante : elle était femme et il avait besoin d'une femme pour s'occuper de Marianne. Il était possible que celle-ci, une fois ranimée, pût faire l'affaire.

Quelques seaux d'eau tirés au puits de la cour et quelques vigoureuses taloches firent merveille. La femme d'ailleurs était peut-être là depuis longtemps et avait dormi son compte. Elle ouvrit un gros œil mauve et globuleux, puis un autre, s'assit sur son séant, redressant machinalement son beau turban trempé qui donnait fortement de la bande. Enfin, elle offrit à son agresseur un sourire qui se voulait séducteur.

— Qu'est-ce qu'il y a pour ton service, mon joli ? fit-elle avec un redoutable accent slave, mais en bon français...

La tournure de cette invite renseigna amplement le jeune homme sur la profession de la femme. C'était de toute évidence une prostituée mais il n'avait pas le choix. On s'expliqua. La femme déclara qu'elle s'appelait Barbe Kaska, qu'elle était polonaise et elle ne fit aucune difficulté pour reconnaître honnêtement qu'elle exerçait effectivement le plus vieux métier du monde. Elle s'était installée dans cette maison parce que le logis qu'elle partageait avec quelques consœurs depuis son arrivée à la suite des troupes polonaises avait brûlé jusqu'aux fondations. Mais, comme sa visite des lieux avait commencé par la cave, elle ignorait encore si l'endroit lui plairait. La cave, elle, était sympathique.

Quand Henri Beyle lui demanda si elle accepterait de renoncer momentanément à son activité habituelle pour s'occuper d'une dame malade, Barbe prit une mine vertueuse pour demander :

— C'est votre dame ?

— Oui, mentit le jeune homme, pensant qu'il était inutile de se lancer dans des explications insensées. Elle est dehors, dans une voiture... et elle est très malade... une forte fièvre, le délire. Je ne sais plus que faire. Si vous voulez m'aider je vous paierai bien.

Pour toute réponse, Barbe enjamba la flaque de vin, balayant d'un pied négligent les débris d'une bouteille, ramassa son satin bleu paon dégoulinant d'eau et se dirigea d'un pas d'impératrice vers la porte. La vue de Marianne, rouge, frissonnante et les yeux clos, lui arracha des cris d'attendrissement.

— Jésus-Christ ! Pauvre colombe ! Dans quel état elle est !

Suivirent une foule d'exclamations, de jurons et d'invocations à tous les saints du calendrier polonais. Puis Barbe, mue par l'antique instinct féminin qui veut qu'une infirmière doublée d'une sœur de charité sommeille souvent au cœur des femmes, se rua de nouveau dans la maison pour voir s'il était possible d'y coucher la malade, en hurlant qu'il fallait la sortir de la voiture avec précautions et l'emporter en évitant de déranger la couverture qui l'enveloppait.

Une demi-heure plus tard, Marianne, déshabillée et enveloppée d'une chemise ayant jadis appartenu au maître à danser, était couchée dans un lit abrité des courants d'air par d'immenses rideaux en reps moutarde mais pourvu de draps blancs. Quant à Barbe, débarrassée de son satin trempé en même temps que des fumées de l'ivresse, les cheveux noués dans un torchon, elle avait déniché Dieu sait où une sorte de sarrau gris qui avait dû appartenir à un domestique mâle et qu'elle avait passé sur ses jupons mouillés.

Dans les heures qui suivirent, Beyle devait remercier interminablement le Ciel d'avoir placé cette étrange créature sur son chemin car elle se révéla incroyablement précieuse. En un rien de temps, elle eut exploré la maison de l'Italien et en eut tiré tous les objets de première nécessité. Le feu fut allumé dans la cuisine sombre et voûtée, située au sous-sol tout à côté de la fameuse cave, qui contenait quelques provisions utiles telles que sucre, miel, thé, farine, fruits secs, oignons, salaisons, etc. Barbe inventoria tout, décréta que la première chose à faire, pour la malade, était de lui faire ingurgiter une grande tasse de thé bouillant puis comme les domestiques de l'auditeur se présentaient à l'entrée de sa cuisine, elle les mit à la porte purement et simplement en déclarant qu'il n'y avait pas de place pour eux dans une si petite maison et qu'ils eussent à aller chercher fortune ailleurs. Seul François, le cocher, trouva grâce mais, devant le sourire engageant que lui offrit la nouvelle cameriste, il préféra rejoindre le gros de la troupe qui cherchait à s'installer aux environs. Il fut d'ailleurs le seul qui revint prendre son service, les autres s'étant trouvé en même qu'un nouveau gîte de nouvelles occupations plus lucratives dans le pillage du Grand Bazar.

Naturellement, Bonnaire n'avait pas sa place dans la maison. D'ailleurs, il souhaitait surtout trouver pour lui-même quelques soins et ce fut avec un certain soulagement qu'il se dirigea vers le Grand Hôpital tandis que Beyle s'établissait de son mieux dans la pièce commune qui servait à la fois de salon et de salle à manger.

Mais quand il vint gratter à la porte de la chambre dans laquelle Barbe était enfermée avec Marianne depuis un moment déjà, le spectacle qu'il contempla le cloua sur place. La Polonaise assise sur le lit, la tête de la jeune femme nichée dans son giron lui avait ouvert la bouche et lui examinait le fond de la gorge à la lumière d'une chandelle... Beyle se précipita.

— Ah ça, mais que faites-vous ?

— J'essaie de voir pourquoi elle a cette fièvre ! C'est tellement rouge là-dedans qu'on dirait de la braise !

— Et alors ? Que prétendez-vous faire ?

Sans s'émouvoir, Barbe reposa la chandelle sur la table de chevet, Marianne sur ses oreillers, puis s'approcha du jeune homme.

— Ce qu'il faut ! affirma-t-elle. Vous savez, Monsieur, depuis que je suis les soldats sur tous les champs de bataille, j'en ai soigné plus d'un et j'ai appris bien des choses. En plus, avant... d'avoir des malheurs, j'étais femme de chambre chez la princesse Lubomirska et mon père (Dieu ait sa pauvre âme éprouvée !) était l'apothicaire du domaine de Janowiec, alors je sais de quoi je parle. Des fièvres comme celle-là, j'en ai vu des tas. Aussi, laissez-moi faire et allez vous reposer. Votre valet, ce grand flandrin qui a l'air de gober les mouches, saura bien, j'imagine, vous fricoter quelque chose à manger...

Avec ses cheveux blond filasse, férocement retroussés sous le torchon, ses gros yeux mauves et son visage à la fois massif et trop lourd pour une femme mais pas entièrement dépourvu de charme, Barbe ne manquait pas d'une certaine autorité. Jugeant d'autre part ses références estimables, Beyle préféra lui laisser carte blanche. Il ne se sentait pas tellement bien lui-même et ce fut sans protester qu'il abandonna la place, se bornant à prier l'infirmière bénévole de lui garder un peu de thé si, comme elle l'avait annoncé, elle en faisait pour Marianne.

— Je souffre du foie, lui confia-t-il avec l'arrière-pensée d'une espèce de consultation, cela devrait me faire du bien...

— Si vous n'y mettez pas un plein seau de crème, cela ne vous fera aucun mal, au contraire. Eh bien, soupira-t-elle, on dirait qu'il était temps que vous me trouviez car vous n'êtes frais ni l'un ni l'autre. Au fait, c'est quoi, votre nom ?

— Je suis Monsieur de Beyle, auditeur au Conseil d'État, répondit-il avec l'espèce d'emphase qu'il mettait toujours à décliner ses titres, selon lui impressionnants.

Mais, apparemment, cela ne suffisait pas à Barbe.

— Vous êtes quoi ? Comte, marquis, baron ? proposa-t-elle du ton engageant dont elle eût accompagné une carte de restaurant.

Beyle rougit jusqu'à la racine de ses cheveux noirs.

— Rien de tout cela ! dit-il vexé. Mais mes fonctions équivalent largement à un titre de noblesse.

— Ah ! émit la Polonaise.

Puis, sans tirer d'autres conclusions, elle referma la porte de la chambre avec un haussement d'épaules qui donnait la mesure de sa déception.

Mais, déçue ou pas, durant toute la nuit enfermée avec Marianne, Barbe la Prostituée travailla comme une mercenaire, luttant contre la fièvre avec les moyens dont elle disposait, administrant à la malade tasse sur tasse d'un thé léger, vigoureusement additionné de miel et d'une poudre grisâtre dont elle semblait avoir une provision dans une boîte en fer qu'elle portait dans la poche d'un jupon avec ses biens les plus précieux (pour le moment un rang de perles et quelques bagues provenant d'une très récente rencontre avec une maison abandonnée). Elle alla même jusqu'à pratiquer sur Marianne à l'aide d'un couteau de cuisine bien aiguisé une saignée qui eût fait frémir Beyle s'il en avait été le témoin mais qu'elle n'en exécuta pas moins avec une assurance et une maestria qu'un vieil apothicaire blanchi sous le harnois lui eût enviées.

Elle fit tant et si bien qu'aux environs de minuit, Marianne s'endormit enfin d'un sommeil qui n'était plus l'inconscience du délire tandis que son médecin bénévole allait s'abattre dans un grand fauteuil de bois abondamment garni de coussins et entreprenait de se remonter le moral avec le reste de thé dans lequel elle versa une généreuse rasade d'un vieil Armagnac dont elle avait trouvé une bouteille dans un petit meuble où le maître à danser rangeait à la fois ses partitions et quelques livres italiens.

Il faisait grand jour quand Marianne émergea lentement de la douloureuse inconscience qui l'avait engloutie. En se retrouvant couchée dans un lit inconnu, au fond d'une chambre inconnue, à côté d'une inconnue, elle crut que ses rêves n'avaient pas encore pris fin.

Mais la chambre sentait le thé froid, l'alcool et la fumée dont l'odeur s'insinuait encore entre les fentes des rideaux tirés. Le paquet gris à visage humain entassé dans le fauteuil ronflait avec une force qui n'appartenait pas au domaine du rêve. A tout cela et aussi aux courbatures de son corps, Marianne comprit qu'elle était réellement éveillée.

En outre, elle avait l'impression désagréable d'être collée dans ce lit. Elle avait dû beaucoup transpirer quand la fièvre avait cédé. Les draps et la chemise qui l'enveloppaient étaient trempés de sueur.

Péniblement, elle s'assit dans son lit. Ce simple mouvement lui permit de constater que, si son corps était d'une faiblesse affligeante, son esprit était redevenu clair. Aussi essaya-t-elle de mettre quelques idées bout à bout et de comprendre comment elle était arrivée dans cette chambre dont, à cause de la semi-obscurité entretenue par les rideaux, elle ne distinguait pas nettement les détails.

Les souvenirs revinrent assez vite : la fuite à travers Moscou en feu, la lutte sur le boulevard avec la mégère

244

ivre, la calèche de Beyle, la mare auprès du petit bois, son élan irraisonné et stupide vers cette route de la mer qui semblait l'appeler, l'enfant qui avait arrêté cet élan et qu'elle avait pris dans ses bras... A partir de là, tout se brouillait, elle ne savait plus rien mais il lui semblait avoir parcouru un immense chemin, roulé d'abîme en abîme au milieu de formes méchantes et de visages grimaçants...

Sa bouche était sèche et, sur la table de chevet, elle aperçut un verre à demi plein d'eau. Elle tendit la main pour le prendre mais cette main paraissait sans force. Jamais Marianne n'aurait cru qu'un verre pût peser si lourd... Il glissa de ses doigts maladroits et tomba sur le sol où il se brisa...

Aussitôt le paquet gris jaillit du fauteuil comme un diable de sa boîte.

— Qui va là !... Montrez-vous !

— Pardonnez-moi de vous avoir réveillée, balbutia Marianne interdite, mais j'avais soif... j'ai voulu boire !

Pour toute réponse, la femme se rua sur les rideaux et les tira vigoureusement en arrière. Un rayon de soleil envahit la pièce, enveloppa le lit, révélant le visage pâle de la jeune femme et ses yeux encore agrandis par de larges cernes. Barbe vint se planter près d'elle, les poings sur les hanches, et l'examina avec un large sourire.

— Eh ! Mais on dirait que ça va mieux ! Alors, ma petite dame, on a décidé, tout compte fait, de revenir à la conscience ? Par sainte Bronislawa ! c'est une bonne idée ! Je vais aller tout de suite annoncer la nouvelle à votre mari.

— Mon mari ?...

— Bien sûr, votre mari. Il dort dans la pièce à côté. Vous avez eu la fièvre, c'est entendu, mais pas au point d'oublier que vous avez un mari, pas vrai ?

Si cette femme n'avait parlé avec un tel accent, Marianne eût pu, à son aspect, lui trouver une ressemblance avec la mère Tambouille, son ancienne connaissance, mais, de toute évidence, c'était une Russe ou quelque chose d'approchant. Et peut-être bien qu'en plus c'était une folle. Qu'est-ce que c'était que cette histoire de mari ?

Elle fut renseignée en voyant reparaître l'étrange créature remorquant après elle son ami de l'avant-veille, titubant de sommeil et faisant des efforts inouïs pour ouvrir les yeux. Cette femme avait dû le jeter à bas de son lit.

— Hein ? s'écria la créature en montrant d'un geste triomphant la jeune femme à demi assise dans son lit. Qu'est-ce que vous dites de ça ? Je ne l'ai pas bien soignée ?

Beyle acheva de se frotter les yeux et sourit gentiment.

— En effet ! C'est une espèce de miracle. Ma chère Barbe, je fais amende honorable, vous êtes décidément une femme remarquable. Voulez-vous mettre un comble à vos bontés en allant nous faire quelque chose de chaud ? Du café, de préférence, si d'aventure vous en trouvez.

Elle se mit à rire, secoua coquettement son sarrau et ses jupons fripés, fourragea dans ses cheveux qui, échappés au torchon, lui pleuvaient sur la figure et gagna la porte.

— Je comprends ! Vous avez envie de la câliner ? Faut pas vous gêner pour moi, vous savez ? Je sais ce que c'est...

Et elle sortit en claquant la porte tandis que Beyle approchait du lit. Il prit la main de Marianne et la porta à ses lèvres avec autant d'élégance que si l'on eût été dans un salon.

— Vous vous sentez mieux ?

— A peu près aussi solide qu'un chat nouveau-né mais cela va mieux, en effet ! Dites-moi, où sommes-nous et qui est cette femme ?

— Une manière d'ange déchu, si incroyable que cela puisse paraître. La Providence aura toujours droit à une place dans mon cœur pour l'avoir placée sur notre chemin.

Rapidement, il raconta ce qui s'était passé depuis que Marianne avait sombré dans la fièvre et il réussit même à la faire rire en lui rapportant la manière dont il avait fait connaissance avec Barbe.

— Elle m'a demandé si vous étiez ma femme et j'ai préféré ne pas entrer dans le détail.

— Vous avez bien fait. Cela simplifie les choses. Mais qu'allons-nous faire maintenant ?

Il attira auprès du lit le fauteuil dans lequel Barbe avait dormi et s'y installa.

— Nous allons d'abord prendre ensemble le déjeuner qu'on nous servira comme il convient à un couple honorable. Puis nous aviserons. De toute façon, cette maison n'est pas si mal et je crois que nous pourrons y demeurer quelque temps. Il n'en reste plus tellement à Moscou, qui soient encore debout et libres de troupes. Vous devez vous remettre et, si je vous ai bien comprise, vous souhaitez demeurer à l'écart de l'entourage impérial ?

Un peu de rouge monta aux pommettes de Marianne en même temps qu'un sentiment de reconnaissance envahissait son cœur. Cet homme qu'elle ne connaissait pas s'était conduit avec elle comme le plus délicat et le plus discret des amis.

— En effet ! Et je crois qu'il est temps que je vous donne quelques explications...

— Rien ne presse ! Je vous en prie. Vous êtes encore si faible. Et puis, le peu que j'ai fait pour vous ne mérite pas vos confidences, Madame.

Elle eut un petit sourire gentiment moqueur.

— Ce n'est pas mon avis ! Je vous dois la vérité... toute la vérité ! N'êtes-vous pas mon mari ? Ce ne sera pas long.

S'efforçant d'être aussi claire que possible, elle raconta à son tour ce qui s'était passé au Kremlin et pourquoi il lui fallait éviter jusqu'à nouvel ordre et plus ample informé de tomber sous la patte de Napoléon.

— Si vous l'avez déjà approché, conclut-elle, vous devez savoir ce que je veux dire. Il ne me pardonnera pas d'avoir fait évader celui qu'il considérait comme un dangereux espion. Ce que je désire maintenant, c'est retrouver au plus vite mes amis... et quitter Moscou aussi discrètement que possible...

— Pour rentrer en Italie, sans doute ? Comme je vous comprends, soupira-t-il comiquement. Et comme j'aimerais pouvoir véritablement passer pour votre époux afin de vous y accompagner ! Je n'aime rien tant que l'Italie ! Mais je crois que vous ne devez pas vous tourmenter. D'abord nous ignorons complètement ce que va décider l'Empereur à la suite de cette catastrophe, ensuite vous êtes ici parfaitement à l'abri. Enfin... voilà le déjeuner ! conclut-il au moment précis où Barbe chargée d'un plateau grand comme une table faisait dans la pièce une entrée aussi majestueuse que celle d'un galion chargé d'or dans un port espagnol.

Malgré sa gorge encore douloureuse, Marianne réussit à manger un peu de jambon bouilli dans une mer de ces choux qui étaient la chose du monde la moins difficile à trouver. Légume national des Russes, le chou se cultivait par immenses étendues autour de Moscou. Marianne n'en raffolait pas mais elle se força à en absorber un peu dans l'espoir de retrouver rapidement ses forces. Puis, tandis que Beyle disparaissait en annonçant qu'il allait faire un tour pour voir où en étaient les choses, la jeune femme laissa Barbe changer son lit et sa chemise qui dégageaient l'un et l'autre une désagréable odeur de sueur. Mais comme Barbe faisait glisser la chemise par-dessus sa tête, Marianne, instinctivement, posa la main sur le petit sachet de peau qu'elle portait toujours à son cou et qui renfermait la larme de diamant, comme pour s'assurer qu'il était toujours là.

Ce geste n'échappa pas à Barbe. Elle décocha à la

jeune femme un coup d'œil sévère et un sourire teinté d'amertume.

— Je ne prétends pas être une vertu, dit-elle, mais je crois être honnête ! Oui, j'ai ramassé quelques babioles dans l'incendie, c'était uniquement parce que c'eût été un crime de les laisser brûler. Ce n'est pas pour vous enlever vos reliques !...

Marianne comprit que Barbe n'avait pas inventorié le contenu du sachet, ce qui était tout à son honneur, l'ayant pris visiblement pour l'un de ces petits sacs dans lesquels les âmes vraiment pieuses aimaient à porter un peu de terre consacrée ou une relique leur tenant lieu de talisman. Et elle s'en voulut d'autant plus de l'avoir inconsciemment blessée.

— Ne vous formalisez pas, je vous en prie, lui dit-elle doucement. Il m'est arrivé tant de choses depuis trois jours. J'avais oublié cet objet et je m'assurais simplement que je ne l'avais pas perdu...

La paix rétablie, Marianne se laissa aller au repos. Le sommeil était encore ce dont elle avait le plus besoin et elle s'endormit très vite tandis que Barbe s'en allait mettre de l'ordre dans la maison et voir comment il serait possible de s'entendre avec le serviteur de Beyle.

Quand le jeune auditeur revint, vers la fin du jour, il rapporta une pleine brassée de nouvelles. Et d'abord, la plus importante : l'Empereur avait réintégré le Kremlin vers quatre heures après avoir parcouru ce qui subsistait de la ville. A mesure qu'il passait à travers ces rues dévastées où il ne restait plus des maisons, des palais, des églises, que des moignons noircis et encore fumants, son humeur s'assombrissait. Mais quand il atteignit les quartiers qui avaient pu être préservés, son humeur sombre se changea en colère en constatant que ceux-là étaient encore livrés au pillage, la racaille de la ville s'étant jointe aux soldats, plus ou moins ivres, pour razzier tout ce qui pouvait être pris.

Des ordres sévères se mirent à pleuvoir assortis de quelques condamnations.

— Ce n'était pas le moment d'aller se frotter à Sa Majesté pour sonder ses intentions envers une princesse rebelle, conclut Beyle. D'ailleurs, l'intendant général Dumas que j'ai rencontré m'a conseillé de rester chez moi jusqu'à ce qu'il me fasse chercher, demain ou après. Il paraît que nous allons avoir beaucoup à faire pour rassembler tout ce qu'il reste des approvisionnements de la ville et, au besoin, en faire venir d'autres de l'extérieur...

Mais les approvisionnements de l'armée et même de la ville ne touchaient guère Marianne. Ce qu'elle désirait par-dessus tout, c'était savoir ce qu'étaient devenus Jolival et Gracchus, c'était les rejoindre au plus tôt. Malgré la sollicitude amicale de Beyle, elle se sentait perdue sans eux, et elle avait l'impression que rien ne serait possible tant que tous trois ne seraient pas réunis. Il y avait si longtemps qu'ils sillonnaient ensemble les chemins du monde qu'il n'était plus possible d'envisager sans eux la moindre tentative de retour vers la France. Tout cela, elle le dit franchement à son pseudo-mari qui s'efforça de calmer son impatience.

— Je sais ce que vous éprouvez. A vous dire la vérité, lui confia-t-il, lorsque je vous ai rencontrée sur le boulevard, je cherchais désespérément une ancienne amie dont j'étais en peine, une Française mariée à un Russe, la baronne de Barcoff à laquelle, depuis longtemps, je suis attaché. Elle semble avoir disparu et je n'aurai de cesse tant que je ne l'aurai pas retrouvée. Pourtant, je sais qu'à moins d'un miracle je n'y arriverai pas avant que les choses ne reprennent leur place. Vous n'imaginez pas le désordre de cette ville... ou de ce qu'il en reste. Il ne faut pas trop demander à la fois...

— Vous voulez dire que nous avons eu de la chance de sortir vivants de l'une des plus grandes catastrophes de tous les temps ?

— C'est à peu près cela ! Prenons patience. Laissons revenir tous ceux qui ont dû fuir. Alors seulement nous pourrons, avec quelque chance de succès, rechercher valablement nos amis.

Marianne était trop femme pour ne pas poser une question qui lui paraissait toute naturelle.

— Cette Madame de Barcoff... vous l'aimez ?

Il eut un petit sourire triste et, comme s'il cherchait à en écarter un nuage, passa sur son front une main courte mais blanche et dont il prenait un soin extrême.

— Je l'ai aimée ! dit-il enfin. Tellement qu'il faut bien qu'il en reste quelque chose. En ce temps-là, elle s'appelait Mélanie Guilbert. Elle était... exquise ! Maintenant, elle est mariée et moi je me suis mis à aimer ailleurs. Mais nous n'en sommes pas moins unis par des liens fort tendres et je suis en peine d'elle. Elle est si frêle, si désarmée...

Il semblait angoissé, tout à coup, et Marianne, spontanément, lui tendit ses deux mains. Cet inconnu d'avant-hier lui inspirait maintenant une si chaude sympathie qu'elle pouvait sans peine prendre le nom d'amitié.

— Vous la retrouverez... et vous reverrez celle que vous aimez ! Comment s'appelle-t-elle ?

— Angelina ! Angelina Bereyter... Elle est comédienne.

— Elle doit être très belle ! Vous m'en parlerez, cela vous aidera à trouver le temps moins long ! L'autre jour, vous m'avez dit que vous désiriez être de mes amis. Voulez-vous qu'aujourd'hui nous scellions cette amitié... une véritable amitié, semblable à celle que vous pourriez avoir pour un homme ?

Beyle se mit à rire.

— N'êtes-vous pas un peu trop belle, pour cela ? Et je ne suis qu'un homme, Madame !

— Pas pour moi puisque vous aimez ailleurs. Mon cœur aussi est pris. Vous serez mon frère... et je m'appelle Marianne ! Il est bon qu'un mari sache le nom de sa femme !

Pour toute réponse, il baisa tour à tour les deux mains qu'on lui avait offertes puis, peut-être pour cacher une émotion qu'il lui répugnait de laisser voir, il sortit très vite de la chambre en annonçant qu'il allait envoyer Barbe.

Le léger repos que l'Intendant général avait laissé espérer à Beyle se résuma en une seule nuit. Dès le lendemain, à l'aube, une estafette vint ébranler la porte de la maison pour lui apprendre qu'on le réclamait à l'intendance. L'Empereur entendait que l'on ne perdît plus une seule minute pour rendre la vie à Moscou.

— Les ordres partent dans toutes les directions, fit le messager. Il y a du travail pour vous.

Il y en avait, en effet. On ne revit Beyle que le soir et il était éreinté.

— Je ne sais pas quel est l'imbécile qui a osé prétendre que la quasi-destruction de cette sacrée ville avait abattu l'Empereur, confia-t-il à Marianne. Il est d'une activité dévorante. Depuis ce matin il a galopé trois fois à travers les ruines et les ordres tombent comme grêle en avril. Il faut mettre le Kremlin en état de défense, ainsi que tous les couvents fortifiés des environs. Ordre également de fortifier les maisons de poste, d'organiser le service régulier des estafettes avec la France. Ordre parti en Pologne, pour le duc de Bassano et le général Konopka, d'organiser un corps de six milles lanciers polonais (ces Cosaques polonais, comme dit Sa Majesté) et de les envoyer ici dare-dare car nous n'avons paraît-il plus assez d'effectifs. Ordre d'échelonner des troupes tout au long de la route pour garder le chemin de Paris...

— Vous n'avez tout de même pas fait tout ça à vous tout seul ! Je croyais que vous étiez chargé du ravitaillement.

— Justement ! Il faut envoyer des hommes aux environs pour récolter tous ces choux dans les champs et tous les légumes qui n'ont pas été ramassés. Il faut rentrer le foin qui reste, chercher de l'avoine pour les chevaux, arracher les pommes de terre, remettre en service le seul moulin qui n'ait pas encore brûlé, faire des provisions d'huile et de biscuits, essayer de trouver de la farine, qui devient rare... que sais-je encore ! Du train où il y va, il est capable de nous envoyer faire les moissons en Ukraine !

— Je crois qu'il a surtout peur que l'armée ne manque de vivres. C'est un souci assez normal...

— S'il n'avait encore que ceux-là, s'écria rageusement le jeune homme, je ne lui en voudrais pas. Mais au milieu de tout ça, il pense aussi à régler ses comptes.

— Que voulez-vous dire ?

— Ceci.

Et Beyle tira de sa poche un assez grand papier froissé qu'il étala sur le lit de la jeune femme. C'était un double avis de recherche destiné à être placardé sur les murs de la ville. On y offrait cinq mille livres de récompense à qui ramènerait mort ou vif un certain abbé Gauthier dont on donnait une minutieuse description et mille autres livres à qui permettrait de retrouver la princesse Sant'Anna « amie personnelle de Sa Majesté perdue pendant l'incendie ». Cela aussi comportait une bonne description.

Elle lut le papier puis elle leva sur son ami un regard plein de douleur.

— Il me fait rechercher... comme une criminelle !

— Non. Pas comme une criminelle ! Et c'est bien ce que je lui reproche. N'importe qui peut vous livrer sans remords de conscience grâce à ce piège « d'amitié » tendu aux âmes simples. C'est assez... infâme si vous voulez mon sentiment.

— Cela veut dire qu'il m'en veut beaucoup... qu'il me hait peut-être ! Et que, de toute façon, vous risquez beaucoup, mon ami, en restant auprès de moi. Vous devriez vous éloigner.

— Et vous laisser seule ? A la merci de toutes les curiosités... de toutes les délations. Je me demande même si je ne ferais pas bien de renvoyer cette Barbe à ses... affaires.

— Elle me soigne à merveille et elle paraît dévouée.

— Oui mais elle est d'une curiosité qui ne me plaît guère. François l'a surprise écoutant à la porte de cette chambre. En outre, elle pose trop de questions. Visiblement, elle ne croit guère à notre intimité conjugale.

— Vous ferez comme il vous plaira, mon ami... De toute façon, dès que j'aurai retrouvé mon ami Jolival et mon cocher, je m'arrangerai pour quitter Moscou.

— Dès demain j'essayerai d'aller au premier relais sur la route de Paris. Votre ami doit y être. Je vous le ramènerai...

Mais quand, le lendemain soir, Beyle rentra, couvert de poussière après sa randonnée à cheval, il rapportait des nouvelles inquiétantes : Jolival et Gracchus étaient introuvables. On ne les avait vus ni au relais de poste, ni au palais Rostopchine où, à tout hasard, le jeune homme était allé se renseigner.

— Il y a encore une solution, se hâta-t-il d'ajouter en voyant se crisper le visage de Marianne et ses prunelles vertes s'emplir de larmes. Il se peut qu'ils n'aient jamais quitté le Kremlin. Bien des gens y sont restés après le départ de l'Empereur, ne fût-ce que les troupes chargées de le sauver de l'incendie si faire se pouvait. Un homme avec une jambe cassée n'est pas d'un maniement facile.

— J'y ai déjà pensé. Mais comment savoir ?

— Demain, l'Intendant général se rend au Kremlin pour faire son rapport à l'Empereur. Il m'a demandé de l'accompagner. Je pense donc qu'il me sera assez facile de mener une petite enquête et, si votre ami est encore là, je le saurai.

— Vous feriez ça pour moi ?

— Mais bien sûr, et d'autres choses encore si vous

le désiriez car, à ne rien vous cacher, je n'avais pas tout d'abord l'intention d'escorter Mathieu Dumas.

— Pourquoi donc ?

Il eut un sourire mélancolique en écartant, d'un geste désolé, les pans de son habit.

— Aller chez l'Empereur dans l'état où je suis...

En effet, cette visite qui faisait tant de plaisir à Marianne posait à son ami des problèmes vestimentaires certains. Il ne lui restait rien de ses bagages car il s'était embarqué dans sa calèche en plein milieu d'un dîner au palais Apraxine et sans avoir eu la possibilité de rentrer chez lui. La maison dans laquelle il s'était logé flambait quand il avait voulu y revenir et il avait assisté, un moment, furieux et impuissant à la destruction de ses biens. En fait de vêtements, il ne possédait, en tout et pour tout que ce qu'il avait sur lui, c'est-à-dire un habit de fin drap bleu, admirablement coupé mais assez sale maintenant, des culottes de casimir de même teinte et une chemise de batiste qui avaient pas mal souffert.

— Il faut trouver, dit Marianne, un moyen de vous rendre présentable. L'Empereur a horreur du négligé !

— Je le sais fichtre bien. Il va me toiser avec dégoût.

Néanmoins, grâce à l'industrie de François, le cocher promu valet de chambre par la défection de ses camarades, on réussit à récupérer, Dieu sait où, deux chemises d'une toile assez fine. Quelques vigoureux coups de brosse et un nettoyage attentif parvinrent à rendre l'habit à peu près présentable. Restaient les élégantes culottes de casimir qui n'avaient pas trouvé de remplaçantes et qui montraient plus d'un accroc, dont l'un fort mal placé. Pour ses travaux avec l'Intendant général, Beyle avait réussi à les remplacer par un grossier pantalon de fantassin parfaitement impossible à porter devant l'Empereur.

— Il n'y a pas un mètre de ce sacré tissu de casimir dans nos magasins, se plaignit-il. Je vais devoir me présenter devant Sa Majesté avec ce pantalon de sergent-major qui me donne l'air d'un paquet... à moins que je ne me résigne à lui montrer mes fesses !

Le dilemme était cornélien mais Barbe, mise au courant, réussit à sauver la situation. Elle s'empara des fameuses culottes que François, plus par acquit de conscience que par conviction, avait déjà lavées et séchées puis elle se mit en devoir de leur faire des reprises d'une finesse et d'une élégance telles qu'au sortir de ses mains le vêtement avait l'air d'être brodé. Il était redevenu des plus présentables.

Enthousiasmé par un tel travail, Beyle oubliant ses soupçons n'hésita pas à proposer à cette fée du logis de demeurer définitivement à son service.

— Je vous avais retenue jusqu'à la guérison de... Madame, lui dit-il, mais je serais heureux de vous garder définitivement, à moins que vous ne répugniez à me suivre en France ou encore que vous ne regrettiez par trop votre ancien... métier.

Barbe, dont les cheveux jaunes étaient maintenant respectablement tressés en couronne autour de sa tête, ce qui ajoutait encore à sa majesté naturelle, leva un sourcil offusqué et toisa littéralement le jeune homme.

— Je ne pensais pas, fit-elle sèchement, que Monsieur, après ce que j'ai fait pour lui, manquerait de tact au point de me rappeler mes erreurs... de jeunesse. Je tiens à lui dire qu'à mon âge, cette profession n'a plus beaucoup de charmes. Et je l'abandonnerais volontiers pour reprendre du service... mais dans une grande maison.

Ce fut au tour de Beyle de se vexer. Son teint, habituellement mat, vira au rouge brique.

— Entendez-vous par là que ma maison n'est pas assez grande pour vous ?

Barbe approuva de la tête, puis, sans s'émouvoir :

— C'est cela même ! Je rappelle que j'étais femme de chambre chez la princesse Lubomirska. Je ne peux pas, sous peine de perdre la face vis-à-vis de moi-même, accepter de servir une dame de moindre importance ! L'esprit de mon défunt père ne me le pardonnerait pas !

Marianne crut un instant que Beyle allait étouffer.

— Ah !... parce que vous pensiez avoir sa bénédiction quand vous vous adonniez à la prostitution ? glapit-il.

— Peut-être pas ! Mais je m'intéressais exclusivement aux soldats ! Donc je servais ma patrie ! S'il s'agit de reprendre définitivement le tablier, je ne peux le faire qu'auprès d'une grande dame. Ah !... si Madame n'était pas Madame, si... par exemple, elle était duchesse... ou princesse, même sans argent, sans maison... même recherchée par la police, je ne dirais pas non ! Bien au contraire ! Oui, ajouta-t-elle d'un ton rêveur, je la verrais assez bien princesse : cela lui irait à merveille.

Abasourdis, Marianne et Beyle se regardèrent avec un commencement de terreur. Les propos de Barbe étaient clairs : cette femme connaissait leur secret. Elle avait dû, en allant en ville comme elle le faisait chaque matin pour chercher à s'approvisionner, voir les fameux placards qui comportaient une bonne description de la jeune femme. Et maintenant, jugeant sans doute les mille livres de récompense insuffisantes, elle allait faire chanter ses employeurs occasionnels.

Voyant que son compagnon, accablé visiblement par ce coup du sort, ne réagissait pas, Marianne prit les choses en main. Elle s'approcha de Barbe et, la regardant au fond des yeux :

— Très bien ! dit-elle froidement. Je suis à votre merci et vous me tenez ! Mais, comme vous l'avez fort bien dit vous-même, je n'ai pas d'argent. Rien que...

Elle se mordit les lèvres en s'apercevant qu'elle avait failli, sottement, se mettre à parler du diamant. Mais il n'était pas à elle. Ce n'était qu'un dépôt et elle n'avait pas le droit de s'en servir, même pour se tirer d'un mauvais pas.

— Rien que quoi ? demanda Barbe, la voix innocente.

— Rien que la conscience de n'avoir commis aucun crime et de n'avoir pas mérité d'être recherchée. Mais, puisque vous avez découvert qui je suis, je n'entrerai même pas en lutte avec vous : la porte est grande ouverte ! Vous pouvez courir jusqu'au premier poste de garde venu et me dénoncer ! L'Empereur se fera un plaisir de vous compter les mille livres quand vous lui direz que vous avez retrouvé la princesse Sant'Anna !...

Elle s'attendait à voir la femme ricaner, lui lâcher peut-être une grossièreté, puis filer comme un lapin par la porte qu'elle avait entrouverte. Mais il ne se passa rien de tout cela. A sa grande surprise, Barbe se mit bien à rire mais d'un rire aussi franc que sans méchanceté. Puis s'approchant de la jeune femme, elle lui prit la main et la baisa dans la meilleure tradition des serviteurs polonais.

— Eh bien, fit-elle, voilà tout ce que je voulais savoir ! fit-elle gaiement.

— Comment cela ? Expliquez-vous ?

— C'est assez facile ! Si Madame la Princesse veut bien me le permettre, je lui dirai qu'il y a beau temps que j'ai deviné qu'elle n'était pas l'épouse de... Monsieur, fit-elle en désignant Beyle d'un menton vaguement dédaigneux. Et j'étais peinée que l'on ne me fît pas davantage confiance. Je croyais avoir mérité d'être traitée... pas en amie, bien sûr, mais au moins en suivante fidèle. Que Votre Seigneurie me pardonne si je l'ai un peu obligée à me dire la vérité mais il fallait que je sache où je vais et maintenant je suis contente. Le service d'une bourgeoise me déplaisait, cependant je considérerais comme une grande faveur si Votre Seigneurie veut bien consentir à m'attacher à sa personne.

Marianne se mit à rire, soulagée et un peu émue aussi, plus même qu'elle ne voulait l'avouer, par ce dévouement inattendu qui venait à elle si simplement.

— Ma pauvre Barbe ! soupira-t-elle. J'aimerais bien vous attacher à moi mais, vous le savez maintenant, je n'ai plus rien et je suis recherchée, menacée de prison...

— Aucune importance ! Ce qui compte c'est ceci : une grande dame n'a pas le droit de se passer d'une femme de chambre, même en prison. C'est l'honneur des gens de grande maison que suivre leurs maîtres dans la mauvaise fortune. Nous commencerons par elle et peut-être que la bonne reviendra un jour.

— Mais pourquoi me choisir moi au lieu de retourner dans votre pays ?

Une ombre de mélancolie passa sur les yeux mauves de Barbe.

— A Janowiec ?... Non ! Rien ne m'y retient plus car personne ne souhaite m'y revoir, personne ne m'attend. Et puis la France, pour nous autres Polonais, c'est un peu le pays ! Enfin, si Madame la Princesse le permet, je lui dirai qu'elle me plaît !... On ne peut rien contre ça !

Il n'y avait rien à ajouter en effet et ce fut ainsi que Barbe Kasha prit auprès de Marianne la place laissée vacante par la jeune Agathe Pinsart, à la déception d'ailleurs de Henri Beyle qui voyait déjà la Polonaise menant de main de maître son ménage de garçon et sa maison de la rue Neuve-du-Luxembourg. Mais c'était un homme qui savait faire contre mauvaise fortune bon cœur et il n'en offrit pas moins de payer galamment les gages de la nouvelle femme de chambre tant que sa maîtresse cohabiterait avec lui.

Ce point d'économie domestique réglé, Barbe dispensa généreusement son aide à François pour l'aider à préparer son maître. Et quand le jeune auditeur partit pour le Kremlin il était suffisamment présentable.

Le cœur de Marianne battait au rythme d'un grand espoir quand elle le vit partir et, durant tout le temps de son absence, elle fut incapable de demeurer en place. Tandis que Barbe s'installait près d'une fenêtre avec un ouvrage de couture (elle avait entrepris de faire une ou deux chemises à Marianne avec un peu de batiste dénichée par Beyle dans les produits du pillage) et entamait d'une voix lugubre l'une de ces dramatiques ballades polonaises dont elle semblait avoir la spécialité, la jeune femme arpentait la pièce, les bras croisés sur sa poitrine sans parvenir à maîtriser sa nervosité. Les heures s'étirèrent, interminables, avec des alternatives d'espoir et d'angoisse. Tantôt Marianne s'attendait à voir apparaître Beyle flanqué de Gracchus et de Jolival et tantôt, prête à pleurer, elle se persuadait que les choses avaient mal tourné et que Beyle avait été, au moins, jeté en prison à son tour. Elle avait conseillé à son ami d'essayer de rencontrer Constant dont elle était persuadée qu'il n'avait pas cessé d'être un ami.

Il était d'ailleurs assez tard quand le jeune auditeur reparut. En l'entendant monter l'escalier, Marianne s'élança à sa rencontre mais l'espoir en elle s'éteignit comme une chandelle, dès qu'elle l'aperçut. Avec cette mine soucieuse, il ne pouvait pas rapporter de bonnes nouvelles...

Elles étaient loin d'être rassurantes, en effet. Le vicomte de Jolival et son domestique n'avaient pas quitté le Kremlin où, par ordre de Napoléon, ils étaient enfermés et gardés militairement depuis la fuite du cardinal.

— Ils n'ont pas quitté le Kremlin, dites-vous ? demanda Marianne incrédule. Voulez-vous dire par là que l'Empereur les y a laissés quand il est lui-même parti pour Petrovskoie ? Mais c'est affreux ! Ils pouvaient y mourir brûlés...

— Je ne crois pas. Il est resté pas mal de monde là-bas. Une bonne partie de la maison impériale et toutes les troupes chargées de protéger la forteresse contre l'incendie. Napoléon, en partant, n'a fait que céder aux sollicitations unanimes de son entourage qui craignait de ne pouvoir assurer sa sécurité, un point c'est tout.

— Avez-vous réussi à les approcher ?

— Pensez-vous ! Ils sont au secret. Il est interdit de communiquer avec eux sous quelque prétexte que ce soit...

— Avez-vous vu Constant ? Et sait-on où ils sont détenus ? Sont-ils restés dans leurs chambres ou bien les a-t-on mis en prison ?

— Je l'ignore. Constant lui-même, qui vous adresse son sentiment respectueux, ne sait rien de ce qui les concerne. « Vous avez beaucoup trop de faiblesse pour la rebelle qu'est Madame Sant'Anna, lui a dit l'Empereur quand il a tenté de prononcer votre nom. Si elle veut savoir ce que j'ai fait de ses amis, elle n'a qu'à se livrer... »

Il y eut un silence. Puis Marianne haussa les épaules d'un geste découragé.

— C'est bien ! Il a gagné. Je sais ce qu'il me reste à faire...

En un instant Beyle fut entre elle et la porte, barrant le passage de ses bras écartés.

— Vous voulez aller vous livrer ?

— Je ne vois pas ce que je pourrais faire d'autre. Ils sont peut-être en danger. Qui vous dit que l'Empereur ne se prépare pas à les faire juger et condamner pour m'obliger à revenir ?

— Les choses n'en sont pas là ! Si leur sort était réglé, Constant le saurait... On le lui dirait ne fût-ce que pour qu'il puisse essayer d'entrer en contact avec vous. Cela dit, vous livrer ne servirait à rien car vous ne m'avez pas laissé finir ma phrase. Si vous voulez que l'on vous rende vos amis vous devez non seulement reparaître... mais ramener avec vous l'homme que vous avez fait évader. A ce prix seulement Napoléon vous pardonnera.

Les jambes fauchées, Marianne se laissa choir sur une chaise et leva sur le jeune homme des yeux de noyée.

— Que puis-je faire, alors, mon ami ? Même si je

le désirais, ce qui n'est pas le cas, je ne saurais où prendre mon parrain. J'ignore s'il a rejoint Saint-Louis-des-Français...

— Non, fit Beyle. J'y suis passé en quittant le Kremlin.

L'abbé Surugue ne l'a pas revu depuis le jour de l'incendie. Il ne sait même pas où il a pu aller.

— A Kouskovo sans doute, chez le comte Chérémétiev.

— Kouskovo a été incendié et nos troupes campent dans ce qu'il reste du château. Non, Marianne, il vous faut renoncer à chercher quelque chose de ce côté. D'ailleurs vous ne pouvez rien faire qui satisfasse et l'Empereur et vous-même !

— Mais je ne peux pourtant pas abandonner Jolival et Gracchus ! L'Empereur est devenu fou de s'attaquer à ces deux innocents. Il m'en veut tellement qu'il est capable de les faire mourir.

Désespérée, elle hoquetait, les joues ruisselantes de larmes. Elle ressemblait tellement à une biche prise au piège que Beyle, apitoyé, vint s'asseoir près d'elle et entoura ses épaules d'un bras fraternel.

— Allons, mon petit, ne pleurez pas ainsi ! Vous êtes en train de faire du roman ! Vous avez dans la place un allié fidèle. Ce brave Constant ne vous trahirait ni pour or ni pour argent car il trouve que dans cette affaire l'Empereur exagère un peu. Je ne lui ai pas dit bien sûr où vous logiez mais, en cas de danger, il me ferait porter un mot à l'intendance et à ce moment-là nous aviserions...

— Mais, mon pauvre ami, il va bien falloir que l'Empereur fasse quelque chose. Il ne peut pas, en reprenant le chemin de Paris, s'encombrer de prisonniers gardés à vue...

— Et qui vous a dit qu'il allait reprendre le chemin de Paris ?

La surprise sécha net les larmes de Marianne et elle ouvrit sur son ami de grands yeux incrédules.

— N'y songe-t-il pas ?

— Pas le moins du monde ! Sa Majesté a décidé d'hiverner ici. Le comte Dumas et votre humble serviteur ont reçu des ordres très précis pour l'approvisionnement de l'armée. Le général Durosnel en a reçu d'autres concernant les mouvements des troupes et le maréchal Mortier prend toutes ses dispositions pour exercer pleinement ses fonctions de gouverneur. Il n'est jusqu'à la troupe de comédiens que l'on a trouvés ici qui ne doivent se tenir prêts à donner des représentations afin de maintenir le moral des Français.

— Mais enfin c'est impossible ! Passer l'hiver ici ? J'aimerais savoir ce qu'en pense l'entourage de Sa Majesté.

— Aucun bien ! Les figures sont longues d'une aune. Sauf pendant la campagne de Pologne, personne n'a jamais passé l'hiver hors de France. A ce que l'on m'a dit, l'Empereur nourrirait deux idées contraires : ou bien Alexandre accepte de discuter avec lui des préliminaires de paix et, le traité signé, nous verrions à rentrer, ou bien nous passons l'hiver ici, nous reconstituons l'armée avec les renforts déjà demandés, et au printemps nous marchons sur Saint-Pétersbourg !

— Comment ? Une autre campagne... après la catastrophe que nous avons vécue ?

— Peut-être pas. On a envoyé un messager au Tsar. Il porte une lettre écrite par le général Toutolmine, directeur de l'hospice des Enfants-Trouvés, attestant que les Français ont tout fait pour sauver Moscou et une autre de l'Empereur au Tsar... l'assurant de son bon vouloir et de ses sentiments fraternels !

— Ses sentiments fraternels ? Mais c'est insensé ! Cela ne peut pas marcher...

— C'est aussi l'avis de Caulaincourt qui connaît bien Alexandre. Mais, du coup, l'Empereur qui le traite de mauvais prophète, le boude et ne lui adresse plus la parole. Il est vrai que Murat, qui continue à coqueter avec les cosaques de Platov, fait tout ce qu'il peut pour le persuader que le Tsar sera trop heureux de lui tomber dans les bras. Ah ! Je nous vois mal partis ! Et je ne sais trop ce qu'il va résulter de tout cela mais une chose est certaine : je n'ai aucune chance de revoir Milan cette année !...

Cette nuit-là, Marianne fut incapable de trouver le sommeil. Elle chercha fiévreusement un moyen de rejoindre ses amis mais à moins de se livrer et de retrouver le cardinal, il n'y en avait aucun. Il ne fallait même pas songer à pénétrer dans le Kremlin sans une introduction formelle. La vieille forteresse était considérée comme place de guerre. De jour comme de nuit, les régiments de la Vieille Garde, commandés par les généraux Michel, Gros ou Tindal, y étaient de faction à raison de cent hommes à chacune des cinq portes encore ouvertes ; les quatre autres, solidement barricadées, étant gardées seulement par un sergent et huit hommes. Non, il n'était pas possible de s'introduire dans cette bastille hérissée d'armes. Alors attendre ? Mais jusques à quand ? Mais combien de temps ? Si Napoléon décidait d'hiverner ici, cela représenterait au moins six mois enfermée dans cette maison ! De quoi devenir folle !

Bien sûr, il y avait aussi l'hypothèse avancée par Constant, au dire de Beyle : laisser la colère de l'Empereur se calmer, après quoi lui, Constant, se chargerait, doucement, de plaider la cause de la rebelle. Mais cela Marianne n'y comptait guère : les colères de Napoléon n'étaient pas de longue durée mais ses rancunes étaient solides.

Les jours qui suivirent furent lugubres malgré le temps merveilleux qui régnait au-dehors et que Marianne contemplait avec désespoir derrière ses rideaux. Elle tuait le temps à des travaux de couture, en compagnie de Barbe mais ne vivait guère que pour l'heure où rentrerait son compagnon d'infortune avec les nouvelles du jour.

Elles étaient régulièrement d'une navrante monotonie : rien n'était arrivé de Saint-Pétersbourg et l'on préparait toujours activement l'hivernage. L'Empereur était ravi parce que son service d'estafettes marchait merveilleusement grâce à la fantastique administration du comte de La Valette, directeur des Postes. Le courrier arrivait chaque jour avec une régularité d'horloge après quinze jours et quatorze heures de chevauchée. C'était au point que si l'un des cavaliers avait une heure de retard, Sa Majesté s'inquiétait et montrait de l'humeur. Mais en dehors de cela, elle était d'une humeur charmante, prenant régulièrement pour cible le malheureux Caulaincourt et les tragiques tableaux qu'il avait brossés de l'hiver russe en répétant continuellement que l'automne, en tout cas, « était plus beau qu'à Fontainebleau ».

Mais cette impériale gaieté ne trouvait aucun écho auprès de Marianne, ni d'ailleurs auprès de Beyle qui passait d'exténuantes journées à collationner les vivres que l'on découvrait encore dans les caves des maisons ruinées.

Lui aussi était d'humeur morose. Il avait rencontré dans Moscou un certain Auguste Fecel, joueur de harpe de son état, qui avait pu, enfin, lui donner des nouvelles de sa chère amie Mélanie de Barcoff et ces nouvelles l'avaient affligé profondément. Ladite dame avait, suivant le harpiste, quitté Moscou pour Saint-Pétersbourg quelques jours avant l'incendie, avec les derniers groupes de fuyards et cela malgré son mari avec lequel elle était pratiquement brouillée mais dont elle attendait un enfant. En outre, elle était complètement démunie d'argent.

Cette sombre histoire faisait littéralement délirer le jeune homme qui cherchait éperdument un moyen de retrouver son ancienne maîtresse et de la ramener avec lui en France. Pour se calmer, il en parlait interminablement avec Marianne, vantant ses vertus avec une telle obstination que la jeune femme en vint très vite à prendre en horreur cette femme inconnue. Elle détestait presque autant la maîtresse actuelle, Angelina Bereyter bien que, dans les discours de Beyle, il fût beaucoup plus question de ses charmes que de ses vertus qui semblaient inexistantes. Ce cher Beyle paraissait avoir un penchant naturel et incoercible pour les femmes insupportables.

Seule, sa sœur Pauline trouvait grâce aux yeux de Marianne. Beyle, quand il ne lui écrivait pas d'interminables lettres (le rétablissement du service des postes avec la France avait été le premier souci de l'Empereur), en parlait avec une tendresse qui touchait Marianne parce qu'elle était exempte de lyrisme. En outre, il en parlait en français tandis que, s'agissant de ses belles amies, il se croyait obligé d'émailler ses discours d'anglais ou d'italien, ce qui achevait d'exaspérer Marianne.

Il n'y avait guère qu'auprès de Barbe qu'elle se sentît à peu près bien. Paisible, solide, la Polonaise était rassurante. Et puis, dans les mélodies plaintives dont elle agrémentait son travail, Marianne trouvait un écho agréable à sa propre mélancolie. Il y en avait une surtout qu'elle aimait particulièrement :

Marche lentement pendant que tu es encore sur nos
champs
Tu n'y reviendras plus, mon coursier bai
Pour la dernière fois ton pied a foulé l'herbe de nos
prairies...

La seule idée d'un coursier la faisait trembler. Ah ! pouvoir enfourcher un cheval et galoper droit devant elle, jusqu'au bout de l'horizon, jusqu'à ce que reparaissent enfin les arbres de la terre de France ! Elle haïssait maintenant cette Russie immense qui s'était refermée sur elle comme un poing. Elle étouffait dans cette maison étroite, entre ces murs de bois et ce ciel si bas, où la vie devenait effroyablement quotidienne. Bientôt, sans doute, la neige se mettrait à tomber et les ensevelirait, elle et Beyle, comme elle ensevelirait tous ces hommes, enchaînés là par la volonté d'un seul et dont, cependant, l'impatience de repartir se faisait palpable... sauf chez Napoléon qui continuait à penser que tout allait bien.

Pourtant, dans les derniers jours de septembre, les nouvelles commencèrent à se faire moins bonnes. Des estafettes furent sérieusement retardées, l'une même n'arriva jamais. En outre, à une vingtaine de verstes de Moscou, un parti de cosaques avait surpris un convoi de caissons d'artillerie qui revenait de Smolensk escorté de deux escadrons qui furent faits prisonniers. Deux jours plus tard, ce furent quatre-vingts dragons de la Garde qui furent enlevés au château du prince Galitzine, à Malo Wiasma... mais l'Empereur, chaque jour, à midi, continuait ponctuellement à passer sa Garde en revue dans la cour du Kremlin.

Au fil de ces nouvelles, Beyle s'assombrissait graduellement et, malgré ses efforts, plaisantait de moins en moins.

— Nous avons de quoi nourrir l'armée pendant six mois, disait-il à Marianne, mais ces coups de main des Russes me font trembler ! Combien de temps encore parviendrons-nous à garder libre le chemin du retour ? On dit que des bandes de paysans armés parcourent la campagne autour de Moscou. Les cosaques aussi semblent s'enhardir... Si l'Empereur s'obstine, nous serons bientôt isolés, coupés de tous nos arrières... à la merci d'une armée russe qui doit bien se reconstituer quelque part puisque Alexandre ne daigne même pas donner signe de vie.

— Mais enfin, est-ce que personne ne peut faire entendre raison à l'Empereur ?

— Berthier et Davout ont bien essayé, mais, du coup, Napoléon s'est mis à établir un plan pour marcher tout de suite sur Saint-Pétersbourg. Ils ont battu en retraite aussitôt. Quant à Caulaincourt, il n'ose même plus ouvrir la bouche. Les autres vont au théâtre.

On en a installé un au palais Pozniakoff et la troupe de Mme Bursay y joue *Le jeu de l'amour et du hasard* ou encore *L'amant auteur et valet*... A moins que l'on n'écoute les roucoulades d'un chanteur pédéraste nommé Tarquinio ! En vérité, je crois bien que jamais armée ne se sera suicidée plus joyeusement...

Dans les premiers jours d'octobre, Beyle tomba malade. Une fièvre bilieuse qui obligea Marianne à se muer en une infirmière, vite agacée. C'était, comme beaucoup d'hommes, un malade odieux, gémissant, ronchonnant, jamais content de rien et de la nourriture moins encore que de tout le reste. Il gisait dans son lit, jaune comme un coing, n'ouvrant la bouche que pour récriminer ou bien pour se plaindre de douleurs intolérables car, outre ses ennuis hépatiques, il avait des difficultés avec ses dents. Et Marianne, assise à son chevet, crispée, luttait de plus en plus difficilement contre l'envie de le coiffer de l'un des innombrables pots de tisane que Barbe lui préparait. Cette maladie ajoutait à son énervement car, malgré l'incapacité momentanée de Beyle, les nouvelles continuaient d'arriver du Kremlin, grâce au brave Bonnaire qui, rétabli, venait chaque soir mettre son collègue au courant des derniers événements.

On sut ainsi que les courriers passaient de plus en plus difficilement, qu'en Prusse orientale, le prince de Schwarzenberg se plaignait de ce que sa « position étant déjà embarrassante, la situation risquait de s'aggraver ». Le prince de Neuchâtel avait alors, une fois de plus, tenté d'inciter Napoléon à quitter Moscou et à se rapprocher de la Pologne pour éviter d'être coupé de son armée. Il s'était attiré une repartie acerbe :

— Vous voulez aller à Grosbois, voir la Visconti ?

Ce rapport-là eut le don de faire littéralement délirer le malade de fureur.

— Fou ! Il est devenu fou ! Il nous fera tous tuer ! Que, sur la Dvina, le maréchal Victor, Oudinot et Gouvion-Saint-Cyr essuient des revers et nous sommes bloqués sans espoir d'en sortir vivants. Chaque jour, les Russes s'enhardissent.

En effet, la situation de Moscou semblait se dégrader. Un soir, le comte Daru, ministre d'État chargé du Ravitaillement, vint prendre des nouvelles de son jeune cousin (ce qui obligea Marianne à se dissimuler) et ne cacha pas ses angoisses.

— Les Russes en sont venus au point d'enlever, dans les faubourgs de cette ville, les gens et les chevaux qui vont aux vivres. Il faut leur donner des escortes trop nombreuses. La poste marche de plus en plus mal : un messager sur deux n'arrive pas !...

Et ainsi, chaque soir, c'était une mauvaise nouvelle de plus, une autre pierre posée sur le cœur déjà très lourd de Marianne. Elle sentait, presque physiquement, le piège se refermer sur elle et sur ses compagnons. Et, un matin où elle vit l'Empereur lui-même passer à cheval sous sa fenêtre, elle dut faire effort sur elle-même pour ne pas se jeter au-devant de lui en lui criant de partir, de cesser son obstination folle, de ne pas les condamner tous à mourir lentement, étouffés par la peur et par l'interminable nuit hivernale qui ne tarderait plus ! Mais il semblait indifférent à tout ce qui l'entourait. Montant le Turcoman, l'un de ses chevaux préférés, il allait calmement, une main dans l'échancrure de son gilet, souriant à cet extraordinaire soleil automnal qui semblait vouloir l'accompagner et lui donner raison de s'entêter.

Jamais nous ne sortirons d'ici ! pensait-elle désespérée. Et la nuit, maintenant, elle avait des cauchemars.

Ce fut au soir du 12 octobre que, tout de même, une nouvelle un peu meilleure que les autres arriva, portée par l'infatigable Bonnaire ; une lettre arrivée à l'intendance à l'adresse de Beyle.

Le jeune auditeur la lut puis la tendit, toute dépliée à Marianne.

— Tenez, ceci vous concerne !

C'était une lettre sans signature mais dont la provenance était évidente. Elle était de Constant.

« On ne compte plus retrouver la dame en fuite, disait-il. Aussi, certaines personnes ont-elles cessé d'être utiles. Elles ont été autorisées à prendre place dans le convoi de blessés qui a quitté Moscou avant-hier, sous la conduite du général de Nansouty. Mais ils ne seront libérés qu'une fois revenus en France... »

Marianne froissa le billet, en fit une boule et alla le jeter dans le grand poêle en briques dont la masse occupait une bonne moitié du mur du fond. Puis elle revint vers le lit de Beyle, serrant ses mains l'une contre l'autre pour les empêcher de trembler d'excitation.

— Voilà qui tranche mes incertitudes ! dit-elle. Je n'ai plus aucune raison de vous encombrer, mon ami, ni de demeurer plus longtemps ici. Mes amis sont partis, je veux partir aussi. Avec de bons chevaux je dois pouvoir les rattraper, un convoi ne va jamais très vite s'il y a des blessés.

Le malade émit un petit rire enroué qui s'acheva en quinte de toux nerveuse et lui arracha toute une gamme de gémissements. Il se moucha, serra un instant sa main contre sa mâchoire puis expliqua :

— Sans un ordre exprès du Kremlin, il est absolument impossible de se procurer même un âne ! L'armée n'a que tout juste ce qu'il lui faut et la remonte est impossible. Aussi les montures que nous possédons encore sont pour ainsi dire couvées tellement on en prend soin. Et ne venez pas me dire qu'il n'y a qu'à en voler une paire : cela aussi est impossible sauf si l'on est particulièrement las de la vie.

— Très bien ! Dans ce cas, j'irai à pied mais je partirai tout de même !

— Ne dites donc pas de telles sottises, on vous prendrait pour une idiote. Vous êtes complètement folle. A pied ! Six ou sept cents lieues à pied ! Et pourquoi donc pas sur les mains ? En plus de ça, que mangerez-vous ? Les convois et les courriers doivent emporter avec eux de quoi se nourrir au moins jusqu'à Smolensk car, avec l'agréable politique de la terre brûlée pratiquée par nos bons amis Russes, il n'est même pas possible de trouver un trognon de chou ! Enfin, lui rappela-t-il, les nouvelles de l'extérieur sont alarmantes. Des troupes de paysans en colère attaquent les groupes isolés. Seule vous seriez en danger !

Il était vraiment en colère et, du coup, en oubliait ses misères physiques mais cette colère tomba devant le regard désespéré de Marianne, qui balbutiait, prête à pleurer :

— Que puis-je faire alors ? Je voudrais tellement partir ! Je donnerais dix ans de ma vie pour rentrer chez moi.

— Et moi donc ! Allons, écoutez-moi et surtout ne pleurez pas. Quand vous pleurez, je deviens stupide et ma fièvre remonte. Il y a peut-être de l'espoir... à condition que vous fassiez preuve d'un peu de patience.

— Je serai patiente mais dites vite.

— Voilà. Bonnaire ne m'a pas seulement donné cette lettre, il m'a aussi porté quelques nouvelles. Notre situation devient chaque jour moins bonne et l'Empereur commence à en prendre conscience. Des bruits lui sont arrivés selon lesquels les Russes, bien loin d'être exténués comme s'entête à l'affirmer le roi de Naples, concentreraient non loin d'ici des forces considérables. Or, nous ne sommes plus en mesure de résister à un déferlement, même si les régiments que Sa Majesté a demandés arrivaient à temps. Ou je me trompe fort ou nous partirons d'ici avant peu.

— Vous croyez ?

— J'en mettrais ma main au feu. D'ailleurs, malade ou pas, demain je vais aux nouvelles. Bonnaire est un brave homme mais il n'y entend rien. A l'intendance, je saurai ce qu'il en est.

— Mais vous êtes encore souffrant, votre fièvre...

— Va tout de même un peu mieux. Et puis il est temps que je me montre héroïque. Je ne me suis que trop dorloté. Quant à vous, l'heure est venue de cesser de vous lamenter. Il faut secouer la vie, que diable, autrement, elle vous ronge !

— Secouer la vie ? fit Marianne songeuse. Mon pauvre ami, il me semble bien que, depuis des années, je n'ai rien fait d'autre. Elle s'est comportée avec moi comme un cocotier : elle m'a donné beaucoup de noix bien pleines... mais je les ai reçues sur la tête.

— Parce que vous aviez choisi la mauvaise place. Vous êtes faite pour le bonheur. Si vous n'y arrivez pas, c'est entièrement votre faute ! Allez vous reposer maintenant. Quelque chose me dit que vous n'en avez plus pour longtemps à respirer l'air confiné de cette maison.

Par la suite, Marianne devait se prendre à penser que son compagnon possédait le don de double vue car, en effet, dès le lendemain, il rapportait à la maison une extraordinaire nouvelle.

— Nous partons dans trois jours ! déclara-t-il simplement.

— Dans trois jours ? s'écria Marianne qui avait tout à coup l'impression que le ciel s'ouvrait. Comment est-ce possible ?

Il lui adressa un salut dans le style d'un personnage de la Commedia dell'Arte.

— Vous voyez devant vous, belle dame, l'important directeur des Approvisionnements de Réserve. Le général Dumas vient, à l'instant, de me signifier ma nomination... assortie, hélas ! d'une mission peu facile : rassembler des vivres en quantité suffisante pour deux cent mille hommes dans les trois gouvernements de Smolensk, Mohilev et Vitebsk ! L'Empereur songerait enfin à quitter Moscou pour hiverner à Smolensk ou à Vitebsk afin de se rapprocher de son armée de la Dvina et d'y attendre plus tranquillement les renforts... qui lui permettront, au printemps, de marcher sur Pétersbourg.

— Mais quand ?

— Je ne sais pas. D'après ce que j'ai pu comprendre, avant de prendre ses quartiers d'hiver définitifs, Sa Majesté aurait dans l'idée de frotter un peu les oreilles de Koutouzov, histoire de le faire enfin tenir tranquille... et de vérifier ce qu'il en est des racontars de Murat concernant les cosaques. De toute façon, cela ne nous regarde pas. Ce qui compte, c'est que dans trois jours nous partons pour Smolensk et qu'il me faut vous demander de me laisser la libre disposition de cette pièce où j'attends quelques scribes : j'ai une foule de lettres à dicter car je dois parvenir à rassembler quelque cent mille quintaux de farine, de l'avoine et des bœufs... sans d'ailleurs savoir vraiment où je vais les prendre.

Elle se levait déjà pour lui céder la place mais il la retint.

— ...A propos, auriez-vous quelque répugnance à vous déguiser en garçon ? Vous passeriez pour mon secrétaire.

— Aucune ! J'adorais cela... autrefois.

— Alors, parfait ! Bonne nuit !

Cette nuit-là, tandis que, de l'autre côté de la cloison, la voix de Beyle ronronnait inlassablement, dictant une foule de lettres à trois secrétaires exténués qu'il réveillait de temps en temps d'une bourrade, Marianne dormit enfin d'un sommeil paisible, celui que procure un cœur allégé et un esprit débarrassé de ses soucis les plus graves. Elle n'était pas encore hors du piège mais les dents commençaient à se desserrer. Tous ses tourments, toutes ses angoisses en étaient venus à se cristalliser sur cet unique et torturant désir : quitter Moscou !

Pour le reste, il serait temps d'y songer quand le chemin de la liberté s'ouvrirait largement devant elle. Si, tout de même une chose : retrouver Jolival et Gracchus dans les plus brefs délais car elle ne se dissimulait pas qu'une fois au bout du voyage, le séjour à Paris risquait d'être pour elle aussi difficile que celui de

Moscou dès l'instant où l'Empereur y serait revenu...
l'Empereur qui était devenu son ennemi.

Mais même cette pensée inquiétante ne méritait pas
d'autre sort que d'être remise au lendemain...

CHAPITRE XIX

LE MARCHAND DE SMOLENSK

On quitta Moscou le 16 octobre par un temps encore sec mais qui déjà allait vers le froid. L'automne exceptionnellement doux qui longtemps avait rassuré Napoléon se rapprochait de ses températures normales.

En s'installant auprès de Beyle dans la voiture que l'on avait consolidée et rendue plus confortable par l'adjonction de mantelets de cuir, Marianne rendit mentalement hommage au sens de l'organisation de son compagnon. Rien ne manquait. Ni le coffre de ravitaillement ni les vêtements chauds.

Elle-même, vêtue en homme et installée dans son nouveau rôle de secrétaire du directeur des Approvisionnements de réserve, avait été pourvue par ses soins d'une ample polonaise vert sombre à brandebourgs de soie qui n'allait pas sans rappeler assez un manteau qu'elle avait jadis porté à Paris, avec cette différence qu'elle était beaucoup plus ample. Ourlée et doublée de renard gris, elle se complétait d'une toque assortie que la jeune femme portait enfoncée jusqu'aux oreilles pour dissimuler ses cheveux que Barbe avait tressés aussi serrés que possible.

La Polonaise, emballée dans plusieurs épaisseurs de châles, un grand mouchoir noué sous le menton, avait pris place sur le siège à côté de François et tous deux disposaient d'une collection de couvertures beaucoup trop importantes pour la petite centaine de lieues qui séparaient Moscou de Smolensk. Mais si le voyage de Beyle s'arrêtait normalement dans cette dernière ville, elle ne devait constituer qu'une étape dans celui de Marianne. Car l'auditeur au Conseil d'État pensait, avec quelque raison, qu'à Smolensk il serait suffisamment le maître pour assurer tranquillement le départ de son amie vers la France dans les meilleures conditions possibles.

Mais si Marianne s'était imaginé que cette première étape s'effectuerait rapidement, elle fut singulièrement déçue avant même que l'on eût quitté Moscou. En effet, au lieu de gagner au plus court par le pont des Maréchaux pour rejoindre ce qui restait du faubourg de Dorogomilov et la route de Smolensk, la voiture se dirigea vers la place Rouge pour y prendre rang au milieu d'un convoi qui se préparait à partir : plusieurs centaines de blessés et malades encadrés par une escorte de trois cents soldats.

Comme elle tournait vers son compagnon un regard interrogateur, il haussa les épaules et bougonna :

— Vous étiez si heureuse de partir ! Je n'ai pas voulu atténuer votre joie en vous confiant que le général Dumas m'avait ordonné de voyager avec ce convoi. Les routes sont si peu sûres que notre calèche occidentale, voyageant seule, ne fût sans doute pas arrivée... et nous non plus.

— J'aurais préféré que vous m'avertissiez tout de suite ! C'était candide de me cacher quoi que ce soit. Vous savez, j'ai appris depuis longtemps à ne pas me rebeller contre ce qui est inévitable. Le voyage sera plus long, bien sûr, mais de toute façon rien ne peut altérer la joie que j'ai à quitter cette ville !

Néanmoins, en revoyant les murailles du Kremlin, elle ne put retenir un frisson de crainte rétrospective. Au milieu de ces champs de ruines, la vieille forteresse était toujours debout, plus rouge dans le soleil levant, comme si ses briques suintaient le sang. En se souvenant de l'ardeur qu'elle avait déployée pour y entrer afin de rejoindre Napoléon, Marianne sentit se réveiller sa rancune. Parce qu'il avait été son amant et parce qu'elle lui gardait tendresse et loyauté, elle lui avait tout sacrifié, son amour et presque sa vie ! Tout cela pour n'obtenir, en retour, qu'un placard de mauvais papier sur les façades moscovites...

— Ne vous penchez pas, lui recommanda soudain Beyle. Malgré nos précautions, vous risquez d'être reconnue.

En effet, au milieu de l'incroyable assemblage de chariots et de petites voitures qui composaient le convoi, erraient quelques brillants uniformes tels celui d'Eugène de Beauharnais qui apparut soudain, à quelques pas de leur calèche. Avec sa gentillesse habituelle, le Vice-Roi d'Italie surveillait lui-même l'embarquement d'un vieux soldat emballé dans des couvertures et dont la barbe était aussi grise que la peau de son visage.

Assurant sur son nez les bésicles que Beyle lui avait conseillé de porter tant que l'on n'aurait pas mis quelques verstes entre elle et le Kremlin, Marianne se rejeta en arrière, priant le ciel que l'on se remît en marche rapidement car elle venait d'apercevoir Duroc qui, lui aussi, faisait le tour des chariots, distribuant bonne parole et souhaits de bon voyage. Son cœur battait la chamade et, pour se calmer, elle s'efforça de s'intéresser à ce qui apparaissait dans le champ de vision que lui laissait la capote relevée. Là-haut, sur la cime dorée du plus grand clocher du Kremlin, des sapeurs de la garde, accrochés à des échafaudages de fortune, étaient occupés à décrocher, au risque de leur vie, la grande croix d'or de Saint-Ivan. Un lourd vol noir de corneilles tourbillonnait autour d'eux, croassant sur un mode si lugubre que Marianne frissonna, voyant dans ces cris sinistres un présage de malheur.

— Pourquoi font-ils cela ? demanda-t-elle en touchant légèrement le bras de son voisin.

— Oh ! Ordre de Sa Majesté l'Empereur et Roi ! La grande croix d'or est destinée, dans son idée, à orner désormais le dôme des Invalides[1]. Prise de guerre qui rappellera aux vieux soldats les misères endurées et la gloire de leurs lauriers moissonnés sur les rives de la Moskova !

— Il vaudrait mieux, je crois, leur permettre de les oublier, murmura-t-elle. — Puis, se rappelant ce que lui avait dit Constant : — Ce sont des lauriers de flammes ! Quand ils s'éteindront, il n'en restera rien que de la cendre grise...

Enfin le convoi se mit en marche, salué par les cris et les souhaits de bon voyage de ceux qui restaient. De chaque côté de la file, des soldats couraient, agitaient leurs armes ou leurs bonnets, braillant des « A bientôt ! » des « On vous rejoindra rapidement ! » et des « Gare aux cosaques ! » pleins de jovialité.

— Dans combien de temps l'Empereur quittera-t-il Moscou ? demanda Marianne. Le sait-on ?

— ...Très prochainement. Dans deux ou trois jours. Il veut se diriger d'abord sur Kalouga...

Puis, comme la voiture, ayant franchi le pont, atteignait l'autre rive de la Moskova, Beyle se pencha à la portière pour regarder en arrière. Il resta ainsi, plié en deux pendant un moment si long que Marianne lui demanda s'il avait oublié quelque chose ou s'il regrettait tellement de quitter Moscou.

— Ni l'un ni l'autre, répondit-il. Je veux seulement emporter un dernier souvenir car ce que je vois là, je ne le reverrai plus jamais, dussé-je revenir dix fois ici. L'Empereur a décidé qu'au moment où il quitterait Moscou, on ferait sauter le Kremlin ! Une manière comme une autre de se venger !

Marianne ne répondit pas. Les réactions des hommes en général et de Napoléon en particulier lui devenaient

1. Elle devait disparaître durant la retraite, peut-être noyée dans la Bérézina.

de plus en plus étrangères et incompréhensibles. Ne lui avait-il pas dit qu'il n'était pas homme à laisser des ruines derrière lui ? Apparemment, il avait encore changé d'avis. Ses retournements devenaient de plus en plus fréquents et de moins en moins logiques. Mais, après tout, qui pouvait dire où en seraient ses sentiments envers elle-même quand ils se reverraient, si Dieu le voulait, sous le ciel de Paris ?

Le voyage, qui allait s'étirer sur dix-huit longues journées, prit rapidement des allures de cauchemar. Le temps devint humide, glacial et l'humeur de tous ces hommes en mauvais état s'en ressentit. Tout au long du jour, ce n'étaient que disputes, jurons, récriminations qui volaient de l'une à l'autre de ces voitures qu'il fallait, continuellement, arracher à des ornières ou faire passer, à gué ou même sans gué, de l'autre côté des cours d'eau aux ponts détruits. Chaque fois, cela représentait trois ou même quatre heures de perdues.

Un peu avant Mojaïsk, on passa devant un camp de prisonniers russes. Des hurlements affreux et une atroce odeur de choux pourris et de matières en décomposition s'en élevait. Horrifiée, Marianne ferma les yeux de toutes ses forces pour ne pas voir ces figures de démons barbus qui se collaient aux interstices des palissades, vomissant des insultes qu'elle ne comprenait pas mais que Barbe subissait en se signant continuellement.

A Mojaïsk même, où se trouvait la Grande Ambulance et où campaient les troupes westphaliennes du 8e corps commandé par le duc d'Abrantès, on prit un surcroît de blessés et d'amputés. Junot avait bien réussi à réunir quelques voitures, des chariots de paysans pour la plupart, mais elles furent insuffisantes et on se serra un peu plus dans les véhicules partis de Moscou. Le ciel était gris, les pensées aussi...

Une autre épreuve fut la traversée du village et du champ de bataille de Borodino. Et devant le spectacle qui s'offrit à la vue des voyageurs, Beyle lui-même, oubliant l'élégant scepticisme nuancé de cynisme qu'il aimait à afficher, demeura pétrifié, regardant seulement sans parvenir à articuler un seul mot car tous les morts de la fameuse bataille, tous ces cadavres que nul n'avait pris soin d'enterrer étaient encore là. La plaine en était couverte et seule la gelée qui les recouvrait d'une mince pellicule blanche en arrêtant un peu la décomposition retenait tous ces corps au bord de la dissolution complète. Partout, on ne voyait que carcasses de chevaux, dépouilles à demi rongées par les chiens et les oiseaux de proie, gisant au milieu des débris de tambours, de casques, de cuirasses et d'armes sous le cercle pesant et noir de corbeaux repus. Malgré le froid, l'odeur de ce charnier était atroce...

Mais tandis que Marianne défaillante balbutiait une prière et que Beyle, raide de dégoût, promenait machinalement sous son nez un paquet de tabac, les blessés du convoi, eux, semblèrent revivre à cette vue. Oubliant leurs maux, leurs querelles et leur mauvaise humeur, ils se montraient avec orgueil les lieux où ils s'étaient battus, rappelaient les beaux faits d'armes, les instants d'héroïsme et le parfum violent de la victoire. Les uns se désignaient la cabane qui avait servi de quartier général à Koutouzov, d'autres contemplaient la fameuse redoute qui, telle un temple aztèque, dominait le tragique paysage.

— Ils sont fous, murmura Marianne, incrédule. Ce n'est pas possible, ils sont fous !

Un grand éclat de rire lui répondit :

— Mais non, mon garçon, ils ne sont pas fous ! Mais qu'est-ce qu'un blanc-bec comme vous peut comprendre à des soldats ? Tous tant que nous sommes, ici, nous avons peiné, souffert sur cette plaine ! Bien sûr, il y en a pas mal des nôtres parmi tous ces cadavres mais il y a encore bien plus de Russes ! Ça a été un grand jour, une grande victoire qui a fait de Ney un prince !

L'homme qui parlait était l'un des deux occupants de la voiture précédente. C'était un grand gaillard superbement moustachu, portant avec désinvolture une capote d'officier général sur une manche vide. La Légion d'honneur saignait sur sa poitrine et, se perdant sous le hausse-col brodé, une longue cicatrice encore fraîche mordait sa joue. Il regardait Marianne comme s'il avait envie de la tailler en pièces. Beyle jugea bon de venir à son secours.

— Allons, mon général, fit-il en riant, ne malmenez pas mon petit secrétaire ! Il est italien, comprend mal le français et aussi il n'a que dix-sept ans !

— A cet âge-là, j'étais déjà sous-lieutenant ! Malgré sa figure de fille et ses grands yeux vides, ce garçon doit tout de même être capable de monter à cheval et de manier un sabre ! Rappelez-vous ce que disait ce pauvre Lassalle : « Un hussard qui n'est pas mort à trente ans est un jean-foutre ! »

— Peut-être ! Mais donner un sabre à ce garçon serait prendre une bien grande responsabilité. Il a la vue faible ! Mettez donc vos bésicles, Fabrice ! ajouta-t-il en italien. Vous savez bien que sans elles vous n'y voyez goutte !

Furieuse et vexée tout à la fois, Marianne obéit sous l'œil visiblement méprisant de ce militaire arrogant que, tout de suite, elle prit en grippe. Elle dut même faire sur elle-même un sérieux effort pour ne pas lui faire connaître sa façon de penser concernant les adeptes de Mars ses pareils. Pour eux, un champ de bataille, même couvert de morts, représentait sinon un paradis, du moins une sorte de lieu privilégié, le gigantesque terrain de jeu où ils s'étaient adonnés à ce sport exaltant qu'était la guerre. Peu importait qu'ils y eussent laissé quelques bribes de leurs corps, ce qui comptait c'était le jeu lui-même avec son acharnement, sa griserie et son effrayante gloire. Et tant pis pour le prix payé !

Quand le convoi reprit sa marche et que le général

se décida enfin à rejoindre sa voiture, Marianne arracha rageusement les fameuses bésicles qui d'ailleurs lui faisaient mal au nez et s'en prit à son compagnon.

— Qui est cet imbécile sanguinaire ? Le savez-vous ?

— Mais oui. Le général baron Pierre Mourier, commandant la 9e brigade de cavalerie du 3e corps d'armée, autrement dit celui-là même de Ney. Blessé ici même... et j'ajoute que ce n'est pas un imbécile. Simplement, il réagit comme n'importe quel soldat chevronné en face d'un beau jeune homme, apparemment en parfait état de marche, disposant de ses quatre membres et confortablement assis dans une luxueuse calèche.

— Oh ! Cessez de persifler ! Ce n'est pas moi qui ai voulu m'habiller en garçon.

— Non, c'est moi. Sans cela vous n'auriez aucun droit à prendre place dans un convoi militaire.

— Et Barbe alors ?

— Elle fait partie de mes serviteurs. Je l'ai annoncée comme ma cuisinière ! Allons, Marianne, faites un peu preuve de bon cœur contre mauvaise fortune. Des incidents comme celui-là, vous pouvez en rencontrer d'autres. Ce sont les inconvénients de votre déguisement. Prenez patience ! Et si cela peut vous consoler, dites-vous que le général en pense tout autant de moi. Selon lui, un auditeur au Conseil d'État, surtout à mon âge, ne vaut pas cher. C'est une espèce d'embusqué ! Alors songez seulement à jouer convenablement votre rôle et tout ira bien !

Elle le fusilla du regard mais il ne lui prêtait déjà plus qu'une attention distraite. Il venait de tirer de sa poche un petit livre élégamment relié en cuir havane et s'y plongeait avec un plaisir trop évident pour qu'il ne donnât pas à Marianne l'envie irrésistible de le troubler un tant soit peu.

— Que lisez-vous ? demanda-t-elle.

Sans lever les yeux, il répondit.

— Les *Lettres* de Mme Du Deffand ! Elle était

aveugle mais c'était une femme d'esprit... parfaitement incapable de troubler la tranquillité d'autrui !

L'intention étant des plus claires, Marianne, indignée préféra ne pas engager de polémique et se le tint pour dit. Se rejetant avec humeur dans son coin, elle s'efforça de dormir.

Le voyage, à raison de trois ou quatre lieues par jour, était d'une décourageante monotonie. Le froid apparut et se mit à mordre si bien que Beyle et Marianne prirent l'habitude de faire chaque jour un bout de chemin à pied afin de se dégourdir les jambes et d'aider les chevaux. La route était large et assez belle, ondulant comme un serpent à travers d'épaisses forêts de sapins sombres et de bouleaux clairs. Ce n'étaient que côtes et descentes et, dans les premières, il fallait souvent pousser un peu les voitures lourdement chargées. En outre, on n'apercevait pas âme qui vive. Les villages, quand d'aventure on en rencontrait, étaient déserts, à moitié ou aux trois quarts détruits...

Le soir venu, on organisait des bivouacs autour de grands feux pour lesquels le bois ne manquait jamais et l'on dormait de son mieux, enroulés dans des couvertures qui, chaque matin, se muaient en carapaces craquantes de gel.

A chacune de ces haltes, Marianne s'efforçait de se tenir aussi à l'écart que possible du général Mourier. Non qu'il fût franchement désagréable mais il semblait prendre un malin plaisir à tourmenter le faux secrétaire en le bombardant de plaisanteries dans le goût militaire et d'une telle verdeur que, malgré son empire sur elle-même, la pauvre Marianne ne pouvait s'empêcher de rougir jusqu'aux oreilles, ce qui avait le don de mettre son tourmenteur en joie. En outre, Beyle devait déployer des ruses d'Indien pour permettre à sa jeune compagne de s'isoler de temps en temps ainsi que l'exigeait la nature. Enfin il avait beau répéter sans arrêt que « Fabrice » ne comprenait pas très bien le français, Mourier ne s'en obstinait pas moins à tenter de lui inculquer les finesses de l'argot militaire, assurant que c'était un excellent moyen de faire des progrès. Ayant fait les campagnes d'Italie, il possédait d'ailleurs quelques rudiments d'italien et il s'en servait avec une habileté diabolique.

Il y avait un détail qui excitait particulièrement sa verve : jamais Fabrice n'ôtait son chapeau. Depuis Moscou, la fameuse toque de fourrure était restée enfoncée sur sa tête jusqu'au ras des sourcils. Aussi les plaisanteries du général tombaient-elles comme grêle en avril sur le malencontreux couvre-chef. Ou bien il laissait entendre que le pauvre Fabrice, déjà tellement mal partagé sous le rapport de la vigueur physique et du courage, devait être chauve comme un genou, ou bien il lui prédisait, à brève échéance, toute une colonie de poux. Et Marianne, au supplice, regrettait de tout son cœur de n'avoir pas écouté Beyle qui, avant le départ, lui avait conseillé de se couper les cheveux. Elle n'avait pu s'y résigner, soutenue d'ailleurs par Barbe, indignée que l'on songeât à massacrer une telle chevelure. Maintenant, elle s'en mordait les doigts car le sacrifice n'était plus possible.

On était à peu près à mi-chemin de Smolensk quand se produisit, au soir du 24 octobre, la première attaque. Les feux venaient d'être allumés et l'on y faisait cuire dans des marmites des rations, peu abondantes d'ailleurs, car il fallait ménager les vivres, de pois au lard. Le convoi n'était plus, au cœur de la forêt, qu'un énorme bivouac autour duquel les hommes se serraient, oubliant leurs humeurs noires ou leurs querelles pour chercher auprès de leurs semblables un peu de chaleur, un semblant d'amitié. C'étaient quelques grains de terre française perdus au milieu de l'énorme territoire russe et c'était bon de se sentir les coudes... On avait gagné encore quelques lieues. Bientôt, on serait de nouveau à l'abri derrière les grandes murailles de Smolensk où le ravitaillement devait arriver en masse (du moins Beyle l'espérait-il !).

Soudain, des formes grises se dessinèrent sous les arbres. Simultanément, des coups de feu éclatèrent. Un homme tomba, la tête la première, tout près de Marianne et il fallut aussitôt le tirer en arrière pour empêcher que ses cheveux ne prissent feu... mais il était déjà mort ! La jeune femme, horrifiée, le regardait sans parvenir à en détacher ses yeux quand à ses oreilles éclata la voix du général Mourier :

— Alerte ! On nous attaque ! Que chacun prenne ses armes ! Feu à volonté...

— Qui donc nous attaque ? demanda Beyle, qui cherchait à percer des yeux les ombres du crépuscule. Les cosaques ?

— Non. Les cosaques seraient déjà sur nous. Ce sont des fantassins... Et je crois bien qu'il y a des paysans avec eux. J'ai vu briller quelque chose qui ressemblait à une faux.

Avec une incroyable rapidité, il réussit à mettre le convoi en défense, courant d'un bout à l'autre, à demi courbé, distribuant des munitions, veillant à ce que chacun fût aussi abrité que possible, surtout les blessés qui devaient rester allongés. S'appuyant sur son grade, il s'attribuait d'autorité le commandement suprême. L'officier commandant n'était d'ailleurs que colonel... et Hollandais de surcroît.

— Essayez de ne tirer qu'à coup sûr ! recommanda-t-il. Mieux vaut tout de même ménager les munitions. Nous ne sommes pas encore à Smolensk.

— ...si nous y arrivons un jour ! soupira Beyle en tirant d'une sacoche un long pistolet. Si les Russes nous tombent dessus en force, nous ne serons guère capables de leur résister.

— Ne soyez donc pas défaitiste ! riposta Marianne, agacée. Vous deviez bien vous douter que nous risquions d'en rencontrer quelques-uns. Ou bien avez-vous déjà oublié que nous étions, selon vos dires, pratiquement encerclés, à Moscou ?

Il répondit par un grognement indistinct et fit toute

une histoire de charger son pistolet. Aucun bruit ne se faisait plus entendre pour le moment mais Marianne qui, abritée derrière la calèche, fouillait l'ombre grandissant de ses yeux pouvait apercevoir des formes mouvantes qui se rapprochaient. Vêtus de gris, les Russes se fondaient dans le crépuscule et il était parfois difficile de les distinguer des troncs d'arbres qui leur servaient d'abri. Ils progressaient par bonds d'un fût à l'autre mais les yeux aigus de la jeune femme s'accoutumèrent assez rapidement à les distinguer. Tout à coup, sans trop savoir pourquoi, elle eut envie de se mêler au jeu mortel...

Autrefois, quand le vieux Dobs faisait à Selton, ce qu'il appelait son « éducation de garçon manqué », il lui avait permis d'acquérir une jolie force, aussi bien aux armes à feu qu'à l'épée ou au sabre. Aussi, quand Mourier revint vers eux pour prendre son poste derrière sa propre voiture, lui demanda-t-elle, sans hésiter mais sans oublier d'employer l'italien :

— Donnez-moi un pistolet !

Il ne comprit pas bien, lâcha une grossièreté. Beyle, alors, intervint.

— Il vous demande une arme, un pistolet ! traduisit-il sèchement. Mais le général s'esclaffa :

— Un pistolet ? Pour quoi faire ? Ces jolies menottes ne pourraient même pas le soulever ! Non, mon cher, dites à ce jeune éphèbe que les armes sont faites pour les hommes. Ce n'est pas le moment de faire joujou. Je ne sais pas pourquoi les Russes ont suspendu leur attaque, mais la suite ne va sûrement pas tarder ! Il me semble qu'ils approchent. Chaque coup devra porter quand ils seront assez près.

Poussé par un obscur désir de bravade, Beyle haussa les épaules et tendit à Marianne son propre pistolet.

— Voyons toujours ! Cela n'approchera pas de beaucoup l'instant définitif de notre mort !

Elle le prit sans mot dire, l'examina. C'était un pistolet de duel mais une arme magnifique, portant certainement bien la balle.

— Il est chargé ! fit Beyle.

Puis, baissant la voix de plusieurs tons, il chuchota, inquiet malgré tout :

— Vous savez vraiment vous en servir ? Je ne voudrais pas être trop ridicule.

Pour toute réponse, la jeune femme se redressa légèrement. Avec l'assurance d'un vieux duelliste, elle posa le canon de l'arme sur son bras replié, visa l'une des formes grises, tira... la forme grise roula dans les feuilles sèches. Le deuxième coup, presque simultané, eut le même résultat...

Il y eut un silence. Calmement, elle rendit l'arme à son propriétaire dans le regard duquel elle put lire une surprise amusée mêlée de respect.

— Mazette ! J'y regarderai à deux fois avant de vous envoyer mes témoins, mon cher Fabrice.

Mais, comme Marianne, avec un sourire, se détournait, elle vit apparaître, juste sous son nez, une nouvelle arme au bout d'un bras brodé d'or tandis que la voix du général murmurait, bizarrement enrouée :

— Excusez-moi ! Je crois que je me suis lourdement trompé sur votre compte.

Puis, brusquement, poussé par une impulsion irraisonnée et avant que Marianne ait pu seulement faire un geste pour l'en empêcher, il avait en manière de contrition empoigné la jeune femme aux épaules et l'embrassait sur les deux joues. Une forte odeur de tabac emplit les narines de Marianne mais ce geste brusque fut la perte de son couvre-chef. Bousculée par l'assaut impétueux de Mourier, la toque de fourrure bascula et roula à terre, laissant voir la couronne de tresses noires qui coiffait la jeune femme.

Un instant, Marianne et le général demeurèrent face à face à demi agenouillés dans la boue. Elle vit ses yeux s'arrondir de stupeur en contemplant le haut de sa tête. Mais ce ne fut qu'un instant car c'était un homme qui récupérait très vite. Vivement, il ramassa la coiffure et, aussi soigneusement qu'aurait pu le faire Barbe, il la replaça sur la tête de la jeune femme puis, jetant un coup d'œil autour d'eux où chacun, à son poste, observait l'extérieur du camp :

— Personne ne vous a vue, murmura-t-il. Personne ne saura rien !... Oh ! arrangez-vous pour traduire, ajouta-t-il impatiemment à l'adresse de Beyle qui, surpris par la rapidité de ce qui venait de se passer, n'avait pas encore ouvert la bouche.

Marianne se mit à rire.

— C'est bien inutile, maintenant que vous avez découvert mon secret ! Vous en savez déjà trop alors autant vous avouer le reste : je parle français.

Un feu roulant, parti de l'autre bout du convoi, lui coupa la parole. La découverte que le général venait de faire lui avait un instant fait oublier le danger. Heureusement les Russes, surpris par la mort simultanée de ces deux hommes, semblaient amorcer un mouvement de recul. Peut-être pensaient-ils que l'effet de surprise était manqué...

Néanmoins, en reprenant son poste auprès de Marianne, épaule contre épaule, Mourier ne put s'empêcher de demander, avec une angoisse qui amusa la jeune femme :

— Vous avez vraiment tout compris ?

Elle eut, un instant, la tentation charitable de lui dire non. Mais la petite vengeance qui s'offrait était trop séduisante ! Tout à coup, elle alluma pleins feux un sourire étincelant qui acheva la déroute de l'ennemi.

— Tout ! assura-t-elle. C'était très amusant !

Un élan des Russes dispensa Mourier de répondre. Pendant un instant, on n'entendit plus que des coups de feu. Puis, tout se calma. L'engagement n'avait guère duré, grâce sans doute à la vigoureuse défense fournie par le convoi. A moins, comme Beyle en avança l'hypothèse, que les Russes n'eussent point été en nombre suffisant. Mais Mourier restait inquiet. Ce brusque décrochement ne le satisfaisait pas plus que les idées du jeune homme. Quand on ne put distinguer, sous le couvert, la moindre silhouette mouvante, il se releva, rejetant à la fois son grand manteau et son bonnet de police.

— Je vais aller voir ce qui se passe ! Il faut savoir ce qui nous attend demain. Prévenez le colonel commandant l'escorte. Je reviens dans un moment.

— Prenez garde ! souffla Marianne. S'il vous arrivait quelque chose, j'ai l'impression que nous serions tous livrés à la panique. Vous êtes le seul qui réussit à maintenir un peu d'ordre.

— Soyez tranquille ! Je sais me garder !

Il disparut tout à coup sans faire plus de bruit qu'une ombre cependant que le chef de l'escorte plaçait des sentinelles et organisait les tours de garde. Quand il revint, chacun put voir que sa mine était grave.

— Ils sont partis ? demanda Marianne sans grande conviction.

— Non. Ils campent à quelque distance. La lisière de la forêt n'est pas loin, vers le nord.

Le commandant de l'escorte s'approcha. C'était un Hollandais, le colonel Van Caulaert qui jusqu'au mois de septembre précédent avait appartenu au 2e hussards et qui, blessé lui aussi mais superficiellement et admis à la retraite, avait été chargé du convoi tout en regagnant ses foyers.

— Ils sont nombreux ? demanda-t-il.

Mourier haussa les épaules.

— Difficile à dire ! Le brouillard se lève. J'ai vu quelques groupes de fantassins et aussi, autour d'un feu, une bande de paysans armés de faux et de couteaux. Il me semble que nous sommes encerclés.

Tandis qu'il décrivait de son mieux ce qu'il avait pu observer des positions ennemies, Marianne sentit un frisson courir le long de son dos. L'évocation de ces armes primitives avait quelque chose de terrifiant, celle de la faux, surtout, cette allégorie de la mort. C'était bien plus affreux que les armes à feu. Cela faisait naître dans son imagination des images terribles de chevaux aux jarrets tranchés, d'hommes agonisants dans des mares de sang... L'idée que, peut-être, son heure à elle allait sonner, cette nuit ou demain matin, à l'aube, la traversa. Elle eut peur, tout à coup, peur de mourir ici, dans cette forêt hostile, au milieu de tous ces gens qui pour elle étaient des inconnus et loin de tout ce qu'elle aimait. Ce n'était pas possible, ce ne pouvait pas être possible ! Tout son être repoussait cette horrible pensée de toute sa jeunesse et de toute son ardeur à vivre... Instinctivement, elle se rapprocha de ce général manchot que jusqu'à présent elle avait détesté mais qui lui paraissait maintenant le seul homme capable de les tirer de ce mauvais pas. Ce qu'il disait, cependant, n'était guère rassurant.

— Je ne crois pas que nous ayons grand-chose à craindre cette nuit. Néanmoins, il faudra veiller sérieusement. Demain à la petite pointe du jour, nous nous formerons en bataillon carré, les blessés... et les plus faibles au centre dans les voitures, fit-il avec un bref coup d'œil à la jeune femme qui le dévorait des yeux. Puis nous tenterons une percée si, comme je le crains, nous sommes encerclés. Notre seule chance est d'attaquer les premiers.

— Et... si nous sommes repoussés ? fit le Hollandais.

— Il faudra envisager l'abandon des voitures, la formation d'un nouveau bataillon carré, plus petit... et ainsi de suite jusqu'à ce que quelques-uns d'entre nous réussissent à percer ou jusqu'à ce que nous soyons tués jusqu'au dernier.

— Jusqu'au... dernier ? fit Marianne d'une voix blanche.

— Oui... mon jeune ami, jusqu'au dernier ! Croyez-moi, il vaudra cent fois mieux mourir dans la bataille qu'attendre d'être égorgés lentement par les paysans... ou pire encore.

— Je partage votre point de vue, soupira Beyle en vérifiant la charge de son pistolet d'un air excédé. Je veillerai, croyez-moi, à ce que ni moi ni ce jeune homme ne tombions vivants entre leurs mains...

Ce fut une étrange nuit au cours de laquelle personne ne réussit vraiment à dormir. Chacun se préparait de son mieux pour ce qui allait venir. Les uns enlevaient aux voitures ce qui pouvait les rendre trop pesantes et détachaient celles que l'on abandonnerait pour alléger le convoi. D'autres se faisaient mutuellement des recommandations pour le cas où certains s'évaderaient. D'autres encore écrivaient une lettre, un testament, dérisoires sans doute car ils avaient bien peu de chances dans de telles circonstances de parvenir à destination. Mais c'était davantage pour s'occuper qu'en y croyant réellement. Certains qui avaient un peu d'or en distribuèrent à ceux qui n'en avaient pas. On partagea équitablement le vin que quelques voitures transportaient et Beyle, qui avait découvert parmi les blessés des soldats belges, se mit à bavarder avec eux, leur parlant de la région de Liège qu'il connaissait bien et où il avait de nombreux amis, allant même jusqu'à leur donner des adresses et des recommandations, jouant le jeu de la vie avec un parfait sang-froid.

Assise auprès d'un feu, adossée à une souche d'arbre, Marianne les regardait tous avec étonnement et envie. L'imminence de la mort avait soudain tout nivelé, tout aplani. Officiers de tous grades, simples soldats ou civils comme Beyle, tout cela ne formait plus qu'une étrange fraternité. Devant le destin commun, ils se découvraient tous semblables, tous aussi pauvres, aussi nus. Mais ils étaient ensemble... et elle se sentait seule, exclue pour ainsi dire de cette chaleur.

Il y avait bien Barbe mais la Polonaise avait révélé un courage d'homme. Tout à l'heure, Beyle lui avait conseillé de fuir :

— Vous parlez la langue du pays, vous êtes vêtue

comme les femmes d'ici. Vous passerez facilement entre leurs lignes, surtout dans le brouillard. Partez !

Elle s'était contentée de hausser les épaules et de déclarer :

— Il faut bien mourir un jour ! Alors, comme ça ou autrement ! Vous verrez, moi aussi je sais faire le coup de feu ! Et puis je croyais vous avoir dit que quand on est au service de quelqu'un on en partage toutes les fortunes ?

Elle n'avait rien ajouté de plus. Calmement, elle s'était enroulée dans une couverture et elle était allée s'étendre sous un arbre. Depuis, elle dormait aussi tranquillement que si elle eût été persuadée d'avoir encore des années à vivre.

Vers la fin de la nuit, Marianne, exténuée, réussit elle aussi à dormir un moment. Ce fut Beyle qui l'éveilla en la secouant doucement.

— Venez ! fit-il, nous partons !... Il faut essayer de profiter de ce que le ciel nous envoie.

En effet, un épais brouillard enveloppait la forêt. On se mouvait au cœur d'une nuée humide et blanche qui faisait ressembler tous ces hommes à autant de fantômes, d'autant plus que la consigne était de faire le moins de bruit possible. Machinalement, Marianne fit ce qu'on lui demandait et prit sa place dans le convoi.

Les blessés furent replacés dans les voitures jugées indispensables pour les transporter. Les autres voitures furent abandonnées, ce qui laissait des chevaux libres pour la dernière fuite, si les choses tournaient trop mal. Les hommes valides encadrèrent le tout, armés jusqu'aux dents et l'on se mit en marche à travers le brouillard.

Un pistolet passé à sa ceinture, Marianne marchait derrière les talons de Beyle, suivie de Barbe. Elle priait de tout son cœur, persuadée que sa mort allait surgir d'un instant à l'autre...

Le silence de la forêt était accablant. Durant la nuit, on avait graissé les roues des voitures et enveloppé dans des chiffons les sabots des chevaux. C'était vraiment, dans ce brouillard épais, une théorie de spectres qui s'enfonçait dans une sorte d'infini. La brume était si dense que l'on ne voyait pas à trois pas devant soi. Après tout, comme disait Beyle, c'était peut-être en effet un don du ciel.

Mourier avait disparu. Il marchait maintenant en tête de la colonne, avec Van Caulaert, guidant tout le monde d'après le tracé de la route. Les minutes coulaient, lentes, l'une après l'autre, et chacun faisait à Marianne l'impression d'une espèce de miracle. Les yeux rivés au dos de Beyle, elle se laissait guider, pensant intensément à tous ceux qu'elle ne reverrait sans doute plus... son petit garçon si beau... Corrado si noble et si généreux, si triste aussi... le bon Jolival... le petit Gracchus à la tignasse rousse... Adélaïde qui à Paris devait la croire morte depuis longtemps... L'idée de Paris la fit sourire. Au cœur de cette nature sauvage et dangereuse, étouffée de brouillard, il semblait impossible qu'il y eût quelque part un Paris... un Paris qu'elle avait tout à coup une terrible envie de revoir. Elle pensa aussi à Jason, mais, chose étrange, ne s'y arrêta pas. Il avait choisi délibérément semblait-il de se séparer d'elle et Marianne ne voulait pas gâcher pour lui ses dernières pensées. Finalement, ce fut à Sebastiano qu'elle décida de les vouer et s'y accrocha désespérément avec une tendresse, un amour qu'elle n'avait encore jamais éprouvés aussi violents. Sa vie inutile aurait au moins servi à cela : être transmise à ce bel enfant devenu l'unique continuateur d'une grande race.

De prières en pensées amères, elle ne vit pas passer le temps. Ce fut seulement au bout de quatre heures de marche et quand le brouillard tout à coup se déchira en même temps que la forêt qu'elle comprit que le danger était passé. Le convoi était maintenant dans une plaine déserte, peuplée de quelques bouquets d'arbres... Ce fut comme une délivrance ! Un énorme cri de joie jaillit de toutes les poitrines. Beyle se retourna.

Marianne vit qu'il était pâle comme un linge et que ses maxillaires tremblaient, mais il souriait.

— Je crois, fit-il seulement, que ce n'est pas pour cette fois...

Elle lui rendit son sourire.

— C'est un miracle ! C'est à n'y pas croire !

— Peut-être ! Espérons que nous aurons encore quelques miracles avant Smolensk. Pour cette fois, les ennemis ont dû nous juger indignes de leur colère.

En effet, on ne les revit pas. Durant deux jours, on marcha sans rien apercevoir mais une autre difficulté se présentait : le manque de ravitaillement. Celui que l'on avait emporté en quittant Moscou valait pour dix jours de voyage seulement car personne n'avait imaginé que le parcours dût être si long. En outre, le temps devenait affreux. La neige s'était mise à tomber, drue, incessante, rendant la marche plus difficile. On dut abattre des chevaux, tant parce que l'on ne pouvait plus les nourrir que pour permettre aux hommes de manger. Chaque soir, on avait un peu plus de peine à trouver de quoi s'abriter et, chaque matin, quand on levait le camp, on s'apercevait qu'il manquait des hommes : ceux qui avaient espéré trouver quelque chose de comestible dans ces champs abandonnés avant la récolte ou dans les ruines des villages que l'on apercevait.

Un soir, quelques cosaques apparurent. Poussant leur cri de guerre, ils fondirent comme des météores sur l'arrière-garde, la lance en arrêt, transpercèrent quelques hommes et disparurent aussi vite qu'ils étaient venus. Il fallut enterrer les morts et la peur lentement revint s'insinuer dans ce convoi dont les forces s'amenuisaient.

Marianne avait refusé, malgré les instances de Mourier, apitoyé par ses joues qui se creusaient, de prendre place dans l'une des voitures réservées aux blessés. Encadrée par Barbe qui semblait mue par une sorte de mécanique et par Beyle, elle marchait, marchait, les pieds meurtris, serrant les dents et s'efforçant de ne pas entendre les gémissements et les plaintes des plus durement atteints. Et toujours le ciel bas, le ciel gris-jaune où parfois, comme un présage de malheur, apparaissait le vol noir des corbeaux...

Beyle faisait de son mieux pour remonter son moral et celui des hommes. Il répétait que Smolensk n'était plus bien loin, qu'on y trouverait tout ce dont on pourrait avoir besoin, que l'on y serait à l'abri. Les blessés seraient soignés, nourris. Il suffisait d'un peu de courage encore.

— J'arriverai peut-être à Smolensk, lui dit Marianne un soir où ils avaient réussi à s'abriter dans une immense grange encore debout... mais je ne reverrai jamais Paris ! C'est impossible ! C'est trop loin. Il y a la neige, le froid... ce pays immense ! Je ne pourrai jamais.

— Eh bien, vous passerez l'hiver avec moi, à Smolensk. L'Empereur sera à Kalouga, vous n'aurez rien à craindre. Au printemps, dès que ce sera possible, vous reprendrez votre route...

Lasse et déprimée par une étape qui avait été pénible et au cours de laquelle on avait essuyé une nouvelle attaque des cosaques, elle haussa les épaules.

— Qui vous dit que l'Empereur restera à Kalouga ? Vous savez aussi bien que moi qu'il désire surtout se rapprocher de la Pologne. S'il hiverne en Russie, ce sera à Smolensk ou à Vitebsk ! Kalouga est presque aussi éloignée du Niemen que Moscou même. Tôt ou tard, nous le verrons arriver. Il faut donc que je continue et le plus tôt sera le mieux si je veux éviter les grands froids.

— Eh bien, vous continuerez ! Après tout, ce convoi lui aussi va vers la Pologne. Qui vous empêche d'y rester ? Je vous confierai à Mourier.

— Et sous quel prétexte ? Tous ici me considèrent comme votre secrétaire, sauf Mourier qui me prend pour votre maîtresse ! Personne ne comprendrait que nous nous séparions.

— Vous pouvez être malade, ne plus supporter le climat, craindre la neige, que sais-je ? Ce brave général est déjà amoureux de vous, j'en jurerais. Il sera ravi d'être débarrassé de moi...

— C'est justement ce que je ne veux pas, fit-elle sèchement sans s'expliquer davantage.

Le changement d'attitude de Mourier à son égard ne lui avait pas échappé et lui déplaisait car elle n'avait pour lui aucune sympathie. Depuis le départ, il n'avait fait que l'ennuyer mais elle en était venue à regretter ses grasses plaisanteries et son attitude de soudard car, maintenant, il ne manquait aucune occasion de s'approcher d'elle, surtout quand elle s'écartait un peu. Consciemment ou non, il avait pris envers le faux secrétaire des manières qui frisaient dangereusement la galanterie, caressant furtivement ses mains quand elles passaient à sa portée ou cherchant à étreindre sa taille quand une alerte les obligeait à se rapprocher. Les gaudrioles de corps de garde avaient du moins l'avantage de mettre en joie les soldats et les blessés et d'écarter leurs soupçons. Maintenant, quand ils étaient ensemble, des regards les suivaient, insistaient : les hommes de toute évidence se posaient des questions...

Plusieurs fois, déjà, elle l'avait mis en garde discrètement. Il s'excusait, promettait de se surveiller mais presque aussitôt son regard reprenait cette expression avide, pour le moins étrange aux yeux d'observateurs attentifs. Non ! Continuer le voyage dans de telles conditions, surtout sans Beyle, n'était pas possible ! Et Marianne se disait qu'elle préférait cent fois poursuivre la route à pied et seule plutôt qu'avoir à se défendre continuellement contre des assiduités auxquelles tôt ou tard il lui faudrait céder.

Ce soir-là, Barbe, qui avait suivi sans rien dire sa conversation avec Beyle, s'approcha d'elle quand elle la vit se détourner pour s'approcher du feu.

— Ne vous inquiétez pas, murmura-t-elle. Je trouverai autre chose ! Moi non plus, je n'ai pas envie de continuer dans ces conditions.

— Pourquoi, Barbe ? Vous avez des ennuis ?

La Polonaise haussa ses larges épaules sous l'amoncellement de ses châles.

— Je suis la seule femme du convoi, grogna-t-elle. Et je refuse absolument de reprendre mon ancien métier.

— Que me conseillez-vous, alors ?

— Rien pour le moment. Il faut d'abord atteindre Smolensk. Là, on verra !...

Atteindre Smolensk ! C'était devenu comme une rengaine insupportable. Jamais personne n'aurait imaginé que cette ville fût si loin. On aurait dit qu'elle reculait à mesure que l'on avançait, comme dans les mauvais rêves. Certains prétendaient même que l'on avait dû se tromper de route et que l'on y arriverait jamais. Aussi fut-ce avec une surprise mêlée d'incrédulité qu'au soir du 2 novembre on accueillit la nouvelle, volant comme un oiseau depuis la tête du convoi.

— Nous arrivons ! Voilà Smolensk !

Tous les soldats y étaient déjà passés et la reconnaissaient avec joie, Beyle le tout premier.

— En effet ! soupira-t-il avec soulagement, voilà Smolensk ! Ce n'est pas trop tôt.

On était parvenu au bord d'une profonde vallée où coulait le Borysthène couleur de mercure et la ville se dressait devant eux. Serrée dans un corset de hautes murailles, elle semblait sommeiller sur la rive droite du fleuve, au milieu d'un paysage de ravins couverts d'arbres, sapins, pins et bouleaux dont la neige fraîchement tombée augmentait l'effet. Cette énorme enceinte fortifiée, avec ses trente-huit tours, ses grands murs lisses qui depuis trois siècles défiaient le temps et les hommes, aurait offert une image à la fois archaïque et belle si les traces de la guerre n'y étaient si fraîches et si visibles : arbres brûlés, fauchés par le tir des canons, maisons écroulées ou incendiées que l'on n'avait pas encore eu le temps de relever, pont hâtivement refait en rondins. Il ne restait presque rien des faubourgs.

Par-dessus les murailles, on apercevait les bulbes des églises, les fumées des cheminées évoquant le repas du soir, les pièces bien chauffées... Une cloche se mit à sonner puis il y eut l'appel d'un clairon, celui d'une trompette, le roulement d'un tambour, tout ce qui dénonçait la vie des troupes derrière ces murs d'un autre âge qui avaient l'air de garder un secret.

La ville offrait à ce point l'image réconfortante d'un refuge qu'une immense clameur de joie monta au même instant de toutes les poitrines capables de crier. Enfin, on allait se reposer, manger, se chauffer, dormir à l'abri d'un toit. C'était à n'y pas croire !...

Beyle, pour sa part, haussa les épaules et bougonna :

— Ne dirait-on pas les croisés arrivant à Jérusalem ? On ne se rend pas compte d'ici, parce que les murailles sont trop hautes, mais il n'y a plus que la moitié de la ville, à l'intérieur ! Néanmoins, j'espère qu'on pourra nous loger tous... et que je vais trouver ici le résultat de tout cet épuisant courrier que j'ai expédié de Moscou.

Il s'efforçait de paraître détaché mais ses yeux sombres brillaient de joie et Marianne sentit qu'il était aussi content que le commun des mortels malgré ses grands airs sceptiques.

La distance qui restait à couvrir jusqu'aux portes de la ville fut franchie en un temps record malgré la neige et les difficultés que rencontraient les chevaux (on avait négligé de les ferrer à glace) pour se mouvoir aux pentes du ravin. D'ailleurs, le convoi avait été aperçu par les guetteurs et des soldats accouraient avec des cris de bienvenue pour aider les voitures à entrer dans la ville.

En franchissant la haute porte, timbrée des armes de la ville (un canon portant l'oiseau fantastique Gamaïoune, symbole de puissance), Marianne malgré sa fatigue ne put s'empêcher de sourire à son compagnon.

— Pensez de moi ce que vous voulez, mais je suis comme eux tous : bien contente d'arriver. J'espère que vous allez m'offrir un repas qui comprendra autre chose que des pommes de terre crues et gelées...

Elle n'était pas seule à rêver de nourriture. Autour d'eux, les soldats ne parlaient que du bon souper qu'ils allaient faire et l'on entrait dans Smolensk avec autant de joie que si l'on allait à la fête. Mais ce bel enthousiasme tomba un peu quand, l'enceinte franchie, on s'aperçut des dégâts qu'elle masquait. La neige recouvrait miséricordieusement les ruines. Elle ne remplissait pas les vides cependant tragiques des rues où s'allumaient des quinquets derrière les morceaux de papier huilé remplaçant les carreaux des fenêtres.

De chaque côté de la rue où s'engageait le convoi, des gens sortaient des maisons encore debout et, silencieusement, se massaient pour regarder passer les nouveaux venus. Ils se ressemblaient tous, paquets de vêtements et de châles où l'on voyait briller des regards haineux et d'où sortait un murmure qui n'avait rien d'amical. La joie de Marianne tomba d'un seul coup : plus encore qu'à Moscou, elle avait le sentiment d'entrer en territoire ennemi.

Mourier, qui s'était arrêté près de la porte pour causer avec un capitaine de carabiniers, les rejoignit. Il était visiblement soucieux.

— On dirait qu'avec nos trois cents hommes, nous sommes les bienvenus ! Je pensais que nous allions trouver ici tout le 9e corps du maréchal Victor mais il n'en reste que des bribes. Le maréchal est parti avec le gros de ses troupes vers Polotsk où, à ce que l'on dit, Gouvion-Saint-Cyr serait en difficulté. Même le gouverneur a disparu...

— Qui est-ce ? demanda Beyle.

— Le général Baraguey d'Illiers qui devrait être ici avec la division illyrienne qui a dû quitter Dantzig le 1er août. Il est allé prendre position sur la route d'Yelnia, laissant Smolensk au général Charpentier, chef d'état-major du 4e corps et jusque-là gouverneur de Vitebsk. Je me demande ce que nous allons trouver ici avec une garnison aussi mince et un tel chassé-croisé d'autorité.

A mesure qu'il parlait, Beyle se rembrunissait à vue d'œil. Il devait se poser une foule de questions sur les fameux approvisionnements qu'il avait commandés. Et, comme on arrivait sur une place, il quitta brusquement ses compagnons pour s'élancer vers un hôtel particulier encore en bon état au seuil duquel venaient d'apparaître justement le gouverneur provisoire de Smolensk et un civil qui n'était autre que l'Intendant de la province, M. de Villeblanche. Ce fut avec ce dernier qu'il eut un entretien aussi bref que visiblement orageux et quand il revint vers Marianne, le malheureux directeur des Approvisionnements de Réserve était littéralement effondré.

— C'est épouvantable ! On n'a pas reçu le quart de ce que j'avais demandé ! Fasse le ciel que l'Empereur ne vienne pas jusqu'ici, ou bien je suis un homme sinon mort, du moins déshonoré. Venez ! Ne restons pas ici. C'est le moment de nous séparer du convoi et de rejoindre les magasins de l'armée. Il faut que je voie les choses de près. Nous trouverons bien à nous loger dans ce coin-là.

Ce fut moins facile qu'il ne l'imaginait car, si l'intendance avait pu récupérer, pour y caser son personnel, une maison intacte, cette maison déjà bien remplie put tout juste offrir à « Monsieur le Directeur des Approvisionnements de Réserve » une paillasse dans une pièce étroite où logeaient déjà deux de ses collègues. Il n'était donc pas question d'y inclure Marianne et moins encore Barbe dont les dimensions amples nécessitaient un assez grand espace vital. Il fallait trouver autre chose.

Beyle laissa là ce qui restait de son porte-manteau

et, guidé par l'un des « jeunes gens » de l'Intendance, se mit en quête d'un logis pour son « secrétaire » et sa cuisinière.

On finit par trouver, dans la maison d'un vieux Juif allemand, près du Marché Neuf, une sorte de mansarde, pourvue cependant d'un poêle et qui, à cause de cela, parut aux deux femmes le comble du confort. Pour s'y installer avec Barbe, Marianne dut naturellement se faire connaître comme femme. Mais puisqu'elle quittait le convoi militaire, le déguisement ne se justifiait plus et, d'ailleurs, elle n'eut pas à le regretter. Salomon Levin et sa femme Ra'hel étaient de braves gens, vite apitoyés par la mine pâle et les joues creusées de la jeune femme. Discrets aussi car ni l'un ni l'autre ne montra d'étonnement devant son accoutrement insolite. Ils en conclurent seulement qu'il eût été déplacé de poser des questions, se contentèrent d'affirmer que les deux femmes seraient bien chez eux et que le noble seigneur pouvait aller en paix à ses affaires. Le contact, d'ailleurs, avait été très vite établi quand ils avaient constaté que Marianne parlait allemand aussi bien qu'eux-mêmes. Et Beyle, tranquillisé sur le sort de ses compagnons, les quitta en promettant de revenir le lendemain matin.

Négociant en pelleteries et en pas mal d'autres choses de première nécessité telles que les harengs saurs, Salomon Levin entretenait avec l'occupant des relations sinon cordiales, du moins correctes et qui lui avaient permis de poursuivre son négoce dans une ville où il n'y avait plus grand-chose. C'est dire que chez lui on ne mourait pas de faim.

Par les soins de la grosse Ra'hel, sa femme, Marianne vit sa mansarde pourvue de matelas, de couvertures, de draps et d'une grande peau d'ours qui la plongèrent dans une sorte de ravissement mais elle faillit pleurer de joie quand Ra'hel et sa petite servante apportèrent un grand cuveau à lessive et deux vastes cruches d'eau chaude flanqués de serviettes rudes mais propres et d'un morceau de savon. Depuis dix-huit jours que l'on avait quitté Moscou, elle n'avait pas retiré ses bottes et le linge qu'elle portait était le même qu'elle avait endossé au moment du départ. Jamais elle ne s'était sentie aussi sale. Quant à l'odeur que dégageait son corps, elle n'avait plus que de très lointaines ressemblances avec celle de la tubéreuse qui était son parfum habituel.

En voyant fumer devant elle le cuveau plein d'eau chaude, sa joie fut si grande que, spontanément, elle sauta au cou de la vieille femme et l'embrassa.

— Tant que je vivrai, je bénirai votre nom, Madame Levin, lui dit-elle. Vous n'imaginez pas ce que ce bain représente pour moi !

— Je crois que si ! Chez nous, la maison n'est pas belle ni grande, ni même confortable, mais nous tenons essentiellement à la propreté car c'est ainsi qu'agissent ceux des nôtres qui entendent respecter scrupuleusement la loi de Moïse. Donnez-moi vos vêtements et ceux de votre servante, ils seront lavés.

Ra'hel avait parlé jusqu'à présent avec une grande dignité. Mais parvenue à ce point de son petit discours, elle s'interrompit puis, souriant avec un peu de timidité : « Moi non plus, Madame, je ne vous oublierai pas car je ne croyais pas qu'une dame d'Occident pût un jour avoir le geste que vous venez d'avoir. Avez-vous oublié que j'appartiens à un peuple méprisé ? »

La soudaine tristesse de cette vieille femme serra le cœur de Marianne. Elle vint à elle, prit ses deux mains dans les siennes.

— Vous venez de vous conduire avec l'étrangère que je suis non seulement en femme hospitalière mais en amie. J'embrasse toujours mes amis. Avez-vous oublié, de votre côté, que j'appartiens à un peuple envahisseur ?

Et, de nouveau, elle embrassa Ra'hel sans soupçonner un seul instant les conséquences qu'allaient avoir ces deux baisers inspirés par la reconnaissance et la sympathie. La femme de Salomon se retira aussitôt en avertissant Barbe qu'elle pouvait, si elle le désirait, venir se laver dans sa cuisine et laissant Marianne se plonger avec délices dans son cuveau.

Quand la Polonaise revint, récurée, elle apportait avec elle un grand plateau où voisinaient une épaisse bouillie de sarrazin, la kacha, une sorte de pot-au-feu fait avec des choux, et des blinis, petites crêpes épaisses servies avec de la crème aigre. Du thé fumait dans un pot.

Il y avait longtemps que Marianne et Barbe n'avaient connu pareil festin. Elles dévorèrent comme des affamées qu'elles étaient, trop occupées de ce repas pour échanger même une parole. Puis, comme si manger avait épuisé le peu de forces qui leur restaient, elles s'installèrent chacune sur une paillasse et, les vapeurs de la digestion aidant, s'endormirent d'un profond sommeil qui, pour Marianne, ne prit fin que dans l'après-midi du lendemain.

Elle put constater alors, avec joie, que ce repos prolongé l'avait en quelque sorte régénérée. Il y avait longtemps qu'elle ne s'était sentie aussi bien car elle était passée brusquement d'une claustration de plusieurs semaines à une vie de plein air totale et exténuante. Un nouveau repas acheva de lui rendre à la fois vigueur et combativité. Cela se traduisit par un désir intense de continuer au plus tôt son chemin vers la France car, depuis qu'elle avait vu Smolensk ou ce qu'il en restait, elle avait perdu jusqu'à l'ombre de l'idée de s'y attarder, même dans l'atmosphère chaude et si simplement amicale de la maison Levin.

Elle finissait de s'habiller, reprenant avec une sorte de soulagement les vêtements féminins qu'elle avait emportés dans un petit baluchon, quand Beyle arriva avec la tombée de la nuit.

Le jeune auditeur au Conseil d'État n'avait visiblement pas bénéficié du même confort que Marianne. Il était pâle, avec des traits brouillés par la fatigue et il était d'une nervosité qui trahissait une inquiétude profonde. La vue de Marianne fraîche, propre et reposée parut l'offusquer. En effet, il était lui-même passablement sale et se plaignait d'avoir été tourmenté toute la nuit par la vermine. Cependant, il ne poursuivit pas plus avant son lamento et revint rapidement à des considérations qui pour être moins intimes ne l'en tracassaient que davantage.

— Le convoi repart demain, commença-t-il par déclarer. Voulez-vous oui ou non partir avec lui ?

— Vous savez bien que non. Mon rôle de secrétaire s'achevait ici et je n'ai aucune envie d'affronter quelques centaines de lieues, seule femme avec Barbe au milieu d'un bon millier d'hommes pratiquement retournés à l'état sauvage. Demandez donc à Barbe ce qu'elle en pense, même elle s'y refuse.

— C'est insensé et stupide ! Vous savez très bien que Mourier vous protégerait...

— Qu'en savez-vous ? Et à quelles conditions ? Non, mon ami, ne venez pas me parler de chevalerie, de galanterie et de tout ce fatras de salon qui n'a plus cours dans une situation comme celle-ci. En un mot comme en cent, je n'ai aucune envie d'être violée je ne sais combien de fois avant d'atteindre les régions civilisées. En outre, avez-vous oublié vos promesses ? A Moscou, vous assuriez qu'une fois arrivés ici, il vous serait facile de m'aider à continuer mon voyage.

Il explosa littéralement.

— Comment voulez-vous que je fasse ? Vous avez vu ce qu'il reste de cette ville sur laquelle, tous, nous fondions tant d'espoirs ? Pas de garnison ou si peu, pas d'approvisionnement, pas de coordination avec les autres villes, une population hostile qui ne demande qu'un encouragement pour nous tomber dessus.

— Vous deviez tout de même vous attendre à tout cela !

— Absolument pas ! Smolensk représentait nos plus grands magasins de réserves mais, depuis que le maréchal Victor l'a quittée, il semble que ces réserves se soient envolées mystérieusement. Quant à ce que j'ai demandé à Mohilev ou à Vitebsk, il n'est presque rien arrivé. Et je n'ai rien su, rien ! On m'a laissé venir ici sans m'avertir. Ce pauvre Villeblanche était à demi mort de peur en recevant mes lettres et n'osait pas prévenir. Mais j'avoue que maintenant je partage sa peur et son désespoir. Savez-vous que nous avons seulement quelques quintaux de farine, un peu de riz, de sarrazin, quelques poignées de foin et d'avoine, une montagne de choux, quelques dizaines de poulets maigres et... ah oui ! de pleins tonneaux d'eau-de-vie, pour nourrir environ cent mille hommes qui vont nous tomber dessus avant deux semaines ! Alors comment voulez-vous que je trouve le temps et les moyens de m'occuper de vous quand je suis à deux doigts de devenir fou ?

— Près de cent mille hommes ? Que voulez-vous dire ?

Il eut un sourire amer.

— Qu'au lieu du titre de baron que j'avais modestement espéré en récompense de mon labeur, je risque de récolter une disgrâce aussi totale qu'irrémédiable ! Jamais l'Empereur ne me pardonnera... ni le comte Dumas, ni mon cousin Daru. Je suis un homme fini, déshonoré.

— Oh ! cessez de gémir ! s'impatienta la jeune femme et expliquez-vous plus clairement. Où prenez-vous vos cent mille hommes ?

— Autour de l'Empereur ! Une estafette est arrivée tout à l'heure, à pied car son cheval s'est rompu le cou en descendant le ravin gelé ! Sa Majesté se replie sur nous.

Le ton morne employé disait assez la joie qu'il éprouvait de cette arrivée prochaine. En vrac, comme on se libère d'un fardeau, il lâcha tout son paquet de nouvelles. Le 24 octobre précédent, le prince Eugène avait battu, à Malo-Yaroslavetz, les troupes du général russe Dokhtourov mais cette victoire, d'ailleurs incom-

305

plète, avait fait comprendre à Napoléon que derrière Dokhtourov l'armée russe se reformait dans des dimensions impossibles à calculer. Les siennes propres étant réduites, il avait choisi de revenir à la route normale et quand l'estafette avait quitté le quartier général, l'armée française campait à Borovsk.

Les ordres impériaux étaient formels : il fallait tout préparer à Smolensk pour recevoir les quelque cent mille hommes de troupe qui restaient à l'Empereur, plus les quelques milliers de civils qui avaient quitté Moscou à la suite de l'armée.

— Mais ce n'est pas tout ! continua Beyle de plus en plus nerveux. L'Empereur s'attend à trouver ici de puissants renforts, ceux du 9e corps... qui sont partis aider Gouvion-Saint-Cyr en difficulté. Le maréchal est blessé, il a dû abandonner la ligne de la Dvina. Quant au 2e corps d'Oudinot qui comportait entre autres quatre solides régiments suisses, il a subi de lourdes pertes. En conséquence, Victor ne pourra pas revenir de sitôt à Smolensk s'il veut continuer à garder la route de Wilna... et, sans lui, il n'est pas sûr que Napoléon puisse résister efficacement à une grande concentration russe s'il prend fantaisie à Koutousov de se lancer sur ses traces...

Marianne l'écoutait, horrifiée, vaguement gênée par cette voix lugubre et plate. On aurait dit que Beyle récitait une leçon... une leçon qu'il ne savait pas très bien. Puis, tout à coup, son visage s'empourpra sous la poussée d'une violente colère et il se mit à hurler.

— Alors, ce n'est plus le moment de me parler de vos délicatesses et de vos états d'âme ! Comprenez donc que vous n'avez pas le choix, Marianne ! Si vous ne voulez pas partir avec le convoi, vous tomberez avant peu dans les mains de l'Empereur. Aussi, que cela vous plaise ou non, j'ai décidé que vous alliez partir avec les blessés.

Tout de suite, elle se cabra, offensée par ce ton coléreux.

— Vous avez... décidé, dites-vous ?

— Exactement ! Demain à l'aube, Mourier viendra vous chercher avec une voiture... car j'ai encore pu réaliser pour vous ce miracle-là ! Vous n'irez pas à pied ! Vous devriez me remercier !

— Vous remercier ? Qui vous a donné permission de me donner des ordres ?

La colère commençait à s'emparer d'elle. De quel droit ce garçon qui, à tout prendre, ne lui était rien, osait-il se permettre ce ton de maître ? Il s'était occupé d'elle au moment de l'incendie mais ne lui avait-elle pas rendu ses soins au centuple ? S'efforçant de rester calme, elle articula, détachant bien les paroles.

— Il n'est pas question un seul instant que j'en passe par vos ukases, mon ami ! J'ai dit que je ne partirai pas et vous me permettrez de m'en tenir là.

— Et moi je vous dis que vous partirez parce que je le veux. Il se peut que vous choisissiez maintenant d'affronter Napoléon. Après tout, vos amours passées avec lui peuvent vous donner l'espoir de fléchir sa colère, mais il n'en sera pas de même pour moi et je ne me soucie pas d'aggraver mon cas. Si, au moment précis où je vais devoir avouer mon impuissance à fournir ces sacrées approvisionnements de réserve, il découvre en même temps que je vous ai cachée, aidée, soustraite à sa colère, ma situation va devenir intenable ! C'est la prison... peut-être le peloton.

— Ne dites pas de sottises ! Pourquoi donc l'Empereur découvrirait-il tout cela maintenant ? Nous n'habitons plus ensemble que je sache ? Et je ne vois pas bien l'Empereur venant prendre logis dans une maison juive. Le convoi parti, nul ne saura plus que vous m'avez aidée puisque Mourier seul a découvert que j'étais une femme...

— Et ceux d'ici ? Ceux de l'intendance pour qui votre déguisement a été, croyez-moi, fort transparent. Et il y a aussi ces gens qui vous hébergent.

— Justement ! Que cela vous étonne ou non, je sais

n'avoir rien à craindre d'eux, au contraire. Rien ne m'empêche de demeurer cachée dans cette maison jusqu'à ce qu'il me soit possible de partir enfin.

Beyle haussa furieusement les épaules.

— Vous cacher ici pendant des mois ? Pour le coup vous êtes folle ! Rien n'est moins sûr, aux jours que nous vivons, que la maison d'un Juif. Admettez que les Russes reprennent Smolensk ! Ces gens qui vous plaisent tant vous jetteront dehors à la plus petite approche du danger... et je vous parie que vous ne resteriez pas longtemps s'ils apprenaient en quels termes vous êtes avec Napoléon ! Si l'on vous trouvait chez eux, ils pourraient avoir de sérieux comptes à rendre. Mais en voilà assez ! Demain à l'aube, on viendra vous chercher... et vous partirez car j'obtiendrai du gouverneur, dès ce soir, un arrêt d'expulsion. Les prétextes ne manqueront pas. Et la maison sera fouillée de fond en comble si vous ne vous présentez pas. Avez-vous compris, maintenant ?

Un moment, ils demeurèrent face à face, dressés comme des coqs de combat. Marianne était blême et Beyle rouge de colère mais tous deux serraient les poings. La jeune femme tremblait d'indignation en découvrant ce que la peur et l'égoïsme pouvaient faire d'un homme, au demeurant amical, bon et d'un esprit non seulement supérieur à la moyenne mais encore d'une certaine puissance. D'après ce qu'elle avait appris de lui durant leur cohabitation forcée, il y avait, dans ce petit Dauphinois, l'étoffe d'un grand écrivain... Seulement, on l'avait sorti de sa vie douillette, confortable, élégante pour le lancer dans l'enfer tour à tour brûlant et glacé de la guerre. Il avait découvert la fatigue, la faim, la saleté, la peur aussi sans doute... Et maintenant s'y ajoutait la crainte de la disgrâce car, dans son orgueil naïf, il s'arrogeait toutes les responsabilités dans cette carence, prévisible cependant, des approvisionnements. Évidemment, il avait peut-être quelques raisons de ne plus être lui-même. Cependant,

Marianne se refusait à se laisser emporter dans cette panique.

— Vous avez beaucoup changé ! se borna-t-elle à remarquer toute colère abattue aussi soudainement que la grand-voile d'un navire menacé par la tempête. Ce calme fit sur Beyle l'effet d'une douche. Graduellement, il reprit sa couleur naturelle, hocha la tête, ouvrit la bouche pour dire quelque chose, la referma, ébaucha de la main un geste d'impuissance puis, brusquement, haussa les épaules et tourna les talons.

— Je viendrai vous saluer demain... avant votre départ, dit-il seulement, et il disparut.

Immobile au milieu de la pièce, Marianne écouta s'apaiser les échos de la maison qui avaient résonné de leur double colère puis, lentement, elle se tourna vers Barbe. Les mains nouées sur son ventre, celle-ci se tenait debout près du poêle et sa respiration un peu forte semblait emplir la pièce redevenue silencieuse. Les yeux mauves et les yeux verts se rejoignirent mais si ceux de Marianne montraient déjà l'éclat liquide des larmes, ceux de la Polonaise ne reflétaient qu'un contentement paisible.

— Eh bien ! soupira la jeune femme. Je crois que nous n'avons pas le choix, Barbe ! Il va falloir nous résigner à rester dans le convoi. Nous essaierons de nous défendre...

— Non ! fit Barbe.

— Comment : non ? Voulez-vous dire que nous n'aurons pas à nous défendre ?

— Non... parce que nous ne partirons pas avec les soldats !

Et, avant que Marianne, surprise, eût pu demander d'autres explications, elle avait marché jusqu'à la porte et l'ouvrait.

— Venez, Madame, dit-elle. Nous n'avons pas de temps à perdre ! Notre hôte doit déjà nous attendre au salon.

— Au salon ?

— Eh oui, fit Barbe avec un bref sourire. Il y a un salon dans cette maison ! Évidemment, il faut savoir que c'en est un !

En effet, la maison de Salomon Levin, bien qu'elle fût la plus grande et la plus belle de l'espèce de ruelle longue qui constituait le ghetto de Smolensk, était une étroite construction qui ne comportait guère que deux pièces par étage. Au rez-de-chaussée, l'échoppe, noircie par le temps, qui servait de magasin, ouvrait directement sur la cuisine, sorte de caveau voûté, éclairé par une fenêtre étroite comme une meurtrière mais pourvue du luxe inouï que constituait une pompe. Au premier étage (le second étant occupé par un grenier et la mansarde où logeaient Barbe et Marianne), la cuisine était surmontée par la chambre de Salomon et de Ra'hel tandis que le salon régnait au-dessus de la boutique. C'était une pièce obscure, tendue d'une tapisserie d'un vert fané mais d'une scrupuleuse propreté. Le principal meuble en était une table couverte d'un tapis à ramages supportant un gros livre relié en noir et un chandelier de cuivre. Quelques chaises en bois montaient autour des murs une garde raide.

Quand Ra'hel y introduisit Marianne et Barbe, le chandelier était allumé et le vieux Salomon, la tête couverte d'une calotte de soie noire, une sorte de châle rayé sur les épaules et des bésicles sur le nez, lisait dans le grand livre — c'était le Talmud — avec une attention pleine de piété. A l'entrée des deux femmes, il referma son livre mais non sans laisser ses mains pâles, fanées et osseuses mais d'une curieuse beauté, en caresser la couverture. Puis, s'étant levé pour un bref salut, il désigna des sièges, ôta ses bésicles et, un long moment, considéra Marianne attentivement mais sans rien dire.

Celle-ci pensa qu'il avait l'air d'un prophète fatigué avec la peau grise de son visage que l'ossature hardie ne tendait plus. La barbe qu'il portait longue semblait de même étoffe que la peau et, sous la calotte noire, ses cheveux, jadis bouclés peut-être, pendaient en maigres tortillons découragés. Mais le regard sombre reflétait encore la jeunesse et la volonté.

— Jeune femme, dit-il enfin, celle qui t'accompagne m'a dit que tu étais ici contre ton gré, en danger et que tu désirais ardemment rentrer chez toi autrement qu'en compagnie de tous ces soldats. Est-ce vrai ?

— C'est vrai.

— Je peux peut-être t'aider mais j'ai besoin de savoir qui tu es. En ces temps terribles que nous vivons, les visages sont souvent doubles, ou faux, les âmes le sont plus encore et tel regard pur couvre un cœur de boue. Si tu veux que je te fasse confiance, tu dois d'abord me faire confiance..., et femme, tu es arrivée sous un costume d'homme.

— En quoi mon nom vous apprendra-t-il quelque chose ? dit doucement Marianne. Nous appartenons à des univers tellement éloignés ! Mon nom est, pour vous, sans signification... et vous n'avez aucun moyen de savoir si je ne mentirai pas.

— Dis toujours ! Pourquoi répondrais-tu à une offre amicale par la méfiance ? Ce livre, ajouta-t-il en tapant doucement sur la reliure sombre, dit : « Une oie va pliant le cou, mais à ses yeux rien n'échappe. » Nous autres Juifs sommes comme les oies... et nous savons infiniment plus de choses que tu ne peux l'imaginer. Entre autres, je connais beaucoup de noms... même dans ton univers !

— C'est bien ! fit Marianne. Je suis la princesse Sant'Anna et j'ai encouru la colère de l'Empereur en faisant évader de prison l'homme qui m'a servi de père et que l'on allait exécuter ! A mon tour de vous prévenir : en m'aidant vous prendrez des risques.

Pour toute réponse, le vieil homme prit un papier dans la poche de sa longue lévite grise et le tendit tout ouvert à Marianne. Avec stupeur, elle s'aperçut que c'était l'un des fameux placards la concernant et que l'on avait appliqués sur les murs de Moscou.

— Tu vois, conclut Salomon, j'avais le moyen de savoir si tu disais la vérité.

Sans détacher ses yeux du papier sali, elle demanda, la voix soudain altérée :

— Comment avez-vous eu ce papier ?

— Près du relais aux chevaux. Les hommes qui portent le courrier en ont laissé, paraît-il, dans toutes les bourgades un peu importantes de la route du Niemen. Et moi je ramasse toujours les papiers imprimés. Cela peut être intéressant.

Marianne ne répondit pas. Elle était en train de couler au fond d'un trou sans fond. Jamais elle n'aurait imaginé que Napoléon pût lui en vouloir à ce point. Car elle s'était trompée, il y a un instant, en pensant que ce placard était le même. Le texte était différent. Il n'était plus question d'« amie de l'Empereur ». L'avis portait d'arrêter purement et simplement la princesse Sant'Anna... et la somme promise avait doublé !

Quelque chose craqua en elle. C'était son monde qui s'écroulait. Si Napoléon lui vouait une telle haine, il n'y aurait plus pour elle ni trêve ni repos. Où qu'elle aille, sa colère la poursuivrait et, tôt ou tard, la rattraperait ! Elle était seule, complètement désarmée, au centre d'un empire immense où rien ni personne n'était à l'abri de la rancune impériale. Le temps d'un éclair, elle songea à sa maison de Paris, à Adélaïde qui peut-être était déjà aux prises avec les tracasseries de la police... à Corrado lui-même ! Qui pouvait dire si Napoléon dans sa rage de retrouver Marianne n'irait pas jusqu'à le tourmenter de visites domiciliaires, s'il ne l'obligerait pas à paraître en plein jour, si même ses biens ne lui seraient pas enlevés ?

La main de Salomon posée sur son épaule la fit tressaillir. Elle était tellement perdue dans ses pensées désastreuses qu'elle ne l'avait pas vu se lever, faire le tour de la table, venir jusqu'à elle. Quand il parla, elle comprit qu'il avait pratiquement lu dans sa pensée.

— Il faut rentrer chez toi ! dit-il doucement. Tu as

tout risqué pour sauver ton parent et le Très-Haut ne t'abandonnera pas. Notre loi dit encore qu'il vaut mieux être le maudit que le maudissant et c'est la main du Très-Haut qui t'a conduite dans ma maison. Tu es une grande dame et cependant tu as embrassé ma vieille épouse ! Nous sommes tes amis... et le grand empereur peut-être ne quittera jamais la Russie.

— Que voulez-vous dire ?

— Que la route est longue qui mène vers la France, que l'hiver russe est redoutable... et que les cosaques de l'ataman Platov sont comme les sauterelles : ils s'abattent par myriades et quand on les détruit il en renaît d'autres comme par miracle. Tu as bien fait de refuser le convoi, lui non plus n'arrivera peut-être jamais.

— Mais que vais-je faire ? Que vais-je devenir ?

— Une heure avant l'aube, je te conduirai jusqu'à notre cimetière, hors des murs d'enceinte. C'est un endroit écarté et que les chrétiens n'approchent guère. Il y a là une synagogue en ruine. Une voiture t'y attendra avec un bon cheval et des provisions qui vous permettront d'aller jusqu'à Kovno. Mais tu devras accepter de passer pour l'une des nôtres ! Si tu m'écoutes, tu poursuivras ton voyage sans encombre... et sans danger.

— Sans danger ? s'écria Barbe qui n'avait pas encore pris part à la conversation. C'est-à-dire que nous risquerons d'être attaquées aussi bien par les Français que par les Russes... ne fût-ce que pour nous voler !

— Certainement pas ! Écoute plutôt !

Salomon Levin dit alors comment les lois édictées par le tsar Alexandre Ier au sujet des Juifs allaient pouvoir servir aux deux femmes. Et, en effet, si de notables avantages avaient été accordés, au moment du couronnement, aux enfants d'Israël sur le chapitre d'un commerce dont Alexandre avait reconnu l'intérêt et l'efficacité (il s'était borné à leur interdire celui de l'alcool), ces avantages étaient contrebalancés par certaines contraintes telles l'interdiction de séjourner dans des villages et l'obligation de vivre dans des villes, en communautés groupées (les ghettos)[1]. Mais c'était de ces inconvénients que Salomon entendait tirer parti car, puisqu'il était impossible de s'arrêter dans les villages, les marchands juifs recevaient pour leurs inévitables déplacements des autorisations de circuler d'une ville à l'autre qui étaient généralement respectées des forces de police. Seules, les sotnias cosaques pouvaient se révéler dangereuses, parfois, car ces gens-là ne respectaient rien, pas même les fonctionnaires impériaux.

— Mais, précisa Salomon, vous êtes des femmes. Vous passerez l'une pour ma sœur l'autre pour ma nièce et cela vous protégera dans une certaine mesure car les cosaques évitent de se souiller au contact des Juives. En outre, la jeune dame sera malade... une maladie contagieuse. Ainsi, munies de lettres que je vous donnerai pour mes frères d'Orcha, de Borisov, de Smorgoni et de Wilna, vous irez de ville en ville jusqu'au Niemen. A Kovno, vous trouverez mon cousin, Ishak Levin. C'est à lui que vous laisserez la voiture et le cheval qui me reviendront plus tard. A Kovno, vous serez en Pologne et vous n'aurez plus à craindre les cosaques. En outre, Ishak vous donnera les moyens de gagner Dantzig. Là vous pourrez décider, avec un peu d'or, de ce que vous voulez faire. Dantzig est un port et les contrebandiers y sont plus fréquents que les navires régulièrement autorisés. Quant à la puissance de l'Empereur, elle y est plus... théorique que réelle. C'est, pour ses troupes, un lieu de passage, un relais, mais la population est hostile. A vous de vous débrouiller à ce moment-là.

Un port ! Le mot frappa Marianne. Un port cela voulait dire la mer, l'évasion par excellence. Et depuis qu'elle tournait en rond dans cet immense pays, elle

1. Ce n'était souvent qu'une simple rue à défaut d'un quartier.

avait presque oublié que cela pût encore exister. D'un seul coup, le vieux rêve enfoui à si grand-peine sous les rochers de la raison et de la promesse qu'on lui avait arrachée tressaillit et tenta de se redresser... Dantzig ! C'était là qu'elle avait cherché à entraîner Jason, là encore qu'elle avait souhaité prendre, avec la bénédiction de Napoléon, un navire pour la grande mer et les terres de la liberté ! C'était là, peut-être, que s'entrouvrirait pour elle l'étau gigantesque qui menaçait de l'écraser...

Elle eut envie, tout à coup, une envie folle, irrésistible, d'atteindre cette ville, ce port... Le peu d'or qu'elle avait réussi à conserver cousu à sa chemise pouvait lui permettre de prendre passage sur l'un de ces contrebandiers dont Salomon venait de parler. Et ensuite... la mer froide, les côtes dangereuses de tous ces pays où régnait l'Empereur mais peut-être aussi un autre port, un autre navire... et l'immense océan, tendu d'un pôle à l'autre comme une voile gigantesque, l'océan au bout duquel il y aurait... l'Amérique, une autre guerre... et cette Amérique personnelle de Marianne qui s'appelait Jason Beaufort.

Elle était si bien partie dans son rêve qu'elle ne s'aperçut pas que Salomon avait cessé de parler et qu'il la regardait, attendant visiblement qu'elle dît quelque chose à son tour.

— Alors ? demanda-t-il, voyant qu'elle ne bougeait toujours pas.

Elle sursauta, le regarda d'un œil clignotant comme quelqu'un qui se réveille et lui sourit.

— C'est merveilleux ! soupira-t-elle. Comment pourrais-je vous remercier de ce que vous faites pour nous ? Pourquoi êtes-vous si généreux ?

Le vieux Juif haussa les épaules sous sa lévite fatiguée, alla jusqu'au mur du fond où, comme par magie, un petit panneau parfaitement dissimulé dans le tissu de tenture s'ouvrit sous ses doigts souples. Il y prit un paquet enveloppé d'un chiffon sale et le rapporta sur la table après avoir, du même geste de prestidigitateur, effacé le petit coffre. L'instant suivant, le paquet était passé de ses doigts dans ceux de Marianne qui le regardait sans comprendre.

— Vous donnerez ça à Ishak. Vous lui direz qu'il en place la moitié comme il sait et qu'il me renvoie l'autre sous forme des marchandises qu'il connaît.

Machinalement, Marianne défit le chiffon et, comme Barbe se penchait vers elle pour regarder, les deux femmes eurent en même temps une exclamation de stupeur. Au milieu des plis, six perles rondes, grosses comme des œufs de cailles, brillaient d'un orient sans défaut...

Comme Marianne tournait vers lui un regard interrogateur, le vieillard toussota puis, tortillant d'un geste négligent les flocons gris de sa barbe, il murmura, l'œil soudain brillant :

— Pendant la bataille, je les ai... euh... trouvées dans l'église de l'Assomption. Si l'on savait qu'elles sont ici, je serais pendu !

— Et si on les trouve sur nous ? demanda Marianne.

— Eh bien... Je crois que vous risquerez de l'être aussi mais, du moins, cela vous évitera-t-il le poids insupportable de la reconnaissance ! Si ces objets arrivent chez Ishak... nous serons quittes !

La conjoncture n'avait rien de spécialement drôle, pourtant Marianne eut tout à coup envie de rire en songeant à la larme scintillante qui reposait toujours contre sa gorge. Le diamant d'une voleuse célèbre... et maintenant les perles soustraites à une madone qui, en Russie, ne devait pas l'être moins ! Si elle mourait dans cette aventure, ceux qui la dépouilleraient auraient sans doute fait la plus magnifique affaire de toute leur vie. Mais le danger ne lui avait jamais fait peur, surtout quand elle pouvait apercevoir à travers lui l'issue d'une situation désespérée.

— C'est entendu ! dit-elle gaiement. Je ferai votre

commission... et malgré tout, je vous dirai encore merci !

Une heure plus tard, tandis que Marianne et Barbe remontées dans leur grenier dormaient du sommeil des consciences pures, Salomon Levin, enveloppé dans une énorme dalmatique fourrée qui le faisait aussi large que haut, quittait discrètement sa maison et, par les ruelles enneigées, gagnait l'enceinte fortifiée, la franchissait par une brèche ouverte récemment par les canons français et se dirigeait rapidement vers le cimetière juif. Tout en marchant, il souriait dans sa barbe et se frottait de temps en temps les mains. Peut-être pour se réchauffer...

CHAPITRE XX

LES DERNIERS PONTS

Ils étaient une dizaine qui barraient le chemin où les pas des chevaux avaient durci la neige. Mais à travers les arbres qui habillaient les croupes de la vallée on pouvait en apercevoir d'autres qui patrouillaient par petits groupes... Les cosaques ! Debout sur leurs longs étriers, ils ressemblaient à des statues barbares, tout pareils, à la couleur des vêtements près, à ceux que Marianne avait vus sur les rives de la Kodyma : des hommes barbus aux yeux sauvages, vêtus de grosse laine rouge ou bleue. Ils portaient des toques de fourrure à longs poils ou bien des bonnets de toile plats, de longues lances rouges et leurs petits chevaux nerveux semblaient écrasés sous les hautes selles de bois peint...

Sans bouger, malgré le vent violent qui venait du nord et chassait la neige par grands paquets poudreux, ils regardaient venir la voiture. Barbe qui conduisait serra les mâchoires si fort que ses maxillaires saillirent sous sa peau blanche mais elle ne dit rien et continua d'avancer. Simplement, ses yeux pâles reflétèrent la campagne blanche avec un éclat plus dur. Pressentant un danger, Marianne toussota pour masquer son inquiétude et dit, désignant du menton la rivière aux eaux grises et gonflées, mouchetée de glaçons, qui se tordait à gauche de leur chemin.

— Le pont ? Est-ce qu'il est encore loin ?

— Trois ou quatre verstes, répondit Barbe sans cesser de fixer les cavaliers. Il faudrait pouvoir passer rapidement car un ouragan se prépare. Mais avec ceux-là...

En effet, la tempête menaçait. D'épais nuages noirs arrivaient à une effrayante vitesse, chassés par ce vent du nord qui gerçait la peau et faisait pleurer les yeux.

Les deux femmes avaient quitté, une heure plus tôt, la petite ville de Borissov, sur la rive droite de la Bérézina, où elles avaient trouvé asile pour la nuit chez un fripier des faubourgs. Non sans mal, pour la première fois depuis qu'elles avaient quitté Smolensk, dix jours plus tôt, mais Borissov était occupée par les troupes de l'amiral russe Tchitchagov venues prendre position là pour y « attendre et anéantir Napoléon ».

Tout était envahi par les soldats et le fripier lui-même, tout juif qu'il était, n'avait plus guère pour se loger que son magasin. Sans la lettre de Salomon Levin, il eût vraisemblablement jeté dehors ces indésirables qui n'étaient même pas de sa race mais, décidément, le marchand de Smolensk semblait posséder une grande influence sur ses coreligionnaires. A cause de lui, le fripier avait permis aux deux voyageuses de passer la nuit dans sa resserre à bois, en compagnie de leur voiture et du cheval. Elles y avaient mal dormi mais au moins elles avaient été abritées du froid.

Jusqu'à Borissov d'ailleurs tout s'était passé pour elles infiniment mieux qu'elles ne l'auraient imaginé. Le froid n'était pas trop vif, deux ou trois degrés au-dessous de zéro seulement et, en outre, les deux femmes disposaient, grâce à Salomon, d'un équipage à la fois discret et solide. Leur petite kibitka, mal peinte et assez sale pour ne pas attirer l'attention, donc l'envie, était à l'épreuve des mauvais chemins. Quant au cheval à longs poils qui la traînait, il était de petite taille mais vigoureux, endurant et soigneusement ferré à glace. Enfin, sous leur bâche, elles emportaient de l'avoine, quelques vivres, des couvertures et même des armes, un fusil et deux couteaux de chasse destinés surtout à les défendre des loups que l'hiver et la neige rendaient plus hardis.

La nuit, quand on n'était pas dans une ville, Barbe s'arrangeait pour faire étape dans un bois afin d'être mieux abritées du vent. Elle allumait alors un feu pour écarter les fauves. L'habitude des camps que possédait la Polonaise se révélait précieuse. Elle avait la force et le courage d'un homme, joints à une placidité réconfortante. En outre, depuis qu'à Moscou elle était entrée officiellement au service de Marianne, elle semblait avoir renoncé à boire. Évidemment, elle n'avait pas eu l'occasion d'avoir beaucoup d'alcool à sa disposition mais c'était elle-même qui avait institué le rationnement du petit tonnelet d'eau-de-vie que Salomon avait placé dans la voiture : la valeur d'un dé à coudre tous les soirs pour entretenir la chaleur du corps. Et, peu à peu, une espèce d'amitié se tissait sans un mot, sans la plus petite manifestation extérieure, entre l'aristocrate et l'ancienne fille de joie.

On n'avait fait aucune mauvaise rencontre jusqu'à présent. Le seul incident désagréable avait été, au départ d'Orcha, la volée de pierres qu'elles avaient essuyées de la part des chrétiens de la ville lorsqu'elles avaient quitté la maison du changeur Zabulon. Mais ni l'une ni l'autre n'avait été atteinte.

Parfois aussi, on avait aperçu, profilée sur le fond immaculé de l'horizon, la frise équestre d'une sotnia cosaque en marche. Alors le vent de la plaine apportait jusqu'aux deux femmes inquiètes un chant sauvage dont le rythme se calquait sur l'allure des chevaux, plus allègres quand ils passaient du pas au trot, pour s'enfler comme une tempête dans le galop. Malgré la crainte que cette vue leur inspirait, Marianne et Barbe ne pouvaient se défendre d'écouter, avec un plaisir involontaire, ces voix aux résonances harmonieuses, profondes et graves comme la vieille terre russe, un plaisir qui osait s'avouer quand elles constataient qu'on ne les avait pas aperçues. Puis, les cavaliers barbus disparaissaient comme un songe sous le ciel bas tandis que mourait l'écho du chant guerrier...

Mais ceux qui attendaient là, au bord de la rivière, n'avaient rien d'un songe. Silencieux, aussi immobiles que des statues, ils offraient une image inquiétante d'où toute poésie était bannie.

— Il faut vous préparer, murmura Barbe.

Marianne s'y employait déjà. Ra'hel Levin lui avait montré comment appliquer rapidement sur son visage et sur ses mains ces fines membranes tragiquement coloriées qui avaient jadis fait la fortune des faux malades et vrais mendiants des cours des miracles. A ce jeu affreux, la jeune femme était devenue habile, et en quelques instants elle se retrouva étendue au fond de la voiture, enroulée de la tête aux talons dans une couverture sale, les yeux clos et la peau dramatiquement marquée de plaques d'un rouge violacé d'un effet positivement affreux. Quand la voiture s'arrêta, elle poussa, en bonne comédienne, une plainte douloureuse...

Cependant l'un des cosaques avait pris la bride du cheval et Barbe se lançait aussitôt dans une explication pleine d'une volubile humilité à laquelle, bien sûr, Marianne ne comprit rien mais où elle saisit au passage leurs identités d'emprunt, conférées par Salomon : Sara et Rebecca Louria, de Kovno, regagnant leur pays pour que Rebecca pût y mourir en paix.

Rebecca, c'était bien sûr Marianne. Elle avait choisi elle-même ce nom en souvenir de la femme qui, à Constantinople, l'avait sauvée de la mort quand son fils était né. Elle avait l'impression que cela lui porterait bonheur...

Mais à cette minute, elle en doutait un peu car la voix qui alternait avec celle de Barbe était violente, agressive. Les choses apparemment n'allaient pas toutes seules.

— Attention ! souffla tout à coup Barbe en français.

La fausse malade comprit, gémit de plus belle en faisant aller sa tête de côté et d'autre sur la balle d'avoine qui lui servait d'oreiller. A travers ses grands cils, elle vit soudain une tête hirsute apparaître sous la bâche à quelques pouces de son visage. Une violente odeur de graisse rance et de vieux tabac emplit la kibitka, si écœurante qu'une brusque et très convaincante nausée secoua la jeune femme. L'homme alors introduisit son fusil dans la voiture et de la crosse lui allongea dans les côtes quelques coups qui lui arrachèrent un cri tandis que Barbe éclatait en larmes et en supplications.

Le cosaque se retira presque aussitôt en proférant tout un chapelet de paroles violentes qui devaient être des injures. L'instant suivant, la voiture se remit en marche et Marianne, les côtes douloureuses, voulut se redresser.

— Ne bougez pas ! souffla Barbe. Ils nous escortent.

— Pourquoi ?

— Ils disent que nous sommes sur un terrain militaire, que nous sommes coupables... Ils nous emmènent.

— Où ça, mon Dieu ?

— Est-ce que je sais ! A leur cantonnement sans doute.

— Mais... notre laissez-passer ?

— Ils s'en moquent bien ! Comme d'ailleurs de votre agonie. Tout ce qui les intéresse c'est le cheval et le contenu de la voiture. Je pense... qu'ils vont nous tuer.

En murmurant ces mots, Barbe n'y avait mis aucune crainte. C'était simplement une constatation triste, résignée. Marianne, la gorge serrée, ferma les yeux. Même la vue des fortes épaules de la Polonaise, soudain affaissées, était déprimante. Et Marianne refusait, encore une fois, la mort.

Sa main glacée tâta, à sa ceinture, le couteau de

chasse qu'elle dissimulait sous un châle, décidée à s'en servir pour au moins vendre chèrement sa vie. Une bourrasque de vent se leva, mugissant tout au long de la vallée, et s'engouffra dans la voiture, humide de neige. Quelque part, des corbeaux se mirent à lancer leur cri désagréable et Marianne eut tout à coup la sensation affreuse que cette voiture était un corbillard et l'emportait inexorablement vers la tombe. Alors, elle se mit à prier tout bas...

Encadrée par quatre cosaques, la kibitka poursuivit son chemin le long de la Bérézina. On atteignit ainsi, en face du hameau et du petit château de Studianka, un pont rustique, fait de troncs d'arbres et de terre battue. Barbe alors gémit.

— Par saint Casimir, il y a d'autres cosaques là-bas ! Ils attaquent le pont à la hache. Au cas où ils décideraient de nous laisser la vie, nous ne pourrons plus passer.

Cependant, les hommes du peloton qui arrivaient avec la kibitka se mirent à pousser des cris d'appel.

— Qu'est-ce qu'ils disent ? souffla Marianne.

— C'est assez curieux ! Ils disent d'arrêter un moment. Ils veulent faire passer la voiture avant que le pont ne tombe. J'avoue que je n'y comprends plus rien...

Elle n'eut pas le temps de chercher. Cosaques et voiture venaient de s'arrêter. Aussitôt deux colosses barbus arrachèrent Barbe du banc qui lui servait de siège malgré ses cris et ses protestations. Deux autres s'emparèrent de la fausse malade, l'un par les pieds l'autre par les épaules et la sortirent de la voiture. Fidèle à son rôle jusqu'au bout, elle ne résista pas, se contentant de geindre de plus en plus et pensant qu'on allait la poser dans la neige.

Elle vit cependant que l'on était près du pont, que les cosaques avaient mis pied à terre et que Barbe se débattait comme une furie contre trois d'entre eux... et qu'on la portait vers la rivière. Terrifiée soudain en

323

face de cette eau d'un gris sale où voguaient de gros glaçons jaunâtres, elle se mit à hurler, voulut se défendre mais en vain. Les hommes la tenaient bien et elle se sentait paralysée par la peur.

Ne sachant plus où elle en était, elle se mit à hurler en français :

— Au secours ! A l'aide !... A moi !...

Un hurlement énorme lui répondit, si violent qu'elle eut l'impression que la terre éclatait. En même temps, elle se sentit brusquement balancée... jetée dans l'air froid... et l'eau de la rivière étouffa son dernier cri.

Elle était glacée cette eau, bouillonnante et rendue plus dangereuse encore par les glaces flottantes et par le fait qu'elle était en crue. Marianne eut l'impression de plonger dans un abîme sans fond, un enfer de froid qui lui mordait la peau. Instinctivement, elle se débattit, abandonnant la couverture qui l'enveloppait, le châle qu'elle avait en dessous, et parvint à remonter à la surface, forçant ses bras et ses jambes déjà engourdis aux mouvements de la nage. Tout à coup son pied heurta quelque chose de dur. En se redressant, elle sentit qu'elle avait pied. Il devait y avoir là un gué... et le pont surplombait ce gué, car en s'essuyant les yeux elle vit qu'elle était tout près de l'une des piles de rondins et s'y cramponna.

A sa grande surprise, la rive d'où elle avait été précipitée lui parut déserte. La kibitka y était toujours mais il n'y avait plus personne autour. L'idée lui vint alors que Barbe avait dû subir le même sort qu'elle-même et, des yeux, elle fouilla l'étendue de la rivière. Elle ne vit rien, sentit son cœur se serrer... la pauvre fille avait dû périr, surprise par le froid ou bien parce qu'elle ne savait pas nager...

Transie, les dents claquantes, Marianne lâcha la pile du pont, s'avança vers la berge, se coucha dans l'herbe brûlée par le givre. Son cœur battait comme un tambour dans sa poitrine, emplissant ses oreilles d'un bruit de tonnerre... Il fallait qu'elle sortît de là, qu'elle remuât si elle ne voulait pas mourir gelée après avoir failli périr noyée. L'instinct de conservation était si fort qu'elle ne songeait même plus qu'en sortant de l'eau, elle allait retomber aux mains de ses bourreaux.

Elle se traîna sur la berge, légèrement en pente. Ses yeux émergèrent au ras du chemin... et elle comprit que le bruit de tonnerre ne venait pas seulement de son cœur ou de ses oreilles : là, à quelques toises, entre la rive et le hameau, les cosaques étaient aux prises avec quelques cavaliers... des cavaliers qui ne pouvaient appartenir qu'à la Grande Armée !

Elle eut l'impression que le ciel s'ouvrait. Les doigts crispés à cette herbe gelée, sans plus sentir ni le froid ni la douleur, elle suivit des yeux le combat. Il était inégal : une dizaine de cavaliers étaient opposés à une cinquantaine de cosaques. Ils se battaient comme des lions mais ils avaient visiblement le dessous. Déjà trois hommes agonisaient dans la neige auprès de deux chevaux morts.

— Mon Dieu ! supplia-t-elle. Sauvez-les ! Sauvez-nous !...

Un grand cri lui répondit. En haut du coteau près d'un bouquet d'arbres, une autre petite troupe de cavaliers venait d'apparaître, une douzaine peut-être. Un officier empanaché, portant la tenue de général, s'en détacha, s'avança de quelques pas, observant ce qui se passait au bord de la rivière. Il resta là un instant, dressé sur son cheval, les plumes de son chapeau claquant dans le vent. Puis, brusquement, il arracha ce chapeau, tira son sabre et, le pointant vers le lieu du combat, hurla en bon français :

— En avant !...

Alors ce fut magnifique. Cette poignée de cavaliers déferla en une charge furieuse sur les cosaques avec l'impétuosité d'une tornade, les enfoncèrent, les renversèrent les uns sur les autres, dégageant leurs camarades et semant la mort dans l'éclat meurtrier des sabres qui tournoyaient comme des faux dans un champ de blé.

Ce fut bref aussi. En quelques minutes, les Russes survivants avaient tourné bride et repris au galop le chemin de la forêt, poursuivis par le général tout seul. On l'entendit rire dans la bourrasque.

Soudain, Marianne aperçut Barbe et faillit chanter de joie. La Polonaise sortait de derrière un sapin et courait vers la voiture. Marianne se releva, voulut courir vers elle mais ses membres transis lui refusèrent tout service. Elle tomba lourdement sur le sol en criant de toutes ses forces :

— Barbe ! Barbe ! Je suis là ! Barbe ! Venez !...

L'autre entendit. En un instant elle fut sur elle, la saisit dans ses bras, riant et pleurant tout à la fois, invoquant tous les saints du calendrier polonais, en jurant à chacun d'eux qu'elle lui brûlerait une forêt de cierges à la première occasion.

— Barbe ! gémit Marianne. J'ai si froid que je ne peux plus marcher !

— Qu'à cela ne tienne !

Et aussi facilement qu'elle eût fait d'un enfant, Barbe enleva Marianne dans ses bras et l'emporta grelottante jusqu'à la voiture. Elle vit alors qu'un homme l'y avait précédée et reconnut le général qui saisissait déjà le cheval par la bride.

— Désolé, ma bonne femme, mais j'ai deux blessés !

Au son de cette voix, Marianne qui avait fermé les yeux comme si elle cherchait à conserver le peu de chaleur qui restait à l'intérieur de son corps, les ouvrit pour constater avec stupeur que le centaure de tout à l'heure n'était autre que Fournier-Sarlovèze, l'amant chéri de Fortunée Hamelin, l'homme qui l'avait arrachée des griffes de Tchernytchev et s'était battu pour elle [1] dans le jardin de la rue de Lille.

1. Voir *Marianne, Jason des Quatre Mers.*

326

— François ! murmura-t-elle, retrouvant son prénom aussi naturellement que s'ils eussent été élevés ensemble.

Il se retourna, la considéra avec stupeur, se frotta les yeux puis vint la regarder de plus près.

— J'ai encore dû trop boire de leur saleté de vodka !

— Vous n'avez pas de visions, mon ami, c'est bien moi, Marianne. Vous venez encore une fois de me sauver sans le savoir.

Il resta un instant sans voix puis, brusquement, explosa.

— Mais, Bon Dieu, qu'est-ce que vous foutez ici ?... Et trempée par-dessus le marché !

— Les cosaques m'ont jetée dans la rivière... Ce serait trop long à vous expliquer !... Oh, j'ai froid ! Mon Dieu que j'ai froid...

— Jetée dans la rivière ! Bon Dieu ! J'en tuerai cent de plus pour ca ! Attendez un instant... et vous, la femme, ôtez-lui cette robe trempée.

Il courut à son cheval, y prit un grand manteau roulé au troussequin de sa selle et revint, toujours à la même allure de tempête, en envelopper la jeune femme qui n'avait plus sur elle qu'un jupon mouillé. Elle voulut l'en empêcher.

— Et vous ? Vous en aurez besoin.

— Ne vous occupez pas de moi ! Je trouverai bien quelque part la défroque d'un cosaque ! Vous avez dit que cette charrette est à vous ? Où est-ce que vous allez comme ça ?

— J'essaie de rentrer chez moi... François, par pitié, si vous voyez l'Empereur prochainement, ne lui dites pas que vous m'avez rencontrée. Nous sommes on ne peut plus mal ensemble.

Il eut un grand rire amer.

— Pourquoi voulez-vous que je lui dise quoi que ce soit ? Vous savez bien qu'il me hait... presque autant que je le hais ! Et cette équipée sauvage n'est pas faite pour nous raccommoder ! Il aura détruit la plus belle armée du monde ! Mais, au fait... qu'est-ce qui s'est passé entre vous pour que vous soyez si mal ?

— J'ai fait évader un ami qui l'avait offensé. Je suis recherchée, François. N'étiez-vous pas à Smolensk dernièrement, ou à Orcha, ou dans une autre ville de la route vers la France ? Partout mon signalement est donné...

— Je ne lis jamais leurs sacrés papiers ! Ça ne m'intéresse pas !

Brusquement, il la saisit dans ses bras, l'enleva de terre et la porta dans la charrette où il la déposa en prenant soin d'envelopper ses pieds bleus de froid dans le manteau. Puis, le visage soudain grave, il la regarda profondément sans rien dire, se pencha et, longuement, colla ses lèvres à la bouche glacée de la jeune femme en la serrant de nouveau contre lui avec une sorte de rage passionnée.

— Il y a des années que j'ai envie de faire ça ! gronda-t-il. Exactement depuis la nuit du mariage de Napoléon ! Allez-vous encore me gifler ?

Elle fit signe que non, trop émue pour parler. Ce baiser brûlant, c'était exactement ce dont elle avait besoin pour retrouver le goût âpre de la vie, pour se sentir encore elle-même. Elle avait envie de s'accrocher, un moment, à cette force virile, à cette passion d'exister qui habitait l'impénitent duelliste... Elle le lui dit.

— Où allez-vous ? J'ai envie de vous suivre.

Il secoua la tête tandis qu'une grimace sardonique déformait son beau visage.

— Me suivre ? Je croyais que vous aviez envie de sortir de cet enfer ? Celui que je pourrais vous offrir serait pire car nous ignorons ce qui nous attend. Les deux tiers de nos corps d'armées sont détruits et les cosaques sont partout. Or, au lieu de nous avancer vers la Pologne, il nous faut revenir avec ce qui reste des troupes pour rejoindre Napoléon ! Alors vous, fichez le camp ! Et le plus vite que vous pourrez tandis qu'il en est temps encore ! Regardez cette rivière, ce pont ! Il vous faut les franchir immédiatement car, dès que nous aurons tourné les talons, je jurerais que d'autres cosaques viendront pour détruire la passerelle... et je ne peux pas les en empêcher parce que je n'ai pas assez d'hommes.

— Mais, si l'Empereur revient vers la Pologne, comment ferez-vous ? Les ponts de Borissov sont déjà détruits.

Il eut un geste où la lassitude se mêlait à la colère.

— Je sais. On verra bien... Allez, maintenant, filez ! On se reverra à Paris... si Dieu le veut !

— Et si j'ai encore le droit d'y vivre. Mais vos blessés ?

— On va les hisser sur leurs chevaux, l'ambulance n'est pas si loin ! Adieu, Marianne ! Si vous revoyez Fortunée avant moi, dites-lui qu'elle ne se cherche pas encore un consolateur car je reviendrai, vous entendez, je reviendrai. La Russie n'aura pas ma peau !

Cherchait-il à se rassurer ? Non, après tout. Il émettait là une certitude. Ce n'était même pas une fanfaronnade : ne resterait-il qu'un seul homme de toute la Grande Armée que cet homme serait Fournier ! Et, tout compte fait, c'était bon à entendre... Marianne sourit. Ce fut elle qui attira le général à elle pour l'embrasser... fraternellement.

— Je le lui dirai ! Au revoir, François...

Après avoir entassé sur Marianne tout ce dont elle pouvait disposer en fait de couvertures et de vêtements, Barbe, regrimpée sur son siège, avait repris les guides et claquait des lèvres. La voiture s'ébranla, se dirigea péniblement vers le pont. Le vent avait ramené la neige et elle tombait dru. Debout au bord du chemin, Fournier la regarda cahoter sur le grossier revêtement de terre battue qui garnissait les rondins. Les mains en porte-voix, il cria dans la bourrasque :

— Prenez garde ! Au-delà du pont la route traverse

329

un marais dangereux et le vent souffle ! Ne déviez pas !... Et tâchez d'éviter Smorgoni ! On s'y battait hier.

D'un geste de son fouet, Barbe fit signe qu'elle avait compris et la kibitka s'éloigna dans la tourmente blanche pour rejoindre la route de Wilna longue d'une cinquantaine de lieues. Quand elle ne fut plus visible, Fournier-Sarlovèze haussa furieusement les épaules, essuya à sa manche quelque chose qui coulait le long de sa joue puis, rejoignant son cheval, sauta en selle en voltige et reprit la tête de son détachement. Le dernier pont de la Bérézina demeura solitaire, perdu dans la tempête qui se levait avec la seule compagnie des morts. Le lendemain, il sautait...

Le chemin de Wilna, sous la neige, fut pour les deux femmes un véritable calvaire. Dès le lendemain de son bain forcé dans la Bérézina, Marianne toussait à s'arracher les entrailles et tremblait de fièvre. Elle n'avait plus aucun besoin de jouer les malades : couchée au fond de la voiture, emballée dans des couvertures et le grand manteau de Fournier, elle subissait douloureusement les cahots de la route, sans se plaindre pour ne pas ajouter aux difficultés de Barbe.

Celle-ci faisait preuve d'un courage et d'une endurance incroyables, dormant à peu près trois heures par nuit et veillant continuellement à tout. Quand la voiture s'arrêtait, chaque soir, elle allumait du feu, confectionnait à la malade des soupes de farine, de riz et du peu de légumes que l'on avait encore, faisait des grogs bouillants avec de la neige fondue et chauffait de grosses pierres qu'elle glissait, la nuit, contre Marianne pour qu'elle ne reprît pas froid. Elle s'occupait aussi du cheval, l'étrillait à chaque arrêt, le nourrissait et même lui jetait une couverture sur le dos en prenant soin de l'abriter du vent. Le jour elle demeurait assise sur son banc l'œil rivé à la route jalonnée tant bien que mal en dehors des passages à travers bois. Elle avait même fait le coup de feu contre une bande de loups avec une maîtrise qui dénotait une longue habitude. Une seule idée mais fixe l'habitait : arriver à Wilna où l'on devait faire étape chez un apothicaire juif doublé d'un médecin...

Ce fut seulement une semaine après l'aventure de Studianka qu'au cœur d'une chaîne de coteaux, on aperçut enfin Wilna. Serrée dans les bras de deux rivières aux eaux tumultueuses, la Wilia et la Wilenka, la ville était bâtie autour d'une majestueuse colline, jadis tombeau des premiers princes lituaniens, que couronnait une citadelle de briques rouges. Au sommet l'aigle impériale française s'érigeait dans le vent sur champ tricolore auprès de la marque personnelle du duc de Bassano, gouverneur de la ville pour Napoléon. Là il n'y avait plus rien à craindre des cosaques. La ville était intacte, bien ravitaillée et bien défendue.

En temps normal, la capitale de la Lituanie, étalée au cœur d'un paysage tourmenté, avec ses murs blancs, ses toits rouges, ses dômes, ses palais dans le style baroque italien et ses magnifiques églises, offrait un spectacle gai et coloré mais la neige habillait toutes choses et neutralisait les couleurs. Cependant, à l'aspect de cette belle cité, Barbe poussa un grand soupir de soulagement.

— Enfin nous y voilà ! On va pouvoir vous soigner convenablement. Reste maintenant à trouver la maison de Moïse Chakhna... Et nous y resterons le temps de vous guérir.

— Non ! protesta Marianne en essayant de se soulever péniblement. Je ne veux rester... que deux ou trois jours... le temps de vous reposer, Barbe. Ensuite nous continuerons !

— Mais c'est de la folie ! Vous êtes malade... très malade peut-être ! Voulez-vous donc mourir ?

— Je ne... mourrai pas ! Il faut que nous continuions. Je veux... atteindre Dantzig le plus vite possible, vous entendez... le plus vite possible.

Une violente quinte de toux la secoua et elle retomba

en arrière, baignée de sueur... Barbe comprit qu'il valait mieux ne pas insister. Elle haussa les épaules et se mit en quête de leur hôte local.

La maison de Moïse Chakhna se trouvait non loin des bords de la Wilia, dans le faubourg d'Antokol et près d'un petit palais italien à demi ruiné qui avait appartenu à la puissante famille Radziwill. C'était une maison assez belle, contrairement à celles que l'on avait connues jusque-là. A Wilna, la communauté juive était riche et puissante. La majorité occupait le quartier central de la ville, fouillis tortueux de ruelles noirâtres délimité par la rue Grande, la rue Allemande et celle des Dominicains, mais quelques-uns des chefs habitaient dans les faubourgs des demeures dignes de leur savoir ou même de leur richesse.

Marianne et Barbe y reçurent une hospitalité digne des temps bibliques. De même qu'à leurs autres haltes, on ne leur posa pas la moindre question bien qu'il fût évident pour tous qu'elles n'appartenaient pas au peuple d'Israël, mais les lettres de Salomon étaient, décidément, de puissants sésames. Moïse Chakhna et sa femme Esther dispensèrent à la malade les soins que nécessitait son état mais, quand la jeune femme manifesta son désir de repartir au bout de quarante-huit heures, le médecin-apothicaire fronça les sourcils.

— Vous en serez incapable, Madame ! Vous êtes atteinte d'une forte bronchite. Il vous faut garder le lit et, surtout, éviter à tout prix de reprendre froid car vous y risqueriez votre vie.

Elle s'obstinait pourtant, avec l'entêtement des malades. S'y joignait la crainte que lui inspiraient maintenant ces pays démesurés, cette nature hostile, ces neiges infinies, ces ciels sans soleil et sans espoir. Elle voulait en sortir et en sortir au plus vite. C'était une idée fixe implantée dans sa tête comme la flèche barbelée d'un archer diabolique. L'arracher c'était peut-être conduire la jeune femme aux portes de la folie.

Elle aspirait à retrouver la mer, même dans un port aussi septentrional que Dantzig...

La mer, c'était son amie. Une amie qui l'avait toujours épargnée bien qu'elle eût, plusieurs fois, mis sa vie en danger. Elle avait bercé la plus grande partie de son enfance sur les côtes anglaises, et surtout, elle avait, depuis des années, porté ses rêves, ses espoirs et son amour. Du fond de sa maladie, Marianne se persuadait que tout s'arrangerait comme par miracle, sa santé et ses souffrances, dès qu'elle aborderait un port.

Barbe, soucieuse, n'en comprit pas moins le désir impérieux de fuite qui habitait la malade.

— Faites tout ce que vous pourrez pour elle, dit-elle à Moïse. Pour ma part, j'essaierai, en me déclarant très lasse, de la faire rester deux ou trois jours de plus. Mais je n'espère guère en obtenir davantage...

En effet, au bout de cinq jours, la fièvre ayant presque complètement cédé, Marianne refusait de s'attarder davantage.

— Il faut que j'aille à Dantzig, répétait-elle. Je sais que j'aurai assez de forces pour cela ! Mais il faut que j'y aille vite... le plus vite possible. Quelque chose m'attend.

Au prix de sa vie, elle eût été incapable d'expliquer cette certitude que Barbe, d'ailleurs, attribuait à la maladie mais dans les torpeurs de la fièvre et les songes vagues qui les accompagnaient Marianne peu à peu s'était persuadée que son destin l'attendait là, dans ce port où elle avait tant désiré se rendre avec Jason. Et, après tout, ce destin revêtirait peut-être la forme d'un bateau...

Barbe, qui, peu douée pour la comédie, s'efforçait vainement de jouer les femmes exténuées, reçut le premier ordre que lui eût jamais donné sa maîtresse : celui de faire préparer la voiture pour le lendemain et, comme la Polonaise s'efforçait de discuter, elle s'entendit dire que Kovno, la prochaine étape et la fin du voyage de la kibitka, n'était plus qu'à une vingtaine de lieues. Marianne avait hâte aussi de remettre au cousin de Salomon le dépôt précieux dont on l'avait chargée et qui maintenant lui pesait car, affaibli par le mal, son esprit voyait, superstitieusement, dans ces joyaux pris à une église l'une des causes, sinon la cause de ses douleurs. D'ailleurs il s'en était fallu de peu que les perles de Smolensk finissent leur carrière dans la Bérézina, avec elle...

Cette mise en demeure désola Barbe, d'autant plus que Marianne émailla son discours de plusieurs quintes de toux de mauvais augure. En dernier recours, elle pensa que, peut-être, la voix du médecin serait plus convaincante que la sienne. Mais, à sa grande surprise, quand elle alla trouver Moïse, elle le trouva beaucoup moins désireux de voir les deux femmes poursuivre leur séjour dans sa maison... à moins qu'elles n'acceptassent de demeurer seules et exposées à des aventures désagréables.

— Je vais partir, expliqua-t-il. Moi et les miens allons, sous peu, quitter Wilna pour Riga où nous avons une maison et de la famille. Il n'est pas prudent pour nous de rester ici plus longtemps si nous tenons à nos biens... et même à nos personnes.

Comme la Polonaise s'étonnait, il lui rapporta les dernières nouvelles qui couraient la campagne. Elles étaient désastreuses pour les Français car elles disaient que l'armée de Napoléon, affamée et en désordre après des combats malheureux, refluait maintenant vers Wilna comme vers le port du salut. Elles disaient encore qu'il y avait eu, sur la Bérézina et à l'endroit même où les deux femmes avaient franchi la rivière, une sorte de bataille ressemblant furieusement à un massacre quand les fugitifs avaient voulu passer l'eau. Les ponts étaient détruits et sans l'héroïsme des soldats du Génie qui avaient pu rétablir des ponts de fortune, toute l'armée serait peut-être à cette heure détruite ou prisonnière. Beaucoup avaient pu passer ainsi qu'une foule de civils qui les suivaient mais, depuis, les incessantes charges des cosaques avaient encore causé des vides tragiques.

— D'après ce que j'ai appris, ajouta Moïse, cela se passait à peu près le jour où vous êtes arrivées ici. Depuis, Napoléon approche de Wilna aussi vite qu'il le peut. Il traîne après lui une foule affamée, désespérée qui va s'abattre sur nous comme une volée de sauterelles. Il va leur falloir des maisons, des vivres en quantité et nous allons être ravagés. Nous surtout les Juifs qui, lorsque l'on pille ou que l'on réquisitionne, sommes toujours les premiers frappés. Alors, je préfère emmener les miens et mes biens les plus précieux quand il en est encore temps. Peu m'importe ensuite si l'on brûle ma maison : elle ne sera plus qu'une coquille vide. Voilà pourquoi, ajouta-t-il gravement, je dois manquer aux lois de l'hospitalité, à mon corps défendant, et vous prier de reprendre votre route. Tout ce que je peux vous offrir c'est de nous suivre à Riga...

— Certainement pas ! Route pour route, autant reprendre la nôtre. Pouvez-vous nous donner de quoi protéger ma maîtresse, autant que possible, contre une rechute toujours à craindre avec ce froid ?

— Bien entendu ! Vous aurez des fourrures, des bottes doublées, un réchaud même que vous pourrez garder allumé dans la kibitka et, naturellement, des vivres.

— Je vous remercie ! Mais, vous-même, pourrez-vous partir ? Le gouverneur français...

Moïse Chakhna eut un geste bien étrange pour l'homme calme et un peu compassé qu'il était habituellement : il montra le poing à un personnage invisible.

— Le gouverneur ? Sa Grâce le duc de Bassano ne croit pas à ces rumeurs désastreuses. Il menace de prison ceux qui les propagent... et il songe à donner un bal. Mais moi je sais que tout cela est vrai et je m'en vais !

Le lendemain, la kibitka reprenait son chemin vers le Niemen que l'on passerait à Kovno. Comme il l'avait promis, le médecin avait généreusement muni les deux voyageuses de tous les moyens possibles de lutter contre le froid et ce n'était pas superflu car, en ce début du mois de décembre, la température, brusquement, plongea dramatiquement. Le thermomètre tomba à 20° au-dessous de zéro, les rivières gelèrent et les roues de la voiture cessèrent d'enfoncer dans la neige durcie sur laquelle le cheval, d'ailleurs, avançait d'un pas sûr mais sans pouvoir aller très vite car la voiture avait souvent tendance à déraper, menaçant même parfois de verser.

Pour mieux la maintenir en ligne, Barbe, des morceaux de laine attachés autour de ses bottes, se résigna à faire la route à pied tant elle craignait de voir le véhicule se retourner et précipiter Marianne sur la glace.

Heureusement, et contrairement à ce qu'elle avait craint, la jeune femme allait un peu mieux. La fièvre n'avait pas reparu et la toux semblait moins rocailleuse, les quintes moins longues. Mais pour plus de sécurité, Barbe l'obligeait à rester ensevelie dans les fourrures qui laissaient uniquement voir ses yeux encore trop brillants.

A ce train-là on mit trois jours et une nuit pour atteindre les approches du Niemen. Au soir de ce troisième jour, en effet, Barbe, inquiète du froid qui grandissait encore, refusa de s'arrêter. D'autant plus qu'on se trouvait dans une plaine nue où aucun abri n'était possible.

— Autant aller jusqu'au bout ! décréta-t-elle quand on fit la halte obligatoire pour prendre quelque chose de chaud.

En éparpillant du pied les restes du feu, elle conclut :
— Demain matin nous serons à Kovno.

Et toute la nuit, éclairant son chemin d'une lanterne, Barbe marcha, marcha... Jusqu'à ce que le diable lui envoyât une nouvelle épreuve. Deux heures avant le lever du jour, alors que l'on était en vue de Kovno, l'une des roues arrière de la voiture se brisa sur un obstacle invisible. Freinée brusquement, la kibitka dérapa avant de s'immobiliser.

Réveillée par le choc, Marianne, qui sommeillait, passa la tête au-dehors. A la lumière de la lanterne, elle vit briller, comme une sorte de lune, le visage de Barbe, enduit de graisse de mouton et devenu blême. Malgré cette précaution destinée à éviter les crevasses au visage, de petits glaçons s'étaient formés dans ses sourcils et sous son nez où la respiration gelait. Mais toute cette figure était l'image même du désespoir.

— Nous avons cassé une roue ! balbutia-t-elle. Il n'est plus possible de continuer !... Non, protesta-t-elle aussitôt en constatant que Marianne se mettait en devoir de sortir, ne descendez pas ! Il fait trop froid ! Vous allez attraper la mort !...

— De toute façon, je l'attraperai si nous devons rester ici longtemps sans bouger. Sommes-nous encore loin de Kovno ?

— On voit briller d'ici le confluent de la Wilia et du Niemen... Deux ou trois verstes tout au plus. Le mieux serait peut-être...

Elle n'eut pas le temps d'en dire davantage. Débouchant d'un tournant du chemin, un cavalier arrivait sur elles, évitant de justesse la voiture qui tenait le milieu de la route. Mais, ayant buté contre un talus, il s'abattit à peine le véhicule dépassé. Il se releva presque aussitôt, aida son cheval à se remettre sur ses jambes puis, jurant et sacrant, en bon français, revint vers la voiture.

— Tonnerre de Dieu ! Qu'est-ce qui m'a foutu des abrutis pareils !... Bande de...

Il avait tiré son pistolet et semblait décidé à s'en servir. Barbe alors cria avant qu'il n'eût le temps de viser.

— Ça ne vous servira à rien de nous tuer ! Nous avons cassé une roue et nous sommes assez ennuyées ainsi.

Étonné d'entendre parler sa langue par cette créature

indéfinissable qui avait l'air d'être du pays, l'homme s'approcha.

— Ah ! vous êtes des femmes ! Pardonnez-moi, je ne pouvais pas savoir mais je me suis fait un mal de chien. Et je suis pressé...

A la lumière de la lanterne, Marianne vit avec étonnement qu'il ne s'agissait pas d'un soldat mais bien d'un piqueur de la maison de l'Empereur. Sa présence dans ce désert de glace était si stupéfiante qu'elle ne put s'empêcher de lui demander ce qu'il faisait là. Alors il se présenta.

— Amodru, Madame. Piqueur de Sa Majesté l'Empereur et Roi ! Je suis chargé de préparer les relais. L'Empereur me suit !

— Qu'est-ce que vous dites ? L'Empereur ?...

— Sera ici d'une minute à l'autre ! Aussi pardonnez-moi si je vous abandonne ! En arrivant à Kovno, je vous enverrai du secours. En attendant, je vais vous aider à pousser cette charrette sur le côté, sinon Sa Majesté sera obligée de s'arrêter... moins brutalement que moi, je l'espère ! Faisons vite. J'ai déjà pris du retard à cause des loups que j'ai dû tuer.

Tout en parlant, il empoignait la bride du cheval, criant à Barbe de pousser la voiture de son mieux, mais celle-ci ne l'écoutait pas. Elle avait dû se jeter sur Marianne dont le premier mouvement, en apprenant l'approche de Napoléon, avait été de s'élancer à travers champs pour se dissimuler.

— Je vous en prie. Ne soyez pas stupide ! Restez ici ! Il ne vous verra peut-être même pas. Et puis, en admettant même qu'il vous reconnaisse, qu'avez-vous à craindre ? Il n'y a ici ni prison, ni juges, ni...

— Aidez-moi, bon Dieu ! hurlait le piqueur auquel le cheval refusait d'obéir.

— Qu'est-ce que vous croyez ? Que je vais soulever cette voiture au risque de me rompre les reins ? Si l'Empereur arrive, il s'arrêtera, voilà tout ! Et il y aura bien dans ses troupes quelqu'un qui nous sortira de là.

Amodru haussa les épaules avec fureur.

— J'ai dit l'Empereur ! Pas l'armée ! Sa Majesté a dû prendre les devants ! Il lui faut regagner Paris au plus vite. La situation y est grave, paraît-il. Alors, vous m'aidez ?... Bon sang ! Les voilà !...

En effet trois voitures débouchaient de derrière quelques sapins marquant le tournant de la route : la dormeuse de l'Empereur suivie de deux calèches fermées, toutes trois blanches de neige gelée. Une dizaine de cavaliers les accompagnaient.

Il n'était plus temps pour Marianne de remonter dans la voiture pour s'y cacher. Avec un gémissement, elle se serra contre Barbe, cachant son visage contre son épaule. Elle avait honte de cette peur soudaine qui l'envahissait, elle qui avait affronté déjà tant de dangers beaucoup plus redoutables qu'une colère impériale, même assortie d'un jugement. Mais ce n'était pas tant de Napoléon qu'elle avait peur, que d'une mauvaise chance qui ne se lassait pas de dresser sur sa route un obstacle après l'autre. Peut-être était-il écrit qu'elle n'atteindrait jamais Dantzig...

Cependant, le piqueur courait vers la voiture de tête à la portière de laquelle quelqu'un venait de se pencher. Marianne entendit une voix bien connue demander avec impatience :

— Eh bien ! Que faisons-nous là ? Qu'est-ce que cette voiture ?

— L'équipage de deux femmes, Votre Majesté ! Elles ont cassé une roue et je n'ai pas réussi à dégager la route.

— Deux femmes ? Que font deux femmes à pareille heure sur un pareil chemin ?

— Je ne sais pas, Sire. Mais l'une parle français avec un accent de par ici et l'autre sans accent. Je crois qu'elle est française.

— Sans doute de malheureuses fugitives comme nous ! Que l'on voie ce que l'on peut faire pour elles. J'attendrai !

Tout en parlant, Napoléon ouvrait la portière, sautait sur le sol gelé. Malgré son émotion, Marianne ne put s'empêcher de jeter un regard de son côté tandis qu'il sortait d'une espèce de sac en peau d'ours dans lequel il était enveloppé, et marchait vers elle d'une démarche rendue difficile par les énormes bottes fourrées et l'épaisseur de ses vêtements. Un instant plus tard, il était près d'elles et Marianne sentit son cœur cogner durement dans sa poitrine tandis qu'il disait, aimablement :

— C'est vous qui êtes accidentées, Mesdames ?

— Oui, Sire... répondit Barbe d'un ton hésitant. Nous espérions atteindre Kovno avant le jour mais nous avons eu du malheur... et ma compagne relève d'une grave maladie. J'ai peur pour elle, par ce froid terrible...

— Je vous comprends. Il faut l'abriter. Puis-je vous demander qui vous êtes ?

Barbe ouvrait déjà la bouche pour répondre Dieu sait quoi mais, tout à coup, quelque chose craqua en Marianne, quelque chose qui était peut-être sa combativité. Elle en avait assez de lutter contre tout au monde, les hommes et les éléments. Elle était lasse, elle était malade... et n'importe quelle prison serait, à tout prendre, préférable à ce qu'elle avait enduré. Repoussant brusquement Barbe, elle découvrit son visage et se laissa tomber à genoux.

— C'est moi, Sire. Ce n'est que moi... Faites de moi ce que vous voudrez...

Il eut une sourde exclamation, cria, sans se retourner :

— Roustan ! Une lanterne !...

Le mameluk, que Marianne n'imaginait pas en Russie parce qu'elle ne l'avait pas encore aperçu, accourut, véritable montagne de fourrure sur laquelle voguait un turban, apportant une lanterne. A sa lumière pauvre, Napoléon scruta le visage creusé par la maladie, les yeux emplis de larmes qui gelaient en roulant sur les joues blêmes. Les siens eurent un éclair, vite éteint d'ailleurs et, tout à coup, il se pencha sur elle avec un visage si dur qu'elle ne put s'empêcher de gémir.

— Sire... Me pardonnerez-vous jamais ?

Mais il ne lui répondit pas, se contenta de prendre la lanterne des mains du mameluk.

— Emporte-la ! lui dit-il. Mets-la dans la voiture ! Sa compagne montera avec Constant. Dételez le cheval et prenez-le en bride. Quant à cette misérable carriole, elle ne mérite pas que l'on perde son temps pour elle. Poussez-la dans le fossé et continuons ! Il y a de quoi prendre la mort, ici !

Sans un mot, Roustan souleva Marianne et alla la déposer à l'intérieur de la dormeuse où un homme se trouvait déjà. Elle ne put, bien qu'elle n'en eût guère envie, s'empêcher de sourire en reconnaissant Caulaincourt et en constatant la stupeur qu'elle suscitait chez lui.

— Il est écrit, Monsieur le Duc, que nous nous rencontrerons toujours dans des circonstances extraordinaires, murmura-t-elle.

Mais une brutale quinte de toux la secoua et l'empêcha de poursuivre. Tout de suite le duc de Vicence glissa une chaufferette sous ses pieds, tendit la main vers un nécessaire de voyage et y prit un peu de vin qu'il versa dans un gobelet de vermeil avant de l'approcher des lèvres de la jeune femme.

— Vous êtes malade, Madame ! fit-il d'un ton apitoyé. Ces climats ne sont pas faits pour les femmes...

Il s'interrompit car Napoléon venait de remonter en voiture et se réinstallait dans sa peau d'ours. Il semblait furieux. Ses mouvements étaient brusques et ses sourcils durement froncés, mais Marianne, un peu réconfortée par le vin qui était le chambertin préféré du souverain, se risqua à murmurer :

— Comment vous remercier, Sire ? Votre Majesté...

Il lui coupa la parole.

— Taisez-vous ! Vous allez encore tousser ! Nous verrons au relais...

On fut à Kovno en un rien de temps et l'on s'arrêta dans l'un des faubourgs devant une maison dont il ne restait plus que la moitié. Le reste de la ville était d'ailleurs à cette image car, une dizaine d'années plus tôt, Kovno avait été en grande partie détruite par un terrible incendie dont elle ne s'était pas encore relevée. L'arrivée des Français de ce côté-ci du Niemen n'avait rien arrangé. Hormis le vieux château, quelques églises et la moitié environ des maisons, tout le reste était en ruine.

Celle devant laquelle s'arrêtèrent les trois voitures était une espèce d'auberge tenue par un jeune cuisinier italien qui était arrivé là l'été précédent avec l'armée. Il semblait d'ailleurs y réussir car, prévenu seulement quelques instants auparavant par le piqueur Amodru qui avait déjà repris sa route, il avait réussi des merveilles. Quand Marianne soutenue par Caulaincourt entra dans la salle où brûlait un grand feu, elle vit une table toute servie avec une nappe blanche, du pain blanc, des poulets rôtis, du fromage, des confitures et du vin... et se crut au paradis. La pièce était étincelante de propreté, il y faisait chaud et l'odeur d'une omelette embaumait l'atmosphère...

A Guglielmo Grandi qui, plié en deux, le saluait, bonnet à la main, Napoléon demanda :

— As-tu une bonne chambre ?

— J'ai trois chambres, votre Majesté Impériale ! Trois bonnes chambres. Est-ce que Votre Majesté veut me faire l'honneur de prendre un peu de repos ?...

— Je n'ai pas le temps. Mais cette dame a besoin d'un lit ! Fais préparer une chambre... Je vois que tu as là des servantes. Que l'on allume du feu et qu'on lui prépare à souper...

D'un geste sec, il appela Barbe qui venait d'entrer en compagnie des occupants des autres voitures qui étaient Duroc, le général Mouton, le baron Fain et

Constant qui d'ailleurs, reconnaissant la jeune femme, se précipitait vers elle avec un visage illuminé de joie.

— Mon Dieu ! Madame la Princesse ! Mais c'est un miracle !...

Napoléon lui coupa la parole d'un geste autoritaire.

— Cela suffit, Constant ! Veillez à ce que cette dame soit bien installée ! Et vous, ajouta-t-il à l'intention de Barbe qui le regardait avec de grands yeux inquiets, allez avec votre compagne, aidez-la à se coucher...

— Sire ! pria Marianne. Laissez-moi au moins vous parler, vous dire...

— Rien ! Allez vous mettre au lit. Vous tenez à peine debout. J'irai tout à l'heure vous apprendre ce que j'ai décidé...

Et comme si, tout à coup, elle avait cessé d'exister, il lui tourna le dos et revint vers la table à laquelle il s'assit non sans avoir dépouillé son énorme pelisse et les nombreux vêtements de laine qui l'enrobaient, comme un oignon ses pelures. Et sans plus attendre, il attaqua l'omelette qu'on lui servait toute fumante.

Conformément aux habitudes, le repas impérial ne dura guère. Dix minutes environ après qu'il eut envoyé Marianne vers sa chambre, Napoléon y pénétrait à son tour. La jeune femme venait tout juste d'être installée dans un lit auquel des matelas empilés donnaient des airs de vaisseau de haut bord. Elle y buvait avec délices et précautions une tasse de lait bouillant, le premier depuis bien longtemps.

En voyant surgir l'Empereur, elle s'arrêta, voulut passer la tasse à Barbe mais il l'en empêcha.

— Achevez ! ordonna-t-il du ton dont il eût dit : Sortez !

N'osant désobéir ni risquer de lasser une patience qu'elle savait courte, elle se brûla héroïquement, avala le tout d'un trait puis, rouge jusqu'à la racine des cheveux, rendit le récipient à Barbe qui, sur une révérence, s'esquiva. Avec une humilité toute nouvelle, Marianne attendit que l'Empereur lui adressât la parole. Cela ne tarda guère.

— Je n'espérais plus vous revoir, Madame ! En vérité, j'ai encore peine à croire que ce soit réellement vous que j'ai trouvée grelottant auprès des débris d'une mauvaise carriole !

— Sire, murmura Marianne timidement. Votre Majesté veut-elle maintenant me permettre de lui dire...

— Rien, Madame ! Je n'ai de temps ni pour votre histoire ni pour vos remerciements. En vous portant secours, j'ai fait ce que commandait la simple humanité. Remerciez Dieu !

— Alors... puis-je demander ce que Votre Majesté compte faire de moi ?

— Que voulez-vous que je fasse de vous ?

— Je ne sais pas mais... comme Votre Majesté avait pris la peine de me faire rechercher... et même de mettre ma tête à prix !

Il eut un rire dur et bref.

— Votre tête à prix ? N'exagérez rien ! Si j'ai offert une somme d'argent pour vous retrouver ce n'était pas, et j'espérais que vous n'imagineriez rien de tel, pour vous envoyer devant un peloton d'exécution. Sachez ceci, Madame ! Je ne suis ni un bourreau, ni un fou, ni un homme sans mémoire. Je n'ai pas oublié les services que vous m'avez rendus, je n'ai pas oublié non plus que c'est uniquement pour me sauver que vous vous êtes fourrée dans cet énorme guêpier.

— Mais j'ai fait évader votre prisonnier...

— Laissez-moi finir ! Je n'ai pas oublié que vous m'avez aimé et que, lorsque votre cœur est en cause, vous pouvez vous lancer dans les pires aventures, telle cette folie que vous avez commise pour sauver ce cardinal rebelle. Je n'ai pas oublié, enfin... que je vous ai aimée et que, jamais, vous ne me serez indifférente.

— Sire !...

— Taisez-vous ! J'ai dit que j'étais pressé. Si je vous ai fait rechercher, c'était dans l'espoir de vous sauver de vous-même, d'abord en vous empêchant de courir aux basques de votre Américain, et des incroyables dangers de ce pays, ensuite... des dangers que, depuis votre disparition, j'ai pu mesurer et en face desquels vous me sembliez bien fragile. Ne vous est-il pas venu à l'idée que je pouvais craindre... affreusement, d'apprendre que vous aviez péri dans l'incendie ? Non, bien sûr, vous n'y avez pas pensé un seul instant !

— Comment aurais-je pu l'imaginer ? Je croyais...

— Vous n'aviez pas à croire, vous aviez à vous soumettre ! Certes, vous auriez essuyé ma colère... mais jusqu'à présent vous en avez essuyé impunément quelques-unes, n'est-ce pas ? Ensuite, je vous aurais renvoyée en France, chez vous, dans les plus brefs délais et par les moyens les plus rapides.

Émue aux larmes, Marianne murmura d'une voix qui s'enrouait :

— Votre Majesté veut-elle dire... qu'elle a renoncé à me punir de ma rébellion ?

— Certainement pas ! Mais votre présence ici, et dans cet état, est la meilleure preuve de ce que vous n'avez pas trahi la parole que vous m'aviez donnée, j'entends : que vous n'avez pas pris le chemin, facile cependant, de Saint-Pétersbourg ! Aussi n'aggraverai-je pas la sanction que je vous ai infligée.

— Et... qui est ?

— Votre hôtel de Paris ne vous appartient plus. Aussi bien vous n'êtes plus, depuis longtemps, Mlle d'Asselnat de Villeneuve. L'hôtel de votre famille appartient désormais, en toute propriété, à votre cousine, Mademoiselle Adélaïde d'Asselnat !

Quelque chose se serra dans la gorge de Marianne qui murmura, baissant les yeux pour qu'il ne pût lire le brusque chagrin qui lui venait :

— Cela veut dire... que Paris m'est désormais fermé, que je suis exilée ?

— Un mot amusant pour une émigrée élevée en

Angleterre ! N'imaginez pas cependant que je vais vous renvoyer à Selton Hall. Vous n'êtes pas exilée mais vous n'avez plus le droit d'habiter Paris à demeure. Quelques séjours ne vous seront pas défendus mais vous habiterez désormais là où vous le devez.

— Et c'est ?

— Ne faites pas celle qui ne comprend pas ! Vous êtes princesse Sant'Anna, Madame, vous demeurerez avec votre époux et votre fils. Tout autre domicile dans l'Empire vous est interdit !

— Sire !

— Ne répliquez pas ! Je ne fais qu'agir dans le sens de la promesse que vous m'avez faite. Allez rejoindre le prince Corrado. Il est digne d'amour, même si... la couleur de sa peau n'est pas celle que l'on souhaiterait sur un tel homme.

— La... couleur de sa peau ? Votre Majesté sait...

— Oui, Madame, je sais ! Dans l'espoir de vous éviter les ennuis qu'un divorce aurait pu vous créer auprès de moi, le prince Sant'Anna s'est confié à mon honneur et a déposé son secret entre mes mains. J'ai reçu sa lettre à Moscou. Il espérait, ce faisant, que je vous comprendrais mieux et vous pardonnerais de suivre aveuglément la pente qui entraîne votre cœur vers les États-Unis. Je sais maintenant qui vous avez épousé...

Lentement, il s'approcha du lit, posa sa main sur l'épaule de la jeune femme qui, tête basse, l'écoutait, envahie d'une émotion qu'elle contrôlait mal. Sa voix, tout à coup, se fit très douce.

— Essaie de l'aimer, Marianne ! Nul ne le mérite plus que lui. Si tu veux que je te pardonne tout à fait, sois une bonne épouse et... reviens, avec lui, à ma cour. Un homme de cette qualité ne doit pas vivre à l'écart des autres. Dis-le-lui. Dis-lui aussi que l'accueil qu'il recevra de moi ôtera, à quiconque, jusqu'à l'envie de sourire.

Les larmes maintenant roulaient sur les joues de la

346

jeune femme mais c'étaient des larmes bienfaisantes, des larmes de soulagement et de tendresse. Tournant vivement la tête, elle posa ses lèvres humides sur la main pâle qui serrait son épaule mais sans réussir à articuler une parole. Un moment, ils restèrent ainsi puis, doucement, Napoléon retira sa main, revint vers la porte demeurée entrouverte.

— Constant ! appela-t-il. Est-ce prêt ?

Le valet apparut presque instantanément portant des papiers et un portefeuille qu'il alla déposer entre les mains de Marianne.

— ...Il y a là, expliqua l'Empereur, un passeport, un bon de réquisition pour une voiture, l'autorisation de prendre des chevaux de poste, enfin de l'argent ! Reposez-vous ! Soignez-vous quelques jours puis repartez tranquillement vers la France. En partant d'ici, choisissez de préférence un traîneau. C'est ce que je vais essayer de faire pour ma part.

— Votre Majesté repart tout de suite ? demanda timidement Marianne.

— Oui. Il me faut rentrer au plus vite car j'ai appris qu'en mon absence, un misérable fou, un certain Malet, annonçant ma mort a été à deux doigts, en quelques heures, de réussir un coup d'État grâce à l'incurie et à la sottise de ceux à qui j'avais confié la garde de Paris. Je repars sur l'heure... — Puis se tournant vers Constant qui, à trois pas derrière lui, attendait ses ordres :

— A-t-on décidé quelle route nous allons prendre ? Koenigsberg ou Varsovie ?

— Le duc de Vicence vient d'envoyer un courrier jusqu'à Gumbinnen pour voir ce que donne la route vers Koenigsberg, qui est plus directe.

— C'est bien. Partons, nous verrons à bifurquer si ce chemin n'est pas bon. Peut-être vaudrait-il mieux éviter de traverser la Prusse. Adieu, Madame ! J'espère vous revoir dans des circonstances moins dramatiques.

Pour la première fois depuis longtemps, Marianne retrouva le courage de sourire.

— Au revoir, Sire ! Si Dieu protège Votre Majesté autant que je prierai pour elle, son voyage sera sans nuages... Mais, avant de partir, Sire, dites-moi... l'armée... est-ce que cela a été aussi affreux que je l'ai entendu dire ?

Le beau visage fatigué de l'Empereur se crispa brutalement comme si ces paroles l'avaient frappé. Son regard dur s'emplit tout à coup d'une douleur comme Marianne n'avait jamais imaginé qu'il pût en éprouver.

— Cela a été pire, Madame, fit-il d'une voix lourde de chagrin. Mes pauvres enfants !... On me les a massacrés et c'est ma faute ! Jamais je n'aurais dû m'attarder si longtemps à Moscou ! Ce soleil maudit m'a trompé... et maintenant j'ai dû les quitter, les quitter quand ils ont encore tellement besoin de moi !

Marianne crut qu'il allait pleurer mais Constant, doucement, était venu jusqu'à son maître et touchait respectueusement son bras.

— Ils ont des chefs, Sire ! Tant qu'un Ney, un Poniatowski, un Oudinot, un Davout, un Murat les commanderont, ils ne seront jamais tout à fait abandonnés !...

— Constant a raison, Sire ! fit ardemment Marianne. Et puis c'est tout l'Empire qui a besoin de vous... c'est nous tous. Pardonnez-moi d'avoir avivé votre douleur.

Il fit signe que ce n'était rien, passa sur son visage une main qui tremblait et, avec l'ombre d'un sourire à l'adresse de la jeune femme, il quitta la pièce dont Constant, doucement, referma la porte. Un moment plus tard, le bruit des voitures qui repartaient éveilla les échos matinaux de la ville. Il faisait jour maintenant et le temps s'éclaircissait...

Trois jours plus tard, dans une dormeuse montée sur patins et attelée de deux chevaux, Marianne et Barbe quittaient Kovno et s'engageaient sur la pente raide qu'il fallait gravir au sortir de la ville pour gagner Mariampol. Pendant que la jeune femme se reposait chez l'Italien, Barbe s'était mise en quête d'Ishak Levin auquel elle avait remis la lettre de son cousin, les perles et le petit cheval qui les avait amenées en lui indiquant où il pourrait trouver la kibitka accidentée. Elle était revenue de cette visite avec de nouveaux vêtements, non seulement chauds mais plus conformes au rang de celle qui, dès à présent, avait le droit de redevenir elle-même. Et en prenant place auprès de Marianne dans la confortable dormeuse, la Polonaise ne put s'empêcher de remarquer avec satisfaction :

— J'avais raison de penser que la bonne fortune reviendrait un jour, mais j'avoue que je ne l'espérais pas de sitôt ! Madame la Princesse maintenant n'a plus aucun souci à se faire. Les grandes aventures sont finies.

Marianne se tourna vers elle et, derrière l'épais manchon de renard noir qu'elle tenait devant sa bouche, elle lui sourit avec un peu de son ancienne ironie.

— Croyez-vous ? Je crains bien d'être l'une de ces femmes dont les aventures ne s'achèvent qu'avec leur mort, ma pauvre Barbe. Mais j'espère toutefois que vous n'aurez plus à en souffrir comme au long de cette route infernale...

Au relais de Mariampol, on apprit que l'Empereur, renonçant définitivement à la route directe par Koenigsberg et Dantzig, avait choisi de passer par Varsovie afin de ranimer par sa présence l'enthousiasme de ses alliés polonais que le bruit de ses revers pouvait avoir refroidi. Mais Marianne n'avait aucune raison de changer de route et l'on continua en direction de la mer Baltique malgré les difficultés de la route où la neige amoncelée rendait souvent le passage pénible. Et plus d'une fois, au cours de ce long chemin, Marianne bénit sa rencontre avec Napoléon qui lui avait permis de voyager dans des conditions parfaitement inespérées.

— Je crois qu'avec notre kibitka, nous n'y serions jamais arrivées ! confia-t-elle à Barbe.

— Oh ! pour arriver, nous serions toujours arrivées

quelque part. Seulement il y a gros à parier que c'eût été le Paradis.

Relayant maintenant régulièrement et ne s'arrêtant plus qu'aux auberges pour se restaurer, tant bien que mal, les voyageuses mirent néanmoins près d'une semaine pour atteindre Dantzig. Le froid était intense et, en approchant la mer, ce fut une tempête qui les accueillit, une de ces tempêtes qui d'un paysage font un tourbillon et déchaînent la mer à l'assaut des campagnes.

Bâtie sur les marécages de deux rivières et d'un estuaire, celui de la Vistule, Dantzig apparut un soir au milieu des hurlements du vent qui rasait la plaine basse et plate, lui arrachant comme des copeaux, des plaques de neige durcie... Sous le ciel fuligineux où se tordaient les nuages échevelés, ce fut comme un fantôme émergeant d'un monceau de décombres blanchis : les gigantesques travaux militaires ordonnés par Napoléon et que le gel avait arrêtés.

La plaine était si basse qu'elle aurait pu évoquer la Hollande, n'étaient les montagnes qui se profilaient au sud-ouest. Mais derrière la masse sombre de l'ancienne cité teutonique la masse furieuse et blanche de la mer faisait entendre ses coups de canon attaquant les digues.

Tout au long du voyage, Marianne n'avait guère parlé. Enfouie dans ses fourrures, la tête tournée vers la portière elle tenait son regard fixé sur l'univers neigeux à travers lequel leur voiture glissait maintenant, presque sans à-coup, grâce à ses immenses patins de bois. Sa santé semblait sinon rétablie, du moins bien améliorée, et Barbe ne comprenait pas pourquoi, à mesure que l'on approchait de Dantzig, l'humeur de la jeune femme semblait se faire plus sombre et plus triste.

Elle ne pouvait pas deviner que, dans cette ville maritime, Marianne allait avoir à résoudre un problème pour la solution duquel aucune aide n'était possible.

Ce qui approchait, dans la triste lumière d'un après-midi tirant à sa fin, c'était, pour elle, une croisée de chemins, le point de non-retour. C'était là qu'elle devait prendre la décision suprême, celle dont dépendait maintenant tout le reste de sa vie.

Ou bien elle reprendrait la route que lui avait tracée l'Empereur dans une sagesse qu'elle ne songeait même pas à contester... ou bien elle choisirait de désobéir une dernière fois, d'entrer en révolte définitive et de couper derrière elle les derniers ponts. Alors, dans le port de Dantzig, elle chercherait à prendre passage sur un bateau qui, à travers ce golfe parsemé d'îles plates où la mer se brisait en écumant, à travers les dangereuses passes nordiques, lui ferait gagner un Port de l'Atlantique où il lui serait possible de s'embarquer enfin pour l'Amérique. Mais pour y trouver quoi ? C'était la question que, dans le silence de la voiture, elle s'était posée tout au long de la route.

La réponse avait été : l'inconnu, l'attente d'un absent, de la fin d'une guerre, l'amour sans doute, le bonheur... peut-être ! Un bonheur amputé, bien sûr ! Il ne pouvait pas en être autrement car Marianne se connaissait trop bien maintenant pour ignorer que, même mariée à Jason, même devenue mère de plusieurs enfants, il lui resterait toujours, dans un coin de son cœur, un regret en forme de remords : celui du petit Sebastiano, de l'enfant qui grandirait sans elle et qui un jour, peut-être, devenu homme, pourrait rencontrer sans émotion une inconnue qui serait sa mère.

Ce choix tragique, c'était à Dantzig seulement qu'elle pouvait le faire. Même si cela paraissait plus facile, il était impossible de rentrer en France pour en repartir depuis Bordeaux, Nantes ou Lorient. Si elle voulait disparaître, il fallait le faire maintenant... et définitivement car la chose alors serait vraisemblable. La route était si longue, entre Dantzig et Paris, la saison était si rude qu'un accident était toujours possible. Ses amis la croiraient morte, et Napoléon ne songerait pas à s'en prendre à sa famille. Tous la pleureraient pendant quelque temps puis ils oublieraient ! Oui, elle était tentante cette évasion-là car elle effacerait définitivement les traces de Marianne d'Asselnat de Villeneuve, princesse Sant'Anna. Ce serait naître de nouveau, et, un beau jour, sur le quai de Charleston, une femme neuve, sans attache et sans passé ferait ses premiers pas dans un air nouveau...

Un toussotement de Barbe la ramena à la réalité.

— Allons-nous seulement relayer pour continuer notre route, Madame ? demanda-t-elle. Ou bien nous arrêterons-nous ici ?

— Nous nous arrêtons, Barbe. Je suis moulue. J'ai besoin d'un peu de repos, vous aussi...

On entra en ville au moment précis où l'estafette du courrier, qui venait de relayer, en sortait dans une minuscule tempête de neige et franchissait sur un pont de bois les eaux glauques et solidifiées d'un cours d'eau où trempait un glacis. Et quand la voiture glissa dans les rues étroites de la vieille cité hanséatique, Marianne eut l'impression de plonger dans le Moyen Age. Un Moyen Age en brique rouge, qui cernait de hautes maisons en encorbellement, à pignons pointus et à colombages, des venelles sombres comme des gorges de montagne.

Ici et là, au détour d'une rue, de hautes églises rouges, d'un gothique superbe, surgissaient comme de la nuit des temps, à moins que ce ne fût quelque palais, joyau du XVe ou du XVIIe siècle, proclamant la richesse de cette ville. Mais les rares habitants que l'on rencontrait qui n'étaient pas les soldats français, allemands, polonais ou hollandais de la garnison soumise au général Campredon[1] avaient tous des mines sombres et des mises modestes qui s'accordaient mal avec la beauté

1. Qui tenait la ville en remplacement du général Rapp parti à la suite de l'Empereur en Russie.

de cette reine du Nord. On sentait la contrainte, colère rentrée, le besoin de se tenir à l'écart.

Quand la voiture parvint au long du bassin du port bordé de hautes maisons, où le vent mugissait, quatre heures sonnaient au carillon du majestueux Hôtel de ville dont le beffroi évoquait les cités flamandes. En face du Krantor[1], on trouva une auberge qui, avec son enseigne dorée couverte de neige et ses petits carreaux en culs de bouteilles bien brillants, paraissait avenante. La porte basse s'ouvrait sans cesse pour livrer passage à des marins bottés de phoque ou à des soldats emmitouflés jusqu'aux yeux, ceux qui sortaient étant beaucoup plus rouges que ceux qui entraient.

L'arrivée de la voiture fit surgir au seuil l'aubergiste et un valet en sabots, haut comme une tour, qui s'inclinèrent bien bas devant des voyageuses si bien vêtues. Mais, au moment où Marianne ayant mis pied à terre se disposait à entrer dans l'auberge, elle fut bousculée par un grand diable roux qui en sortait, visiblement ivre et braillant à pleins poumons une chanson... irlandaise.

— ...*Scuse me !* hoqueta l'homme en écartant délicatement l'obstacle humain sur lequel il avait buté.

Mais déjà Marianne l'avait reconnu avec stupeur.

— Craig ! s'écria-t-elle. Craig O'Flaherty !... Que diable faites-vous ici ?

Il allait passer son chemin. A l'appel de son nom, il se retourna, plissa ses yeux comme quelqu'un qui voit mal et qui essaie d'accommoder.

— Craig ! répéta la jeune femme ivre de joie, c'est moi... Marianne !

Du coup, il se baissa, ramassa une poignée de neige et s'en frotta vigoureusement la figure et les cheveux puis regarda de nouveau.

— Par saint Patrick ! C'est pourtant vrai...

Et, rugissant de joie, il s'empara de la jeune femme,

1. Halle au blé.

la souleva de terre et la tint un instant en l'air à bout de bras comme une fillette avant de la reposer un peu brutalement et de l'embrasser à gros baisers claquants.

— C'est pas Dieu possible ! C'est trop merveilleux ! Vous ! Vous ici, ma belle ! Je n'arrive pas encore à y croire. Mais venez, entrons dans cette taverne de brigands. On crève de froid... et il faut arroser ça !

Un instant plus tard, tandis que Barbe, escortée du patron, prenait possession d'une assez belle chambre donnant sur le port, Marianne, sans souci des groupes de soldats et de marins attablés autour d'eux à boire ou à fumer leurs longues pipes de terre, s'installait avec Craig près de l'énorme poêle en faïence blanche qui chauffait comme une fournaise. L'Irlandais, à grands cris, commanda de l'eau-de-vie.

— J'aimerais mieux du thé ! fit Marianne. Mais dites-moi vite, Craig ! Êtes-vous seul ici... ou bien avez-vous retrouvé Jason ?

Il lui jeta un vif coup d'œil qui ne portait plus aucune trace d'ivresse.

— Je l'ai retrouvé ! fit-il brièvement. Il est au bateau pour le moment. Mais parlez-moi de vous ! Dites-moi un peu...

Bien sûr, elle ne l'écoutait pas. Son cœur s'était mis à cogner comme un gong forcené dans sa poitrine et ses joues brûlaient d'excitation. Ainsi, elle avait eu raison ! Ses pressentiments ne l'avaient pas trompée, ni ses rêves qu'elle avait si souvent pris pour des cauchemars : quelque chose l'attendait bien à Dantzig... et ce quelque chose c'était Jason ! A deux mains, elle saisit celle que Craig avait posée sur la table tandis que l'autre fouillait sa poche à la recherche de sa pipe.

— Je veux le voir. Tout de suite ! Dites-moi où il est. Qu'est-ce que ce bateau ?...

— Là ! Là !... Du calme ! Vous le verrez, mais pour Dieu soyez calme. Je vais tout vous dire. Ce ne sera d'ailleurs pas bien long...

Ce fut, en effet, rapide car il y avait peu à dire. Craig avait réussi, sans trop de peine, à rejoindre Saint-Pétersbourg grâce au nom de Krilov qu'il brandissait comme un passeport quand il était tombé sur les soldats russes. Cela lui avait permis de faire la route à cheval, dûment escorté d'ailleurs car il lui avait fallu traverser les lignes de défenses de l'armée Wittgenstein pour pouvoir atteindre la capitale russe. Là, il n'avait eu aucune difficulté à trouver la maison Krilov et, bien entendu, Beaufort.

Tous deux étaient demeurés dans le petit palais des bords de la Néva jusqu'à ce qu'il fût possible de se procurer un bateau pour quitter la Russie. Ce n'était guère facile car les vaisseaux russes ne franchissaient plus les détroits scandinaves depuis le début des hostilités avec la France. Quant aux rares navires anglais qui relâchaient dans le port, il ne pouvait être question de leur confier un citoyen américain puisque l'Angleterre et les États-Unis étaient en guerre eux aussi.

On avait fini par trouver place sur un bateau suédois, nation qui grâce au double jeu de son prince royal, Bernadotte, se trouvait à l'abri des impératifs du Blocus continental aussi bien que des difficultés avec l'empire du Tsar. Le capitaine du *Smaaland* avait accepté de conduire Beaufort et O'Flaherty jusqu'à Anvers où, malgré l'occupation française, il leur serait relativement facile de s'embarquer pour les États-Unis.

— Nous ne devrions pas être ici, conclut l'Irlandais. L'escale à Dantzig est due à une avarie causée par la tempête que nous avons essuyée en quittant Koenigsberg. Notre navire, un mât brisé, a dû chercher refuge dans ce port. Nous y sommes depuis trois jours, et tandis que l'on répare...

— Vous faites quelques études sur les boissons locales ! conclut Marianne joyeusement. C'est parfait, mais maintenant, conduisez-moi à Jason. Je ne veux pas attendre plus longtemps pour le revoir...

— Voyons, vous avez bien un moment. Racontez-moi plutôt ce qui vous est arrivé à vous.

— Cela peut attendre alors que moi je ne le peux plus. Oh ! Craig ! Comprenez donc ce que cela représente pour moi, ce miracle qui nous remet en présence alors que je ne croyais plus le revoir jamais. Ayez un peu pitié ! Emmenez-moi vite vers lui. Vous voyez bien que je meurs d'impatience.

C'était vrai. Elle ne tenait plus en place et, laissant là le thé bouillant qu'une servante lui apportait, elle s'élançait déjà vers la porte. Force fut à O'Flaherty de la suivre. Jetant une pièce de monnaie sur la table, il sortit derrière elle avec une mine soudain assombrie qui eût peut-être calmé la jeune femme si elle avait pris le temps de la remarquer. Mais elle était portée par quelque chose de plus fort qu'elle, par une de ces joies si violentes qu'elles avoisinent la folie et, dans tout ce décor étranger qui l'environnait, insouciante du vent qui gelait ses joues, elle ne cherchait plus qu'une silhouette familière, chère entre toutes. Il ne restait rien des hésitations, rien des semi-promesses arrachées par Napoléon, rien... que l'amour retrouvé !

Sans même savoir où elle allait, courant sur des plaques de neige glacée qui manquaient à chaque instant la faire tomber, elle s'élançait le long du port sur lequel tombait un crépuscule pourpre qui, dans un instant, serait violet. Craig avait dit le *Smaaland* et elle cherchait un bateau portant ce nom avec un mât rompu. Elle avait envie de crier, d'appeler Jason, de lui annoncer à grands éclats triomphants que l'instant de leur réunion définitive était enfin arrivé. Derrière elle, l'Irlandais s'essoufflait, braillant :

— Marianne, Marianne ! Pour Dieu, attendez-moi ! Laissez-moi vous dire...

Mais elle n'entendait rien, elle ne voyait rien. Elle n'était plus qu'instinct, que joie, qu'ardeur, que passion et, avec la sûreté de l'aiguille aimantée tournant obstinément vers le nord, elle allait droit à ce navire qu'elle n'avait jamais vu.

Tout à coup, il fut là, celui qu'elle avait aimé au-delà d'elle-même. Elle le vit descendre, de son long pas nonchalant, la planche reliant au quai un gros vaisseau trapu. Alors son cœur éclata en un cri où sonnaient toutes les trompettes de la victoire.

— Jason !...

Ce cri attira l'attention de l'Américain. Il n'eut besoin que d'un regard pour la reconnaître avec un haut-le-corps de surprise. Ils se rejoignirent au bas de la planche et Marianne, riant et pleurant tout à la fois, se jeta contre sa poitrine avec tant d'ardeur qu'elle faillit glisser à l'eau. Jason la retint d'une main ferme mais comme, à deux doigts d'une crise de nerfs, elle s'accrochait à lui, il l'écarta doucement sans cependant la lâcher.

— Toi ! s'exclama-t-il. C'est vraiment toi ?

Un filet d'eau glacée tomba brusquement sur la joie brûlante de la jeune femme. Il y avait de la stupeur dans ce qu'il venait de dire, presque de l'incrédulité... mais pas de joie véritable. Ce n'était pas le cri qu'elle espérait.

— Mais oui... dit-elle presque bas, c'est bien moi ! Est-ce que... tu me croyais morte ?

— Non... bien sûr que non. Craig m'avait dit que tu étais sauve et que tu avais pu joindre Napoléon. Ma surprise vient de ce que je n'imaginais pas te rencontrer ici. C'est tellement inouï !...

Elle s'écarta d'elle-même, pour mettre plus de distance entre eux et pour mieux le voir. Se pouvait-il qu'il fût aussi semblable à l'image qu'elle gardait de lui ? C'était toujours la même longue silhouette à la fois maigre et vigoureuse, le même visage aux traits accusés, la même peau trop profondément hâlée pour jamais redevenir blanche, le même profil de faucon, les mêmes yeux étincelants... et cependant elle eut tout à coup l'impression d'avoir, en face d'elle, un autre homme, un homme qu'elle ne connaissait pas...

Cela tenait à quoi ? A ce pli amer de la bouche, à une lassitude dans le regard, à quelque chose de lointain dans l'attitude de Jason ? C'était comme si, tout à coup, il avait choisi d'habiter un autre univers. Sans cesser de le fixer intensément, elle hocha la tête, tristement.

— Tellement inouï ? répéta-t-elle après lui. Tu as raison, c'est véritablement incroyable de se rencontrer là ! Et d'autant plus que cette rencontre, tu n'auras vraiment rien fait pour la provoquer.

Il eut son bref sourire, un peu moqueur qu'elle avait toujours tant aimé.

— Ne dis pas de sottises ! Comment l'aurais-je pu ? Il y avait entre nous des armées, des terres immenses.

— J'étais à Moscou et tu le savais ! Pourquoi n'es-tu pas revenu, pourquoi ne m'as-tu pas cherchée ? Cette femme qui a tenté de me tuer, cette Shankala nous l'a dit avant de mourir : tu es parti avec ton ami Krilov sans plus t'occuper de moi ! Tu ignorais alors ce que j'allais devenir, seule, perdue dans cette ville condamnée. Et cependant tu es parti.

Il haussa les épaules d'un air las et la flamme qui un instant avait habité ses yeux bleus s'éteignit.

— Je n'avais pas le choix mais toi, tu aurais pu l'avoir ! Je pensais que tu me suivrais quand les cosaques m'ont emmené.

— Ne t'a-t-on pas dit ce qui m'en avait empêchée ?

Tournant la tête brusquement, elle chercha Craig O'Flaherty qui, les voyant ensemble, s'était arrêté à quelques pas et, immobile auprès d'un tas de barils vides, les observait.

— Si. Je l'ai su quand O'Flaherty m'a rejoint. Mais quand j'ai quitté Moscou, je l'ignorais ! J'ai pensé... que Napoléon approchait et que tu avais choisi !

— Choisi ! fit-elle avec amertume. Peut-on choisir quand tout flambe, tout croule, tout meurt autour de vous ? J'ai dû survivre avant de songer à mes préférences... Tandis que toi...

— Allons ! Ne restons pas ici ! Il fait si froid !

Il voulut lui prendre le bras pour l'entraîner vers l'auberge mais elle s'écarta une fois de plus et renonça à finir la phrase commencée. Un instant côte à côte, ils marchèrent en silence, chacun perdu dans ses pensées et Marianne, la gorge serrée, pensa que, même en esprit, ils ne se rejoignaient plus.

En arrivant à la hauteur de l'Irlandais, Jason s'arrêta un instant.

— Tout est prêt ! fit-il sèchement. Nous partirons avec la marée... La tempête se calme.

Craig fit signe qu'il avait compris et, adressant à la jeune femme un sourire muet mais où elle crut lire un regret, un peu de pitié, il marcha vers le *Smaaland*.

Le silence à nouveau, brisé par les chants de trois marins superbement ivres qui sortaient d'un cabaret. Marianne s'efforçait, sous la fourrure qui l'habillait, de comprimer les battements désordonnés de son cœur. On aurait dit qu'il faisait encore plus froid depuis quelques instants bien que le vent eût faibli, mais elle comprit bientôt que ce froid était en elle... Il venait de son cœur qui s'engourdissait.

— Tu pars ? fit-elle au bout d'un moment.

— Oui, notre bateau est réparé... et nous n'avons perdu que trop de temps.

Elle eut un petit rire.

— Tu as raison ! Tu as, en effet, perdu beaucoup de temps.

Fut-il sensible à l'amertume du ton ? Brusquement, il la saisit par un bras, l'entraîna dans l'ombre d'une maison, sous une porte profonde où l'on était relativement à l'abri du vent.

— Marianne ! pria-t-il. Pourquoi dis-tu cela ? Tu sais très bien ce qu'il en est de nous actuellement ! Tu sais que je vais vers la guerre, que je ne m'appartiens plus, que je n'ai plus d'avenir ! C'est vrai ! J'ai perdu beaucoup de temps car ce temps je le dois à mon pays qui se bat ! Souviens-toi : nous étions convenus que tu me rejoindrais plus tard ! As-tu donc tout oublié ?

— Non ! C'est toi, je le crains, qui as tout oublié... même moi !

— Tu es folle !

— Allons donc. Tu ne t'es même pas rendu compte d'une chose, c'est que, depuis tout à l'heure, il ne t'est pas encore venu à l'idée de me demander ce que je fais ici, comment je m'en suis sortie, quelle a été ma vie. Non ! Cela ne t'intéresse pas. Craig, lui, me l'a demandé et je ne lui ai pas répondu parce que j'avais trop hâte de te revoir. Seulement, Craig... c'est un ami !

— Et moi, que suis-je ?

— Toi ?... — Elle eut un petit rire d'une tristesse infinie, haussa les épaules... — Toi... tu es un homme qui m'a aimée... et qui ne m'aime plus.

— Si ! Je jure que si... Je t'aime toujours.

D'un seul coup, il retrouva l'ardeur de leur amour, le ton passionné de leurs nuits sur les matelas durs des relais de poste de la steppe ou de la forêt. Il la prit dans ses bras pour l'appuyer contre lui et son souffle chaud envahit le visage de la jeune femme mais elle ne chercha pas à l'étreindre de son côté. Quelque chose en elle demeurait glacé...

— Marianne ! supplia-t-il, écoute-moi ! Je jure, sur le salut de mon âme, que je n'ai pas cessé de t'aimer. Seulement... je n'en ai plus le droit.

— Le droit ? Ah oui ! Je sais... la guerre ! fit-elle avec lassitude.

— Non ! Écoute ! A celui qui me dirait que l'on peut échapper à son destin, je dirais qu'il est fou ou qu'il rêve ! Les fautes que nous commettons, nous ne parvenons jamais à nous en libérer. Il faut en porter le poids tant qu'il plaît à Dieu ! Toi et moi, parce que nous nous aimions, nous avons tout fait pour forcer la fatalité ! Nous avons couru d'un bout du monde à l'au-

360

tre... mais si loin que nous sommes allés, le destin nous a retrouvés. Il est le plus fort.

— Mais... que veux-tu dire ? Quel destin ?...

— Le mien, Marianne. Celui que je me suis forgé sottement jadis, par dépit, par jalousie, par colère, par tout ce que tu voudras ! Si insensé que ce soit, il est venu me rejoindre là-haut, à Saint-Pétersbourg... dans une ville qui, pour nous autres Américains, ne représente pas beaucoup plus qu'une savane perdue au fond de l'Afrique. Je pensais, vois-tu, avoir quelque peine à me faire reconnaître des Krilov, ces anciens amis de mon père. Je pensais qu'ils avaient peut-être oublié qu'il existât quelque part un dernier Beaufort. Or, sais-tu ce que j'ai trouvé, en arrivant chez eux ?

Elle fit signe que non, incapable de parler car tout ce préambule l'épouvantait vaguement. Elle sentait qu'il cachait quelque chose de terrible, quelque chose qui allait lui faire très mal... Et ce fut peut-être pour essayer d'atténuer le coup que Jason baissa encore la voix jusqu'au murmure.

— J'ai trouvé le plus jeune des fils Krilov... Dimitri... Il revenait d'Amérique où son père l'avait envoyé dans l'espoir d'apprendre ce que nous étions devenus, de renouer les anciennes relations qui pouvaient se révéler intéressantes sur le plan commercial. Il avait été à Charleston...

— Et... alors ?

— Ma f... Pilar que nous pensions définitivement sortie de ma vie, enfouie dans un couvent d'Espagne, Pilar est revenue chez moi !

Une brusque bouffée de colère emporta Marianne. C'était ça, le Destin ? Cette femme misérable qui avait tout fait pour envoyer son mari à l'échafaud ? Qui avait failli la tuer, elle aussi ! Et c'était pour ça qu'il se tourmentait ?

— Et alors ? s'écria-t-elle avec violence. Qu'importe si elle est revenue ! Chasse-la !...

— Non ! Je ne peux plus ! Je n'ai pas le droit. Elle...

elle est revenue avec un enfant... un enfant de moi...
Un fils !

— Ah !...

Marianne ne dit rien de plus... rien que cette toute
petite syllabe mais douloureuse, mais cruelle comme
un dernier soupir. Jason avait raison. Le Destin, ce
vieux policier impitoyable et plein de ruse, les avait
retrouvés. La longue, l'impitoyable lutte contre lui
s'achevait...

Effrayé, soudain, de la sentir inerte contre lui, Jason
resserra son étreinte, se pencha, voulut baiser ses joues
glacées, ses lèvres serrées mais, appuyant ses mains
sur la poitrine où elle avait rêvé de dormir toutes les
nuits de sa vie, elle le repoussa doucement sans rien
dire. Alors, malheureux tout à coup, comme le sont les
enfants quand le jouet préféré vient de se briser, il voulut la reprendre contre lui, s'affola :

— Dis-moi quelque chose ! Je t'en prie ! Ne garde
pas ce silence ! Je sais que je t'ai fait mal mais, je t'en
supplie, parle ! C'est vrai, tu sais, je t'aime, je n'aime
que toi et je donnerais tout au monde pour pouvoir
encore réaliser notre rêve. Écoute... Rien ne nous
oblige à nous quitter déjà. Pourquoi ne pas arracher
encore à la vie un peu de bonheur, un peu de joie ? Je
peux mourir dans cette guerre, mourir loin de toi...
Alors viens avec moi ! Laisse-moi t'emmener sur ce
bateau qui va partir à l'aube ! Jusqu'à Anvers cela
représente encore beaucoup de jours... beaucoup de
nuits. Laisse-moi t'aimer jusqu'au bout !... Ne refusons
pas ce dernier, ce miraculeux présent...

Elle sentit la fièvre qui le possédait. Elle sentit qu'il
disait vrai, qu'il était sincère : il souhaitait vraiment
partir avec elle. Comme il le disait, cela représentait
encore bien des jours, bien des nuits d'amour, une
chaîne de passion qu'il n'aurait peut-être plus le courage de rompre au dernier moment. Alors, à Anvers,
peut-être lui demanderait-il encore de le suivre à travers l'océan jusque dans son pays où la vie cachée,

sacrifiée d'une maîtresse serait encore possible. Et cela aussi représenterait beaucoup de nuits passionnées... Elle l'aimait tant ! C'était une terrible tentation...

Elle était si malheureuse qu'elle allait peut-être céder, se laisser emporter. Mais, tout à coup, trois visages surgirent dans sa pensée : celui, hautain et ironique, de son père, celui magnifique et douloureux de Corrado et celui minuscule et doux d'un bébé brun qui dormait... Et Marianne la faible, Marianne la désespérée, Marianne l'amoureuse passionnée s'éloigna, repoussée par cette Marianne d'Asselnat qui, au soir de ses premières noces, avait, pour son honneur, étendu d'un coup d'épée sur les dalles de Selton Hall l'homme qu'elle aimait, celle qui, ce même soir, avait chassé Jason Beaufort... Elle ne pourrait plus être une autre !

Fermement, cette fois, elle le repoussa, sortit de sous le porche et laissa le vent glacé gonfler ses vêtements, cerner son corps comme la lanière d'un fouet. Serrant très fort ses deux mains sous la fourrure noire du manchon de renard, elle redressa fièrement la tête, plongea une dernière fois ses prunelles vertes dans le regard implorant de l'homme qu'elle abandonnait et qui ne méritait pas qu'elle s'avilît...

— Non, Jason ! dit-elle gravement. Moi aussi, j'ai un fils ! Et je suis la princesse Sant'Anna !...

La nuit était venue. Sans se retourner, Marianne marcha vers l'auberge qui brillait dans l'obscurité comme une grosse lanterne de navire, comme un phare dans la tempête où sombrait son amour...

LA FIN DU VOYAGE
MAI 1813

Comme autrefois, la grille noire et or encadrée de géants de pierre parut s'ouvrir d'elle-même devant les naseaux des chevaux... Comme autrefois, la calme magie du parc enveloppa comme une caresse ceux qui venaient d'y pénétrer...

C'était toujours la même allée de sable clair glissant comme une rivière entre les plumes noires des cyprès et les boules odorantes des orangers pour se perdre dans la brume des fontaines et des eaux jaillissantes. Et pourtant Marianne, tout de suite, eut le sentiment que quelque chose avait changé, que ce jardin n'était plus tout à fait le même que celui où trois ans plus tôt, presque jour pour jour, elle était entrée, le cardinal à ses côtés, comme on entre dans l'inconnu...

Une exclamation d'Adélaïde lui fit, soudain, saisir la différence :

— Dieu que c'est beau ! souffla la nouvelle mariée. Toutes ces fleurs !...

C'était cela ! Des fleurs ! Autrefois le parc n'avait pas de fleurs, sauf au moment de la floraison des orangers et des citronniers. Sa beauté tenait uniquement aux nuances contrastées de ses arbres et de ses pelouses, de ses bassins d'eau vive où les statues immobiles avaient l'air de tellement s'ennuyer. Maintenant, il y avait des fleurs partout, comme si un enchanteur pris de folie avait d'un seul coup déversé sur le parc tout l'éclat d'un arc-en-ciel. Il y avait des roses, surtout des roses mais en masse, de grands lauriers pâles et odorants, d'énormes pivoines de Chine nacrées, de gigantesques rhododendrons violets et de grands lys immaculés... Une débauche de fleurs ! Et leur magnificence avait rendu la vie à ce jardin immense. Elle éclatait partout, luttant de jaillissement avec les fusées brillantes des jets d'eau qui les rafraîchissaient et servaient d'accompagnement au chant des oiseaux. Car ils étaient là, eux aussi, les oiseaux. On ne les entendait guère autrefois, comme si la pesante tristesse étendue sur ce domaine ensorcelé leur avait fait peur. Maintenant, ils s'en donnaient à cœur joie.

Amusé par la mine surprise de Marianne, Jolival se pencha pour toucher sa main.

— Rêvez-vous, Marianne, ou bien êtes-vous éveillée ? On dirait que vous n'avez encore jamais vu ce merveilleux jardin.

Elle tressaillit comme si, en effet, elle sortait d'un rêve.

— C'est un peu vrai ! Je ne l'ai jamais vu ainsi ! Jadis, il n'y avait ni fleurs, ni oiseaux, ni vie véritable, je crois... C'était comme un songe étrange.

— Vous aviez si peur. Vous avez dû mal regarder...

Et Jolival se mit à rire en se tournant vers sa femme comme pour la prendre à témoin. Mais Adélaïde, glissant son bras sous celui de Marianne, hocha la tête.

— Vous n'y entendez rien, mon ami. Je crois moi que tout ce changement vient de ce que, maintenant, il y a ici un enfant ! Et, devant un enfant, même un cimetière peut refleurir.

Il y avait un mois qu'Arcadius et Adélaïde étaient mariés. En rentrant à Paris, au mois de janvier précédent, Marianne les avait retrouvés tous deux, vivant pratiquement cloîtrés dans l'hôtel d'Asselnat, repliés sur une douleur qu'ils partageaient et qui, peu à peu, les avait rapprochés. Ils étaient persuadés que Marianne était morte et ils la pleuraient de tout leur cœur affectueux.

L'arrivée des papiers officiels qui faisaient d'Adélaïde la propriétaire légitime de la maison familiale aux lieu et place de Marianne n'avait rien arrangé, bien au contraire. Cet héritage inattendu avait achevé de les persuader de la disparition définitive de la jeune femme dont, d'ailleurs, personne n'avait pu leur donner la moindre nouvelle. Alors, ils s'étaient sentis tout à coup bien seuls, abandonnés, sans plus savoir que faire de leur existence. L'hôtel d'Asselnat était devenu une sorte de mausolée derrière les rideaux tirés duquel ils s'apprêtaient tous deux à attendre la fin, servis par le seul Gracchus... un Gracchus qui ne chantait plus jamais...

Le soir où la voiture boueuse portant Marianne et Barbe s'était arrêtée devant le perron, les voyageuses avaient vu paraître deux vieillards en grand deuil, appuyés au bras l'un de l'autre et qui, tout de bon, avaient bien failli mourir de joie...

Ce retour inespéré avait vraiment été un grand, un merveilleux moment. On s'était embrassés pendant de longues minutes sans pouvoir se séparer tandis que Gracchus, après avoir embrassé lui aussi sa maîtresse, sanglotait sans pouvoir s'arrêter, assis sur une marche du perron.

Ensuite, on avait passé toute la nuit à se raconter les aventures que l'on avait connues, Arcadius et Gracchus avec le convoi du général de Nansouty, Marianne et Barbe par les chemins que l'on sait. On avait mangé et bu aussi. Adélaïde, qui, depuis des mois, ne faisait que grignoter, avait d'un seul coup retrouvé son fabuleux appétit. Et, dans cette nuit mémorable, elle avait, à elle seule, dévoré un poulet, un pâté, un compotier de pruneaux et bu deux bouteilles de champagne.

Au lever du jour, elle était un peu grise mais heureuse comme une reine. Alors, tandis qu'elle gagnait sa chambre d'un pas légèrement chancelant, Jolival s'était tourné vers Marianne qui debout au milieu du salon jaune regardait le portrait de son père.

— Qu'allez-vous faire maintenant ?

Sans quitter des yeux le visage altier dont le regard ironique semblait suivre chacun de ses mouvements, elle avait haussé doucement les épaules.

— Ce que je dois ! Il est temps pour moi de devenir adulte, Jolival ! Aussi bien... Je suis lasse des aventures. On s'y déchire et on s'y use sans parvenir à rien de valable. Il y a Sebastiano... Je ne veux plus penser qu'à lui.

— A lui... seul ? Souvenez-vous qu'il y a quelqu'un auprès de lui...

— Je ne l'oublie pas. Il doit être possible de trouver un peu de bonheur en faisant celui d'un autre. Et celui-là, Jolival, a plus que mérité d'être heureux.

Il approuva de la tête puis, après une toute légère hésitation :

— Et... vous n'aurez aucun regret ?

Elle eut pour lui le même regard fier qu'à l'instant de leur séparation, elle avait offert à Jason Beaufort. Mais ce regard-là n'avait plus de colère. Il était calme, limpide, comme une vague dans le soleil.

— Des regrets ? Je ne sais pas ! Ce que je sais bien c'est que pour la première fois depuis longtemps, je suis en paix avec moi-même...

L'interminable voyage l'avait usée. Aussi, avant de repartir pour l'Italie, avait-elle décidé de passer quelque temps dans cette maison qui, bien sûr, était toujours sienne pour s'y reposer. On vit quelques amis : Fortunée Hamelin qui sanglota comme une pensionnaire quand Marianne lui parla de sa rencontre avec François Fournier, Talleyrand, toujours affectueux et sarcastique à dose égale mais visiblement tendu, nerveux, à l'image de ce Paris que Marianne reconnaissait mal.

La ville était sombre. L'Empereur y était rentré presque clandestinement puis, derrière lui, semaine après semaine, les survivants de ce qui avait été la plus belle armée du monde. Des hommes blessés, malades, traînant des membres gelés. Beaucoup ne se relèveraient pas du lit qu'ils avaient eu tant de mal à retrouver. Et pourtant, l'on disait que déjà l'Empereur cherchait à reformer une armée nouvelle. Les sergents recruteurs étaient au travail car la Prusse, encouragée par le désastre russe, relevait la tête, s'insurgeait par endroits, se forgeait des armes, des alliés. Au printemps, avec des troupes fraîches, Napoléon repartirait... Et Paris commençait à murmurer.

Au milieu de ces jours sombres, une bonne nouvelle était cependant venue trouver Jolival par l'intermédiaire de son notaire. Une bonne nouvelle à l'image du temps, car c'était tout de même celle d'un deuil : son invisible épouse était morte. Dans l'hiver anglais, Septimanie, vicomtesse de Jolival, avait rendu l'âme à la suite d'une broncho-pneumonie contractée en suivant la duchesse d'Angoulême dans ses visites charitables autour d'Hartwell.

Jolival ne se donna pas l'hypocrisie de la pleurer. Il ne l'avait jamais aimée et, dans sa vie bousculée, elle n'avait guère été qu'une figurante, mais il était trop bon gentilhomme pour s'abstenir de montrer une joie qui eût été déplacée.

Marianne s'en chargea pour lui. Elle n'avait pas été sans remarquer, pour s'en attendrir, la chaleur des liens qui unissaient maintenant le vicomte et sa cousine. Jolival avait pour Adélaïde des attentions, des soins qui trahissaient une tendresse. Et ce fut elle qui, à brûle-pourpoint, le jour où elle annonça son intention de partir prochainement pour Lucques, déclara :

— Puisque vous voilà libre, Jolival, pourquoi n'épousez-vous pas Adélaïde ? Vous vous convenez parfaitement tous les deux et, au moins, vous auriez dans la famille un statut plus sérieux que celui d'oncle à la mode de Bretagne...

Avec un bel ensemble, ils étaient tous les deux devenus aussi rouges l'un que l'autre. Puis, Jolival visiblement ému avait dit, tout doucement :

— J'en aurais grande joie, ma chère Marianne... mais je ne suis pas un parti très enviable ! Pas d'état, pas de biens et encore moins d'espérances ! Une carcasse un peu usagée...

— Je n'ai rien, moi non plus, de la reine de Saba...
flûta Adélaïde en baissant les yeux comme une couventine... mais je crois que je pourrais être une bonne épouse, si l'on veut de moi...

— Alors, voilà qui est dit ! conclut Marianne avec un sourire. Vous vous mariez. Ensuite, je vous emmène avec moi en Italie. Ce sera votre voyage de noces.

A la fin d'un jour d'avril encore frileux, le curé de Saint-Thomas-d'Aquin unit, dans la chapelle de la Vierge, Arcadius de Jolival et Adélaïde d'Asselnat en présence du prince de Talleyrand et de Mme Hamelin qui servaient de témoins. Auprès du vicomte, droit comme un I dans un costume qui était une admirable symphonie gris perle, Adélaïde, en robe d'épaisse soie couleur parme, un gros bouquet de violettes à la main, rayonnait, rajeunie de dix ans, sous une capote de soie à plumes assorties. Et l'on fit ensuite un délicieux souper pour lequel le grand Carême daigna déployer tout son génie dans le magnifique hôtel de Talleyrand, rue Saint-Florentin où le prince Vice-Grand-Électeur s'était installé depuis plus d'un an après avoir vendu Matignon à l'Empereur.

Ce fut cette nuit-là qu'un homme vêtu de noir vint frapper vers minuit à la porte de l'hôtel de la rue de Lille. Il portait un grand manteau, un masque sur le visage mais il s'inclina devant la jeune femme comme devant une reine. Sans un mot, il montra, sur sa main gantée de noir, une plaque d'or sur laquelle quatre lettres étaient gravées : A.M.D.G.

Marianne comprit que c'était là le messager dont, à Odessa, le cardinal de Chazay lui avait annoncé la visite. Elle courut à sa chambre, prit dans son secrétaire la larme de diamant qui l'avait suivie fidèlement à travers tant de périls puis, sans même la tirer une dernière fois de son sachet de peau, elle revint la déposer dans la main du messager qui salua de nouveau, tourna les talons et disparut sans qu'elle eût même entendu le son de sa voix. Sans d'ailleurs qu'il eût entendu la sienne car elle non plus n'avait pas dit une seule parole. Mais, quand la lourde porte de l'hôtel eut résonné sur le départ de l'homme en noir, Marianne appela Gracchus.

— Tu peux tout préparer pour le départ, lui dit-elle. Je n'ai plus rien à faire ici...

La chaise de poste sur le siège de laquelle Gracchus trônait avec son ancienne dignité roulait toujours à travers le parc. Elle atteignit l'immense tapis vert sur lequel les paons blancs effectuaient toujours leur promenade majestueuse, arriva en vue du palais, s'arrêta enfin au bas du large escalier sur lequel se rangeaient les valets blanc et or dont l'un se hâtait pour ouvrir la portière.

Cherchant instinctivement la silhouette enturbannée de Turhan Bey, Marianne sauta à terre sans prendre la main que lui tendait Jolival. Adélaïde et Barbe la suivirent et ce fut cette dernière qui s'exclama tout à coup, joignant les mains :

— Doux Jésus ! Quel amour !...

Marianne se retourna. Sur le chemin des écuries, un étrange cortège venait d'apparaître : Rinaldo, le maître palefrenier, chef redoutable et redouté des magnifiques écuries Sant'Anna, menait par la bride un minuscule âne gris sur lequel dona Lavinia maintenait un bambin aux boucles noires qui riait... Et Marianne vit que Rinaldo semblait plus fier et plus heureux que s'il eût mené le superbe Ildérim, l'étalon favori du prince...

Dona Lavinia, cependant, avait aperçu les voyageurs et son saisissement fut tel qu'elle faillit bien lâcher l'enfant mais ce ne fut qu'un instant. Marianne, pétrifiée sur place par l'émotion qui l'envahissait, entendit son cri incrédule :

— Son Altesse !... C'est Son Altesse !... Mon Dieu !

L'instant suivant, malgré ses protestations, elle enlevait l'enfant de sa selle et l'emportait en courant, gigotant dans ses bras et protestant contre ce traitement inattendu.

— ...Taisez-vous, mon trésor, lui dit-elle, riant et pleurant tout à la fois ! C'est votre maman !...

— Maman... maman... chantonna le petit d'une voix qui fit fondre le cœur de Marianne.

Elle s'élança à son tour, délivrée brusquement de cette timidité qui, un instant, l'avait paralysée, et arriva sur Lavinia juste à temps pour l'empêcher de risquer une révérence que Sebastiano rendait bien difficile. Mais elle retint le geste ébauché de prendre l'enfant dans ses bras.

Niché contre l'épaule de la vieille dame, il la regardait avec étonnement, avec aussi un peu de crainte comme en ont les enfants en face des étrangers et Marianne, maintenant, n'osait même plus bouger. Elle restait là les mains jointes, avec le même geste que Barbe tout à l'heure, dévorant des yeux cet enfant qui était le sien, le cœur bouleversé de le trouver si beau.

Sebastiano était grand, pour ses quinze mois. Il avait une petite figure ronde dans laquelle éclataient de grands yeux verts, les mêmes exactement que ceux de sa mère. Le costume blanc qu'il portait dégageait son cou et ses petits bras ronds d'une jolie couleur dorée. De grosses boucles noires, en désordre, brillaient sur sa tête et, quand brusquement il sourit, Marianne put voir briller trois ou quatre dents bien blanches dans la petite bouche.

Lavinia, cependant, détachait doucement le bébé de son cou.

— Eh bien ? dit-elle doucement, prenez-le donc, Madame ! Il est à vous...

Contrairement à ce que Marianne craignait de tout son cœur en déroute, l'enfant n'opposa aucune résistance. Il passa des bras de l'une aux bras de l'autre comme si c'eût été pour lui la chose du monde la plus habituelle. Contre son cou, Marianne sentit le contact du petit bras nu.

— Maman... gazouilla le bambin, Maman...

Alors, retenant ses larmes de toutes ses forces pour ne pas l'effrayer, elle osa enfin l'embrasser. Ce fut une marée d'amour qui la submergea, un torrent qui balaya les derniers regrets, les derniers doutes, tandis qu'au fond d'elle-même une voix terrifiée chuchotait, en s'éloignant : « Tu aurais pu ne jamais le voir... Tu aurais pu ne jamais le tenir dans tes bras... Tu aurais pu... »

Aux côtés de Lavinia, Marianne, portant son fils avec l'orgueil d'une impératrice, revint vers ceux qui étaient demeurés au bas du perron, émus aux larmes eux aussi devant cette scène que tous, depuis le départ de Paris, attendaient avec une impatience mêlée d'anxiété. Jolival salua Lavinia en vieille connaissance et présenta son épouse puis, comme on se disposait à rentrer dans le palais, Marianne se résolut enfin à poser la question qui lui brûlait les lèvres :

— Le prince... mon époux... Puis-je être admise à le voir ?

Devant le sourire étincelant que lui offrait la femme de charge, elle demeura confondue.

— Bien sûr, Madame, vous le verrez, s'écria Lavinia... mais quand il rentrera !

— Rentré ? Il n'est pas au palais ? Oh mon Dieu ! Voulez-vous dire qu'il voyage ?...

Elle était déçue tout à coup et ne parvenait pas à comprendre cette espèce d'angoisse qui s'emparait d'elle. Il y avait des mois qu'elle vivait avec cette idée de retrouver cet homme étrange et attirant, d'être auprès de lui, de partager cette vie inhumaine qu'il s'était choisie... et elle découvrait maintenant qu'il lui faudrait attendre encore pour lui offrir ce don d'elle-même qu'elle voulait lui faire.

Elle était si désappointée qu'elle fut presque choquée quand Lavinia se mit à rire et qu'elle ne comprit pas tout de suite ce qu'on lui disait.

— Non, Votre Altesse, il ne voyage pas... Il n'est

pas à la maison pour le moment, voilà tout ! Mais il ne va pas tarder. Il est allé jusqu'aux grands herbages simplement...

— Ah ! Il est allé...

Puis, brusquement, elle comprit :

— Dona Lavinia ! Voulez-vous dire qu'il est sorti ? Qu'il est dehors... en plein jour ?

— Mais oui, Madame... C'est fini le cauchemar, c'est fini la malédiction. Voyez ! Il a voulu pour l'enfant qu'il y eût des fleurs partout, que tous les mauvais souvenirs fussent détruits. Il n'était pas possible de continuer à vivre cloîtré. Le petit, qui l'aime, n'aurait pas compris. Cela n'a pas été sans mal, mais j'ai réussi à le convaincre, avec l'aide du père Amundi, d'ailleurs. Alors, quand nous sommes revenus ici, nous avons réuni tous les serviteurs, tous les paysans. Ils étaient tous là... au pied de cet escalier. Le père Amundi leur a parlé, puis moi qui les connais tous et qui suis des leurs, enfin le prince qui, devant eux, a jeté au feu le masque de cuir blanc.

— Et alors ? interrogea la jeune femme anxieuse.

— Alors ? Ils se sont mis à genoux, comme devant le Seigneur... et ensuite, ils ont crié, crié. Leurs acclamations montaient jusqu'au ciel. Et pendant deux jours ils ont fêté le maître qui acceptait enfin de les regarder en face... Écoutez ! Le voilà !

Le galop d'un cheval en effet se faisait entendre, réveillant les souvenirs au fond du cœur de Marianne... C'était ce roulement de tonnerre qui hantait les nuits, aux heures noires de son mariage, rythmant la course effrénée d'un étalon couleur de neige... Le bruit grandit, s'approcha... et soudain Ildérim et son cavalier jaillirent, comme un éclair blanc d'une haute futaie... Le cheval bondit, s'enleva, franchit un large bassin avec la légèreté d'une hirondelle. Dans les bras de Marianne, Sebastiano cria de joie :

— Papa !... Papapapa !

Doucement, Marianne baisa son petit nez puis le tendit à Lavinia. Lentement, mais sans hésiter, elle redescendit les marches du perron, s'avança sur le tapis d'herbe, seule au-devant du cavalier. Il arrivait sur elle comme un boulet de canon. Peut-être ne l'avait-il pas aperçue... Pourtant, elle ne bougea pas, captivée qu'elle était par la beauté sauvage de cette chevauchée, risquant d'être renversée si Corrado ne maîtrisait pas la course folle d'Ildérim.

Mais il était le maître absolu de cette bête royale qui si longtemps avait été son seul ami. A quatre pas de Marianne, sans d'ailleurs qu'elle eût fait le plus petit geste pour l'éviter, le cheval se cabra, battit l'air de ses jambes fines puis, calmé tout à coup, retomba tandis que son cavalier d'un mouvement souple sautait à terre.

Marianne vit alors que le dieu de bronze de ses souvenirs était véritablement devenu un être vivant. Il était vêtu comme n'importe quel gentilhomme-fermier parcourant ses terres un jour d'été, d'une culotte collante noire qui s'enfonçait dans des bottes de cuir fin et d'une chemise blanche ouverte sur les muscles sombres et lisses de sa poitrine. Mais ses yeux bleus souriaient, pleins d'une lumière qu'elle n'y avait jamais vue...

Elle le regardait si intensément qu'elle ne songeait même pas à parler. Mais elle eut l'impression de s'éveiller d'un songe quand, doucement, il prit sa main et l'effleura de ses lèvres.

— Soyez la bienvenue, Madame, murmura-t-il de cette voix basse qui l'avait toujours émue. Vous êtes venue... nous visiter ?

Elle comprit qu'il hésitait encore à croire véritablement à son retour et lui offrait, chevaleresquement, une ultime porte de sortie. Mais, dans le ton de ses paroles, elle crut déceler une angoisse qui la toucha.

— Non ! Je suis venue pour rester, si vous le désirez toujours. Je suis venue pour être votre femme, Corrado, votre femme pleinement... entièrement. Je ne vous demanderai pas pardon pour tout ce que vous avez souffert à cause de moi mais je me rends à vous ! Voulez-vous de moi ?

Un instant, ils demeurèrent sans parler. Les yeux bleus du prince fouillaient ceux de la jeune femme comme s'ils cherchaient à leur arracher le secret de leur profondeur mais sous ce regard dans lequel, tout à coup, Marianne bouleversée put lire une ardente passion, les prunelles couleur de mer ne se troublèrent ni ne se détournèrent.

Alors, doucement, presque timidement, il l'attira à lui :

— Qui donc a jamais refusé de vivre son plus beau rêve ? murmura-t-il.

Cette nuit-là Marianne sut que ce n'était pas la première fois qu'elle appartenait à Corrado Sant'Anna et que l'amant mystérieux de Corfou lui était revenu...

FIN

Saint-Mandé, Pentecôte 1974.

DU MÊME AUTEUR
CHEZ POCKET

La Florentine

Les dames du Méditerranée-Express

DANS LE LIT DES ROIS
DANS LE LIT DES REINES

LE ROMAN DES CHÂTEAUX DE FRANCE t. 1 et t. 2

UN AUSSI LONG CHEMIN

DE DEUX ROSES L'UNE

Dans les confidences
de l'Histoire

Marianne

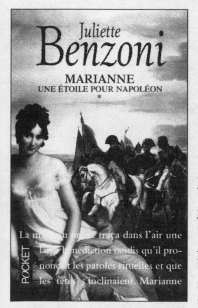

Inaugurée sous les funestes auspices de la Terreur qui lui enlève ses parents, la vie de Marianne d'Asselnat se déroule au cœur de l'épopée napoléonienne. Son parcours, sous les feux croisés de l'amour et du danger, la mène de Venise à Constantinople jusqu'aux confins d'une Russie à feu et à sang. Au bout de cette flamboyante traversée des mondes, Marianne saura-t-elle découvrir sa vérité ?

Il y a toujours un Pocket à découvrir

Dans les confidences de l'Histoire

Les Treize Vents

À Valognes, cité normande, loin de la cour de Louis XVI, un mystérieux voyageur fait son entrée dans les salons. Bientôt, on ne parle plus que de Guillaume Trémaine qui pourrait bien empêcher le mariage de la jeune Agnès de Nerville avec le vieux baron auquel elle est promise ! Ce qu'on ignore, c'est qu'il est venu reconquérir le domaine des Treize Vents, terre de son enfance, promesse trompeuse d'une vie paisible...

1. *Le voyageur*
2. *Le réfugié*

3. *L'exilé*
4. *L'intrus*

Il y a toujours un Pocket à découvrir

Photocomposition Nord Compo
Villeneuve-d'Ascq, Nord

Imprimé en France sur Presse Offset par

BRODARD & TAUPIN

GROUPE CPI

7766 – La Flèche (Sarthe), le 06-06-2001
Dépôt légal : juin 2001

POCKET – 12, avenue d'Italie - 75627 Paris cedex 13
Tél. : 01.44.16.05.00